W9-BMI-857

Jayne Ann Krentz

Un Amor Distinto

La Novia

Editado por HARLEQUIN IBÉRICA, S.A.
Núñez de Balboa, 56
28001 Madrid

© 1984 Jayne Ann Krentz. Todos los derechos reservados.
UN AMOR DISTINTO, Nº 40 - 1.2.10
Título original: Uneasy Alliance
Publicada originalmente por Harlequin Enterprises, Ltd.

© 1987 Jayne Ann Krentz. Todos los derechos reservados.
LA NOVIA, Nº 40 - 1.2.10
Título original: The Challoner Bride
Publicada originalmente por Silhoutte® Books.
Estos títulos fueron publicados originalmente en español en
2004 y 2005.

I.S.B.N.: 978-84-671-7918-7
Depósito legal: B-627-2010
Editor responsable: Luis Pugni
Impresión y encuadernación: LITOGRAFÍA ROSÉS, S.A.
C/. Energía, 11. 08850 Gavá (Barcelona)
Imagen de cubierta: LESLIECALDWELL/DREAMSTIME.COM
Fecha impresión Argentina: 31.7.10
Distribuidor para México: CODIPLYRSA
Distribuidores para Argentina: interior, BERTRAN, S.A.C. Vélez
Sársfield 1950 Cap. Fed./ Buenos Aires y Gran Buenos Aires,
VACCARO SÁNCHEZ y Cía, S.A.
Distribuidor para Chile: DISTRIBUIDORA ALFA, S.A.

ÍNDICE

UN AMOR DISTINTO

JAYNE ANN KRENTZ

I

Fue durante la tercera clase de arreglo floral japonés cuando Torr Latimer averiguó al fin por qué los diseños de Abby Lyndon suscitaban hasta tal punto su curiosidad. Aquellos diseños le hacían preguntarse si Abby se comportaría en la cama de un hombre con el mismo cálido e impulsivo abandono que ponía en sus creaciones florales.

Más aún, pensaba con sorna mientras añadía cuidadosamente un tallo de cardencha a uno de sus diseños: los arreglos florales de Abby le hacían preguntarse también otras cosas. Como, por ejemplo, qué aspecto tendría sentada frente a él al otro lado de la mesa del desayuno, a la mañana siguiente de hacer el amor. Torr tenía la impresión de que le parecería tan encantadoramente alegre y desaliñada como el centro de helechos y junquillos que ella había hecho la semana anterior.

Torr observó su largo pelo castaño claro, recogido flojamente en un moño sobre la cabeza. El hecho de que vistiera vaqueros negros y un suéter del mismo color le hacía cierta gracia. Esa noche, Abby se había presentado otra vez con la trenca de cuero negro, y, en conjunto, su atuendo recordaba vagamente al de un soldado. Nada, sin embargo, de cuanto llevaba lograba camuflar la vivacidad, la exuberancia y el brío de la mujer que se ocultaba bajo aquella ropa. Torr se preguntaba por qué ella se molestaba siquiera en intentarlo.

Demonios, pensó, divertido, hacía demasiado tiempo que no estaba con una mujer. Pero ése no era el verdadero problema. El verdadero problema era su sensación de no sentirse completamente absorbido y embelesado por una mujer desde hacía una eternidad. Cuando uno se aproximaba a la cuarentena, debía conocer forzosamente la diferencia entre una atracción pasajera y algo mucho más profundo. Y él conocía esa diferencia.

¡Y pensar que se había apuntado a aquellas clases de arreglo floral porque la disciplina y austeridad del arte floral japonés encajaban a la perfección con su modo severo y contenido de enfrentarse a la vida! Apuntarse al curso había sido un capricho filosófico. ¿Quién iba a adivinar que lo más interesante del curso sería la alumna menos disciplinada y austera de la clase?, se preguntó Torr. Saltaba a la vista que Abby Lyndon no llegaría a dominar el arte sumamente formal del diseño floral ni aunque repitiera el curso de un mes durante un año entero. A él le había divertido primero y fascinado luego observar cómo crecían y crecían los caóticos y alegres arreglos de Abby, hasta que no quedaba en ellos ni una pizca de simplicidad o moderación. Abby sacaba de sus casillas a la profesora, la señora Yamamoto. A él, en cambio, le producía una fascinación que resultaba inquietante.

Esa noche tenía ganas de llevar a Abby a casa y de hacer toda clase de cosas disparatadas con ella. La idea le causaba un extraño desasosiego. Observaba el exuberante combinado de encajes de la reina Ana y narcisos que iba tomando forma bajo las manos de Abby, quien trabajaba industriosamente en la mesa contigua a la suya. Tenía unas manos excitantes, pensó Torr. Largos, delicados dedos terminados en uñas elegantes y ovaladas, pintadas del color de los tulipanes púrpuras.

La vio poner un narciso en un ángulo inesperado y alzó una ceja, sorprendido. Esa noche había algo distinto en su modo de disponer el arreglo floral; algo extraordinariamente intenso, casi desesperado, en su forma de clavar las flores en el soporte de plástico. Torr no se habría dado cuenta si no la hubiera observado con tanta atención durante las clases anteriores. Por el rabillo del ojo vio que ella intentaba clavar precipitadamente un narciso en el plástico y que el tallo de la flor se rompía.

—Oh, mierda —siseó Abby, irritada, tirando a un lado el narciso roto. Sus cejas se juntaron en un ceño furioso mientras contemplaba la desequilibrada creación que tenía ante sí. Miró a hurtadillas el bello y escueto diseño que iba tomando forma en la mesa de al lado. A Torr Latimer, cuyos dedos eran cuidadosos y precisos, nunca se le doblaban ni rompían los materiales.

Abby se mordisqueó despacio el labio mientras observaba el trabajo de Torr. Éste alzó la mirada, como si supiera que ella estaba observándolo, y una sonrisa fría y reservada curvó la comisura de su boca, casi siempre adusta. Todo en Torr Latimer resultaba un tanto adusto, decidió Abby bruscamente. Quizá fuera eso lo que le molestaba de él desde hacía unas semanas. Lo envolvía un aura de lejanía y reserva de la que Abby recelaba. Un aura que denotaba fortaleza y tesón, se dijo ella. Aquéllas no eran malas cualidades, tratándose de un hombre. Ella, sin embargo, ya no podía confiar en los hombres fuertes y voluntariosos.

—Me quedan más narcisos, si quieres uno de repuesto —dijo Torr suavemente, con aquella voz oscura y grave que a Abby siempre le recordaba el lecho de un río.

—A ti siempre te sobran materiales, y yo nunca tengo bastantes —comentó Abby con desgana—. La señora Yamamoto dice que todavía no he aprendido a contenerme —observó hastiada el conglomerado de narcisos y encajes de la reina Ana que tenía ante ella–. Lo que pasa es que a mí los arreglos siempre se me van de las manos.

–Tienen un encanto muy peculiar.

Abby esbozó una rápida sonrisa de agradecimiento, antes de mirar de nuevo sus flores con el ceño fruncido.

–Eres muy amable, pero a estas alturas está claro que esto del diseño floral no es lo mío. A ti, en cambio, se te da de maravilla. ¿Cómo consigues resistir la tentación de seguir añadiendo flores?

Torr se encogió de hombros con los ojos fijos en el diseño elegante, simple y vivaz que había creado.

–Puede que yo, por naturaleza, no sea tan impulsivo como tú. ¿Quieres otro narciso? –eligió uno de entre el montoncillo de materiales florales de su mesa y se lo tendió.

Abby miró la flor extendida sobre la palma de Torr y de pronto sintió una oleada de curiosidad y desasosiego. La mano que sostenía la flor era fuerte y cuadrada, capaz de aplastar mucho más que un narciso. La flor, sin embargo, parecía yacer protegida entre los recios dedos. ¿Por qué dudaba si debía aceptarla?

Irritada consigo misma por su extraña reticencia, Abby extendió la mano y se apoderó rápidamente del delicado presente que Torr le ofrecía. Al hacerlo se topó de pronto con la mirada remota y ambarina de éste. No era la primera vez que los ojos de ambos se encontraban y, sin embargo, la repetición de aquellos pequeños choques de miradas no disminuía la turbación que causaban en ella. La mirada vigilante y severa de Torr despertaba sus recelos y, al mismo tiempo, la fascinaba. Abby se preguntaba qué secretos yacían al fondo de aquellos profundos estanques color ámbar. Un hombre así debía de tener muchos secretos.

Se estaba dejando llevar por su imaginación, se dijo, exasperada consigo misma. Seguramente su secretito particular aumentaba su suspicacia respecto a los secretos inexistentes de los demás.

—Gracias —dijo, y volviéndose hacia su arreglo, prosiguió con decidida jovialidad—. Seguro que, en opinión de la señora Yamamoto, lo último que le hace falta es otro narciso, pero a mí me parece que está pidiendo a gritos otra pincelada de amarillo. ¿Tú qué crees?

—Lo que se hace con las flores refleja la personalidad de cada uno —dijo él con calma—. Por tanto, a mi modo de ver, hay que poner lo que a uno le parezca. Pon más amarillo, si es lo que te apetece.

—Muy diplomático —replicó Abby con sorna mientras observaba su diseño, preguntándose dónde colocar el narciso—. Sabes perfectamente que la señora Yamamoto se pondrá a sacudir la cabeza en cuanto vea mi creación y a continuación le dirá a toda la clase que tú has hecho otra obra de arte.

Él se encogió de hombros sin molestarse en contradecir a Abby. Los dos sabían que era verdad.

—La señora Yamamoto sabe apreciar la disciplina

y la contención. Siente una inclinación natural hacia mis arreglos.

La boca de Abby se curvó irónicamente.

—¿Insinúas que a mí me faltan esas cualidades?

—Quizá. Pero creo que te envidio.

Ella alzó la mirada, sorprendida.

—¿No hablarás en serio? —sacudió la cabeza rápidamente, como si negara la pregunta—. Olvídalo. Claro que hablas en serio. Tú siempre hablas en serio.

—Parece que me conoces bastante bien —dijo él con sorna.

—Llevo tres semanas observando cómo trabajas —dijo Abby sonriendo—. Supongo que he aprendido algunas cosas sobre ti.

—¿De veras? —él parecía sinceramente intrigado—. ¿Qué cosas?

La señora Yamamoto estaba al otro lado de la clase, atendiendo a otros alumnos. Abby comprendió que no iba a aparecer de pronto para interrumpirlos, y que no tendría más remedio que responder a la pregunta que ella misma había suscitado. La suave expectación con que Torr la observaba le impedía retractarse. ¿Cómo demonios se había metido en esa situación?

—Bueno, no mucho, a decir verdad. Era una broma. No me tomes muy en serio.

—Como tú misma has dicho, me resulta imposible tomarme las cosas de otro modo. Dime qué crees haber aprendido sobre mí, Abby.

—Las pitonisas cobran una pasta por esa clase de cosas, ¿sabes?

—Entonces te pagaré.

—¡Por el amor de Dios! —exclamó ella, sorprendida por la decisión con que había hablado Torr—. Sólo estaba bromeando. Mira, la verdad es que no he aprendido gran cosa sobre ti. Es sólo que tengo la impresión de que, bueno, de que en general eres muy cauto y conservador. Seguramente no sueles arriesgarte, ni te desmelenas los fines de semana, ni haces locuras. Eso es todo.

Era igual que sus diseños, pensó Abby. Reconcentrado, elegante, contenido. Pero, naturalmente, no iba a decírselo en voz alta.

Torr asentía con la cabeza mientras ella hablaba de carrerilla. Su pelo negro, con una leve traza de gris, armonizaba con la fortaleza contenida que se percibía en él, pensó Abby. Las densas pestañas negras que enmarcaban sus ojos ambarinos proporcionaban los únicos toques de suavidad a su cara de ángulos y planos afilados. Vestía, como era su costumbre, de modo tan discreto y opaco como su carácter: su camisa de corte clásico, con un sobrio dibujo de rayas grises y azules, y sus pantalones grises, de corte elegante, enfatizaban su complexión sólida y extraordinariamente viril.

Abby se sorprendió pensando que aplastaría a una mujer en la cama y, de pronto, mientras su imaginación insistía en visualizar cómo sería estar en la cama con Torr Latimer, experimentó una turbación irrefrenable y sumamente incómoda. ¡Cielo santo! ¿Qué le estaba pasando? Ya tenía suficientes problemas esa noche como para permitirse fantasías eróticas.

El narciso se quebró bajo sus dedos agitados. Suspirando, dijo:

—Creo que la señora Yamamoto va a echarme a patadas de la clase.

Torr la observó con curiosidad mientras ella se apresuraba a depositar el segundo narciso roto en una bolsa de papel marrón, la misma bolsa en la que había guardado el primero.

—¿Crees que así vas a poder ocultar los restos? La señora Yamamoto es de las que cuentan hasta el último narciso desaparecido.

—Lo sé, y ahora tengo dos cuerpos en la bolsa —contestó Abby—. En fin, sólo queda una clase. Seguramente se limitará a sacudir la cabeza tristemente, como suele hacer. Creo que ya se ha hecho a la idea de que esto del arte del arreglo floral japonés no es lo mío. A ti, en cambio, he oído que te animaba a presentar un diseño en el concurso del mes que viene. ¿Vas a presentarte?

—No.

Abby lo miró fijamente.

—Claro que sí. ¿Cómo vas a negarte? Tu trabajo es fantástico —continuó ella con vehemencia—. La señora Yamamoto no te animaría si no creyera que lo haces muy bien.

—Supongo que no me interesa. Me apunté al

curso más por curiosidad que por otra cosa. No pienso dedicarme seriamente al arreglo floral.

Los ojos azules de Abby reflejaron el asombro que sentía.

—Eso es ridículo. ¿Cómo puedes decir eso? ¿Cómo vas a dejar de lado algo que se te da tan bien? Tú tienes talento. Me niego a admitir que lo dejes de lado.

La expresión de sardónica curiosidad de Torr hizo que Abby se percatara de la audacia de sus palabras. Ciertamente no era asunto suyo si él explotaba o no su talento para el arreglo floral. Ya debía haber aprendido que sus arrebatos impulsivos no se contaban entre sus grandes virtudes.

—¿Te niegas a admitir que lo deje de lado? —repitió Torr, intrigado, como si la idea de que otra persona le dijera lo que podía o no podía hacer fuera completamente nueva para él.

—Le darás un disgusto a la señora Yamamoto si no concursas —afirmó Abby.

—Lo superará —él aguardó su réplica.

—Debe ser muy gratificante ganar un premio que reconozca el talento de uno —añadió ella alegremente.

—Lo dudo —él siguió aguardando.

El hecho de que Torr pareciera esperar otro empujoncito no dejaba de asombrar a Abby. Su actitud expectante y pasiva resultaba desconcertante. Seguramente sólo quería darle ocasión de ponerse mandona, para a continuación aplastar de un plumazo aquel pequeño acto de tiranía femenina. Algo le decía que Torr Latimer no era la clase de hombre que se dejaba dominar por una mujer. Sin embargo, su evidente firmeza no infundía ni por asomo el recelo que posiblemente podía esperarse. A Abby le costaba desconfiar de él, por más que lo intentaba. Le resultaba más divertido burlarse un poco de él.

Cualquier día su atolondramiento iba a meterla en un buen lío, se dijo Abby, quien a continuación, como solía, olvidó por completo su propia advertencia.

Su ánimo se tornó juguetón.

—Tengo una idea. ¿Por qué no diseñas tú el arreglo y lo presento yo con mi nombre?

—¿Serías capaz de hacer trampa? —él no parecía escandalizado, sino sólo intrigado.

—Oh, por favor. No tienes mucho sentido del humor, ¿verdad? Era una broma.

—Lo siento. A veces soy un poco corto.

Ella le lanzó una mirada sarcástica.

—No intentes hacerte el tonto conmigo —le advirtió—. Sé muy bien que no eres nada corto. Sólo que te interesa más lo sutil que lo obvio.

—¿Eso también lo has aprendido observando mis arreglos florales?

—Supongo que sí.

Hubo una pausa.

—Abby, he visto que esta noche has venido a clase en autobús. ¿Me permites llevarte a casa en coche?

Abby parpadeó, sorprendida. Por una fracción de segundo se permitió pensar en lo agradable que sería tener a aquel hombre fuerte y sólido a su lado cuando abriera la puerta de su apartamento, situado en el centro de la ciudad. Luego ahuyentó aquella idea. ¡No pensaba sucumbir a sus fantasías!

—Eres muy amable, pero...

—Abby, la amabilidad no tiene nada que ver con esto. Me apetece llevarte a casa.

—Eres muy considerado, pero no necesito...

—¿Te pongo nerviosa, Abby? —parecía seriamente preocupado.

—¡Claro que no! ¿Cómo va a ponerme nerviosa un hombre que se apunta a un curso de arreglo floral japonés? —replicó Abby con vivacidad, justo cuando la señora Yamamoto se materializaba a su lado con el ceño fruncido. Abby se apresuró a disculparse por el desbarajuste de su diseño de narcisos y encajes de la reina Ana.

—Lo sé, señora Yamamoto —comenzó atropelladamente, consciente de que Torr la observaba con calma, recostado en su mesa de trabajo—. Se me ha ido la mano otra vez. Está visto que no soy capaz de darle equilibrio. Voy añadiendo hojas, flores y cosas, creyendo que puedo equilibrar el conjunto, y al final siempre acaba desbordándose.

—Abby —suspiró la mujer más mayor—, tendrías que haber parado hace una docena de narcisos. Mira esto. Está todo desparramado. Creía que a lo mejor trabajar junto al señor Latimer te ayudaría a controlar tus impulsos. Fíjate en cómo se limita él a lo esencial para transmitir una sensación de armonía y proporción –la señora Yamamoto se volvió complacida hacia el diseño de Torr.

La menuda profesora se acercó a admirar la obra de su alumno preferido y los ojos de Abby y de Torr se encontraron por encima de su cabeza. El sentido del humor de Abby afloró a la superficie y, sin pensarlo, le hizo a Torr una mueca, un mohín propio de una niña de diez años.

–Empollón –silabeó en silencio, y vio que él la había entendido, aunque se giró educadamente para comentar su creación con la profesora.

–Le agradará saber, señora Yamamoto –dijo Torr suavemente–, que Abby ha accedido a que le dé algunos consejos esta noche, después de clase. Confío en que, trabajando a solas, podré explicarle más claramente algunos principios básicos del arte floral.

–Excelente –dijo la profesora, asintiendo levemente con la cabeza–. Será usted un buen mentor para ella. Lo único que necesita Abby es un poco de consejo y de disciplina.

Abby alzó los ojos al cielo mientras Torr asentía, muy serio.

–Haré lo que pueda –se ofreció él.

Cuarenta minutos después, entre divertida y exasperada, Abby se encontró sentada en el BMW gris de Torr Latimer.

–Consejo y disciplina –refunfuñó–. Francamente, Torr, ni siquiera tú puedes decir en serio que vas a intentar enseñarme el delicado arte del arreglo floral japonés. No sé por qué me he dejado convencer para que me llevaras a casa. Podría haber ido perfectamente en autobús.

—Me apetecía llevarte —dijo él con sencillez, lanzándole una rápida mirada de soslayo mientras conducía con suavidad el coche por la lluviosa noche de abril de Oregón—. Además, está lloviendo.

—Aquí en Portland llueve mucho, por si no lo has notado.

—Lo he notado —repuso él.

—Lo dices como si fueras de aquí —dijo ella, sonriendo.

—No. Sólo llevo aquí tres años —su voz evidenciaba cierta crispación, como si no quisiera que le hiciera más preguntas sobre ese tema.

Tal vez fuera de ésos a los que no les gustaba perder el tiempo hablando de trivialidades, pensó Abby, y empezó a preguntarse de qué se podía hablar con un compañero de un curso de arreglo floral.

—Bonito coche —aventuró con vivacidad—. Yo siempre he querido comprarme un coche de importación, pero el mantenimiento da muchos problemas —prefirió no añadir que, si ella hubiera podido comprarse un coche semejante, habría elegido uno un poco más original que un BMW, tal vez un Jaguar o un Lotus. Aquel coche, sin embargo, encajaba a la perfección con su dueño: era sólido, de buena factura, duradero y recio.

–Cálmate, Abby –respondió Torr, levemente divertido–. Tú misma has dicho que un tipo al que conoces de una clase de diseño floral japonés no puede ponerte nerviosa, ¿recuerdas?

–No estoy nerviosa, pero siento cierta curiosidad por saber por qué querías traerme a casa esta noche.

–Porque eres como uno de tus arreglos florales –le dijo él.

Ella le lanzó una mirada cortante.

–¿Ahora es cuando viene mi sesión de psicoanálisis gratis?

–Si tú quieres.

Ella ladeó la cabeza, desafiante.

–Está bien, oigámoslo.

Él no vaciló.

–Eres interesante, impulsiva, imaginativa e inquieta.

–Asombroso. No sólo tienes talento para el arreglo floral. También tienes talento para la aliteración.

–Hasta te pareces un poco a las flores que utilizamos en clase –prosiguió Torr con calma–. Una cintura tan fina como el tallo de un narciso, pelo del color de la flor del trébol, ojos como...

–No se te ocurra decir azules como botoncillos –lo interrumpió ella, riendo–. Odio los botoncillos.

–¿Y la genciana? –sugirió él suavemente.

La leve risa de Abby se convirtió en una carcajada.

–Eso me parece un poco traído por los pelos.

—Tienes razón. Es absurdo apurar los símiles hasta ese extremo. En realidad, tus ojos son de un azul humo muy extraño.

—En fin, creo has alcanzado el punto culminante. Mejor dejarlo ahí.

—No me tomas en serio, ¿verdad? —preguntó él suavemente.

—¿Debería hacerlo?

Él asintió con la cabeza una vez. En los rasgos afilados de su rostro no había atisbo alguno de humor.

—Sí, creo que será lo mejor.

Abby advirtió la resolución que emanaba su voz y se removió inquieta en el asiento. De pronto pensó que no sabía nada sobre Torr Latimer, salvo que tenía talento para el arreglo floral. Notó también que parecía ocupar gran parte del interior del BMW. Dentro del coche, su presencia resultaba casi sofocante. No llegaba al metro ochenta de estatura, pero transmitía una innegable sensación de fortaleza física. Y, sin embargo, ella lo había conocido en una clase de diseño floral, se recordó Abby resueltamente.

—Vivo en el edificio de apartamentos de la manzana siguiente. Puedes parar enfrente —dijo ella con rapidez, infundiéndole a su voz una áspera cordialidad. No le apetecía pensar en si realmente le parecía a Torr una flor. Eso despertaba en su psique perturbadoras imágenes en las que Torr la arreglaba a ella. Seguramente en una cama.

El BMW se detuvo ronroneando junto a un hueco para aparcar que a ella le pareció muy pequeño. Sintió alivio al pensar que, si Torr no encontraba aparcamiento en la calle, tendría que dejarla junto a la acera y marcharse a casa. Pero el BMW encajó en el pequeño espacio como si estuviera hecho a propósito para él, y Abby contuvo un leve suspiro. Ahora, Torr querría acompañarla hasta la puerta. Estaba segura. Y luego ¿qué?

—¿Te apetece una taza de té? —se oyó decir débilmente mientras cruzaban el portal en dirección al ascensor del bonito edificio de ladrillo.

El bloque de apartamentos, que databa de la primera mitad del siglo, había sido concienzudamente restaurado y conservaba las espaciosas estancias de techos altos del diseño original. El apartamento de Abby era un cómodo estudio de una sola habitación en el quinto piso, con una amplia cocina y grandes ventanales, que dejaban entrar mucha luz.

—Un té me parece demasiado para rematar una velada de arte y flores —dijo Torr tranquilamente—. ¿No tienes algo un poco más fuerte?

—Bueno, sí, hay coñac...

—Eso servirá —la interrumpió él con decisión, cuando salían del ascensor.

Se detuvieron en el pasillo, frente a la puerta del apartamento, y Torr tomó la llave de la mano de Abby y abrió la puerta con una naturalidad que, por algún motivo, a ella la turbó de nuevo. ¿Por qué

aquel hombre le causaba impresiones tan contradictorias? Tan pronto estaba segura de que era educado
y dócil, lo cual la tranquilizaba, como reaccionaba a
su presencia con una inquietud casi instintiva.

—Iré a buscar el coñac —dijo rápidamente, entrando en la habitación de mobiliario ecléctico,
cuya alegre mezcla de colores vainilla y papaya, re-
bajada aquí y allá por toques de negro, reflejaba la
inclinación de Abby por los tonos luminosos y eté-
reos y su caprichoso gusto por el drama en estado
puro. El estilo de la habitación habría ofrecido en
conjunto una impresión de desenfadada sofisticación, de no ser por los montones de cajas que se
apilaban en el recibidor y en cada rincón del cuarto de estar y que desbordaban el armario situado
junto a la puerta.

—¿Qué co...? —masculló Torr, sorprendido, al
golpear accidentalmente una caja con la puntera de
su zapato italiano.

—Lo siento —dijo Abby, agachándose para apartar
la pila de cajas—. Es que me falta espacio donde
guardar las cosas.

—¿Qué hay dentro? —él miró con curiosidad los
montones de cajas que se apilaban a su alrededor.

—Vitaminas —dijo ella sucintamente, mientras se
quitaba la curtida trenca de cuero negro.

A Abby siempre le había gustado aquella trenca.
Tenía la impresión de que le daba cierto aire de audacia, una especie de agresividad desenfadada que
advertía a los hombres que no debían invadir su es-

pacio privado. Por desgracia, Torr no parecía haberse percatado de ello. Tal vez porque él conseguía transmitir de modo natural una sensación de serena firmeza. En fin, quizá la chaqueta no fuera el modo más eficaz de transmitir tales impresiones, se dijo Abby. A fin de cuentas, se la había comprado como solía comprarse casi toda la ropa: dejándose llevar por un impulso.

—¿Vitaminas? —Torr tomó una de las cajas verdes y amarillas y examinó la etiqueta—. Debes de tomar muchas. «Complemento vitamínico MegaLife. Para quienes viven la vida al máximo» —leyó él—. Debes de llevar una vida agotadora, a juzgar por los miles de vitaminas almacenadas en esta habitación.

—No seas ridículo. Ni siquiera yo podría tomar tantas vitaminas. Las vendo. O, mejor dicho, las distribuyo entre gente que las vende para mí a domicilio —Abby localizó en la cocina la botella de coñac y la bajó del armario—. Es asombroso lo que es capaz de comprar la gente impulsivamente cuando te plantas ante su puerta con un producto bien presentado.

—Supongo que tú sabes muy bien lo que es comprar impulsivamente —comentó Torr tras ella.

—¿Eso era un comentario irónico? —preguntó ella, recelosa.

—No, una broma. Una broma muy mala. Parece un negocio boyante —añadió él con socarronería.

—Mucho —le informó ella secamente—. Además, yo creo en mi producto —le sirvió un vaso de coñac y, a continuación, tomó un frasco verde y amarillo que había sobre la encimera. Quitó el tapón con desparpajo y se metió dos tabletas en la boca.

—¿Qué es eso?

—Un complejo de vitaminas B y C. Es bueno para el estrés —cerró el frasco con la boca llena de vitaminas y se sirvió un vaso de coñac. Se tragó las tabletas con un gran trago del potente brandy y acabó intentando contener la tos.

—Puede que el agua sea más eficaz que el coñac —observó Torr mientras se acercaba amablemente y le daba una palmada entre los omóplatos.

—Gracias —jadeó ella—. Yo, eh, sólo intentaba ahorrar tiempo.

—¿Es que tenemos prisa? —preguntó él suavemente.

—Bueno, no, supongo que no. Es que de vez en cuando me gusta tomar un atajo. ¿Vamos al cuarto de estar? —añadió con decidida amabilidad. Qué vergüenza. Debería haberse servido un vaso de agua.

—¿Por qué tomas pastillas para el estrés? ¿Tienes mucho? —preguntó Torr amablemente.

—¿No lo tiene todo el mundo hoy en día? —replicó ella, deseando haber mantenido la boca cerrada. Se sentó en el sofá color papaya y le indicó con un gesto de la mano el sillón negro. Era hora de tomar las riendas de la conversación—. ¿Qué me dices de ti, Torr? ¿A qué te dedicas cuando no estás haciendo centros de flores? —sí, muy bien: aquello sonaba desenfado y socarrón al mismo tiempo.

—A comprar y vender —dijo él con tranquilidad.

Ella arqueó una ceja.

—¿El qué?

—Estrés —Torr sonrió levemente, como si le sorprendiera darse cuenta de que había hecho un pequeño chiste.

—Me temo que vas a tener que ser un poco más explícito. No se me dan muy bien las sutilezas, ¿recuerdas? —dijo Abby con aspereza.

—Perdona. En realidad, no pretendía ser sutil ni gracioso. Me refería a que, en cierto sentido, comercio con el estrés de los demás. Compro y vendo productos básicos.

Los ojos de Abby se agrandaron.

—¿Como chuletas cerdo, por ejemplo?

Él se consintió otra leve sonrisa.

—Y también oro, trigo, maíz y otras cosas. He dicho lo de comerciar con el estrés porque la mayor parte de las transacciones se hace bajo una enorme presión. La gente se asusta, se desespera, se altera demasiado. A menudo se vuelven locos comprando y vendiendo cosas. Hay muchísimo estrés.

—A mí me parece un mercado excelente. ¿No te interesará comprar vitaminas? —preguntó Abby, esperanzada.

Torr sacudió la cabeza.

—Me temo que no las necesito.

—¿No tienes úlcera? ¿Ni hipertensión?

—No.

—¿Es que a ti no te afecta todo ese estrés? —preguntó ella con incredulidad.

—No.

—¿Por qué no, si es tan común?

Él vaciló, alzando los ojos ambarinos para clavar en ella una de aquellas miradas inquietantes que Abby empezaba a temer.

—Seguramente porque no me implico emocionalmente. Para mí es sólo un modo de ganarme la vida. Se me da bien, pero no me va la vida en ello, como les pasa a muchos otros.

—Conque eres un témpano de hielo, ¿eh? —comenzó a decir ella en su mejor tono de vendedora—. Pues da la casualidad de que MegaLife fabrica una fórmula esencial, muy potente, diseñada especialmente para satisfacer las necesidades diarias del hombre sano y equilibrado en la cuarentena...

—En ese caso, todavía me queda un año de gracia antes de empezar a tomarla —la interrumpió Torr con calma.

—Ah, perdona. ¿No tienes cuarenta?

—No, hasta el año que viene no —bebió un sorbo de coñac. No parecía molesto porque ella le hubiera echado años de más—. ¿Y tú, Abby? ¿Qué fórmula esencial utilizas tú?

—La de la mujer sana y equilibrada en la treintena —contestó ella, suspirando.

—Yo suponía que necesitabas la de la mujer sana y equilibrada en la veintena.

—Gracias —Abby hizo una mueca—. En realidad, tengo veintinueve, pero he decidido pasarme un año antes a una fórmula más potente.

—Más unos cuantos complementos, como la vitamina B que acabas de tragarte en la cocina.

—Toda precaución es poca. Bueno, y ahora que hemos agotado este tema tan apasionante, ¿de qué quieres que hablemos? —le lanzó una mirada luminosa y vagamente inquisitiva mientras bebía un sorbo de coñac. Se estaba haciendo tarde y empezaba a preguntarse cómo iba a librarse de Torr Latimer. Él no parecía tener prisa por acabarse la copa y despedirse educadamente.

—De nosotros.

Abby se atragantó con el coñac y empezó a toser. Torr se levantó, preocupado. Un momento después, Abby sintió en la espalda un golpe enérgico que estuvo a punto de lanzarla sobre la mesita de centro de cristal ahumado.

—¿Estás bien? —preguntó él, listo para propinarle otra palmada.

—Sí, sí, gracias —jadeó ella, intentando recuperar el aliento y el equilibrio—. Eh, Torr..., se está haciendo tardísimo. ¿No crees que será mejor que vuelvas a casa? Sé que los comerciantes de productos básicos se levantan muy temprano. Los mercados están en el Este, ¿no?

—Mañana es sábado. Los mercados cierran los sábados.

—Ah —ella empezó a buscar frenéticamente otra excusa.

—Siento haberte desconcertado, Abby —dijo él con suavidad, sentándose de nuevo en el sillón negro y recuperando su coñac. Tenía el ceño ligeramente fruncido y la observaba con la intensidad de un halcón.

—Torr —dijo ella, procurando dominarse—, creo que éste es un buen momento para decirte que no estoy interesada en mantener una relación de ninguna clase. Llevo una vida muy ajetreada. Tengo que ocuparme del negocio y... y de otros asuntos de carácter personal con los que no quiero aburrirte. Si estás pensando en sugerir que, eh, que nos veamos, me temo que, sintiéndolo mucho, he de declinar la oferta.

—¿Has de declinar la oferta? —en los ojos castaños de Torr apareció de pronto un destello de algo que podía pasar por humor.

—Suena un poco relamido, ¿no? —reconoció ella.

—Suena como si estuvieras rechazando una invitación formal a una fiesta campestre.

—Lo siento. Francamente, me has pillado por sorpresa. Esta noche tengo muchas cosas en la cabeza.

—No pensaba invitarte a una fiesta campestre, Abby. Iba a invitarte a la cama.

Ella cerró los ojos e intentó recuperar el aliento. Aquel hombre tenía un talento especial para dejarla fuera de combate sin tocarla siquiera.

—Ya que insistes en plantear tu oferta de manera tan explícita, intentaré mostrarte la misma deferencia —logró decir por fin fríamente, y se levantó con solemnidad—. La respuesta es no. Buenas noches, Torr.

Él la miró un momento como si intentara decidir cuál sería su siguiente movimiento. Luego se puso en pie con expresión extrañamente cansina.

–Me he precipitado un poco, ¿no? No suelo hacerlo, te lo aseguro. Por lo general soy mucho más lento y precavido. Sobre todo cuando trato con una flor especialmente frágil. No quiero presionarte, Abby. Pero me gustaría que fuéramos claros desde el principio. Así todo será más sencillo.

–¿Más sencillo? –preguntó ella, incapaz de ordenar sus pensamientos.

La firmeza de Torr resultaba amenazadora en ciertos sentidos y extrañamente atractiva en otros. Debía de haberse vuelto loca si le fascinaba aquel hombre. Lo que tenía que hacer era mandarlo a su casa de inmediato en aquel coche extranjero tan elegante y respetable. Por de pronto, no debería haber permitido que la llevara a casa.

–No he tenido oportunidad de decirte en qué más sentidos me recuerdas a una flor –continuó Torr con voz suave, acercándose a ella y extendiendo una mano grande para agarrar su nuca.

–Torr...

–Te he dicho que tu cintura es tan fina como el tallo de un narciso –murmuró él, bajando la cabeza hacia el cuello de Abby–, pero no me ha dado tiempo a explicarte que tus pechos me recuerdan dos orquídeas delicadas y lujuriosas.

Abby sintió que los fuertes dedos de Torr se deslizaban suavemente por la parte delantera de su suéter negro, buscando sus pequeños pechos redondeados. Había llegado el momento de asustarse, se dijo ella. Era una necia si no rechazaba a Torr. Pero ¿era posible apartar de un empujón a una roca del tamaño y la densidad de aquel hombre? Mientras aquella pregunta daba vueltas en su cabeza, alzó las manos para empujar, titubeante, el amplio pecho de Torr. No ocurrió nada. Él ni siquiera pareció notar su empujoncito cauteloso.

Abby respiró hondo y aguardó a que llegara la sensación de inseguridad y el atisbo de miedo que debían materializarse en su cerebro. Pero no sucedió nada. Tardó varios segundos en darse cuenta de que los ribetes de trémula emoción que se agitaban en lo más profundo de su ser no eran los primeros envites del miedo, sino una extraña excitación. Sintió entonces las manos de Torr deslizándose por su cintura y el contorno de sus caderas. Él profirió un gruñido profundo al tocar las curvas de la parte inferior de su cuerpo.

—Y tu dulce y suave culito me hace pensar en un gladiolo.

—¿No será en un atrapamoscas de Venus? —logró balbucir Abby mientras intentaba encontrar un modo de afrontar una situación que parecía a punto de escapársele de las manos.

—No, nada de eso —dijo él, y su boca se deslizó hacia arriba, siguiendo la línea de la garganta de Abby, hasta rozar los labios tímidamente entreabiertos—. Llevo toda la noche queriendo probar tu sabor —sus labios se cerraron sobre los de ella con un ansia que a Abby le pareció apenas refrenada. La idea de que aquel hombre que parecía tan dueño de sí mismo la deseara hasta tal punto resultaba inquietante y embriagadora.

No hubo un cauto paladeo del néctar que sin duda Torr esperaba encontrar. Por el contrario, tal y como Abby llevaba intuyendo de manera vaga toda la noche, Torr Latimer se apoderó de su boca ávidamente, como si fuera suya por derecho. Ella sabía que si, en lugar de de pie, hubiera estado tumbada bajo él, habría resultado aplastada. Lo que le asombraba era que la idea no le infundía ningún temor.

Sintió que las manos de Torr se deslizaban de nuevo por su espalda hasta asir las curvas de su trasero, y que la apretaban contra los muslos de él, y gimió al sentir la prueba palmaria de su excitación y al comprender que eso era precisamente lo que él buscaba.

—He estado pensando en esto desde la primera vez que te vi. Esta noche he decidido que no podía esperar más. Me intrigas tanto, Abby... Haces que te desee. Y hace tanto tiempo... —las palabras desaparecieron en la boca de Abby cuando él hundió en ella su lengua.

Si sólo se trataba de eso, pensó Abby de repente, tenía que ponerle fin a aquello de inmediato. Si hacía tanto tiempo que Torr Latimer no estaba con una mujer que cualquier mujer le bastaba, ella desde luego no estaba dispuesta a prestarse a sus deseos.

Esa idea le dio fuerzas para empujar con más fuerza los anchos hombros de Torr.

Él no la soltó. Una de sus manos se deslizó hasta la nuca de Abby y la sujetó con suave firmeza en tanto ella intentaba desasir su boca. Abby, sin embargo, no sentía miedo, sino únicamente una inesperada y embriagadora excitación. Notaba cómo palpitaba el deseo en su interior, y sabía que Torr también lo sentía. Se estremeció, pegada a su cuerpo, y él susurró algo que a Abby le sonó viril y arrogante. Luego, muy despacio, con una morosidad que dejó la boca de Abby húmeda y temblorosa, Torr levantó la cabeza.

La fuerza del deseo, cuya profunda intensidad advertía Abby al fondo de los iris dorados de Torr, hacía refulgir sus ojos ambarinos. La turbación creada por él hacía palpitar el cuerpo de Abby, en cuya mente se agolpaban preguntas mudas y un deseo sin nombre. El deseo y la conciencia de él resultaban tan extraños que Abby no se atrevía a mirarlo de frente. Todo iba demasiado aprisa. Y, luego, de pronto, las palabras de Torr echaron el freno, chirriando.

—Abby, cariño, necesito saber ahora mismo si hay alguien más. ¿Eres libre para estar conmigo esta noche? ¿Hay otro hombre en tu vida? ¡Dímelo!

Por primera vez desde que le había franqueado las puertas de su apartamento, el miedo, que hasta ese instante había permanecido extrañamente ausente, tiñó la incertidumbre que Abby sentía desde el principio.

—¿A qué viene esa pregunta, Torr? —musitó ella.

—Ya lo sabes. No soy ni mucho menos tan sutil como pareces creer —gruñó él mientras sus manos se movían entre el cabello color miel de Abby, soltando el moño que lo mantenía atado tras su cabeza. La densa melena se derramó sobre sus hombros y él la miró fascinado—. Dime la verdad, Abby. Es lo único que te pido. No quiero compartirte con nadie.

—Nadie te ha pedido que me compartas, Torr. Mi vida privada es asunto mío. Yo no le doy explicaciones a nadie, y mucho menos a un hombre al que apenas conozco.

—Yo no estoy con nadie más —dijo él con sencillez.

Abby alzó la mirada hacia él, entornando los ojos azules.

—¿Qué se supone que significa eso?

—Que estoy siendo franco contigo. Soy libre de estar aquí, contigo. Lo único que te pido es que tú también seas franca conmigo. ¿Perteneces a otro hombre?

Ella se sintió atrapada, acorralada por la violencia soterrada de la pregunta de Torr, que la inquietaba pese a que no había nada que pudiera objetarle a aquel aparente deseo de franqueza. El orgullo inspiró finalmente su respuesta; el orgullo y un instintivo deseo de protegerse a sí misma.

—Torr, yo no pertenezco a ningún hombre —notó que un destello de satisfacción se agitaba al fondo de los ojos de él, y añadió rápidamente–. Y quiero dejar muy claro que no me interesa pertenecerle a nadie. Yo sólo rindo cuentas ante mí misma.

–Estoy dispuesto a que discutamos lo demás más adelante, siempre y cuando ahora estés libre –murmuró él, y su boca se curvó ligeramente mientras su pulgar se deslizaba por la mandíbula de Abby.

–Pues tendrás que esperar mucho tiempo –replicó ella.

Torr la soltó al ver que se revolvía entre sus brazos, pero mantuvo los ojos fijos en cada uno de los movimientos de Abby. Ella se puso a recoger los vasos de coñac y los llevó al fregadero, intentando mantenerse fuera de su alcance. Torr la siguió y se detuvo en la puerta de la cocina. Su imponente presencia aumentaba la ansiedad de Abby. Quería que se fuera cuanto antes. Había sido un error dejar que la llevara a casa.

–Buenas noches, Torr.

–Te doy miedo, ¿verdad? –preguntó él.

–Digamos que éste me parece buen momento para ejercitar la cautela –replicó ella.

–Yo nunca te haría daño.

–Respecto a eso, sólo cuento con tu palabra, ¿no crees? –observó ella lacónicamente–. Sé por experiencia que los hombres son muy capaces de hacer daño a las mujeres, especialmente a las que creen que les pertenecen. De momento no tengo ganas de liarme con nadie, Torr, pero, si las tuviera, te aseguro que no elegiría a un hombre posesivo. Y, francamente, me da la impresión de que tú lo eres.

La boca de Torr se endureció y, mientras permanecía allí, sólidamente parado en la puerta, Abby advirtió su calculadora concentración.

—¿No quieres contármelo, Abby? —preguntó por fin él suavemente.

—No —ella sonrió con frialdad—. No es asunto tuyo.

—¿Cómo puedes decir eso cuando está afectando a nuestra relación?

—Buenas noches, Torr. Gracias por traerme a casa.

Él no se movió.

—Nos veremos mañana —no era una pregunta, era una afirmación.

—Mañana estoy ocupada.

—Abby, me estás juzgando sin darme una oportunidad. No tienes por qué tener miedo de mí.

Su convicción derritió en parte la gélida sonrisa de Abby.

—No creo que seas consciente de lo avasallador que resultas, Torr.

—En clase no te daba miedo, ni tampoco cuando te he besado. No hagas juicios precipitados, Abby. Dale un tiempo a lo nuestro. Deja que te lleve a cenar mañana.

Abby comenzó a sacudir la cabeza. Él se acercó y tomó su cara entre las manos con sorprendente delicadeza. Los labios de Abby empezaron a formar la palabra «no», pero él acercó su boca a la de ella y, besándola, devolvió la negativa a su garganta.

Abby se puso tensa, esperando a que aflorara el miedo. Pero lo único que sintió fue el denso calor que emanaba del cuerpo de Torr, y que la envolvía. Su forma de besarla era tan poderosa y excitante como la primera vez, pero, pese a todo, Abby no respondió con crispación ni con temor. Por el contrario, pensó ella con sarcasmo, se limitó a responder. Y punto.

–¿Cenamos juntos? –musitó él con urgencia, con la boca suspendida justo sobre la de ella–. Por favor.

–Yo...

–Por favor, Abby.

Ella cerró los ojos y revisó apresuradamente todas las razones por las que no debía cenar con él, y luego se oyó decir con tono vacilante:

–Está bien, Torr. Cenamos juntos mañana. Nada más.

–Gracias –la gratitud de su voz profunda hizo que Abby se sintiera avergonzada, como si hubiera exagerado–. Te recogeré a las siete. Iremos a ese sitio nuevo del centro, al lado del Benson.

Ella asintió con la cabeza, sin saber qué decir mientras él mencionaba el nombre del restaurante europeo que acababa de abrir junto al hotel más famoso de Portland.

–Buenas noches, Abby –dijo él suavemente.

–Buenas noches, Torr.

Él apartó las manos de ella y Abby sintió frío. Entonces se dio cuenta de hasta qué punto la había envuelto el calor de su cuerpo. Torr se dio la vuelta sin decir palabra y su mirada se posó sobre un folleto de colores vivos que había sobre la encimera de la cocina. Abby se mordió el labio cuando él recogió el folleto de publicidad perteneciente a un hotel de la costa de Oregón.

—¿Te vas de vacaciones? —preguntó él suavemente.

—No —contestó ella con excesiva rapidez—. No, pasé ahí un fin de semana hace un par de meses. Supongo que están mandando publicidad y me tienen en su lista de correo.

—¿Fuiste al mar en invierno?

—La costa está preciosa en invierno —dijo ella llanamente.

—Sí, es cierto —asintió él, dejando el folleto sobre la encimera—. Tal vez podríamos... —se calló de pronto, como si se hubiera dado cuenta de que estaba a punto de excederse—. Nos veremos mañana a la siete, Abby.

—Sí —Abby miró el folleto mientras éste caía de los dedos de Torr—. A las siete.

Cerró la puerta tras él con mucho cuidado, regresó a la cocina y recogió el folleto. *Hotel Bruma. Disfrute en cualquier época de la espectacular costa de Oregón. Abierto todo el año*, proclamaba alegremente el folleto. Abby lo rompió concienzudamente en pequeños pedazos. Pasaría mucho tiempo antes de que regresara al Hotel Bruma. Quizá no volvería nunca. Tiró los pedazos al cubo de basura, debajo del fregadero.

La única razón que explicaba que aquel folleto hubiera llegado con el correo esa misma tarde era que el hotel estuviera mandando publicidad a sus clientes. Pero mientras trataba de convencerse de ello por enésima vez desde la llegada del correo, Abby experimentó un extraño desasosiego. Llevaba toda la noche arrumbando al fondo de su psique aquella sensación, que ahora emergía con plena fuerza para mortificarla.

Se habría sentido mucho más segura si el folleto hubiera llegado en un sobre con el membrete del hotel. Pero no había sido así. Iba metido en un sobre blanco, con la dirección escrita a máquina. No llevaba remite de ninguna clase.

Mientras se desvestía para irse a la cama, sus pensamientos se volvieron caóticos, fragmentados entre los recuerdos de un hombre fuerte y apasionado que se apuntaba a clases de arreglo floral japonés y las imágenes de un fin de semana de invierno que deseaba desesperadamente olvidar.

II

Abby decía que él apreciaba la sutileza, pero lo cierto era que esa noche no se había mostrado en absoluto sutil. De ahí que hubiera estado a punto de echarlo todo a perder. Demonios, pensó Torr con cierta amargura mientras conducía el BMW por la sinuosa ladera de la colina que dominaba Portland. Cabía suponer que, a aquellas alturas de su vida, un hombre de su edad habría desarrollado cierta finura en lo tocante al trato con una mujer a la que deseaba.

En realidad, se dijo, ignoraba por qué había abandonado tan completamente su moderación habitual. Pero esa noche, al reconocer por fin ante sí mismo que deseaba a Abby Lyndon, le había sucedido algo extraño. Era como si, habiendo aceptado lo inevitable, hubiera decidido asirlo con ambas manos, a ciegas.

Se había comportado como un necio, de eso no había duda. Debería habérselo tomado todo con mucha más calma. Pero por suerte al final había podido rehacerse lo suficiente como para fijar otra cita con Abby. «Algo es algo», se dijo con sorna. Sin embargo, era una suerte que a Abby no le hubiera dado un ataque de pánico. Se preguntaba por qué se ponía tan nerviosa con él. En clase siempre se mostraba bastante amable. Su nerviosismo tenía algo que ver con el deseo de Torr de asegurarse de que estaba libre. Había sido después de que él le hiciera la pregunta crucial cuando había empezado a ponerse a la defensiva. Tal vez fuera porque no era libre del todo. ¿Habría pasado sola aquel fin de semana en la playa, hacía dos meses? Quizás acabara de salir de una relación difícil y le diera miedo meterse en otra.

Las dudas se arremolinaban en su cabeza mientras conducía con precisión automática. A ambos lados de la carretera, las casas encaramadas a la ladera de la colina, cuyas ventanas entibiaban las luces, parecían bonitas y acogedoras. La suya estaría a oscuras. No se había molestado en dejar la luz encendida para que le diera la bienvenida cuando regresara.

Una cosa era segura, se dijo. Abby no sabía lo suficiente sobre su pasado como para tenerle miedo. Aún no. Ni nunca, si él se salía con la suya. Era otra cosa lo que la mortificaba. ¿Le habría recordado a otro hombre algo de lo que él había dicho? ¿Al tipo con el que había estado en la costa dos meses antes?

Sus dedos recios se estiraron y agarraron el volante con una fuerza que Torr ni siquiera notó. De pronto tenía ganas de ponerle la mano encima al tipo que había asustado a Abby hasta aquel punto.

Eran las señales contradictorias que recibía de él lo que le hacía difícil tratar con Torr Latimer, concluyó Abby la noche siguiente, mientras se vestía para la cita. Su evidente fortaleza, por ejemplo, resultaba al mismo tiempo reconfortante y amenazadora. Ella experimentaba, por un lado, la sensación instintiva de hallarse protegida, mientras que, por otro, desconfiaba de la fortaleza física, cuyos efectos había sentido en carne propia en el pasado.

Si Torr no hubiera empezado a hacer exigencias, a preguntarle por otros hombres, tal vez ella hubiera permitido que aquel beso llegara mucho más lejos de lo que había llegado, reconoció Abby mientras se metía el suave y ceñido vestido de punto por la cabeza.

El vestido, de color azul plateado, realzaba su pelo color castaño, recogido en la nuca, y sus ojos azules. Pero no azules como los botoncillos o las gencianas, pensó Abby, vagamente divertida al recordar los esfuerzos de Torr por compararla con una flor.

En realidad aquella comparación era bastante halagüeña, sobre todo teniendo en cuenta que Abby no se consideraba a sí misma como un modelo de belleza floral. Sus grandes ojos azules, su nariz respingona y su boca expresiva formaban una combinación discretamente atractiva, pero Abby no se engañaba: no había belleza que remachara y sostuviera el conjunto.

Su rostro poseía, sin embargo, una vivacidad de expresión de la que ella no era consciente. Rara vez se sonríe, se habla o se ve gesticular uno a sí mismo en un espejo. Los espejos muestran una versión extrañamente muda de nosotros mismos. De ahí que, al menos en el caso de Abby, la imagen que le devolvía el espejo resultara sólo moderadamente atractiva. Únicamente quienes la observaban con atención eran capaces de captar la vivacidad, la inteligencia y la energía que formaban parte esencial de su persona. En el pasado, algunos hombres habían percibido la totalidad del efecto que producía Abby. Ella, sin embargo, no había permitido que ninguno se le acercara desde Flynn Randolph.

La noche anterior, su reacción ante el hombre severo y callado de la clase de arreglo floral había sorprendido a Abby. Aquél era uno de los indicios confusos y perturbadores que intentaba interpretar.

Frunció el ceño, irritada consigo misma, y sus cejas se plegaron en una arruga severa mientras se aplicaba el carmín. Torr Latimer no era la clase de hombre que solía despertar en ella una reacción inmediata. Aunque por otra parte, como no dejaba de recordarse a sí misma, lo había conocido en una clase de arreglo floral.

Aquella idea hizo aflorar a su rostro una sonrisa reticente cuando se apartó del espejo para responder al exigente clamor del timbre. Torr llegaba justo a tiempo, demostrando una puntualidad que no la sorprendió lo más mínimo. Tenía la certeza de que era un hombre concienzudo y puntual.

Por otra parte, pensó al abrir la puerta, le seguía pareciendo tan desconcertante como la noche anterior. El traje oscuro que llevaba contrastaba con la camisa blanca y formal, adornada con una corbata clásica y pequeños gemelos. Gemelos de oro auténtico, se fijó Abby un tanto sorprendida. ¿Sería rico?

—¿Pasa algo? —preguntó él amablemente, mientras ella seguía mirándolo—. ¿Me he hecho mal el nudo de la corbata?

Ella sacudió la cabeza, rompiendo el pequeño hechizo, y retrocedió para dejarlo pasar.

—No, claro que no. Sólo me estaba preguntando si eras rico. Cuidado con ese montón de pastillas de ácido pantoténico. He recibido hoy el pedido.

—¿Importa eso? —Torr sorteó la precaria pila de cajas verdes y amarillas que había junto a la puerta.

—¿Que tires las pastillas? A mí no. Eres tú quien tendrá que recogerlas y volver a apilarlas —contestó ella, sonriendo irónicamente.

—Me refiero a si te importa que sea rico —dijo él pacientemente.

—Bueno, tengo por norma no salir con hombres más ricos que yo —explicó ella con franqueza.

—Si quieres podemos comparar nuestras cuentas corrientes durante la cena —murmuró él, y sus ojos de ámbar brillaron al observar la esbelta figura de Abby con el vestido azul—. Aunque admito que no me parece un tema especialmente atractivo.

—Podría serlo si resultara que soy mucho más rica que tú —sugirió ella alegremente, alejándose para recoger su chaqueta de cuero negro.

—¿Crees que eso es posible?

—No —contestó ella, suspirando.

—¿De veras desconfías de los hombres ricos?

—Digamos que con ellos soy cautelosa.

—A mí me parece que eres cautelosa con todos los hombres —Torr le sostuvo la puerta abierta—. Algún día tendrás que contarme por qué.

—No has contestado a mi pregunta.

—¿Sobre si soy rico? —él alzó un hombro con indiferencia mientras la agarraba del brazo—. Eso siempre es relativo, ¿no crees? ¿Cómo sé qué consideras tú ser rico?

Ella guardó silencio mientras bajaban en el ascensor y cruzaban el vestíbulo del edificio.

—No vas a contestar, ¿verdad? —preguntó finalmente.

—No, ahora no.

—Lo cual significa que eres rico —gruñó ella.

—Anoche te pedí que no hicieras juicios precipitados —le recordó Torr mientras la escoltaba hasta el BMW.

—No soy yo la única que tiene ese problema —comentó ella cuando Torr se deslizó en el asiento, a su lado—. Anoche tú también te precipitaste un poco.

—Decidir que quería acostarme contigo no fue nada precipitado —él encendió el motor y se apartó diestramente de la acera—. Te he estado observando mientras hacías esos caóticos arreglos florales durante tres semanas, antes de darme cuenta de que lo que me atraía era la creadora y no los diseños.

—No sé si tomarme eso como un cumplido —la boca de Abby se curvó irresistiblemente por las comisuras—. Quiero decir que, si tardaste tres semanas en darte cuenta de que lo que te interesaba era yo y no las flores...

—Suelo ser bastante lento y cuidadoso tomando decisiones —admitió él.

—Pensaba que la gente que se dedica al comercio tiene que tomar decisiones rápidas.

—Tomé la decisión de dedicarme al comercio únicamente tras meditarlo cuidadosamente. Una vez dentro, me enganché. El comercio es una combinación de habilidad y suerte, como cualquier negocio. Yo soy relativamente bueno en lo mío. Después de decidir que quería dedicarme al comercio, las demás decisiones no requieren mucha deliberación. Uno hace sencillamente lo que hay que hacer para ganar dinero.

—Entonces... ¿ahora soy como una decisión comercial? Creo que me gustaba más el símil de las flores —dijo Abby, que empezaba a disfrutar de la conversación.

Él le lanzó una mirada rápida y penetrante antes de fijar de nuevo su atención en la carretera.

—¿Intentas provocarme, Abby?

—Puede ser. ¿Te molesta?

—No. Lo considero una buena señal. Si intentas provocarme, es que no me tienes tanto miedo.

Abby descubrió que la seriedad de aquel comentario le resultaba irritante.

—No sé si me gusta que me psicoanalicen.

—Hay muchas cosas que no te gustan, ¿no? —observó él con desenfado, mientras aparcaba en otro hueco diminuto junto a la acera.

Aquel hombre tenía talento para aparcar en espacios inexistentes, admitió Abby para sus adentros.

—Opinar es un derecho —declaró solemnemente.

—Y también intentar hacer cambiar de idea al otro de vez en cuando —respondió él con una sonrisita áspera, que apenas cambió la forma de su boca.

—¿Sueles conseguirlo? —preguntó ella desafiante mientras Torr la conducía al interior del lujoso restaurante suavemente iluminado.

—Rara vez me molesto en hacer cambiar de idea a una mujer.

—¿Debería sentirme halagada?

—No es cuestión de halagos —le explicó él puntillosamente.

—Eso me parecía —la risa iluminó los ojos de Abby al mirarlo—. ¿No será, tal vez, otra decisión comercial?

Él bajó la mirada hacia ella un momento antes de contestar.

—Ya te he dicho que, una vez he tomado una decisión esencial, a pesar de lo lento y arduo que haya sido el proceso, hago lo preciso para conseguir que el proyecto concluya con éxito. Y, en lo que respecta a ti, he tomado la decisión esencial.

—¿Eso es una advertencia? —parte del regocijo se apagó en sus ojos.

—No, Abby, sólo es una constatación. Pero acepta mi consejo y no permitas que eso te arruine la velada. Tenemos muchas horas por delante. No quisiera que te pasaras la noche enfurruñada.

—Yo nunca me enfurruño —le aseguró ella tranquilamente. Luego se dio la vuelta y sonrió alegremente al maître, cuya llegada puso fin a la conversación.

Fueron conducidos a un reservado. La mesa estaba dispuesta con reluciente cubertería de plata y un mantel blanco como la nieve. Torr conversó con el sumiller durante unos minutos y Abby aprovechó la ocasión para buscar en su bolsito de noche un par de pastillas.

Torr la miró cuando se las estaba metiendo en la boca.

—¿Más vitaminas para el estrés?

—No, esto es calcio. Es bueno para los huesos y los dientes.

—¿Has probado a beber más leche? —preguntó él lacónicamente.

—Odio la leche —se tragó las pastillas con varios sorbos de agua. Luego hizo una mueca—. Me gusta mucho más el vino. ¿Qué vamos a tomar esta noche?

—Hay un sauvignon blanc que tengo ganas de probar. Es de una de las bodegas de California que más me gustan. He pensado que iría bien con el salmón ahumado y las alcaparras.

—¿Qué salmón ahumado y qué alcaparras?

—El salmón ahumado y las alcaparras que vamos a tomar de aperitivo —afirmó él tranquilamente.

—No recuerdo haber pedido un aperitivo. ¡Ni siquiera he mirado la carta! —Abby lo miró con severidad, irritada por su presunción.

—Alguien que toma pastillas de calcio de aperitivo no merece mirar la carta. ¿Cuántas pastillas tomas al cabo del día?

—No las he contado —contestó ella fríamente.

—¿Eres tu mejor clienta?

—Créeme, las personas que venden mis vitaminas tienen clientes que toman muchísimas más pastillas que yo.

—Conque de verdad te ganas la vida así, ¿eh? —él la miró pensativo—. ¿Es tu única fuente de ingresos?

Ella le lanzó una mirada especulativa.

—¿Qué pasa? ¿Es que sólo sales con mujeres ricas? ¿Tienes miedo de que no pueda proporcionarte el tren de vida al que estás acostumbrado?

—Te estás poniendo sarcástica, ¿eh? Un par de comentarios más como ése y dejo que pagues tú la cuenta —le advirtió él con suavidad.

—¿Más amenazas? —preguntó ella con viveza mientras llegaba el vino.

—Abby, cielo, ya te he explicado que yo no amenazo, ni advierto. Sencillamente, enuncio los hechos —él probó el vino, deteniéndose un momento para paladearlo. Luego miró al camarero y asintió con la cabeza—. Te preguntaba por el negocio de las vitaminas porque no sé si te dedicas a eso a tiempo completo.

—Sí, es mi única fuente de ingresos —le aseguró ella cuando el camarero acabó de servir el vino y ya se alejaba discretamente—. A no ser que tengas en cuenta las acciones que heredé de mi tío.

—¿Acciones? ¿De qué empresa? —Torr se reclinó cómodamente y bebió su vino con delectación.

—De la que fundó mi tío: Lyndon Technologies. Está en Seattle. Es una empresa familiar que se dedica a los ordenadores —explicó Abby con indiferencia—. La mayor parte de las acciones es de mi prima; las demás están repartidas entre toda la familia. Yo tengo un veinte por ciento, más o menos. Una de las participaciones más grandes. Me las dieron porque mi padre le prestó a mi tío el dinero para montar la empresa. Mi padre le dijo que le devolviera el préstamo en acciones a mi nombre. Las recibí hace unos años, cuando murió el tío Bert. Pero la empresa está en crisis desde hace cinco años, así que las acciones no valen nada. La única esperanza es que el marido de mi prima, que es el presidente, pueda sacarla a flote –Abby tomó su copa de vino y bebió un largo trago. No quería seguir hablando del asunto. Acordarse de su prima Cynthia le hacía pensar en Ward Tyson, el marido de ésta. Y pensar en él le recordaba el folleto del Hotel Bruma.

–¿Al marido de tu prima se le dan bien los negocios?

–Eso dicen –dijo ella con desgana, mientras tomaba la carta–. Veamos. Dado que has pedido salmón ahumado de aperitivo, creo que tendré que inclinarme por la ternera a la hierbabuena. Y quizá pida una buena ensalada de lechuga romana –continuó ella vivazmente mientras observaba aquella lista de platos sofisticados.

–Olvídate de la ternera y la ensalada –dijo Torr con sencillez, quitándole la carta de las manos–. Vamos a tomar calamares.

–¡Calamares! –ella lo miró perpleja.

–En salsa de vino con especias –continuó él–. Te va a encantar.

–¿Cómo lo sabes? –preguntó ella con los dientes apretados.

–Porque los calamares tienen muchas vitaminas y minerales –sacó la botella de vino de la hielera y le sirvió un poco más de sauvignon blanc.

Abby le lanzó una mirada larga y pensativa mientras él servía el vino. De pronto advirtió que

Torr poseía también, además de fuerza, una elegancia natural y viril. Y ello le hizo recordar sus elegantes y austeros diseños florales.

Las uñas de color rojo cobre de Abby dejaron una pequeña incisión en el mantel blanco, y su expresión pensativa se tornó ceñuda.

—¿Pasa algo? —preguntó Torr amablemente.

—¿Te importa decirme por qué? —preguntó ella.

—Claro que no, pero tendrás que aclararme la pregunta. ¿A qué te refieres exactamente?, ¿por qué qué?

—¿Por qué un hombre capaz de crear la impresión de un jardín primaveral con unas pocas hojas y un narciso o dos se muestra tan mandón esta noche?

—Ah, los calamares —él asintió con la cabeza, complacido.

—No, me refiero a tu arrogancia, no a los calamares —dijo ella con dulzura—. Olvidas que he visto en clase lo sutil que puedes ser. Sé que tienes un lado elegante y delicado, lo cual me hace suponer que seguramente eres capaz de mostrarte amable en una cita. Así que… ¿por qué te comportas como un machito arrogante que ni siquiera le permite a su acompañante elegir su cena?

Él se quedó pensando un momento, como si intentara decidir cómo explicarse. Una leve sonrisa curvó la comisura de su boca, pero sus ojos de color ámbar permanecieron ilegibles.

—Porque un poco de arrogancia respecto a algo

tan prosaico como la comida te proporciona un objetivo conveniente. Un punto focal, digamos —explicó finalmente—. Te da un motivo para quejarte y despotricar y, al mismo tiempo, impide que te preocupes por otras cosas. El hecho de que yo elija la cena sin consultarte puede resultarte molesto, pero no te asusta. Y absorbe tu atención, de modo que no tienes tiempo de preocuparte de qué es lo que va a pasar cuando te lleve a casa después.

Abby se quedó muy quieta mientras seguía su razonamiento.

—Dios mío —jadeó, admirada—. Un señuelo. Eres muy astuto.

—No tanto. Te has dado cuenta enseguida de que estaba tramando algo —contestó él suspirando, y se reclinó en la silla al tiempo que llegaban el salmón y las alcaparras.

—No, no —dijo ella con firmeza—. Estoy impresionada. Naturalmente, sabía que podías ser mucho más cortés si querías, pero creo que nunca habría adivinado por qué te estabas comportando como un déspota. Habría seguido un poco enfadada toda la noche. Y no habría tenido tiempo de preocuparme de qué iba a pasar después.

—Y, ahora que me has descubierto, ¿vas a empezar a preocuparte? —él deslizó una loncha de salmón fina como papel sobre una rebanada de pan tostado y le añadió unas alcaparras. Luego se la ofreció solemnemente a Abby, mirándola con fijeza.

—¿Debería hacerlo? —ella vaciló y luego aceptó el salmón.

—¿Preocuparte por lo que va a pasar luego? No. Te aseguro que no tendrás que librarte de mí a patadas al final de la velada —contestó él con convicción.

Abby se quedó parada un momento con la tostada a la altura de su boca. De pronto se dio cuenta de que lo creía, aunque no sabía muy bien por qué. Tomando una decisión con su rapidez habitual, abrió la boca y clavó con firmeza los dientes blancos en la tostada de salmón.

—Está bien, Torr. No voy a preocuparme por lo que pase luego.

—¿Así, sin más?

Ella alzó un hombro delicadamente.

—Yo no soy tan sutil como tú, y suelo decidirme con bastante rapidez.

—¿Y has decidido confiar en mí? —insistió él.

—Sí —Abby le lanzó una mirada remolona y divertida—. Será porque te he estado observando en clase durante estas semanas. Siempre eres cuidadoso y delicado con las flores —explicó con viveza.

Y el resultado final era que las flores hacían siempre exactamente lo que él quería, se dijo Abby sintiendo una repentina punzada de inquietud.

—Gracias, Abby.

—En cuanto a los calamares... —comenzó ella.

—Ya te lo he dicho. Te van a encantar.

—¡Pero Torr...! —el regocijo amenazaba con estropear su solemne indignación, y Abby comprendió que él se había dado cuenta.

—Abby, cariño, ya te he dicho que no soy tan sutil como crees. Estoy convencido de que te van a encantar los calamares y creo firmemente que debes probarlos.

—¿Por qué tengo la extraña sensación de que no has estado casado? —dijo ella riendo.

Para sorpresa suya, aquel comentario burlón pareció molestar a Torr, el cual apartó rápidamente la mirada de la loncha de salmón que estaba a punto de colocar sobre una tostada. No había ni una pizca de buen humor en las profundidades ambarinas de sus ojos.

—Estuve casado —dijo con calma.

Abby comprendió al instante que había sobrepasado un límite invisible.

—Lo siento, Torr, no pretendía traerte malos recuerdos. Era sólo una broma. Lo que quería decir es que, teniendo en cuenta lo dominante que eres, me daba la sensación de que ninguna mujer habría podido, eh, hacerte pasar por el aro... —su voz se desvaneció mientras se estrujaba el cerebro intentando encontrar otro tema de conservación.

—No tiene importancia —dijo él por fin, suavemente—. Estuve casado dos años. Mi mujer... se ahogó hace tres. No suelo hablar de ese tema.

—No, claro, lo entiendo —se apresuró a decir ella—. A mí hay cosas de las que tampoco me gusta hablar. Por favor, discúlpame —extendió impulsivamente sus dedos de uñas largas y le tocó el brazo, que él tenía apoyado sobre la mesa.

Torr miró sus dedos y cerró su mano cuadrada sobre la de ella. Abby sintió que le apretaba la mano, pero la sensación no le resultó desagradable, sino más bien cálida y reconfortante. Casi un gesto protector, pensó esbozando una sonrisa.

Él le devolvió la sonrisa y, durante aquel instante de íntima comunicación, Abby comprendió que el tono de la velada había quedado establecido. Se relajó un poco más, consciente de que iba a disfrutar sinceramente del tiempo que pasara con Torr Latimer.

Algo, una emoción que parecía tanto alivio como satisfacción, brilló en los ojos de Torr al observar la cara de Abby. Ella decidió no preocuparse por ello. Se dijo que esa noche no quería preocuparse por nada más.

La conversación pasó suavemente de un tema a otro, provocando discusiones joviales, inesperados acuerdos y un placentero alborozo. Los calamares estaban deliciosos, como Torr había asegurado, y Abby, que se sentía suficientemente magnánima, así se lo dijo.

—Celebro que te hayan gustado —dijo él mientras la ayudaba a entrar en el coche.

—¿Qué pasa? —preguntó ella alegremente—, ¿no vas a decirme «ya te lo dije»?

—Jamás se me ocurriría. Yo sé bien cuándo tengo razón —añadió, divertido—. Y ahora te llevaré a casa, te daré un beso de buenas noches en la puerta y confío en que me dirás que sí cuando te pida que nos veamos mañana.

Abby contuvo el aliento.

—¿Adónde quieres llevarme mañana? —murmuró.

—A la rosaleda —contestó él sin vacilar mientras arrancaba.

—Eso suena muy bien. Me apetece mucho ir.

La decisión había quedado establecida en algún momento durante la cena. Abby quería volver a ver a Torr Latimer. La rosaleda de Portland era motivo de orgullo para la ciudad y, a pesar de que Abby había estado allí varias veces, la visita con Torr prometía ser muy especial.

Abby se reclinó en el asiento de cuero del BMW y contempló la noche y al hombre que iba a su lado. Tanto una como el otro poseían un elemento de misterio y emoción, y de pronto ella experimentó una emoción que no sentía desde hacía muchísimo tiempo.

—¿De veras vas a darme un beso de buenas noches en la puerta? —se atrevió a decir con leve tono burlón, deseosa de sondear la expectación y el deseo que llevaban creciendo en su interior toda la noche.

Él le lanzó una mirada de soslayo antes de contestar.

—Sí, a menos que me invites a entrar. ¿Te preocupa?

—No —entonces se dio cuenta de que lo que

acababa de decir era cierto—. Esta noche no me preocupa nada en absoluto —añadió, sorprendida.

—Bien. Anoche, cuando te vi romper esos narcisos y perder los nervios con el arreglo floral, o más de lo habitual, mejor dicho, me pregunté si estarías preocupada por algo.

Solamente por el folleto que había aparecido inesperadamente en su correo, contestó Abby para sus adentros. Sin embargo, había llegado a una conclusión satisfactoria respecto a ese asunto: no era más que una desafortunada coincidencia. Sencillamente, su nombre figuraba en la lista de correo del hotel.

—En este momento, el mundo me parece casi perfecto —dijo ella alegremente.

—Eso no suele durar.

—Aguafiestas...

Torr encontró un hueco para aparcar casi escondido frente al edificio de Abby, apagó el motor y se giró para mirarla en la penumbra íntima del coche.

—Hablo en serio, Abby.

—Tú siempre hablas en serio.

—Lo que he dicho es cierto. El mundo rara vez es perfecto mucho tiempo —continuó con voz áspera.

—¿Vas a darme un sermón sobre la necesidad de vivir el presente porque el mañana es incierto? —bromeó ella—. ¿Se trata de una estratagema para intentar seducirme con el viejo argumento de que hay que vivir el momento y disfrutar mientras podamos de los placeres que nos brinda la vida? —una leve frialdad cubrió sus palabras al darse cuenta de que la encantadora velada se hallaba a punto de terminar.

La cabeza morena de Torr se movió negativamente con energía.

—No, sólo digo que, si algo va mal, si tu vida es menos perfecta mañana cuando despiertes, yo seguiré estando ahí para ayudarte.

Sorprendida por la intensidad de sus palabras, Abby alzó su mano de uñas cobrizas y tocó la mejilla de Torr.

—Eres muy amable, Torr —murmuró, inquieta.

Él agarró sus dedos y los apretó con fuerza un tanto excesiva.

—Ya te dije que de mí no esperaras amabilidad. Además, mi oferta tiene una condición.

La dulzura del rostro de Abby se convirtió en una expresión distante y fría. Intentó desasir su mano, pero él se la sujetó con fuerza.

—Los tratos más interesantes siempre tienen alguna pega —dijo con sarcasmo.

—Me alegro de que, como mujer de negocios que eres, lo entiendas.

—¿Qué tratas de insinuar ahora, Torr? ¿Que voy a tener que acostarme contigo para seguir disfrutando del placer de tu compañía?

Él sacudió de nuevo la cabeza lenta y enérgicamente.

—La única condición que pongo para esta relación, Abby, es estar seguro de que soy el único hombre en tu vida. Si hay alguien más que crea tener derechos sobre ti, quiero que le digas adiós inmediatamente. Quiero que te libres de él antes de acostarte conmigo.

Abby se desasió bruscamente, abrió la puerta del coche y saltó a la acera.

—Está claro que sabes cómo arruinar una velada encantadora.

Torr salió del vehículo y se acercó a ella antes de que encontrara la llave del portal. Abby comprendió que no se libraría de él hasta que la hubiera acompañado a la puerta de su apartamento. Subieron en el ascensor sin decir nada. Ella alzó la barbilla, desafiante, mientras recorrían el pasillo.

—Abby...

—Escúchame, Torr —dijo ella con aspereza—, llevo mucho tiempo ocupándome sola de mis asuntos, tanto si mi vida es perfecta como si no. No necesito que nadie cuide de mí, y no pienso hacer ningún trato para conseguir una protección que no me hace falta. Además, para tu información, jamás le daría derechos en exclusiva a un hombre que me los exigiera. De todos modos, los hombres que se consideran en el deber de pedirlos rara vez creen las promesas de una mujer. Los hombres así son incapaces de confiar en nadie. Son posesivos y pueden hacerle la vida imposible a una.

—Si has acabado, Abby —dijo Torr con severidad

mientras ella buscaba la llave del apartamento–, me gustaría discutir este asunto civilizadamente.

–No hay tiempo. Vamos a despedirnos aquí, en la puerta, ¿recuerdas?

Abby giró la llave en la cerradura y empujó la puerta, pero cuando se disponía a entrar Torr la agarró de la muñeca y tiró de ella suavemente. De pronto, Abby resbaló. El tacón fino de su zapato patinó sobre un pedazo de papel que había en el suelo, y el tirón de Torr le hizo perder el equilibrio y caer sobre él.

–¡Ay! –se agarró instintivamente para no caer. Los brazos de Torr se cerraron automáticamente alrededor de ella sujetándola.

–¿Qué demonios...? –Torr miró los pies de Abby, frunciendo el ceño.

–¡No tienes ningún derecho a zarandearme de este modo! –Abby recuperó el equilibrio, se puso rígida e intentó apartarse de él.

–No he sido yo. Debes de haber resbalado con ese sobre.

–¿Qué sobre? –ella se apartó un mechón de pelo que se le había escapado del pasador y le caía sobre los ojos. Luego miró a Torr. Él la soltó, se agachó y recogió del suelo el sobre blanco. Se incorporó sin decir nada y se lo dio–. Se me habrá caído antes –balbució ella.

–Lleva tu nombre. Parece que lo han metido por debajo de la puerta –dijo Torr.

Tenía razón, por supuesto. Abby no había visto

nunca aquel sobre, que, obviamente, no se le había caído antes de salir del apartamento y en cuyo exterior figuraban, pulcramente mecanografiadas, su nombre y dirección. Abby lo rasgó apresuradamente, preguntándose si sería de algún vecino que le había dejado un mensaje.

—Seguramente será de la señora Wilkins, la vecina. Querrá que le riegue las plantas mientras está fuera. Acaba de tener un nieto y querrá marcharse a verlo —Abby sacó el rígido pedazo de papel que contenía el sobre. Tras mirarlo, estuvo a punto de caérsele de las manos.

Miró fijamente, entre asombrada y aturdida, la fotografía en color que sostenía en la mano. ¡No, no podía ser! Era imposible. Su mente se quedó de pronto en blanco.

—¿Qué ocurre, Abby? —Torr se acercó y miró por encima de su hombro.

Su interés por la fotografía rompió el fugaz y aterrador hechizo que había caído sobre Abby.

—Es sólo una foto que le dejé a la señora Wilkins el otro día. Quería ver fotos de mis últimas vacaciones —Abby comprendió que estaba a punto de ponerse a balbucear. Tenía que librarse de Torr inmediatamente. Necesitaba tiempo para pensar, para averiguar qué significaba aquella sorprendente fotografía. Guardó aprisa la foto en el sobre y se giró hacia Torr.

Él la estaba observando con la mirada sagaz y penetrante a la que Abby se había acostumbrado durante las clases de arreglo floral. Algunas veces, la intensidad de aquella mirada le resultaba casi divertida. Esa noche, le parecía temible.

—Buenas noches, Torr. Gracias por una velada muy interesante.

Él la miró un instante más y Abby estuvo a punto de sufrir un ataque de pánico al darse cuenta de que no sabía qué iba a hacer él exactamente. Quería que se marchara a toda cosa, pero ¿qué demonios podía hacer si él decidía quedarse?

—Mañana te recogeré a la una —dijo Torr por fin.

—Sí, sí, a la una está bien. Estaré lista —contestó Abby con excesiva rapidez.

Al ver que él extendía los brazos, Abby retrocedió con nerviosismo, con una protesta en los labios.

—Mi beso de buenas noches, ¿recuerdas? —insistió él con mucha suavidad.

Ella no opuso resistencia. La parecía el modo más rápido de librarse de él. Alzó la cara obedientemente y apoyó las manos sobre los hombros de Torr. Si a él le sorprendió su docilidad, no dijo nada al respecto. Por el contrario, la apretó con fuerza, hasta que ella se sintió sofocada por su ardor y su fuerza, y luego la besó.

Durante un instante aterrador, Abby se sintió casi arrastrada por el deseo de rendirse a la fuerza viril que la envolvía. Aquella tentación, completamente inesperada, superaba cuanto había imaginado. Ese beso parecía unirla a él, le prometía pasión y seguridad, y Abby dejó escapar un suave gemido al darse cuenta del peligro que corría si se dejaba dominar por el deseo.

Él la mantuvo abrazada unos segundos, que parecieron eternos, y luego la soltó de mala gana. La certeza de que Abby había estado a punto de entregarse a él, aunque fuera sólo por el espacio de un beso, aleteaba en su conciencia, urgiéndole a tomarla de nuevo en sus brazos.

Había, sin embargo, demasiada incertidumbre en el aire, demasiadas dudas aún por despejar entre ellos dos. Él no era un niño, se dijo Torr con firmeza. Podía esperar. Precipitar las cosas tal vez lo echara todo a perder.

—Buenas noches, Abby. Nos veremos mañana. A mí también me ha parecido interesante la velada de hoy —salió tranquilamente, con una sonrisa irónica en los labios, y la oyó echar el cerrojo tras él.

El recuerdo de los ojos azules de Abby seguía acompañándolo cuando subió al BMW y emprendió el camino de regreso a casa. Abby tenía unos ojos maravillosamente expresivos, pensó con satisfacción. En diversos momentos, durante la velada, había visto en sus pupilas plateadas un reflejo de alegría, vivacidad e incluso de ilusión. Pero, al cerrar la puerta del apartamento, la expresión de los ojos de Abby no parecía alegre, ni vivaz, ni ilusionada. Parecía, por el contrario, llena de una repentina e incomprensible congoja. Seguramente ya se habría tomado alguno de sus tónicos vitamínicos para subsanar el problema.

El rostro de Torr adoptó la expresión severa de costumbre mientras conducía por las calles de la ciudad. ¿Qué significaba aquella fotografía?, se preguntó. Era una foto de Abby con alguien más: un hombre, estaba seguro, a pesar de que la otra figura estaba desenfocada. Y el escenario era el aparcamiento de un hotel bastante grande. ¿Sería el hotel del folleto que había visto en la encimera de la cocina la noche anterior?

¿A qué estaba jugando Abby? La pregunta lo mantuvo despierto toda la noche.

III

El teléfono de la cocina de Abby sonó a las nueve de la mañana siguiente. Sobresaltada, ésta miró el reloj, se levantó de la cama, buscó la bata y fue a contestar a los imperiosos timbrazos. ¡Las nueve! Ella nunca dormía hasta tan tarde, pero apenas había pegado ojo y, cuando al fin había conseguido conciliar el sueño, había tenido pesadillas en las que aparecía la playa y sueños aún más perturbadores en los que veía a un hombre de pelo negro y ojos ambarinos, un hombre que le ofrecía pasión y que, al mismo tiempo, le producía un indefinible temor.

—¡Cynthia! —la voz de su prima, que llamaba desde Seattle, aumentó el nerviosismo de Abby.

—Perdona, Abby, ¿te he despertado? Siempre eres tan madrugadora... —se disculpó Cynthia alegremente–. Ahora que tengo a Laura, yo también he descubierto el placer de levantarse temprano.

–Casi todas las madres se quejan de que la llegada de sus bebés les trastorna los horarios –logró decir Abby con cierta naturalidad. Cynthia era casi la última persona con la que le apetecía hablar esa mañana. Reprimiendo un suspiro de fastidio, se sentó en un taburete y apoyó un codo en la encimera–. ¿Qué tal está Laurita?

–¡Estupendamente! Hambrienta como un lechoncillo. Le estoy dando de mamar mientras hablo contigo. ¿Qué tal va el negocio de las vitaminas?

–Menos mal que me lo has recordado –dijo Abby mientras alcanzaba el frasco de vitaminas más cercano–. Hoy todavía no he me tomado mi dosis de hierro –desenroscó el tapón y se tragó un par de pastillas negras. Luego se inclinó sobre la encimera y se sirvió un vaso de agua.

–Tú y tus píldoras –suspiró Cynthia.

–Las necesito. Esta mañana tengo que reponer energías.

–¡No me digas! ¿Has tenido una noche movidita?

–No te entusiasmes tanto –dijo Abby cansinamente, tomando otro frasco. No le haría daño tomarse una dosis extra de vitamina B. Esa mañana tenía los nervios desquiciados.

–Pues claro que me entusiasmo. Llevas mucho tiempo viviendo como una monja.

–Cynthia, eso no es verdad y tú lo sabes –Abby

decidió tomarse dos tabletas de vitamina B, diciéndose que, si una era buena, dos serían aún mejor.

—Sí que es verdad. No has tenido una relación seria desde que te liaste con ese ejecutivo de la constructora, hace dos años.

—Salgo mucho. No vivo como una reclusa —protestó Abby más por inercia que porque creyera posible convencer a Cynthia.

—Salir por ahí y tener una aventura tórrida son dos cosas distintas, Abby. Y a ti te va haciendo falta tener una aventura.

—Vaya, gracias, Cynthia. ¿Se te ocurre algún candidato?

—Por eso te llamaba —anunció Cynthia solemnemente—. Quiero presentarte a un vicepresidente muy interesante al que Ward acaba de contratar. Te va a encantar. Tiene unos treinta y cinco años, está divorciado, es atractivo...

—Oh, Cynthia, otra vez no, por favor —Abby se mordió el labio y su mirada se posó en la fotografía que había sobre la encimera, junto a las tabletas de vitamina C.

—He pensado en una pequeña cena el día dieciocho. ¿Qué te parece? Algo informal, claro. A Ward no le costará ningún trabajo convencer a John de que venga. A fin de cuentas, es su jefe. Creo que prepararé estofado de salmón y...

—Cynthia, por favor.

—¿Es que el tipo que te ha tenido despierta toda la noche es más interesante que el que te estoy ofreciendo? –preguntó su prima con viveza–. ¿Cómo lo conociste?

Abby estaba tan concentrada en la imagen desenfocada del hombre de la fotografía que entendió mal la pregunta. Tardó un momento en darse cuenta de que Cynthia se refería a Torr, no al hombre de la foto.

–En un curso de arreglo floral japonés que estoy haciendo –le dijo.

–¡Un curso de arreglo floral! ¡Cielo santo! Abby, seguramente será gay o algo así. ¿Qué clase de hombre va a un curso de arreglo floral japonés?

–Uno un poco raro –admitió Abby secamente–. Pero estoy segura de que no es gay.

–Hmmm –murmuró Cynthia, pensativa, y Abby se imaginó los engranajes del cerebro de su prima girando dentro de su linda cabecita–. ¿Lo… eh… lo estuviste comprobando anoche? ¿Está ahí, contigo?

–No, no está aquí –contestó Abby, irritada–. Cynthia, deja de preocuparte por mí. Estoy bien, de veras.

–Abby, deberías saber que, después de lo mucho que te preocupaste tú por mí el invierno pasado, es natural que ahora sea yo quien se preocupe por ti.

–La gente siempre se preocupa por las embarazadas –intentó decir Abby con ligereza.

–Sobre todo por las embarazadas cuyos matrimonios van de mal en peor, ¿no? Fue una época dura –la voz de Cynthia parecía conservar las trazas del dolor y el miedo que había pasado.

Abby oyó un crujido y, al mirar hacia abajo, vio que había empezado a arrugar la fotografía. Furiosa, acabó de estrujarla.

—¿Cynthia? Ahora va todo bien, ¿no?

—Oh, Abby, nunca he sido tan feliz —contestó su prima con convicción—. Es sólo que todo se juntó cuando el bebé estaba punto de nacer. Ward tenía muchos problemas en el trabajo y estaba soportando una gran presión. Y a mí sólo me preocupaba el bebé. Luego, cuando nació Laura, me dediqué por completo a ella y no tenía tiempo de ser al mismo tiempo madre y esposa. Menos mal que me di cuenta de que tenía que rehacerme y tomar las riendas de la situación antes de que todo se fuera al garete. Ahora la vida es perfecta. Puede que se lo debamos todo a esas vitaminas que te empeñaste en que tomara.

—¿Puedo poner tu nombre en mis anuncios? —Abby intentó proyectar una sonrisa a través de sus palabras irónicas.

—¡Tú siempre pensando en el negocio! Pero lo digo en serio. Puede que esas píldoras que me diste me hicieran algún bien. Lo único que sé de cierto es que me habría vuelto loca si Ward me hubiera dejado. Es la persona más importante de mi vida. Me temo que hasta Laura ocupa el segundo lugar, después de mi marido.

Abby advirtió el tono apasionado y decidido de su prima y tragó saliva con dificultad. Ward era la persona más importante en la vida de Cynthia. Su prima habría quedado destrozada si en ese momento hubiera estado junto a ella, viendo la fotografía arrugada que había sobre la encimera. Abby sintió el picor de las lágrimas en los ojos. Lágrimas de rabia y miedo.

—Abby, ¿sigues ahí?

—Sí, aquí estoy.

—Ah, creía que se había cortado la comunicación. Tengo que colgar. He de cambiar a Laura, y la muy trasto acaba de vomitarme encima.

—Los placeres de la maternidad —murmuró Abby.

—Adelante, ríete. Nunca he sido tan feliz. Lo tengo todo, Abby. ¿Cuántas mujeres pueden decir lo mismo?

—No muchas.

—¿Vas a volver a ver al tipo de anoche?

—Sí, esta tarde.

—Qué bien. ¿Y adónde vais a ir hoy? —preguntó Cynthia.

—A la rosaleda.

—¡A la rosaleda! Abby, ¿estás segura de que es, bueno, un candidato viable?

—Créeme, estoy segura. Adiós, Cynthia. Gracias por llamar.

—¡Que te diviertas! Y no hagas planes para el día dieciocho, por si acaso.

Divertirse, pensó Abby al colgar, era lo último que se le pasaba por la cabeza. Se bajó del taburete y se dirigió al cuarto de baño para darse una ducha. Fue entonces cuando vio un segundo sobre en el suelo, junto a la puerta. Incluso antes de agacharse a recogerlo con manos temblorosas, comprendió que contenía otra fotografía. Asustada, abrió atropelladamente el sobre y sacó despacio la fotografía en color que había dentro.

En aquella instantánea no había confusión posible respecto a la identidad del sujeto. Su perfil había sido claramente captado por la cámara mientras salía del hotel junto a una mujer. La franja de océano que se divisaba al fondo evidenciaba que se trataba de un lugar costero.

Abby sintió ganas de gritar de rabia e impotencia mientras observaba la figura masculina que aparecía en la foto. La mujer que acompañaba a aquel individuo era ella misma.

Durante un rato se quedó mirando fijamente la fotografía, mientras en su cabeza se agolpaban las posibles consecuencias de aquel hecho. Alguien había tomado aquellas fotos durante el fin de semana que había pasado en la playa el invierno anterior. Alguien la había seguido y la había fotografiado con el hombre con el que había compartido el fin de semana. Alguien se había apostado en su puerta, la había espiado deliberadamente. Abby se estremeció. Pero ¿por qué razón?

La pregunta martilleaba una y otra vez en su cerebro. ¿Por qué haría alguien tal cosa? En un gesto de nerviosismo, le dio la vuelta a la foto. Estaba tan concentrada mirándola, que tardó varios segundos en darse cuenta de que había otro trozo de papel dentro del sobre. «La nota», pensó distraídamente. «Debe de ser la nota». ¿Las amenazas de chantaje no incluían siempre una nota? Oh, Dios. Se estaba poniendo histérica. Sacó el papel y leyó rápidamente el mensaje mecanografiado.

Hay más fotografías. Muchas más. Fotografías que podrían arruinar el matrimonio de tu prima. Pero todo es negociable, ¿no?

La nota no iba firmada, desde luego. Abby apretó los dientes al darse cuenta de lo indefensa que estaba. La furia y el miedo pugnaban dentro de ella, debilitando sus nervios. La adrenalina le aceleraba el pulso, pero ninguna de las reacciones que le dictaba el instinto, la lucha o la huida, era posible.

Su mente comenzó a girar en círculos, impidiéndole pensar con claridad. Intentó desesperadamente ordenar sus pensamientos mientras se paseaba por la habitación con paso frenético. No había modo de enfrentarse a un chantajista que permanecía en la sombra. Ignoraba quién le había mandado aquella nota y cuándo aparecería en persona. Se sentía como una presa a descubierto, esperando el disparo del cazador.

Sus pasos se hicieron más apresurados. Golpeó dos veces con el pie una caja vacía de vitaminas. Cuando estaba a punto de tropezar con ella por tercera vez, presa del pánico y la impotencia, le dio una patada al paquete verdeamarillo. Tenía que hacer algo más constructivo que pasearse por el salón. Aquello no la conduciría a ninguna parte. Preguntándose frenéticamente qué harían otras personas cuando se enfrentaban a situaciones semejantes, intentó definir sus alternativas. Pero la escueta lista que se le ocurrió resultaba desalentadora. En realidad, su brevedad le producía un pánico creciente.

Su vida había quedado reducida a la amenaza que representaban las fotografías y a la necesidad instintiva de proteger a Cynthia. Ninguna otra cosa importaba. Era una criatura acorralada que debía emprender una acción decisiva o se hallaría en manos de un cazador sin rostro. No podía permanecer allí sentada, esperando su destino, tenía que haber algo que pudiera hacer para proteger a Cynthia y a sí misma.

Mordiéndose inconscientemente el labio, se forzó a acercarse a la ventana y contempló distraídamente la neblina que cubría Oregón a esa hora de la mañana. No se quedaría allí, acobardada. Tenía que establecer sus prioridades. Debía averiguar quién estaba detrás de todo aquello. ¡Tenía que hacer algo! Pero no había nada, nadie tangible contra quien luchar.

Lo cual le dejaba únicamente la alternativa de la huida, decidió de pronto. Se dio la vuelta y se dirigió a su dormitorio. El chantajista no podría hacer gran cosa si no lograba encontrar a su víctima. Siempre cabía la posibilidad de que acudiera directamente a Cynthia con las fotografías, pero ello no parecía del todo lógico. Si lo hacía, no obtendría el dinero.

No, parecía más probable que el chantajista la buscara primero a ella. Si se marchaba de la ciudad, ganaría algún tiempo para averiguar qué estaba pasando y quién intentaba asustarla.

La decisión de huir le producía la impresión de haberse puesto en marcha en vez de ofrecerse como víctima propiciatoria. Pero era una impresión ilusoria, y Abby era consciente de ello mientras se duchaba, se ponía unos vaqueros y un jersey estrecho de punto rojo y empezaba a hacer las maletas. El instinto le decía, sin embargo, que el chantajista iría en su busca y que, si le costaba algún tiempo encontrarla, ella podría aprovechar la ocasión para hacer algo constructivo. Si lograba desenmascarar a quien intentaba chantajearla, ya fuera hombre o mujer, tal vez pudiera contraatacar.

Ignoraba cuánto tiempo estaría fuera, de modo que procuró hacer las maletas cuidadosamente. Era abril, la primavera apenas había empezado en el Pacífico noroccidental, lo cual significaba que todavía hacía frío. Guardó jerséis y pantalones de invierno en su maleta más grande y eligió ropa interior suficiente para una semana. Siempre podía lavar lo que hiciera falta en la habitación del hotel.

La habitación del hotel. Pero ¿qué hotel? ¿Adónde iría?, se preguntó. ¿Y qué pasaría con el género que sus vendedores debían recoger esa semana?

Perdió algún tiempo telefoneando a su mejor vendedora para que se ocupara de la distribución. Gail Farley se mostró dispuesta, si bien algo sorprendida.

—Claro, me pasaré por allí ahora mismo para recoger las cajas. Pero ¿cuándo volverás, Abby?

—No estoy segura. Ha surgido algo y puede que esté fuera varias semanas. Le diré al portero que te deje entrar, por si necesitas más género, ¿de acuerdo?

Luego aguardó impaciente a que Gail llegara y recogiera cajas suficientes para que a sus vendedores les duraran al menos una semana. Cuando Gail se marchó llevándose una selección de productos MegaLife apilados en el asiento de atrás de su coche, eran ya más de las doce.

Abby echó un último vistazo a su apartamento y reparó en su provisión personal de frascos de vitaminas. Recogió precipitadamente los frascos y los embutió en una bolsa con cremallera. Si alguna vez había necesitado vitaminas y minerales, era precisamente en esos momentos. Antes de cerrar la bolsa rebuscó en su interior, sacó el frasco de pastillas de vitamina C y se metió dos en la boca. Aquél no era momento de descuidarse y pillar un resfriado o una gripe.

Se estaba preguntando si no llevaría demasiado equipaje cuando descubrió que apenas podía arrastrar la maleta grande hasta la puerta. Pero ¿cómo adivinar cuánto tiempo estaría fuera en una situación como aquélla? Mejor llevar más equipaje de la cuenta que quedarse corta. Empujando y tirando logró llevar la maleta hasta al puerta, y ya se disponía a volver a su dormitorio para recoger la chaqueta cuando sonó el timbre.

Recordó entonces la cita con Torr Latimer. Al mirar espantada el reloj, descubrió que era la una menos diez.

—¡Maldita sea!

Tendría que inventarse una excusa para deshacer la cita. ¿Por qué no se había acordado de llamar a Torr? Seguramente no iba a hacerle ninguna gracia presentarse en su puerta y descubrir que ella estaba a punto de marcharse de viaje.

—Lo siento muchísimo. Iba a llamarte ahora mismo —comenzó a decir con firmeza nada más abrir la puerta y ver a Torr allí parado.

Él iba vestido con la misma formalidad de siempre, con una camisa de color beis de manga larga y pantalones de traje marrón oscuro. Llevaba pulcramente doblada en un brazo una suave chaqueta de ante. Abby se fijó en que fuera debía de estar lloviznando, porque Torr tenía gotitas relucientes en el pelo negro.

Él la miró un momento sin decir nada y reparó en su pelo levemente enredado y en los pantalones desgastados.

—¿Para qué ibas a llamarme? —preguntó finalmente.

—Me temo que tengo que irme de viaje —se

apresuró a decir ella, intentando buscar una explicación plausible—. Me ha surgido un contratiempo, me han llamado unos familiares. Tendrás que perdonarme, estoy un poco agobiada. Llevo toda la mañana haciendo las maletas y...

—¿Adónde vas? —preguntó él con suavidad, y entró con tanta decisión que Abby tuvo que apartarse.

—A… eh… a la costa —respondió, pensando que aquello sonaba tan verosímil como cualquier otra cosa—. Voy a pasar una semana o dos en la costa.

Los ojos de color ámbar de Torr se entrecerraron.

—¿En el hotel en el que pasaste un fin de semana este invierno?

Abby palideció al oír mencionar el escenario del desastre. Torr no sabía nada, desde luego. Estaba haciendo una mera suposición porque había visto el folleto en la encimera. Ella carraspeó deliberadamente.

—Bueno, esta vez voy un poco más al norte. Mi familia tiene una casa cerca de Lincoln City.

—¿Cuánto tiempo estarás fuera? —Torr se apartó de ella mientras hablaba y cruzó con elegancia, sin destino aparente, la alfombra de color vainilla.

—Eh, una semana más o menos —Abby intentaba parecer despreocupada. Frunció el ceño, nerviosa, cuando él se acercó a la encimera de la cocina. La fotografía arrugada que había recibido la noche anterior seguía donde la había dejado mientras hablaba con Cynthia. Él, sin embargo, no pareció darse cuenta.

—Es un poco repentino, ¿no? —Torr se sentó tranquilamente en un taburete, apoyando un pie en el suelo y el otro sobre la barra del asiento.

Abby sintió un escalofrío. No le gustaba el laconismo de Torr, ni sus preguntas en apariencia indiferentes. Era hora tomar las riendas de la conversación.

—Me llamaron esta mañana. Mi tía quiere pasar una temporada en la playa y necesita a alguien que cuide de ella. Es una suerte para mí, porque así podré tomarme unas vacaciones y disfrutar del mar —Abby miró intencionadamente su reloj—. Debería irme. Se me está haciendo tarde y le prometí a mi tía estar allí a la hora de la cena. La pobrecilla es de las que se preocupan si tardas.

—Yo también soy de los que se preocupan —una extraña sombra de sonrisa tocó la boca de Torr.

Abby lo miró fijamente, sin saber qué pensar.

—¿De qué? —preguntó.

—Oh, de esto y aquello.

—Torr...

—Puede que me preocupe, por ejemplo, que rompas una cita sin previo aviso para irte corriendo a visitar a tu tía. O puede que me preocupe que estés tan nerviosa, teniendo en cuenta que sólo planeas ir a la costa para pasar unos días con unos parientes —su mano grande se posó de pronto sobre la encimera y se cerró sobre la fotografía arrugada—. Claro que —continuó, pensativo—, puede que lo que verdaderamente me preocupe es que de pronto hayas decidido marcharte a la costa. Parece que te gusta mucho ir de vacaciones allí.

—Sí, da la casualidad de que me gusta la costa —masculló ella, sintiendo una punzada de pánico. Tratar con Torr empezaba a parecerse a tratar con lo impredecible. ¡Aquello no era justo! Ya tenía suficientes problemas.

—A mí también. Puede que a tu tía no le importe tener un invitado más. ¿Por qué no me invitas a ir contigo, Abby?

Ella se quedó boquiabierta de asombro.

—¿Invitarte? —chilló—. ¡Torr, eso es imposible! La casa de mi tía es muy pequeña y a ella no le gustan los desconocidos. Además, no puedo... no puedo invitarte a pasar una semana conmigo así como así. Por el amor de Dios, ¡apenas te conozco!

—Me alojaré en un hotel de por allí, si crees que tu tía no querrá tener un invitado más.

—Torr, esto es ridículo.

—No más ridículo que el que tú estés intentando convencerme de que has recibido de pronto una invitación de tu tía que no puedes rechazar —hizo una pausa y la miró frunciendo el ceño—. No ibas a llamarme, ¿verdad? Estabas a punto de marcharte cuando llegué. ¿Qué pasa, Abby?, ¿siempre saltas como un resorte cuando él te llama? Pensaba que tenías más dignidad.

—¿Cuando me llama quién? —musitó ella, atónita.

Torr alisó cuidadosamente la fotografía arrugada y observó la figura masculina que aparecía en ella.

—Éste. El tipo con el que vas a la playa tan a menudo.

Abby tragó saliva con nerviosismo, sin apartar los ojos del rostro severo de Torr.

—Tú no sabes nada. Y yo no tengo por qué darte explicaciones. Es hora de que te vayas, Torr.

—No pienso marcharme sin que me digas la verdad —afirmó él suavemente.

—¿Y si no te gusta la verdad o te parece inverosímil? —replicó ella.

—Entonces seguramente no me marcharé de ninguna manera. Por lo menos, sin ti.

A ella se le quedó la boca seca.

—Torr, no puedes hacer esto.

—¿Hacer qué? Lo único que te estoy pidiendo es una explicación.

—¡Ya te la he dado! Y te he pedido disculpas por romper nuestra cita. ¿Qué más quieres? ¡Yo a ti no te debo nada, Torr!

—¿Estás enamorada de él?

—¿De quién? —gritó ella, furiosa.

—Del hombre de la fotografía.

—¡No, no estoy enamorada de él!

—Entonces ¿por qué te vas a pasar una semana con él a la playa?

—¡No voy a pasar una semana con Ward! —Abby cerró los ojos, enojada consigo misma al darse cuenta de lo que acababa de decir.

—¿Ward?

—No importa. Vete, Torr, por favor. Tengo que salir de aquí.

—Me gustaría conocer el apellido de ese tal Ward —comentó Torr plácidamente, observando la foto.

—Pues por mí puedes esperar hasta que se hiele el infierno.

Él alzó la mirada. Su mirada era serena y extrañamente amenazadora.

—¿No sabes —dijo muy suavemente— que los límites exteriores del infierno ya están helados? El infierno es un lugar muy frío, Abby, no un lugar cálido. Frío e infinitamente solitario.

En ese instante, ella comprendió con toda claridad que Torr Latimer sabía de lo que estaba hablando. Se miraron el uno al otro desde los extremos de la habitación, y Abby se dio cuenta de que no lograría librarse de aquel hombre sin darle alguna explicación.

—Puedes creer lo que quieras —dijo finalmente, cansada—. De todos modos, da igual.

—Intenta decirme la verdad. Creo que la creeré cuando la oiga.

Ella se removió, inquieta, y tras cruzar la habitación, se dejó caer en el sofá.

—No quiero hablar de ello, Torr. Por favor, vete.

Él se levantó con un movimiento ligero y ágil que hizo dar un respingo a Abby. Cruzó la habitación antes de que ella pudiera ponerse de pie y un instante después sus fuertes manos se cerraron en torno a los antebrazos de Abby. La levantó del sofá hasta que quedó de pie, frente a él, con la cara desencajada por la rabia.

—¿El hombre de la foto es tu amante? —Torr pronunció cada palabra con la fuerza de un golpe físico.

Abby sintió miedo. La clase de miedo que temía volver a experimentar con un hombre. Y, al mismo tiempo, sintió la feroz determinación de no dejarse avasallar por él.

—Te he dicho que no es mi amante.

—¿Quién es?

—No quiero decírtelo.

—Vas a decírmelo, Abby

—¿Y si no lo hago? —inquirió ella, haciendo acopio de valor. Entonces sintió los dedos fuertes de Torr clavándose con fuerza en sus brazos y contuvo el aliento.

—Lo harás —pero aquello no era una amenaza.

Tal y como él mismo le había explicado, se limitaba a constatar los hechos.

—Es el marido de mi prima —musitó ella—, Ward Tyson. El que dirige Lyndon Technologies, la empresa de ordenadores de mi tío.

—¿Y no vas a pasar una semana con él?

—¡No!

—Pero pasaste con él un fin de semana este invierno.

—Eso no es asunto tuyo —siseó ella.

Torr no dijo nada, pero sus grandes manos se

deslizaron por los brazos de Abby y se cerraron sobre la garganta de ésta. Sintiendo que el miedo se
apoderaba de ella de repente, Abby abrió la boca
para gritar. Él sofocó el grito con un beso, compri-
miendo sus labios contra los de Abby con una intensidad que la dejó sin aliento. Paralizada por el
pánico, se quedó inmóvil, esperando que los dedos
de Torr se cerraran sobre su garganta. Se defendería,
prometió en silencio.

Pero los dedos grandes y fuertes de Torr no se
cerraron. Y aunque su boca se había apoderado de
la de Abby, no había violencia en su forma de besarla. Por un instante, ella se preparó para sufrir la
descarga de su crueldad. Luego, sin embargo, sintió
que los dedos de Torr acariciaban suavemente su
nuca y comprendió que no iba a hacerle daño. El
alivio que se apoderó de ella resultó tan enervante
como el miedo que la había paralizado un instante
antes.

—Abby —gruñó él ásperamente—. Abby, ¿por qué
me tienes tanto miedo?

Ella recordó la delicadeza con que Torr trataba
las flores y se dejó caer contra él, intentando recuperar el aliento. Torr dejó que apoyara la cabeza sobre su hombro y empezó a acariciarle suavemente
la espalda. Abby comprendió de pronto que la fuerza de un hombre podía resultar reconfortante, y esa
idea bastó para que la cabeza empezara a darle
vueltas.

—Torr, esto no tiene nada que ver contigo —dijo

con voz débil—. Por favor, créeme. Tengo que irme.

—Entonces nos iremos juntos —masculló él contra su pelo—. Me quedaré contigo hasta que me cuentes toda la historia. ¿Crees que no sé que te pasa algo malo? Estás nerviosa desde la última clase. ¿Crees que anoche no vi cómo reaccionabas cuando encontraste esa fotografía? Abby, ¿qué ha pasado esta mañana? ¿Por qué ibas a marcharte sin acordarte siquiera de cancelar nuestra cita?

—No puedo explicártelo. Ni siquiera sé muy bien qué está pasando. No quiero meterte en esto, Torr —musitó ella con franqueza.

—Ya estoy metido. Pienso estar contigo día y noche hasta que averigüe qué está pasando.

—¡No puedes!

—¿De veras crees que puedes impedírmelo? Abby, dentro de muy poco seremos amantes. Tengo derecho a cuidarte.

Ella sacudió la cabeza, sintiéndose atrapada por la perseverancia de Torr. Tenía el presentimiento de que al final le sería imposible negarle nada a aquel hombre.

—No puedes decir eso. No sabes qué va a pasar entre nosotros. Sé razonable, Torr. ¿No puedes aceptar mi palabra si te digo que es mejor que no te impliques en esto?

—No. Y estoy siendo perfectamente razonable porque sí sé lo que va a pasar entre nosotros. Lo sé desde anoche.

—Torr, no voy a permitir que me controles de este modo —protestó ella con voz débil, pero resuelta—. No consentiré que me presiones para aceptar una relación que no sé si deseo, y no permitiré que te arrogues derechos que no estoy preparada para darte.

—Entonces nos quedaremos aquí sentados, en salón, y hablaremos hasta que estés dispuesta a entablar una relación conmigo y a concederme esos derechos.

Ella notó su leve tono de sorna y alzó la cabeza bruscamente. La indignación comenzaba a ocupar el lugar de la impotencia y el temor que llevaba sintiendo toda la mañana. Pero, antes de que pudiera decir nada, se encontró sentada sobre las rodillas de Torr, el cual acababa de acomodarse en el sofá. Los ojos ambarinos de él brillaban con indulgente regocijo y, al mismo tiempo, reflejaban una voluntad inquebrantable. Abby sentía una especie de perplejidad cuando intentaba comprender al hombre que la sostenía sobre su regazo.

—Hablas en serio, ¿no?

—Como tú misma has dicho, yo siempre hablo en serio. Abby, yo no me implico en nada en lo que no quiera implicarme. Pero una vez he tomado una decisión... —se encogió de hombros. El mensaje estaba claro.

—En clase me asombraba cómo conseguías que las flores hicieran exactamente lo que tú querías —murmuró ella, escudriñando su cara en busca de respuestas a preguntas desconocidas.

—Pero recuerda que nunca las rompía, ni las estropeaba —jugueteó con los mechones de su pelo castaño—. Abby, ¿te estás acostando con ese hombre de la fotografía?

—No.

—¿Estuviste con él este invierno? ¿Te acostaste con él entonces?

—¿Te importaría?

—No. No, si entre vosotros ya no hay nada. Y si todavía lo hay, quiero que se acabe de inmediato. Y estoy dispuesto a decírselo yo, si tú no te atreves a enfrentarte a él.

Ella lo miró un momento y luego tomó una decisión.

—Entre Ward Tyson y yo no hay nada ni nunca lo ha habido. Es el marido de mi prima. Cynthia y yo nos criamos prácticamente juntas. Somos como hermanas. Yo no le haría daño por nada del mundo.

Él sopesó aquellas palabras con expresión ilegible.

—Entonces ¿cuál es el problema?

—El problema es que... —hizo una pausa, se humedeció los labios secos y lo intentó de nuevo—. El problema es que hubo un fin de semana, hace un par de meses. Un fin de semana que podría malinterpretarse. Si mi prima se enterara, le haría un daño terrible. Y hay alguien que lo sabe.

—¿Y?

Abby ignoraba si la creía o si simplemente estaba intentando sonsacarla. Sin decir palabra, se puso en pie, cruzó la habitación y se acercó al bolso de cuero rojo que había dejado en un extremo de la mesa. Lo abrió y sacó la segunda fotografía y la nota mecanografiada. Se acercó en silencio a Torr y le entregó las dos cosas. Él las miró un momento y luego las colocó cuidadosamente sobre la mesa de centro de cristal ahumado.

—Te están chantajeando —dijo suavemente.

Abby se estremeció al oír aquella palabra en voz alta y cruzó inconscientemente los brazos sobre sus pequeños pechos, en un gesto infantil de autoprotección.

—Eso parece.

—¿Cuánto te piden?

—Aún no lo sé.

—¿Tienes idea de quién es? —ella sacudió la cabeza y cerró los ojos, desesperada—. ¿Adónde ibas cuando llegué? —preguntó él con firmeza.

Abby empezaba a arrepentirse de haberle contado la verdad.

—No sé, a cualquier parte. Sólo quería marcharme de la ciudad. Esa segunda fotografía y la nota llegaron esta mañana, temprano. En las últimas horas sólo he sido capaz de pensar en salir de este apartamento. Necesito tiempo. Tiempo para pensar. Tiempo para averiguar quién se oculta detrás de esto y enfrentarme a él.

—¿Estás segura de que es un hombre?

—No, ni siquiera estoy segura de eso. Pero he pensado que, sea que quien sea, intentará encontrarme, y que, entre tanto, yo podría descubrir de quién proceden esas amenazas.

—¿No has pensando en acudir a la policía? —preguntó él con calma.

—¡No! —ella se giró para mirarlo—. No, aún no. No hasta que haya intentando arreglarlo por mi cuenta. No quiero que Cynthia se entere a menos que no quede más remedio. Si ve esas fotografías y alguien le dice que tuve una aventura con su marido... Sería un golpe terrible para ella. Oh, Torr, no puedo hacerle eso. Estamos tan unidas... No quiero hacerle daño. Haré lo que sea por impedirlo.

—¿Incluido pagar a un chantajista?

—¡Tiene que haber algún modo de detener a ese hombre!

—O a esa mujer... —le recordó Torr suavemente.

—O a esa mujer —dijo Abby en tono lúgubre.

Se produjo un silencio en la habitación mientras Torr sopesaba la información que Abby acababa de proporcionarle. Ahora ya tenía sus respuestas, pensó ella, inquieta. Pero ¿cómo reaccionaría? Era incapaz de interpretar la expresión severa de su rostro. La mirada de sus ojos de color ámbar era clara y firme, pero tan impenetrable como siempre.

—Está bien —dijo Torr finalmente.

Abby lo miró sin entender. Estaba claro que había tomado una decisión, pero ella era incapaz de adivinar cuál.

—¿A qué te refieres?

—Si quieres huir y ver quién te sigue, me parece bien.

Ella dio un respingo, sorprendida. Por alguna razón, no esperaba que, después de pedir tantas explicaciones, Torr no pusiera ninguna objeción y le permitiera seguir con sus planes. ¿Iba a abandonarla ahora? ¿Por qué había permitido que la obligara a contarle toda la historia? Abby alzó la cabeza orgullosamente.

—Entonces adiós, Torr. Ya me has entretenido bastante.

En los ojos ambarinos de Torr brilló uno de aquellos raros destellos de humor.

—¿Que te he entretenido? Tesoro, esto es sólo el principio. Lo próximo que voy a hacer es raptarte. Ya que has hecho las maletas y estás lista, creo que es absurdo perder más tiempo. Vámonos.

—¿Qué? ¿Ir adónde? Torr, ¿de qué estás hablando? —preguntó ella, atónita, dividida entre el alivio y la rabia.

—Quieres desaparecer un tiempo y comprobar si alguien te sigue, ¿no? Pues yo conozco un sitio al que puedes ir. Te acompañaré para cubrirte las espaldas y para que no nos pille desprevenidos quien te ha mandado esto —alzó la fotografía y la nota y se levantó. Al ver que Abby no se movía, frunció el ceño—. Apresúrate, nena. Tenemos un largo viaje por delante.

IV

Abby permanecía envarada y taciturna mientras Torr conducía en dirección este, fuera de Portland, por la carretera interestatal que discurría paralela al caudaloso río Columbia. El río formaba a lo largo de varios kilómetros la frontera entre los Estados de Washington y Oregón, abriendo un espectacular desfiladero. Las montañas, cubiertas de densos bosques, se alzaban hacia el cielo a la derecha de Abby. A su izquierda, el río se precipitaba hacia el océano. El paisaje a lo largo de la ruta era bellísimo y, en otras circunstancias, Abby habría disfrutado intensamente de él. Pero ese día, hallarse en el fondo del desfiladero le producía la sensación de estar atrapada. O quizá lo que le producía aquella sensación de encierro fuera la certeza de que estaba confinada en un coche con un hombre al que apenas conocía, un hombre que intentaba tomar las riendas de su vida.

Claro que tal vez ser víctima de un chantaje producía siempre esa sensación. Sus manos se cerraron, crispadas, sobre su regazo.

—Te diría que dejaras de preocuparte, pero sé que no servirá de nada —dijo Torr mirándole las manos.

—Tienes razón. Nunca me había pasado esto. Estoy furiosa y asustada y me siento completamente impotente. ¿Y si mi idea no funciona?

—Oh, yo creo que el chantajista te seguirá. Hemos dejado bastantes pistas. Nos hemos encontrado a tu vecina en el pasillo y hemos dejado un mensaje en mi contestador. Le será fácil descubrir que estamos en mi cabaña, cerca de la garganta del río Columbia.

Abby se mordió el labio inferior, recordando la naturalidad con la que Torr le había dicho a su vecina que se iban de viaje. La mirada sagaz de la señora Hammond se había clavado en Abby y después, nuevamente, en el hombre fornido y moreno que iba a su lado y que sostenía una maleta.

—Me parece una idea magnífica —había comentado la señora Hammond—. Yo tengo casi ochenta años, y les aseguro que, si pudiera volver a vivir mis primeros treinta años, procuraría hacer acopio de recuerdos interesantes. Que te diviertas, Abby, cariño. Este joven parece capaz de cuidar muy bien de ti –la diminuta mujer sonrió a Torr–. No permita que lo asuste, joven. Es mucho más frágil de lo que aparenta a veces.

–Lo tendré en cuenta –había murmurado Torr educadamente.

–Un día precioso para hacer un viaje en coche –había dicho la señora Hammond con una sonrisa radiante.

–Pensamos ir a mi casa, a orillas del río Columbia.

–¿Cerca del desfiladero? ¡Una zona preciosa! –había comentado entusiasmada la señora Hammond–. ¿Adónde van, más o menos?

Torr había mencionado amablemente el nombre de una pequeña localidad y luego había sonreído a Abby.

–¿Lista?

–Sí –Abby se había vuelto impulsivamente hacia la anciana–. Señora Hammond, me preguntaba si podría usted...

–No te preocupes por tus plantas, cariño. Bonny Wilkins y yo nos ocuparemos de ellas. Adelante, marchaos.

Abby se había dejado conducir al ascensor y a la calle, donde esperaba el BMW. Después habían parado un momento en casa de Torr, un edificio moderno y austero que Abby no había tenido tiempo de inspeccionar. Torr había llenado un bolso con su habitual eficacia y habían vuelto a emprender el camino antes de que Abby hubiera visto otra cosa que el salón de la casa, decorado con un frío estilo contemporáneo, en tonos beis y negro.

—Abby —dijo Torr, interrumpiendo sus cavilaciones—. El verdadero problema no es que el chantajista te siga. El problema es qué hacer cuando lo haga.

—Lo sé —contestó ella, suspirando.

—¿Qué piensas hacer cuando eso pase? —insistió Torr suavemente.

—No lo sé, Torr. Ni siquiera puedo imaginar qué puede querer de mí. Sí, gano bastante dinero, pero no soy precisamente rica. No puedo pagarle una fortuna.

—Si es un chantajista de poca monta, seguramente sus exigencias también lo serán —afirmó Torr, encogiéndose de hombros.

—No pareces muy preocupado por eso —replicó ella.

—¿Por el dinero? Claro que no. No vas a pagar, así que en realidad no importa cuánto te pida.

—Quizá tenga que pagar, hasta que encuentre un modo de detenerlo.

—No.

—Torr, he de ser realista. Puede que gane tiempo si le pago a ese tipo durante una temporada.

—Pase lo que pase, no vas a pagarle. No puedo permitirlo —Torr tenía la mirada fija en la carretera.

Abby dejó escapar un profundo suspiro.

—No puedes impedírmelo. Si decido que pagar es el mejor modo de afrontar la situación, pagaré. La felicidad de mi prima está en juego. Haré lo que sea preciso para protegerla.

—Cariño, no puedes pagar —explicó Torr suavemente—. Si muerdes el anzuelo, sólo conseguirás empeorar las cosas. He accedido a venir contigo porque me parecía lógico intentar atraer a ese tipo. Siempre es bueno conocer al enemigo. Después nos pondremos en acción.

—Ya veremos —dijo Abby sombríamente. Le disgustaba que Torr pretendiera asumir el control de la situación—. ¿Tienes mucha experiencia con chantajistas? —añadió, burlona.

—Tengo experiencia con gente de mala catadura. Es más o menos lo mismo.

Abby giró la cabeza bruscamente para mirarlo.

—¿«Gente de mala catadura»?

—Es una larga historia, y ahora no me apetece contártela.

—Bueno, yo tengo cierta experiencia con hombres dominantes —replicó ella—, y también he aprendido algunas cosas al respecto.

La leve sombra de una sonrisa apareció un instante en la boca de Torr.

—No es cierto. Si fuera así, me habrías tratado como yo pienso tratar al chantajista: no habrías cedido ni un ápice. Y ya has cometido el primer error, has cedido terreno. Así que ahora tienes que cargar conmigo.

—Eso no tiene gracia, Torr.

—Lo siento. No eres la primera que se queja de mi pésimo sentido del humor. Nosotros, los tipos serios, llevamos una vida difícil —la leve sonrisa desapareció de repente–. Algún día querré saberlo todo de él. Supongo que eres consciente de ello.

Abby se puso tensa. Sabía que era absurdo fingir que no sabía que Torr se refería al hombre que la había vuelto tan desconfiada.

–No suelo hablar de eso con frecuencia.

–No hablaremos de ello con frecuencia. Sólo lo haremos una vez, pero del todo.

Abby le lanzó una mirada de enojo.

–Lo único que voy a contarte es que aprendí mucho gracias a ese embrollo.

–¿Como qué?

–Como que el despotismo y la posesividad no son románticos ni excitantes. Y que los celos son una enfermedad, no una señal de pasión.

–Continúa –la animó él suavemente.

Al comprender que había dicho más de lo que debía, Abby procuró refrenarse. No podía permitir que sus arrebatos la empujaran a contárselo todo a un hombre al que todavía no conocía bien. Nadie, salvo Cynthia, conocía la verdadera historia de Flynn Randolph.

–Eso se acabó. Procuro no recordarlo y no hablar nunca de ello.

–¿Ha intentando ponerse en contacto contigo desde que acabó vuestra relación?

–No, afortunadamente.

–¿Dónde vive?

–En Seattle –frunció el ceño–. Torr, he dicho

que no quiero hablar de eso. Creo que deberíamos centrarnos en el verdadero problema.

—¿El chantajista? No podemos hacer gran cosa hasta que él o ella decida salir a la luz. Un forastero no pasa desapercibido mucho tiempo en una zona rural como a la que nos dirigimos. Para llegar hasta ti, tendrá que preguntar, hacerse notar. Tarde o temprano daremos con él.

Abby lo miró fijamente y reparó en la convicción que había en sus palabras.

—Hablas como si de verdad pudiéramos pararle los pies.

—Ya se me ocurrirá algo.

Ella se removió, inquieta, preguntándose en qué se había metido exactamente al permitir que Torr la sacara de aquel modo de la ciudad. A medida que el coche devoraba kilómetros, iba tranquilizándose y empezaba a pensar en lo que había hecho. Su posición era, cuando menos, incierta, pero por otro lado había algo nítidamente reconfortante en la idea de que ya no tenía que afrontar sola aquel problema. Torr Latimer poseía una fortaleza que confortaba, más que asustar. Abby ignoraba por qué estaba tan segura de ello, pero así era. Torr podía intimidar, ella misma era testigo, y, sin embargo, por alguna razón, no la asustaba ni le infundía temor alguno.

«Debo tener cuidado», se dijo por enésima vez. No debía dejarse confundir por la pasión y el deseo, y en los ojos de Torr Latimer había un asomo de ambas cosas. Torr la deseaba, no lo ocultaba. Abby se preguntaba hasta qué punto su preocupación por ella no era sencillamente una estratagema para seducirla.

—¿En qué estás pensando? —preguntó Torr con calma.

—En que me estoy volviendo paranoica.

—Yo diría que tienes motivos de sobra. Es normal que, si te chantajean, desarrolles un cierto grado de paranoia.

Ella le lanzó una mirada especulativa.

—No es eso lo que me preocupa. Sé que es normal que esté paranoica por eso.

—¿Te estás poniendo paranoica por mí? —aventuró Torr suavemente.

—Un poco.

Él se quedó pensando un momento y luego asintió.

—También para eso tienes motivos de sobra.

—¿Es necesario que digas esas cosas? —preguntó ella ásperamente—. ¿Es que no ves que ya estoy bastante nerviosa? Puedo pasarme sin tus bromas retorcidas.

—¿Qué te hace suponer que estoy bromeando? —él parecía sinceramente sorprendido.

—¡Vaya, muchísimas gracias! Adelante, ponme más nerviosa y más furiosa de lo que ya estoy. No sé cómo se me ha ocurrido marcharme contigo así como así. Debo de haber perdido el juicio para dejarme arrastrar. Debería haberme ceñido a mi plan.

—¿Y acabar enfrentándote tú sola a todo este asunto?

—Habría sido mejor que estar preguntándome continuamente si vas a abalanzarte sobre mí.

—¿Es eso lo que te preocupa? ¿O es que temes no retirarte cuando decida… eh, abalanzarme sobre ti?

—Todo esto te parece muy divertido, ¿no? —dijo Abby con enojo.

—No, divertido no. Interesante, quizá. Un poco arriesgado tal vez, pero no divertido —respondió él seriamente.

—¡Arriesgado! ¿Para mí o para ti?

—Para los dos.

—Yo no te he pedido que te arriesgues por mí —le recordó ella.

—No me refería al riesgo de enfrentarse al chantajista cara a cara. Estaba pensando en el riesgo que corremos el uno con el otro —su voz baja y grave era casi plana, como si estuviera hablando de un asunto puramente teórico cuyo interés fuera sólo de carácter intelectual.

Abby lo miró con recelo.

—¿Qué riesgo corres tú?

—El de no ser capaz de separarme de ti después de hacerte mía —dijo él con sencillez—. El riesgo de verme atrapado en tu manera irracional, indisciplinada y excéntrica de hacer las cosas. No suelo relacionarme con mujeres como tú, Abby Lyndon. Me siento un poco como una de las flores de tus arreglos.

—Qué idiotez —murmuró ella, incapaz de negar que sentía una profunda curiosidad—. ¿Cómo imaginas que se sienten mis flores? —dijo atropelladamente, sin poder contenerse.

—Un poco confusas y desorientadas, pero al mismo tiempo bastante intrigadas. Inmersas en una situación caótica que no puede entenderse del todo, pero que tal vez resulte interesante.

—Te estás riendo de mí —gruñó ella.

—No, intento tranquilizarte.

—¿De veras, Torr? Pues me parece que no estás teniendo mucho éxito. Creo que estoy cada vez más paranoica.

—¿De verdad te doy miedo, Abby? —preguntó él suavemente.

Ella miró sus grandes manos, que asían con firmeza el volante, y pensó en su forma de conducir suave y eficaz. Después recordó sus arreglos florales, disciplinados y metódicos. Y a continuación consideró el efecto físico que surtía sobre ella.

—Te lo diré cuando lo sepa —respondió con aspereza.

La casa, situada sobre el despeñadero, tenía vistas al ancho río y a una franja sobrecogedora del paisaje que rodeaba su curso. Por algún motivo, ni su situación ni las vistas sorprendieron a Abby, que miró a su alrededor las extensas arboledas antes de seguir a Torr hasta la puerta de entrada de la cabaña de cedro.

—Parece que te gustan las alturas y las buenas

vistas —comentó, vagamente consciente de que le causaba cierto recelo entrar con él en la casa.

Era como si cada paso que daba, cada movimiento que hacía, la acercara más y más a Torr. De pronto la asaltó la idea de que todo iba demasiado rápido y de que las consecuencias podrían ser irremediables. Intentó sacudirse aquella desagradable sensación contemplando el paisaje. No era consciente de la expresión de desafío que asomaba a su cara, ni de la actitud agresiva que había asumido sin saberlo.

Torr se detuvo a medio camino de la puerta con una maleta en cada mano y la miró. Con los pies ligeramente separados, los brazos en jarras y una expresión decidida en los ojos, Abby le recordaba a una amapola alegre, valerosa y ligeramente arrogante. Pero la noche iba cayendo y las amapolas necesitaban lugares resguardados donde plegar sus pétalos cuando el calor del sol se disipaba.

—Contemplar las cosas desde lo alto me da cierta sensación de seguridad —le dijo Torr suavemente—. Supongo que por eso quise construir la casa de Portland y la cabaña en la ladera de una colina. Vamos dentro. Empieza a hacer frío aquí fuera. Encenderé un fuego y comeremos algo.

Abby dio media vuelta y lo miró a los ojos un momento. Entrar en la cabaña iba a cambiar las cosas, a decidir su suerte de un modo indefinible. Aquel hombre quería ser su amante y ya había asumido el papel de protector. Esa noche, ella comería su comida, compartiría su fuego, dormiría bajo su techo. La telaraña que la envolvía parecía hacerse cada vez más densa y prieta mientras permanecía allí parada, intentando asimilar las posibilidades de su futuro.

—Es demasiado tarde, Abby. Demasiado tarde. Entra, cariño, aquí estarás a salvo —la voz de Torr, suave y profundamente persuasiva, parecía prometerle todo cuanto necesitaba.

Abby vaciló un instante y luego se sacudió la sensación de estar atrapada por un hechizo. Ella era capaz de manejar a Torr, si hacía falta. Y era reconfortante saber que esa noche no estaría sola. Sabía que la presencia de Torr la ayudaría a mantener a raya la angustia. Tras tomar una decisión, compuso una sonrisa radiante y se acercó al coche.

—Voy a sacar la bolsa con las cosas que hemos comprado en la tienda —dijo alegremente, alzando la voz, y se inclinó para sacar la bolsa del asiento trasero del BMW. Al hacerlo, un destello de color que captó su atención le hizo mirar dentro de la bolsa de papel—. ¡Has comprado flores! —exclamó, sorprendida. Un ramito de diminutas rosas amarillas asomaba la cabeza por encima del envoltorio de plástico. Las flores estaban guardadas junto a una botella de vino y un cartón de leche—. No me he dado cuenta.

—Había unos cuantos ramos junto a la caja —explicó Torr, volviéndose hacia la puerta para meter la llave—. Pensé que le darían un sabor distinto a la cena.

–¿Vas a freírlas? –preguntó ella, sonriendo.

–No está bien mofarse de la gente que se toma la vida en serio –la reprendió Torr mientras empujaba la puerta y recogía las maletas. Le indicó con la cabeza que entrara en el recibidor delante de él, y Abby obedeció, sonriendo todavía, y miró a su alrededor con interés.

El interior de la moderna cabaña de madera de cedro tenía un aspecto estudiadamente rústico al que contribuían los pesados y confortables sofás y las alfombras de hermosos dibujos. La disciplina metódica que Abby asociaba con Torr resultaba allí muy evidente. No había restos de ceniza en la chimenea, ni revistas viejas sobre la mesa baja de pizarra, ni tazas sucias sobre la mesa redonda del comedor, de madera de roble.

Saltaba a la vista que la casa había sido diseñada para aprovechar al máximo las vistas. Una cristalera formaba un lado del cuarto de estar y del comedor. Guiada por su instinto femenino, Abby se dirigió a la cocina con su bolsa de comestibles.

–¡Oh, qué preciosidad, un islote! Siempre he querido tener una cocina con islote –dejó la bolsa de las provisiones sobre la superficie de madera del mostrador que ocupaba el centro de la estancia.

–¿Se llama así? Yo pensaba que era una especie de mesa para cenar. Pero me parecía demasiado alta para comer a gusto. Pensé en comprar unos taburetes, pero luego decidí que seguramente no los usaría.

–Es una superficie de trabajo, no es para comer

—le informó Abby, riendo—. ¿No sabías lo que era cuando la encargaste?

—Yo no la encargué. Me limité a decirle a la decoradora cuánto podía gastarse. Y éste fue el resultado —señaló el interior bellamente amueblado de la cocina—. No he usado mucho la casa desde que la compré.

Abby se quedó pensando sin saber qué responder. ¿No usaba la casa a menudo porque estaba demasiado ocupado trabajando o porque tenía otras cosas que hacer los fines de semana? Para disimular su silencio, empezó a hurgar en la bolsa y a sacar las cosas.

—¿Quién se encarga de las rosas? —dijo, sujetándolas en alto para inspeccionarlas.

—Hazlo tú mientras yo llevo las maletas a la habitación de arriba.

Abby se quedó quieta, con la cabeza ligeramente ladeada.

—¿La habitación? ¿En singular?

Él se encogió de hombros.

—Habitaciones, en plural, si eso es lo que quieres.

—Es lo que quiero.

—Eso me temía —él recogió las maletas y se encaminó a la escalera—. Enseguida bajo.

Abby lo miró alejarse y se fijó en la facilidad con la que subía las dos maletas. Era un hombre fuerte en muchos sentidos. Gracias a él había podido relajarse y hasta bromear un poco. Después de recibir la segunda fotografía por la mañana, jamás hubiera creído que podría sentirse tan a gusto esa misma noche.

Abrió los armarios y exploró rápidamente la cocina hasta que encontró un vaso grande que podía contener las pequeñas rosas amarillas. Colocó al azar las flores en el vaso, y se estaba retirando para admirar su obra cuando regresó Torr.

—La señora Yamamoto estaría impresionada —comentó él, mirando las rosas.

—Por suerte, esta noche no va a ponerme nota —Abby arrugó la nariz con desafío burlón—. ¿O quieres ponérmela tú?

—¡Cielo santo, no! Para hacerlo, primero tendría que entender tu estilo y tus intenciones, ¿no?

—¿Insinúas que no me entiendes? —por alguna razón, de pronto aquella cuestión le interesaba enormemente.

—No del todo. Todavía. Pero llegaré a entenderte, Abby. Pienso dedicar mucho tiempo y atención a comprenderte —había un asomo de sonrisa en sus ojos.

Abby se volvió hacia la pila con un cogollo de lechuga en la mano.

—Me pones nerviosa cuando me miras tan serio, Torr.

—No es ésa mi intención, aunque supongo que quiero que me tomes en serio —se acercó a ella por detrás, sin tocarla—. Ahora estás a mi cargo, Abby. Quiero que confíes en mí completamente. Quiero que sepas que puedes recurrir a mí —alzó una mano para acariciar brevemente su pelo de color miel—. Y quiero que, cuando llegue el momento, te entregues a mí.

—Torr...

—No voy a abalanzarme sobre ti, Abby. Ése no es mi estilo, de veras. Sé sincera, ¿de veras me ves abalanzándome sobre ti?

Ella percibió la nota de humor que había en su voz y de pronto tuvo ganas de echarse a reír.

—Puede que tengas razón. No pareces de los que se te echan encima —más bien parecía de los que te avasallaban, se dijo para sus adentros, y se puso a buscar apresuradamente un cuenco, utilizando aquella simple tarea como excusa para apartarse de él—. ¿Sabes?, vamos a tener que sentarnos a hablar de qué voy a hacer si el chantajista vuelve a asomar la nariz, Torr. ¿Cómo puedo defenderme de él? Esta mañana, en lo primero que pensé fue en huir y en ganar algún tiempo para pensar, pero ¿de qué va a servirme el tiempo? Cuantas más vueltas le doy, más nerviosa me pongo.

—Entonces no pienses en ello. Por lo menos esta noche. Hablaremos mañana —él parecía otro islote en la cocina: ocupaba el centro de la estancia y la observaba con intensidad mientras ella se atareaba con la comida—. Pero recuerda que, pase lo que pase, no estás sola. Puede que al final tengamos que llamar a la policía, lo sabes, ¿no? En cuanto sepamos quién es y tengamos una idea precisa de lo que quiere y alguna prueba de lo que está pasando, habrá que notificárselo a las autoridades.

—¡No! —Abby se giró bruscamente, sobresaltada, con los ojos muy abiertos—. ¡No quiero decírselo a la policía!

—El chantajista cuenta con ello, cariño. Por eso funciona el chantaje.

—Torr, me prometiste que me ayudarías.

—Y lo haré.

—Entonces no avises a la policía. Si no puedo estar segura de que no vas a hacerlo, será mejor que me vaya.

—Tranquilízate, Abby. No haré nada sin consultártelo primero. Te doy mi palabra.

Había en su voz una serena firmeza que convenció a Abby de que cumpliría su palabra. Ella lo miró un momento y luego volvió a concentrarse en la ensalada.

Su situación era muy inestable en diversos sentidos, y especialmente en lo que se refería a su relación con aquel hombre.

Empezaba a sentir que su vida se estaba volviendo lentamente del revés, y el temor a perder el control la hizo atascarse un poco con el cuchillo que acababa de tomar para cortar los tomates.

—Será mejor que corte yo los tomates mientras tú vas haciendo los filetes —sugirió Torr, quitándole el cuchillo de la mano. Observó su expresión un momento y luego sonrió—. Pensándolo mejor, creo que voy a servir unas copas de vino antes de que sigamos adelante con la cena.

Torr había acertado en lo del vino, pensó Abby unas horas después, mientras yacía en la cama esperando a que llegara el sueño. Un par de copas habían embotado el filo de su ansiedad, le habían permitido relajarse y hasta disfrutar de la comida. O quizá había sido gracias a la serenidad de Torr, a su insistencia en hacerse cargo de todo, desde la conversación a ocuparse del fuego. Fuera cual fuese el motivo, ella había podido seguir su consejo y posponer hasta el día siguiente cualquier discusión acerca del lío en el que se hallaba metida.

Aun así, mientras permanecía acostada a solas en la oscuridad, sus miedos comenzaron a aflorar nuevamente. Era cierto que se sentía hasta cierto punto, y temporalmente, protegida en casa de Torr Latimer, pero ¿cuánto podía durar aquello? ¿Y qué derecho tenía ella a cargar a Torr con sus problemas?

No había, desde luego, involucrado a Torr deliberadamente, se dijo. Sencillamente, él se había puesto al mando. Abby se preguntó vagamente si había algo que pudiera detener a Torr cuando tomaba una decisión. Una tímida sonrisa afloró a sus labios y se desvaneció al asaltarla pensamientos más inquietantes.

¿Quién podía haber tomado aquellas fotos? ¿Y

qué podía querer el chantajista de ella? Quizá, como sugería Torr, sólo le exigiría una sangría regular y constante. La idea de tener que pagar a un chantajista durante años bastó para que apartara el pesado cubrecama y se levantara de un salto, enfurecida.

Al acercarse a la ventana para mirar la sinuosa y oscura cinta del río Columbia, se alegró de haberse acordado de llevar su camisón de franela más abrigado. El frío se iba aposentando en la casa a medida que avanzaba la noche. Aunque tal vez el frío fuera sólo de índole psicológica, se dijo secamente. Quizás esa noche la temperatura no dependiera del ambiente. ¿Cómo se sentían otras personas al verse confrontadas con la amenaza de un chantaje? Furiosas, impotentes, atrapadas. Todo eso y más. Cuando estaba junto a Torr, podía arrumbar la angustia al fondo de su mente. Pero cuando se hallaba a solas, como en ese momento, sus temores empezaban a escurrirse nuevamente fuera del armario oscuro donde había intentado confinarlos.

Esa mañana sólo había pensado en huir, pero ahora se preguntaba qué demonios conseguiría con ello. ¿La seguiría realmente el chantajista?, ¿qué haría ella si eso ocurría? y ¿quién podía ser, qué quería de ella?

Se apartó de la ventana y empezó a pasearse con nerviosismo por la habitación decorada en beis y marrón. Intentaba desesperadamente concentrarse en su entorno. Saltaba a la vista que el dormitorio había sido diseñado para servir como cuarto de invitados neutro, válido tanto para un hombre como para una mujer. Abby se preguntaba cómo habría sido la esposa de Torr. Le producía cierto alivio saber que ella nunca había estado en la cabaña. Al parecer, había muerto antes de que Torr se mudara a Portland. Y él ¿la quería?, ¿tenía más familia, o amigos? Era un hombre tan reservado, tan solitario... No lograba imaginárselo rodeado de parientes charlatanes, ni siquiera de amigos locuaces. Podía, sin embargo, imaginárselo con una mujer. Con excesiva claridad.

¡Maldición! ¿Por qué había tenido que existir aquel fin de semana en la costa?

¿Qué estaría haciendo Torr? Seguramente estaría durmiendo en la habitación principal, al otro lado del pasillo. Abby había vislumbrado un instante la habitación cuando iba de camino a la suya. Lo suficiente para comprobar que, en el cuarto de Torr, la decoradora no había sido tan neutral. Era evidente que aquella mujer conocía bien a su cliente. La enorme cama constituía el punto focal de los austeros muebles. El esquema de color se deslizaba entre el negro y el marrón, cuya sobriedad contrarrestaban el mobiliario de fina factura y el tono rojo dorado de las paredes. Sí, Abby podía imaginarse a Torr con una mujer en aquella habitación, estrujándola suavemente sobre esa gran cama.

Aquello se estaba volviendo ridículo, se dijo con aspereza y, a continuación, se preguntó si habría llevado alguna pastilla de triptófano. Los aminoácidos eran buenos para dormir, según decían. Ella los vendía como churros, pero no recordaba haber guardado ningún frasco en la maleta. ¿Qué otra cosa podía funcionar? Se detuvo, pensando. ¿Un vaso de leche, quizá? Al diablo con eso, se dijo resueltamente. Recordaba claramente un bonito armario de madera de roble en el cuarto de estar. Seguramente contenía una botella de buen brandy, y con un trago o dos de brandy le bastaría.

Confiando en que el camisón de franela de manga larga hiciera las veces de bata, Abby abrió cautelosamente la puerta y escuchó un momento antes de salir al pasillo. En la casa reinaba el silencio.

Se dirigió sigilosamente hacia la escalera. Al pasar junto al cuarto de Torr no oyó ningún ruido, a pesar de que la puerta estaba entreabierta. Extendió el brazo y la cerró suavemente para que él no la oyera rondar por el piso de abajo.

La idea de saquear el armario de los licores de su anfitrión hacía brillar maliciosamente sus ojos mientras bajaba la escalera en dirección al cuarto de estar. Al menos, la incursión de medianoche la distraería de otros asuntos.

Pero el breve regocijo que sintió al abrirse paso entre la oscuridad, sigilosamente, por el cuarto de estar hasta llegar al armario de los licores, se desvaneció en cuanto volvieron a asaltarla las preguntas de antes. ¿Quién la había visto con Ward ese fin de semana en la costa? ¿Por qué había cometido la estupidez de ir allí? ¿Quién sabía lo suficiente sobre ella como para saber que podía utilizar su amistad con su prima para intentar chantajearla?

Sí, pensó con desaliento mientras, agachada, rebuscaba en el armario, aquella última pregunta era muy interesante. ¿Quién la conocía lo bastante como para saber que sería capaz de hacer casi cualquier cosa por proteger a Cynthia? La pregunta, sin embargo, carecía de respuesta y sólo suscitaba nuevos interrogantes.

Sus dedos hurgaban torpemente en el armario. De pronto se dio cuenta de lo nerviosa que estaba. ¿Qué forma tenía una botella de brandy?, ¿en qué lado del armario la guardaría Torr? Él era una persona sumamente disciplinada y metódica. Seguramente las botellas estarían colocadas siguiendo alguna clase de pauta ordenada. Por desgracia, no podía leer las etiquetas a oscuras.

—Creo que tengo lo que estás buscando.

Abby se puso en pie de un salto y se giró al oír la voz de Torr a su espalda, en la oscuridad.

—¡Ah, Torr! —mientras ella escudriñaba, él salió de entre las sombras, junto a la ventana, donde había permanecido oculto. La pálida luz de la luna brilló e iluminó por unos instantes su ropa. Era evidente que aún no se había ido a la cama. Llevaba todavía la camisa y los pantalones de esa tarde—. No te había visto —musitó ella, sintiéndose de pronto azorada.

—Lo sé. Pero yo a ti sí. Te he visto deslizarte por

las escaleras como un fantasma, con tu pelo dorado todo enmarañado. Me preguntaba si habías venido a buscarme, pero cuando te acercaste al armario de los licores comprendí que no era a mí a quien buscabas —alzó la botella en la mano. Abby apenas distinguía su forma—. Ven aquí y te daré lo que quieres.

Irritada de pronto, ella comprendió que no la estaba invitando únicamente a una copa de brandy. Cruzó lentamente la habitación en penumbra y se paró frente a él, insegura de sí misma y del hombre que aguardaba entre las sombras.

Sin mediar palabra, Torr le quitó el vaso de la mano y le sirvió un trago de brandy. Luego dejó la botella y tomo un pequeño objeto que había sobre una mesa cercana. Abrió la mano y Abby vio sobre su palma una pequeña y delicada rosa amarilla.

—Estaba aquí sentado, pensando en ti —murmuró Torr, y le tendió la rosa, esperando que ella la tomara.

Abby miró el pálido objeto depositado sobre la mano grande de Torr y luego alzó la mirada, intentando colegir la expresión de sus ojos de color ámbar. Sabía que había un fulgor ansioso en aquellos ojos; sentía cómo se difundía y la rodeaba.

—No me abalanzaré sobre ti, ¿recuerdas? —Torr aguardaba con paciencia aparentemente infinita a que ella aceptara la rosa.

De pronto, Abby se dio cuenta de que ella también lo deseaba. Sin decir palabra extendió una mano y tocó la rosa. Los dedos fuertes de Torr se cerraron con firmeza alrededor de los suyos antes de que ella pudiera retirar la flor. Luego, lenta e inexorablemente, él la atrajo hacia sí.

No, Torr Latimer no se abalanzaba sobre nadie, pensó Abby fugazmente mientras cedía a sus imperiosos requerimientos. Arrollaba, mecía y sumía en un abismo. Y esa noche su abrazo abrumador parecía ofrecerle la pasión y la seguridad que ella necesitaba.

V

Abby se entregó en sus brazos sin un murmullo de protesta. Torr sintió que su cuerpo se tensaba y endurecía ante la idea de poseerla. Abby era tan dulce... Dulce, cálida y vibrante bajo el recatado camisón de florecillas.

Él llevaba una hora sentado allí, en la oscuridad, pensando en ella, meditando sobre su misterio y sobre la hondura del deseo que sentía por ella. No recordaba haber deseado nunca a una mujer como deseaba a Abby Lyndon.

Su instinto se había puesto alerta al sentir a Abby detenerse junto a la puerta de su habitación, pese a que ella había recorrido sigilosamente el pasillo. En ese instante, la sangre había empezado a correr más densa por sus venas. La posibilidad de que ella se dirigiera a su cuarto le había cortado el aliento.

Abby, sin embargo, había pasado de largo ante su puerta tras cerrarla suavemente, y Torr se había obligado a calmarse. ¿Dónde iría? La rosa con la que había estado jugueteando parecía arder entre sus dedos mientras escuchaba los leves ruidos que hacía Abby. Al ver que ella llegaba al pie de la escalera y se dirigía al armario de los licores, le habían dado ganas de echarse a reír. Abby se hallaba a unos pasos de él y, al parecer, por el mismo motivo que a él lo había impulsado a bajar una hora antes. Un poco de alcohol para inducir el sueño.

La certeza de que ella estaba casi al alcance de su mano había desbaratado los efectos narcóticos del brandy que estaba bebiendo. Y ahora estaba entre sus brazos. No quería apresurarse, pese al intenso deseo que lo embargaba. Le costó gran esfuerzo tranquilizarse. Aquello había que hacerlo bien. Y, sobre todo, había que hacerlo del todo, completamente. Cuando acabara, Abby debía saber que le pertenecía.

—Torr... —su voz era una hilo desnudo de voz. Él la sentía temblar contra su cuerpo, y la certidumbre de que lo deseaba actuaba como el más potente afrodisíaco—. Torr, no he bajado por esto. Sólo quería un poco de brandy. Algo que me ayudara a dormir.

Él sonrió y bajó la mirada hacia ella mientras con las manos recorría la base de su espalda.

—Tienes una espalda preciosa, ¿lo sabías? Esbelta, suave y grácil. Como el tallo de una flor.

—Torr, no creo que esto sea buena idea. Las cosas podrían complicarse mucho si... si hacemos esto —su cara estaba escondida contra el hombro de Torr. Él notó la incertidumbre de su voz. Abby seguía sintiendo el mismo nerviosismo e idéntico recelo, pero al menos ya no se resistía, como al principio. Esa noche lo necesitaba, lo deseaba... Quizás hasta deseara la protección que él podía ofrecerle.

—Las cosas serán más sencillas cuando seamos amantes, Abby, no más complicadas. Confía en mí, cariño. Déjame darte lo que necesitas esta noche. Yo me ocuparé de ti, te protegeré. Entrégate a mí y olvídate de todo lo demás.

Abby se estremeció bajo el asalto hipnótico y tentador de las suaves palabras de Torr, que parecían rodearla y ofrecerle consuelo, placer y seguridad. Con los brazos hacía lo mismo de manera mucho más tangible. Abby podía sentir su fuerza, pero no tenía miedo. Sentía, por el contrario, la promesa de seguridad que emanaba su abrazo, y se sorprendió arrimándose un poco más a su cuerpo recio y fibroso.

—Rodéame con tus brazos, Abby. Deja que te sienta abrazarme.

Ella obedeció instintivamente, incapaz de resistirse a la suave orden y a su propio deseo de cumplirla. Deseaba a Torr, pensó con perplejidad. Lo deseaba realmente. El deseo que sentía era extraño e inquietante. ¿Era fruto del miedo y de la necesidad de consuelo? Si la respuesta era sí, resultaba asombrosamente vívido y fuerte. Nunca había experimentado un ansia semejante. La fuerza de su pasión, cada vez más intensa, la confundía.

—No puedo pensar con claridad, Torr. Necesito un poco de tiempo —balbució contra la tela de su camisa—. Por favor, dame un poco de tiempo.

—El tiempo no cambiará nuestro modo de sentir. Tú lo sabes. Esta noche, mañana por la noche o la semana que viene: entre nosotros siempre será igual. Habría sido así la primera noche que nos conocimos, si nos hubiéramos saltado todas las barreras.

Ella suspiró, y un instinto tan antiguo como el tiempo la convenció de que él tenía razón. Era absurdo tratar siquiera de resistirse a aquel hombre. Él le ofrecía cuanto necesitaba esa noche. ¿Qué había de malo, o de incierto, en aceptar lo que podía darle?

—Torr, por la mañana...

—Por la mañana hablaremos —le aseguró él mientras sus dedos se hundían en la curva del muslo de Abby.

—Sí.

—Ahora, sólo puedo pensar en el tacto de tu piel bajo mis manos. Te deseo, cariño. ¿Es que no sientes lo que me estás haciendo? —tomó una de las manos de Abby y se la sujetó contra el pecho. Cuando ella alzó la cabeza para mirarlo con ojos agrandados y perplejos, Torr cubrió su boca.

Su forma de besar era, como siempre, avasalladora y exigente. Abby sintió que la lengua de él penetraba en su boca antes de tener siquiera la ocasión de acostumbrarse a la presión de sus labios. Se oyó un sonido leve, suave y primitivo. El gemido de una mujer aceptando los avances del hombre. Torr reaccionó a aquel sonido con un denso gruñido de deseo y bajó la mano de Abby por su pecho, sobre su vientre plano, hasta que cubrió la forma prominente de su miembro. Abby se quedó sin aliento al sentir la urgencia inconfundible de su deseo. Sus sentidos naufragaban cada vez que intentaba asimilar las posibles ramificaciones de lo que estaba ocurriendo, pero sólo acertaba a pensar en la necesidad de rendirse que sentía.

Bajo la ropa, Torr estaba excitado. Abby quería dar satisfacción a su deseo. Más aún: quería ser la única mujer que pudiera satisfacerlo.

—Abby, cariño, te necesito esta noche —Torr apartó su boca de la de Abby el tiempo suficiente para explorar la línea de su garganta. Sus dedos subieron por la espalda de Abby hasta alcanzar la parte de atrás de su cabeza, y luego se hundieron bajo la maraña de pelo castaño hasta encontrar su delicada nuca.

—¡Oh, Torr, por favor! —con los ojos cerrados, Abby se apoyó con mayor fuerza contra el cuerpo de Torr.

—Déjate ir, cariño. Déjate ir y yo me ocuparé de todo.

El cálido aliento de Torr acariciaba suavemente las pestañas de Abby mientras sus dedos se deslizaban alrededor del cuello de ella. Su mano inquieta encontró los botones de la pechera del camisón de franela y desabrochó con destreza el primero de ellos. Abby dejó escapar un gemido al comprender que había perdido el dominio de la situación. En un leve gesto de resistencia que llegaba demasiado tarde, cubrió con sus manos las de Torr, dejando caer la rosa amarilla que había estado estrujando en la mano derecha.

—Cariño, voy a hacerte el amor esta noche. No intentes detenerme. Tú y yo sabemos que ninguno de los dos quiere que esto acabe —como si las manos de Abby fueran de gasa, Torr deslizó los dedos hasta el siguiente botón del camisón y lo desabrochó con la misma facilidad.

Abby sabía que se estaba comportando absurdamente, y de pronto sus débiles esfuerzos por resistirse cesaron por completo. Deseaba a Torr. No hacía falta resistirse más. Notó que él encontraba el último botón y después apartaba la franela de sus hombros, dejando que el camisón cayera despacio hasta su cintura.

Cualquier incertidumbre que sintiera respecto a cómo reaccionaría él al ver su cuerpo se disipó bajo el ardor de los ojos de Torr. Él la miró largamente mientras ella permanecía medio desnuda entre las sombras, y luego sus dedos se dirigieron a las crestas puntiagudas de sus pechos.

—Haces que la cabeza me dé vueltas, Abby. Me siento como si estuviera ardiendo —jadeó Torr ásperamente—. Ardiendo —bajó la cabeza y sus labios ciñeron los de Abby con una ferocidad tan contenida que ella se estremeció.

La excitación, que crecía y crecía dentro de ella, hacía brillar con luz trémula sus sentidos. Su cabeza siguió la dirección de la orden silenciosa de Torr, apoyándose de nuevo en el hombro de éste en tanto él le acariciaba la suave redondez de los pechos. Abby sentía la maduración palpitante de sus pezones como sin duda debía de sentirla él. El suave gruñido de satisfacción que profirió Torr le reveló que era perfectamente consciente del modo en que respondía su cuerpo. Abby dejó que sus dedos se deslizaran por el fuste de su garganta, hasta meterse bajo el cuello de la camisa y encontrar los primeros rizos de su pecho.

La palma de Torr rozó un instante más la punta endurecida de sus pezones y luego, con un movimiento inesperado y repentino, su mano se deslizó por el vientre de Abby, asió el camisón y se lo quitó por completo.

—Abby, Abby, cariño, eres preciosa.

Torr dejó que su mano revoloteara un instante sobre el triángulo de vello del pubis de Abby y después apretó audazmente los dedos contra él. Abby dejó escapar un leve grito contra la boca de Torr, y su cuerpo se tensó de deseo e incertidumbre.

—Oh, cariño. Déjame sentir tu calor. Te deseo

tanto, Abby. Necesito saber que tú también me deseas.

Las palabras se derramaban sobre la piel y en la boca de Abby al tiempo que la lengua de Torr se entrelazaba de nuevo con la suya. Ella sentía la brusquedad con que la mano de Torr tanteaba su sexo, y aquella sensación levantaba ondas de sorpresa y deseo que la recorrían de parte a parte. De pronto sentía las piernas débiles, incapaces de sostener su peso. Cuando el pie de Torr se introdujo suavemente entre sus pies desnudos, Abby cedió completamente a su contacto.

Al instante, Torr empezó a acariciarla con una delicadeza increíblemente excitante.

—Ah, dulce Abby. Tan cálida y acogedora... Voy a perderme en ti esta noche, cariño —un momento después, cuando Torr la alzó en brazos y echó a andar hacia la escalera, Abby sintió que el mundo en sombras giraba enloquecido a su alrededor—. Mírate —bromeó él con voz áspera—. Desnuda en mis brazos, con el pelo suelto. Haces que me sienta como una especie de bárbaro conquistador.

—Puede que lo seas —musitó ella con ojos enturbiados por el deseo y la excitación.

Abby sintió que Torr comenzaba a subir las escaleras con paso firme. Estaba claro que su peso no le estorbaba. La llevó hasta arriba y luego giró sin vacilar por el pasillo hasta la puerta de su habitación. Un momento después, depositó a Abby en el centro de la espaciosa cama deshecha.

Ella se quedó tumbada, mirándolo con los ojos entornados, mientras él se desvestía en la oscuridad. Torr se despojó de la ropa con impaciencia, descuidadamente, tirándola al suelo según se la quitaba. Cuando se volvió hacia ella, Abby contempló admirada su cuerpo magníficamente excitado, cuya evidente fortaleza no resultaba en absoluto amenazante allí, en la oscuridad. Pensó distraídamente que debería sentir recelo de su fuerza y que, al hallarse frente a su desnudez, tendría que sentirse nerviosa. Pero cuando Torr se tumbó a su lado, tendió los brazos hacia él y olvidó todos su miedos.

—Torr, nunca me había sentido así antes —confesó mientras él la estrechaba entre sus brazos y las piernas de ambos se entrelazaban.

—Yo tampoco —admitió él con sencillez, y luego selló su boca al tiempo que la comprimía de espaldas contra el colchón.

Torr le hizo el amor con un ansia ferozmente contenida, como si tuviera que luchar para no tomarla con una pasión repentina e irrefrenable. Abby florecía bajo sus caricias, abriéndose para él como un narciso se abre al sol. El ardor de Torr la entibiaba, hacía que se sintiera maravillosamente viva. Las reacciones de Torr hacia sus caricias, primero titubeantes y luego ávidas, la llenaban de excitación. Se sentía poderosa y audaz, como sólo una mujer puede sentirse cuando el hombre al que desea responde sin vacilar. Sus dedos se deslizaban provocativamente por los contornos de la espalda fuerte de

Torr. Éste dejó escapar un profundo gemido cuando ella tocó su muslo musculoso y sólido.

—Me estás poniendo muy difícil refrenarme —jadeó él, temblando violentamente mientras ella le acariciaba la parte interior de la pierna.

Sus caricias eran, sin embargo, más audaces que las de Abby, y ésta pensó fugazmente que si alguien tenía derecho a quejarse era ella.

—Sí, Torr, sí, tócame así...

—¿Aquí? —dijo él suavemente—. ¿O aquí?

—Pareces saber dónde exactamente. Oh, cariño, ¡sí!

Aquella excitación palpitante amenazaba con apoderarse de ella como un frenesí. Tenía que sentir a Torr dentro de ella por entero. Sus gemidos, que él bebía con avidez, se hacían cada vez más rápidos.

—Por favor, Torr... —su cuerpo se frotaba, suplicante, contra la mano de Torr.

—Quiero que sea perfecto —protestó él suavemente, provocándola con sus caricias hasta que ella extendió las manos, intentando atraerlo hacia sí.

—No podría ser más perfecto. Torr, penétrame, por favor... Penétrame ya, me estoy volviendo loca.

—Así es como te quiero la primera vez —gruñó él—. Loca de deseo. Porque tú me vuelves loco a mí.

Como si no pudiera seguir conteniéndose, él se movió bruscamente, aplastando a Abby contra las almohadas con el peso de su cuerpo. Ella experimentó una repentina punzada de angustia, una resistencia instintiva casi tan intensa como el deseo que sentía. Aquélla no era una simple noche de pasión que pudiera olvidar por la mañana. Se estaba entregando por completo a aquel hombre.

Torr advirtió su breve acceso de pánico y se apresuró a ahuyentarlo.

—Es demasiado tarde, Abby. No hay vuelta atrás. Voy a hacerte mía.

Las palabras eran como papel de lija contra la piel del hombro de Abby. Luego, ya no pudo pensar en absoluto. Torr se colocó entre sus muslos, forzándola a aceptar el contacto de su sexo. Abby dejó escapar un gemido de deseo y sus brazos se cerraron en torno a él, atrayéndolo hacia sí mientras se sometía a sus ávidos requerimientos. La estaba poniendo a prueba, frotándose contra ella. Luego, con un áspero gruñido, la penetró.

La asombrosa potencia de su embestida tomó a Abby por sorpresa, a pesar de que todos sus sentidos parecían suplicar por ella. Se sintió como si de pronto la hubiera engullido una ola, medio ahogándola en la fuerza irrefrenable de su pasión compartida. Aquello no se parecía a nada de cuanto había experimentado antes. Se entregó a aquella sensación porque no podía hacer otra cosa. En ese momento, comprendió que habría hecho lo que fuera por satisfacer a aquel hombre. Entregarse a él parecía idóneo y perfecto. A cambio, recibía placer. Sus piernas se cerraron con fuerza alrededor de la cintura de Torr, y sus uñas le dejaban diminutas medias lunas en la piel de la espalda.

—¡Sí, cariño, sí!

Torr se hundió en ella una y otra vez, llenándola por completo, intentando extinguir el fuego que ardía entre los dos. A sus labios afloraban palabras incoherentes y que, sin embargo, contenían significados esenciales. El terciopelo líquido de Abby se ceñía con fuerza a él, y de pronto Torr sintió que se ahogaba. Había sabido desde el principio que sería así. Único. Perfecto. Satisfactorio hasta resultar casi insoportable.

Cuando las oleadas del clímax inundaron a Abby, Torr las sintió como una extensión de su propio placer. Alzó la cabeza con esfuerzo, decidido a contemplar su expresión en ese instante, pero la fuerza del orgasmo se apoderó de él, y apenas pudo pasar unos segundos disfrutando de los labios húmedos y entreabiertos de Abby, de sus ojos fuertemente cerrados y de sus rápidos y suaves jadeos. Ver que Abby alcanzaba el orgasmo debajo de él le hizo perder las riendas. Aunque no oyó la áspera exclamación que escapó de su garganta, fue perfectamente consciente de la violencia de su propio orgasmo.

Pasó largo rato antes de que Abby sintiera que Torr se separaba de mala gana, lentamente, de su cuerpo. Abrió los ojos y lo vio apoyado en un codo, mirándola con una expresión infinitamente turbadora en las profundidades de su mirada ámbar.

Se quedó quieta, sintiendo la mano de Torr posesivamente abierta sobre su vientre y el peso de su tobillo anclado al de ella. El olor húmedo de su encuentro enrarecía el aire a su alrededor. Sus cuerpos estaban cubiertos de sudor. La intimidad de aquel instante resultaba sobrecogedora.

–Te deseaba desde hace días –dijo Torr suavemente–. Pero ni en sueños hubiera imaginado que sería así –sacudió la cabeza, un poco aturdido–. Nunca había sido así.

–Sí –dijo ella, comprendiendo que no tenía sentido ocultar sus sentimientos–. Nunca había sido así. Oh, Torr, nunca me había sentido... Nunca había experimentado algo así.

Él levantó la mano de su vientre y apartó con ternura un mechón de pelo húmedo pegado a su mejilla.

–Ninguna mujer se había entregado a mí tan completamente. Ahora me perteneces, cariño. ¿Te das cuenta? Eres mía. Creo que estabas destinada a serlo desde el principio. Pero, aunque esto no estuviera escrito de antemano, ahora es un hecho. Yo cuidaré de ti, cariño. Te lo prometo.

Abby bajó lentamente los párpados, dándose cuenta de que la baja temperatura de la habitación empezaba enfriar su cuerpo húmedo de sudor.

–Torr, creo que entiendo lo que intentas decir y yo... te lo agradezco, pero...

–¡Agradecérmelo! –bromeó él suavemente, y la alegría iluminó sus ojos un instante–. ¡Qué generoso de tu parte!

Abby alzó la mirada hacia su cara, pero su expresión no reflejaba ya ningún contento. Aquello era serio para ella, y así debía hacérselo comprender a Torr.

—Sé que después de... Quiero decir que comprendo que, en momentos como éste, la gente suele decir cosas que les suenan románticas. A los hombres les gusta decir que las mujeres les pertenecen y... y...

—Estoy seguro de que no tienes mucha experiencia, así que no veo cómo puedes afirmar qué es o no es un tema tópico en momentos como éste —su sorna parecía hacerse cada vez más aguda.

Abby quedó sorprendida.

—¿Qué quieres decir con que estás seguro de que no tengo mucha experiencia?

Él se inclinó y le rozó los labios.

—¿La tienes? —preguntó con sorna.

—Pues no, pero no sé porque estás tan seguro —masculló ella, enojada.

—Hay algo en ti cuando te tengo en mis brazos, algo tierno, vulnerable y franco. No sé cómo describirlo, pero sé que es imposible que hagas esto con frecuencia. Si así fuera, habrías aprendido a protegerte emocionalmente. No serías tan dulce y tan generosa. Y tampoco habrías sentido ese instante de temor antes de que te penetrara —añadió.

El hecho de que él hubiera interpretado tan bien sus reacciones resultaba inquietante para Abby. Un escalofrío de aprensión recorrió su espalda.

Frunció el ceño y procuró volver a la cuestión que le interesaba. No pensaba darle a Torr la satisfacción de decirle que tenía poca experiencia. Ya era bastante arrogante sin necesidad de aquello.

—Torr, lo que intentaba decir antes de que me distrajeras es que me gustaría que no hablaras en términos de posesión. Me pone nerviosa. Sé que seguramente para ti no es más que una palabra, pero a mí me recuerda que un hombre puede hacerle la vida imposible a una mujer.

—¿No te gusta la idea de ser mía?, ¿ni siquiera después de lo que acabamos de compartir? —él pasó la mano ávidamente la mano por su muslo.

—Me gusta que hables de protección —respondió ella juiciosamente—. Pero, por favor, no hables de posesión, ¿de acuerdo? —rozó la boca de Torr con la punta de un dedo, intentando disipar el asomo de rigidez que amenazaba con aparecer en ella—. Háblame de flores y de estar juntos y de cuánto me deseas. Ni siquiera me importa que hables de cuánto te deseo yo a ti —dijo ella con una sonrisa caprichosa.

—El hecho de no decirlo en voz alta no cambia mis sentimientos. Ahora me perteneces, cariño.

Abby sacudió la cabeza una vez.

—Yo no le pertenezco a nadie, salvo a mí misma, Torr. Si no puedes aceptarlo, será mejor que lo que haya entre nosotros, sea lo que sea, se acabe ahora mismo.

—No me tengas miedo, cariño, por favor —suplicó Torr con voz áspera y baja, y se inclinó para besarle el hombro—. Relájate. Si te pone nerviosa, no hablaremos de ello esta noche.

—No hablaremos de ello nunca —dijo Abby con sereno énfasis, consciente de que su cuerpo comenzaba a agitarse a medida que Torr le pasaba lentamente los dedos por el vientre.

—Hablaremos de ello en otro momento —replicó Torr con firmeza—. Cuando estés lista para aceptar nuestra relación tal y como es. Pero hay otra cosa de la que tenemos que hablar, y creo que no podemos posponerlo más allá de mañana.

—¿Qué quieres decir?

—Tengo que saber lo de ese fin de semana. He de saber por qué estabas allí con el marido de tu prima, en circunstancias tan comprometedoras. Necesito saber qué clase de amenaza representa ese chantajista. No esperarás que siga adelante sin conocer los hechos.

Abby se removió, inquieta, retorciéndose un poco como si quisiera alejarse de su mano acariciadora. No quería hablar de lo sucedido ese fin de semana. Ni con él ni con nadie.

La mano de Torr pareció cerrarse en torno a su cintura, impidiéndole apartarse.

—Ese fin de semana no sucedió nada importante, Torr —dijo Abby con firmeza—. Fue un error. Lo pasado, pasado.

—¿Pasaste el fin de semana con el marido de tu prima?

—Ya te he dicho que entre Ward y yo no había nada.

—Pero ¿pasaste el fin de semana con él?, ¿el chantajista tiene algo que pueda utilizar contra ti? ¿Qué hacías saliendo de una habitación de hotel con Ward Tyson? ¿Qué pasó realmente ese fin de semana?

Sus preguntas sacudían a Abby como latigazos incruentos.

Se quedó paralizada. El deseo incipiente que sentía se desvaneció.

—Vamos, cariño —masculló Torr, advirtiendo al instante la crispación de Abby—, sólo quiero saber la verdad. Tengo que saberlo todo, si quieres que te ayude. ¿Es que no lo entiendes?

—Fuiste tú quien insistió en ayudarme. ¡Yo no te he pedido ayuda!

Él se inclinó hacia delante y su boca se cernió sobre la de ella.

—Tanto si me la pediste como si no, tuya es. Las preguntas pueden esperar hasta mañana. Abrázame, Abby, y hazme el amor. Te necesito esta noche.

Ella vaciló, reacia a rendirse ahora que sabía que Torr iba a exigirle respuestas que no deseaba darle, pero él no le dejó ocasión de resistirse.

Se tumbó sobre ella y su boca comenzó a moverse, ardiente, sobre el cuerpo de Abby, mientras sus manos la acariciaban y la excitaban. En cuestión de segundos, Abby sintió que su cabeza se vaciaba de pensamientos, ocupada tan sólo por las exigencias de Torr y por las demandas, igualmente urgentes, de su propio cuerpo.

La magia de la pasión los consumió a ambos.

A la mañana siguiente, Abby despertó sintiéndose un poco enojada, un tanto desafiante y sumamente atrapada. Y, por primera vez desde que había comenzado el chantaje, el motivo de aquellas emociones no era el hecho de que estuviera siendo víctima de una extorsión.

Había despertado con la certeza de que le debía a Torr Latimer algunas explicaciones. No le gustaba la idea de deberle nada a un hombre, pero lo que le resultaba más inquietante era verse forzada a contarle a Torr toda la verdad.

¿Cómo se había metido en aquella situación? Frunciendo furiosa el ceño, apartó la colcha y salió de la enorme cama. Torr dormía a su lado, aparentemente ajeno a su mal humor. Abby se detuvo junto a la cama y observó al hombre que durante esa noche había desatado tan fácilmente sus pasiones.

Era cierto que nunca había experimentado algo tan excitante y perturbador como su forma de hacer el amor. Hasta ese momento, había ignorado cuánto placer era capaz de recibir y de dar su cuerpo. Ciertamente, si bien sus experiencias anteriores eran muy limitadas, sabía por intuición que nunca sentiría con otro hombre lo que había sentido con

Torr. Ni aunque viviera hasta convertirse en una vivaz ancianita con un centenar de romances apasionados a sus espaldas.

En realidad, pensó Abby sombríamente, esa mañana ni siquiera era capaz de concebir la posibilidad de tener un centenar de romances apasionados. Sólo podía imaginarse en la cama con un hombre: con Torr Latimer.

Su boca se torció con áspera sorna mientras se acercaba al armario de Torr y abría la puerta para inspeccionar su interior pulcramente ordenado. Allí, colgado en una percha, estaba lo que necesitaba: un albornoz corto. Lo descolgó y, al echárselo por encima, la prenda, demasiado grande para ella, pareció engullirla. Luego, tras mirar un momento a Torr, que seguía dormido, salió apresuradamente, recorrió el pasillo y se refugió en su cuarto.

Allí se dejó caer cansinamente sobre la cama revuelta y consideró la situación. ¿De veras había creído que podía acostarse con Torr sin quedar unida a él? Lo cierto era que la noche anterior no había pensado mucho en el futuro. Había extendido la mano para tomar la rosa amarilla que Torr le ofrecía y se había visto encadenada. Desde el instante en que había toma la rosa en su mano, estaba atrapada. No, quizá hubiera sido antes de eso, quizás había ocurrido al aceptar su ayuda. ¿O había sido la noche en que había dejado que la llevara a casa?

Resultaba perturbador darse cuenta de que ni siquiera podía determinar en qué momento habría sido capaz aún de escapar de él. Al mirar atrás, le parecía que su relación con Torr era inevitable desde el principio, y que todo lo sucedido desde aquella primera noche de clase no era más un flujo ininterrumpido de acontecimientos, cada uno inseparable del anterior, que había culminado en el compromiso definitivo de la noche anterior.

Porque ¿acaso no era eso, un compromiso? ¿Había dado realmente ese paso de manera tan inconsciente y ciega, y con un hombre al que apenas conocía? Resultaba increíble, pero Abby no lograba sacudirse aquella sensación.

Se quitó con nerviosismo el albornoz de Torr, consciente de la sensación de intimidad que la embargaba con sólo llevar puesto algo suyo. La prenda sin duda se ajustaba como un guante al cuerpo musculoso de Torr, pero a ella la envolvía por entero, sofocándola. Igual que su dueño.

Dejó caer al suelo el albornoz y entró desnuda en el cuarto de baño. Su rostro ceñudo la miró con severidad desde el amplio espejo del lavabo. Tenía el pelo enmarañado y su cuerpo parecía aún caliente y entumecido por el sueño. Sin embargo, se sentía despierta y alerta, y tal vez un poco dolorida en algunas partes. Rezongó para sí misma mientras abría el grifo de la ducha y se metía bajo el chorro.

La sensación de haber sido forzada a iniciar una relación que tal vez no le interesaba le producía una leve congoja. Lo de la noche anterior había sucedido con excesiva rapidez. Tenía muchos otros problemas a los que enfrentarse, y no podía correr el riesgo de enredarse en una relación de mayor calado con Torr Latimer. El problema era, pensó con desaliento, que ya se había enredado en ella. Tenía que poner cierta distancia entre ellos y darse un poco de espacio para respirar.

Al otro lado del pasillo, Torr se desperezó al oír correr el agua de la ducha en el cuarto de baño de Abby. Se había dado cuenta de que ella salía de la tibia cama unos minutos antes, y había advertido también su mal humor. Pensando que era mejor no confrontarla a primera hora de la mañana con la intimidad que habían compartido esa noche, la había dejado escapar. Estaba seguro de que Abby había huido impulsivamente de su cuarto para poder pensar.

Cosa que a él le parecía muy bien. A fin de cuentas, ella sólo se había ido a su habitación, y él no podía negarle un poco de soledad. Abby necesitaba acostumbrarse a la situación, decidió, sintiéndose indulgente. Todo había ocurrido muy deprisa y ella tenía muchas cosas en que pensar.

De todos modos, nada iba a cambiar cuando volviera, se dijo en silencio mientras entraba desnudo en su cuarto de baño. Dios, qué bien se sentía: fuerte, vivo y lleno de energía. Abby había hecho que se sintiera así. Era todo cuanto podía desear en una mujer. Y era suya.

Sólo era cuestión de tiempo que ella lo admitiera.

Abby se puso unos tejanos ceñidos y desgastados con una pesado cinturón de cuero que le producía una reconfortante sensación de virilidad. No eran únicamente los hombres quienes podían experimentar esa clase de sensaciones, se dijo mientras se remetía los faldones de la camisa de cuadros. Esa mañana necesitaba un poco de confianza en sí misma, y, por alguna razón, el cinturón se la daba. La hacía sentirse un tanto audaz y decidida. Cualidades necesarias para enfrentarse cara a cara a un hombre como Torr Latimer. Se recogió el pelo hacia arriba con una pinza y se dirigió resueltamente al piso de abajo.

Cuando entró en la cocina, Torr estaba cómodamente sentado a la mesa de desayuno, contemplando por la ventana el paso de una barcaza que se deslizaba lentamente por el río Columbia. Se volvió enseguida y esbozó una sonrisa lenta e íntima. A la luz del sol, que entraba a raudales en la cocina, parecía muy seguro de sí mismo, pensó Abby. Su pelo negro, cuyo tacto ella recordaba bien, relucía con el agua de la ducha. Los pantalones negros de traje y la camisa blanca, con el cuello abierto, parecían enfatizar las líneas rectas y nítidas de su cuerpo, en lugar de ocultarlas. Sus ojos de color ámbar parecían llenos de deseo y recuerdos, y Abby sintió de pronto que la fortaleza con que había intentado revestirse con el cinturón de cuero no era nada comparada con la resuelta virilidad que emanaba de aquel hombre.

—¿Café? —él se levantó y se acercó a la encimera para servir una taza sin esperar a que ella asintiera.

Abby observó sus movimientos suaves y contenidos, y recordó la noche anterior, durante la cual cada movimiento de Torr provocaba una respuesta en su cuerpo. Cuando él le tendió la taza, ella recordó cómo le había ofrecido la rosa.

—Gracias —logró decir casi formalmente, y le dieron ganas de morderse el labio. Aquello era ridículo. No era una colegiala a la que se le trabara la lengua e incapaz de enfrentarse a situaciones embarazosas. Alzó inconscientemente la barbilla y miró a Torr a los ojos con desabrida audacia—. Respecto a lo de anoche... —comenzó con sequedad.

—Tengo una sugerencia que hacer respecto a lo de anoche —la interrumpió Torr con calma, volviendo a sentarse—. Sugiero que no lo hablemos esta mañana.

—Tenemos que hablarlo.

—Ahora no. Esta mañana tenemos otras cosas de que hablar. Siéntate, cariño, y cuéntame lo de ese fin de semana con Ward Tyson.

—¡No antes de que hablemos de lo de anoche! —estalló Abby, y se dejó caer en el asiento enfrente de él.

Torr le dedicó una sonrisa leve y extrañamente maliciosa.

—¿Fue lo de anoche más importante que el fin de semana con Tyson?

—¡Sí!, digo... ¡no! Espera un momento, Torr, estás

intentando confundirme deliberadamente. Son cosas distintas y primero quiero aclarar lo de anoche. Para empezar, quiero que quede claro que lo que pasó anoche no es el principio de una aventura rutinaria.

—Contigo una aventura nunca podría ser rutinaria.

—Quiero que comprendas que no voy a acostarme contigo regularmente —afirmó ella.

—¿Quieres decir que no vas a acostarte conmigo esta noche? —preguntó él con sorna.

—¡Exacto! —replicó ella, exultante, aunque no tenía muy claro por qué—. Ni mañana por la noche.

—Está bien. Ahora, hablemos de Tyson.

—¡Torr, no me estás haciendo caso! —se inclinó hacia delante y apoyó agresivamente los brazos sobre la mesa.

—Claro que te estoy haciendo caso, Abby. Últimamente sólo pienso en ti —replicó él con enervante suavidad—. Sencillamente quiero pasar al siguiente punto del orden del día.

—¿No tienes ninguna objeción respecto al primero? —preguntó ella.

—No, ninguna. Me doy cuenta de que necesitas un poco de tiempo.

—Eres muy generoso —masculló ella sin saber muy bien a qué atenerse.

—En este momento puedo permitirme ser generoso. No vas a ir a ninguna parte y un par de días no cuentan mucho a largo plazo. No cambiarán nada. Puedo ser paciente hasta cierto punto.

—¿Quieres decir que estás seguro de que volveré a meterme en tu cama en cuanto me haya tranquilizado y tenga ocasión de aclarar esta situación? —preguntó ella fríamente.

La expresión maliciosa de los ojos de Torr se disipó, sustituida por una asombrosa certidumbre.

—Abby, tú y yo nos pertenecemos el uno al otro. Eres mía, nada puede cambiar eso. Ahora, háblame de Ward Tyson.

Abby se quedó mirándolo un segundo más. De pronto, hablar sobre aquel espantoso fin de semana le parecía mucho más fácil que afrontar los lazos de unión que Torr trataba de imponerle.

VI

—Ese fin de semana fue un error —afirmó Abby recostándose en la silla y bebiendo despacio su café. Sus ojos se posaron en la barcaza que avanzaba inexorablemente por el río. Rumbo a la región cerealera, pensó Abby, sabiendo que el río se internaba describiendo una curva en las ricas llanuras cerealeras del este de Washington.

—Eso lo doy por sentado desde el principio.

Abby giró la cabeza y le lanzó una mirada de enojo. Él la miró con fijeza un momento y fue ella la que finalmente apartó la mirada. Con los ojos fijos de nuevo en la barcaza, Abby prosiguió cuidadosamente.

—Mi prima y su marido estaban teniendo... dificultades. El embarazo de Cynthia fue duro. Hubo

complicaciones y el médico insistió en que no co-
rriera ningún riesgo. Por desgracia, en esa época
Ward estaba sometido a una enorme presión. Acababa de ser nombrado presidente de la empresa y la
junta directiva esperaba de él un milagro. La compañía tenía problemas desde hacía tiempo y Ward se
creía en la obligación de obrar los milagros que se
esperaban de él. Trabajaba dieciséis horas al día y,
cuando volvía a casa, se encontraba con una mujer
que también estaba sufriendo una angustia tremen-
da.

—Una situación propicia para discusiones, repro-
ches y desconfianzas —dijo Torr.

—Sí, así es. Yo pasaba mucho tiempo en Seattle,
intentando echarles una mano. Cynthia se sentía
sola y tenía miedo de que su embarazo acabara
mal. Pasaba mucho tiempo sola, preguntándose qué
estaría haciendo su marido, y empezó a imaginar
cosas.

—¿Como la existencia de otras mujeres, por
ejemplo?

Abby se encogió de hombros.

—Sí —vaciló, intentando encontrar las palabras
idóneas para continuar su relato—. Como te decía,
yo pasaba un par de días a la semana en Seattle.
Dormía en la habitación de invitados cuando me
quedaba a pasar la noche y, a veces, estaba todavía
despierta, viendo la tele o haciendo cualquier otra
cosa, cuando Ward llegaba a casa. Cynthia ya estaba
durmiendo, y no había nadie más con quien hablar,

así que él se tomaba una copa y se desahogaba hablando conmigo. Supongo que en cierto modo llegó a convertirse en una costumbre.

—Y, luego, una noche, quiso desahogarse con algo más que una copa y un poco de conversación, ¿no? —había una extraña dureza en la voz de Torr, a pesar de que seguía bebiendo tranquilamente su café.

Abby se removió, inquieta.

—Ward es un hombre muy agradable —intentó explicar.

—Pero es un hombre.

—Lo estaba pasando muy mal.

—¿Vas a defenderlo, aun cuando te sedujo? —preguntó Torr con aspereza.

—¡No me sedujo!

—Pero lo intentó.

—Fue... fue una situación muy embarazosa —dijo ella con tristeza—. Esa noche había ido a una cena de negocios y había tomado un par de copas. Dijo que quería relajarse y se sirvió varias más. Me pidió que me quedara a hablar con él. Me contó lo deprimido que se sentía, me habló de sus problemas en la empresa y de lo difícil que era todo con Cynthia. Una cosa llevó a otra y... —Abby agitó vagamente una mano en el aire para explicar el resto.

Torr, sin embargo, se negó a aceptar aquella explicación.

—¿Y qué?

—Intentó besarme. Dijo que necesitaba una mujer y que me admiraba mucho. Creía que yo lo entendía y sabía lo mal que lo estaba pasando.

—Pobre ejecutivo incomprendido.

—¡Si vas a ponerte sarcástico, lo dejo ahora mismo!

—No, no lo dejes ahora. Esto se está poniendo interesante.

—¿No te ha dicho nunca nadie —gruñó Abby— que eres un poquito arrogante y mandón?

—Sí, me lo has dicho tú. Varias veces. Sigamos con la historia.

Abby consideró sus alternativas, desde tirarle el resto del café a la cara a robarle el BMW y escapar a toda prisa. Pero ninguna de ellas le parecía practicable, teniendo en cuenta la intensidad con que él la miraba. Y, por otro lado, era consciente de que había llegado demasiado lejos como para interrumpir el relato.

—Hubo un desagradable forcejeo. Yo conseguí llegar a mi habitación y cerrar la puerta con llave. Él no intentó seguirme y yo di por sentado que allí acababa todo. Pero al día siguiente todo fue muy violento. Yo me fui a Portland. Tenía desde hacía tiempo una reserva para pasar ese fin de semana en la playa.

—¿Sola?

—Sí, sola —contestó ella fríamente—. Suelo ir de vacaciones sola. Me parece mucho más agradable que viajar con un hombre que espera que le caliente la cama, aunque yo esté pagando lo mío.

—Está bien, dejemos eso por ahora —dijo Torr suavemente—. Supongo que Tyson sabía que ibas a ir a la costa.

—Sí, Cynthia y él lo sabían. Yo se lo había dicho varias veces —Abby se levantó para servirse más café. Rellenó en silencio la taza de Torr y se sentó otra vez—. Ese fin de semana, un par de horas después de mi llegada al hotel, llamaron a la puerta de mi habitación.

—Tyson —gruñó Torr.

Abby asintió con la cabeza.

—Ward fue a buscarme al hotel. Decía que necesitaba pasar algún tiempo alejado de las exigencias de una compañía enferma y de una mujer enferma, que sabía que yo lo entendía por cómo lo había escuchado durante nuestras largas conversaciones. Yo le dije que no me interesaba tener una aventura con él. Le dije que se fuera a casa, con Cynthia, y dejara de comportarse como un crío. La verdad es que le eché un buen sermón.

—¿Porque te sentías un poco culpable?

—Supongo que sí. Empecé a pensar que tal vez le había dado alas al hacer el papel de confidente tantas noches, me sentía fatal porque en parte la culpa fuera mía. Era todo muy difícil porque Ward me caía muy bien, siempre me ha caído bien. Y es cierto que yo sabía que estaba sometido a una enorme presión, que intentaba salvar la empresa.

—Pero, aun así, lo enviaste de vuelta a Seattle.

Abby asintió con firmeza.

—En realidad, cuando se marchó al día siguiente, ya se había dado cuenta del error que había cometido. Estaba arrepentido.

—¿Se quedó a pasar la noche y se fue a la mañana siguiente? —preguntó Torr.

—Sí.

—¿Pasó la noche en su habitación?

—¡Sí! —exclamó ella, enojada ante su insistencia—. Desayunamos juntos antes de que se marchara y estuvimos hablando. Estaba tan aliviado como yo por que no hubiera ocurrido nada. Se sentía fatal por haberlo intentado siquiera.

—¿Cómo le explicó su ausencia ese fin de semana a Cynthia?

—Qué sé yo. Seguramente le dijo que había tenido una reunión fuera de la ciudad. El bebé nació poco después y todo volvió a ser normal entre Ward y ella. Pero si Cynthia viera esas fotografías, se daría cuenta de que Ward le mintió sobre ese fin de semana, y la destrozaría pensar que yo también la había engañado —Abby lo miró, suplicante—. No puedo permitir que le hagan daño, Torr. Aunque pudiera convencerla de que ese fin de semana no pasó nada, siempre tendría dudas acerca de mi verdadera relación con Ward. Las cosas no volverían a ser iguales entre nosotras.

—Y alguien lo sabe.

Abby respiró hondo.

—Eso parece.

—Habrá que empezar a pensar en quién te conoce hasta ese punto.

—Esa idea me saca de quicio, Torr —dijo Abby lentamente—. ¿A quién conozco capaz de hacer una cosa así?

—Supongo que puede ser alguien que no te conozca íntimamente, pero que sepa que tienes una relación muy estrecha con Cynthia. Me pregunto si a Tyson le estará pasando lo mismo.

Abby se estremeció.

—Tal vez debería hablar con él. Contarle lo que está pasando y averiguar si él también ha recibido amenazas.

Torr se levantó. Sus ojos ámbar tenían una expresión gélida.

—En caso de que haya que recurrir a Tyson, seré yo quien hable con él. No me gustaría que os unierais en la adversidad.

—¿Estás celoso, Torr? —preguntó Abby, burlona, sin poder resistirse. Pero no estaba preparada para la respuesta inmediata que produjo su sarcasmo. Torr, que estaba abriendo la puerta de la nevera, la soltó de pronto y cruzó la cocina. Extendió los brazos y, sujetando por los brazos a Abby, la obligó a levantarse.

—¿Es eso lo que quieres, Abby? ¿Ponerme celoso?

Abby se arrepintió de inmediato de sus palabras.

—Sabes que no —tragó saliva, asombrada—. No soporto los arrebatos de celos en un hombre —el recuerdo de Flynn Randolph cruzó su mente y se reflejó en sus ojos azules.

—Entonces te sugiero que no intentes provocarme. Cualquier hombre puede ser celoso en determinadas circunstancias, y yo no soy una excepción.

Aquello tocó una fibra sensible en el interior de Abby, que sacudió la cabeza y esbozó una leve sonrisa.

—Te equivocas, Torr. Tú eres muy distinto a otros hombres. Si no lo fueras, anoche no habría hecho el amor contigo —alzó los dedos para tocar su mejilla áspera. De pronto comprendió que era cierto. Y eso facilitaba mucho las cosas.

—Abby... —Torr agarró sus dedos vacilantes, los apretó y la atrajo hacia sí—. Abby, cariño, por favor, confía en mí. No me tengas miedo. Y no te angusties por lo de anoche. Te daré tiempo, lo juro.

Ella se puso de puntillas y le besó suavemente los labios.

—¿De veras, Torr?

—Creo —musitó él con voz densa— que te daría cualquier cosa que me pidieras, excepto...

—¿Excepto qué?

«La libertad», concluyó Torr con ferocidad para sus adentros. Por suerte, tuvo la sensatez de no pronunciar en voz alta aquellas palabras.

—Cuando decida dónde voy a trazar la línea, ya te lo diré —contestó suavemente—. Mientras tanto, puedes pedir lo que quieras.

Ella lo miró con seriedad.

—¿Y tú, Torr? ¿Qué quieres tú?

—Ahora mismo, quiero el desayuno —con una sonrisa, le dio una palmada en el trasero—. ¿Quieres que echemos a suertes quién lo prepara?

—Esta mañana lo hago yo, si tú lo haces mañana. ¿Qué te parece? —preguntó Abby, jovial, admitiendo tácitamente que habría un mañana.

—Me parece bien, siempre y cuando no intentes poner vitaminas a escondidas en los huevos revueltos —Torr alcanzó la cafetera.

—A juzgar por tu actuación de anoche —se oyó decir Abby con descaro—, no creo que necesites vitaminas. Ni siquiera mi fórmula especial reforzada, pensada especialmente para el hombre con una... eh... vida social muy activa.

Una sonrisa maliciosa iluminó los ojos de Torr. Abby se sonrojó.

—¿Cómo quieres los huevos? —preguntó, dándose la vuelta para rehuir el fulgor de su mirada ambarina.

—Como te quiero a ti. De cualquier manera.

La relación exquisitamente frágil, dubitativa y floreciente que se había iniciado entre Abby y Torr se transformó durante los días siguientes en una tregua casi cómoda y sorprendentemente agradable. Abby había llegado a la conclusión de que su actitud hacia Torr sólo podía describirse como cautelosa. Él tenía la delicadeza de no mencionar la noche que habían pasado juntos. Procuraba no dar órdenes, intentaba cuidadosamente no presionarla para volver a acostarse con ella. En resumidas cuentas, pensaba Abby, hacía cuanto podía para que ella se sintiera a gusto a su lado. Y lo estaba consiguiendo.

Torr hacía además lo posible por aclarar el asunto del chantajista. Se había sentado con Abby y había repasado la lista de todas aquellas personas a las que Abby conocía en Portland y Seattle y que podían intentar chantajearla.

—Puede que sea alguien que conozca a Ward, no a mí —sugirió ella en cierto momento, mirando con fastidio la lista inútil que habían escrito juntos.

Torr asintió con desgana.

—Pero, entonces, ¿por qué recurrir a ti? ¿Por qué no chantajear a Tyson?

—Puede que sepan que yo soy más vulnerable —suspiró Abby.

—De lo que se deduce que es alguien que te conoce bastante bien.

—Torr, yo no conozco a nadie capaz de rebajarse a una cosa así.

—Está bien, está bien, cariño, tranquilízate. Repasaremos la lista más tarde. ¿Y si bajamos al pueblo y compramos algo de comida y tal vez una botella de champán?

—¿Qué vamos a celebrar?

—¿Qué te parece la última noche del curso de arreglo floral?

—Cielo santo, es hoy, ¿no? Bueno, de todas formas iba a hacer novillos. Me apetece más ir de compras que repasar la lista —lo miró y sonrió—. Tengo la sensación de que estás intentando distraerme.

—Y así es —él se levantó y la tomó de la mano.

—Pues lo has conseguido —le dijo ella sonriendo.

Sin embargo la distracción resultó pasajera. Torr apenas había entrado en el pequeño colmado que abastecía al pueblo cuando la propietaria, Carla Ramsey, se acercó a saludarlo alegremente. Ya en su primera visita a la tienda, Abby se había dado cuenta de que a Carla le gustaba estar al tanto de las idas y venidas de todos aquéllos que vivían o tenían casa en los alrededores. Era una afición, le había explicado jovialmente la mujer ya entrada en años.

—Hola, Torr. ¿Te encontró ese amigo tuyo de Seattle?

Abby notó que Torr se ponía tenso de repente, a pesar de que este siguió hablando con aparente despreocupación.

—Por lo visto no. No hemos tenido visitas. ¿Es que ha venido alguien preguntando por mí últimamente?

—Sí, anteayer. Le di indicaciones precisas para llegar a tu casa, pero puede que no la encontrara después de todo —Carla le guiñó un ojo a Abby—. O puede que pensara que era mejor no molestaros. Le dije que tenías compañía.

Abby se estremeció y un millar de preguntas afloraron a sus labios. Pero Torr se le adelantó.

—¿Qué aspecto tenía ese amigo, Carla? —preguntó mientras fingía mirar los filetes congelados—. Puede que descubra quién es y pueda llamarlo. Abby y yo somos muy hospitalarios, ¿verdad, Abby?

—Claro —ella se preguntó si alguien notaría lo crispada que sonaba su voz.

—Es difícil decirlo —dijo Carla—. Era un hombre de aspecto agradable y de unos treinta y cinco años, diría yo. Claro que es difícil saber la edad. Pelo castaño oscuro, creo. Más bien delgado. Fibroso, ¿sabes? —se encogió de hombros—. Lo siento, nunca se me ha dado muy bien describir a la gente.

—Entiendo —dijo Torr despreocupadamente, como si aquéllo no tuviera importancia—. Podría ser cualquiera. ¿Viste su coche?

—Sólo vi que era un Chevy. Nada del otro mundo. De color claro, creo. ¿Te dice eso algo?

—No, pero no te preocupes —Torr apretó la mano de Abby para tranquilizarla y luego la empujó suavemente hacia el mostrador de las verduras—. A ver qué encuentras para hacer una ensalada, cariño.

Abby se dirigió obedientemente en busca de las hortalizas, casi incapaz de concentrarse en la hilera de cogollos de lechuga. El chantajista había estado allí. ¡Allí, en aquella misma tienda! Tenía que ser él. Por lo menos ya sabían que era un hombre y no una mujer, pensó sombríamente. Pero daba miedo saber que aquel hombre había estado tan cerca, que la había seguido hasta allí. La ilusión de seguridad de la que disfrutaba desde hacía unos días se esfumó por completo. El chantajista conocía ya la existencia de Torr. Aquella certeza hizo que le temblaran los dedos mientras elegía distraídamente la lechuga.

Cuando regresó al mostrador, Carla le estaba diciendo a Torr que no sólo le había dado instrucciones precisas al forastero, sino que también había mantenido una agradable charla con él.

—Era un tipo muy simpático. Quería saber qué tal te iba, si venías mucho por la cabaña... Toda clase de cosas.

—Comprendo —Torr simulaba un leve interés mientras miraba a su alrededor, como si buscara algo que hubiera olvidado—. Seguramente sería algún conocido del trabajo que pasaba por aquí. Puede que, después de que le dijeras cómo llegar a mi casa, se diera cuenta de que no tenía tiempo de hacerme una visita.

—Yo creo que —Carla sonrió ampliamente—, como le dije que estabas con tu amiga Abby, seguramente decidió no molestaros. ¿Ya está?

—Sí, creo que ya está. ¿Algo más, cariño?

Torr miró inquisitivamente a Abby, la cual apenas consiguió esbozar una expresión amable.

—No, creo que no necesitamos nada más para esta noche, Torr.

Él pareció notar que estaba temblando porque la agarró de una mano con firmeza mientras levantaba la bolsa de comestibles con la otra. Torr salió y depositó la bolsa y a Abby en el BMW. Abby no podía hablar por la bolsa, pero ella se sentía sumamente agradecida porque Torr se ocupara de ella. Las rodillas apenas la sostenían.

—Creo que necesito unas tabletas de calcio —masculló—. Noto las piernas bastante débiles. Y puede que también necesite un poco de hierro.

Torr se deslizó en el asiento del conductor y la agarró con firmeza por los hombros.

—No sabemos si era él.

—Tiene que serlo.

—Está bien, estoy de acuerdo en que es lo más probable. Pero eso no significa que haya que tener miedo. Sólo significa que tu plan de sacarlo de su escondite está funcionando.

—Pero ahora sabe de ti, Torr —musitó ella, escrutando su cara.

—¿Y? Eso era parte del plan, ¿recuerdas?

—De tu plan, no de mío. No tenía derecho a involucrarte en esto.

¿Cómo se le había ocurrido permitir que Torr la ayudara? ¿Cómo iba a protegerlo? La idea de que Torr estuviera en peligro por su culpa le parecía de pronto una carga insoportable.

—Tú no me involucraste, me involucré yo solo. Prácticamente te rapté. No empieces a sentirte culpable por mí, Abby. Si te disculpas siquiera por la situación en que estamos, te juro que... —se interrumpió bruscamente.

—¿Qué? —ella esbozó una sonrisa titubeante. Había algo extrañamente reconfortante en tener a Torr Latimer a su lado.

—Iba a amenazarte con ponerme violento —le explicó él secamente, soltándola para poner en marcha el coche—, pero luego me di cuenta de que, dadas las circunstancias, eso no es precisamente lo que necesitas oír.

Abby observó sus movimientos controlados, vagamente consciente del placer que le producía tan sólo mirarlo.

—No me pareces un tipo violento —afirmó, relajándose un poco.

Por alguna razón, sus palabras parecieron sorprender a Torr. Éste apartó los ojos de la carretera el tiempo justo para lanzarle una mirada penetrante, casi ferozmente exigente.

—¿No? —su voz parecía extrañamente contenida.

—No.

—Recuérdalo en el futuro, ¿quieres?

—¿Por qué? ¿Vas a hacer más amenazas? —preguntó ella con jovialidad.

Él sacudió la cabeza con paciencia, concentrándose en la conducción.

—Abby, el otro día te dije que, en determinadas circunstancias, cualquier hombre puede volverse celoso. Y creo también que cualquier hombre puede ponerse violento bajo determinadas circunstancias.

—Es la naturaleza humana, supongo —comentó ella encogiéndose de hombros, mientras se preguntaba por qué parecía él tan tenso—. La naturaleza masculina.

—Sí. Pero, Abby, quiero que sepas que yo jamás te haría daño.

Ella se sintió profundamente conmovida por sus intentos de reconfortarla y calmarla.

—No estaría aquí, a solas contigo, si creyera que eres capaz de ponerte violento conmigo —dijo con suavidad. Y era cierto.

Sus palabras no parecieron surtir el efecto deseado. Los dedos fuertes de Torr se crisparon sobre el volante y su boca se endureció.

—Quiero que confíes en mí, Abby.

—Confío en ti.

Ella era consciente de que los días anteriores habían sentado los cimientos de esa confianza. Extendió la mano para tocarle la manga. Cuando él bajó rápidamente los ojos para mirar su mano, Abby la retiró.

—¿De veras, Abby? ¿De veras confías en mí completamente?

—¿A qué viene este interrogatorio, Torr? Acabo de decirte que no estaría aquí contigo si no confiara en ti. No habría permitido que me sacaras de Portland si no tuviera la sensación de que puedo confiar en ti. Lo único que me preocupa ahora es no meterte en mis problemas.

—En ese aspecto no voy a dejarte elección. Voy a cuidar de ti, Abby. Eso significa que estoy metido en tus problemas. Y, ya que hablamos de ello, creo que deberíamos repasar otra vez esa lista teniendo en cuenta la descripción de Carla.

Ella notó su deseo de retomar un tema menos comprometido, y se disponía a complacerlo cuando se le ocurrió otra idea.

—Torr, ¿y tu trabajo? ¿Cuánto tiempo puedes estar fuera?

Él pareció despreocupado.

—El tiempo que quiera. Ahora mismo no tengo ningún asunto urgente. No estoy negociando ningún contrato.

—¿No se están poniendo por las nubes los futuros de la industria cárnica?

—La verdad es que el año pasado obtuve bastante beneficios con los futuros de la industria cerealera —le dijo él—. Le saqué partido a la sequía del Medio Oeste. Logré hacerme con varios contratos de maíz antes de que los precios empezaran a dispararse.

—E hiciste tu agosto cuando todo el mundo se dio cuenta de que la cosecha no iba a ser tan buena este año, ¿eh? Hay algo misterioso en esa clase de especulación, pero a mí me sacaría de quicio. Creo que me conformaré con las vitaminas. Quizá debería intentar vendérselas a tratantes de productos básicos. Parece uno de esos negocios en los que la gente necesita tomar vitaminas y minerales constantemente.

—Conociendo a los tratantes de productos básicos, seguramente intentarían encontrar un modo de venderlas ellos en vez de tomarlas. Abby, en cuanto a la descripción de Carla...

Ella suspiró y se hundió en el asiento de cuero.

—Torr, podría ser casi cualquiera. Hasta un par de vendedores míos.

—Pensaba que la mayoría de tus vendedores eran mujeres.

—Sí, pero también hay algunos hombres.

—Por cierto, ¿cómo demonios te metiste en el negocio de la venta de vitaminas a domicilio?

—Por azar. Un día alguien llamó a mi puerta vendiendo cosméticos y pensé que, si la gente compraba cosas para estar más guapa, seguramente también compraría cosas para sentirse mejor. Sobre todo aquí, en la Costa Oeste, donde todo el mundo está loco por la salud. En esa época estaba intentando cambiar radicalmente de trabajo, así que todo coincidió en el momento oportuno.

—Yo estaba en la misma situación cuando decidí meterme en el comercio de productos básicos —dijo Torr tranquilamente—. Quería cambiar de trabajo.

Ella tuvo ganas de averiguar más sobre aquel deseo, pues se preguntaba si en parte lo habrían motivado asuntos personales, como le había pasado a ella. Pero algo la contuvo. Torr tenía abismos íntimos en los que aún no se sentía capaz de sumergirse. ¿Por miedo a ser rechazada? Quizá. O tal vez por algún otro temor al que no podía ponerle nombre. En cualquier caso, aquel instante pasó y Torr retomó el tema más acuciante.

—Si el tipo que estuvo en la tienda de Carla es el chantajista, ahora sabe dónde estás. Y hará algo.

—Oh, Dios, ¿qué voy a hacer si se presenta en la puerta con una pistola o algo así?

—No harás tal cosa.

—Pareces muy seguro.

—Lo más lógico es que intente permanecer en el anonimato, si puede. ¿Para qué arriesgarse a que pagues a alguien para se libre de él?

—¡Qué gran idea! —qué idea tan espléndida. ¡Pagar a alguien para que se librara del que pretendía chantajearla!

—Contratar a un profesional tiene una pequeña pega —dijo Torr con sorna.

—¿El dinero? ¡Valdría la pena el precio!

—Para no gustarte la violencia, de pronto pareces bastante feroz. ¿De veras eres consciente de lo que estás diciendo?

—Es sólo que, por un momento, me ha parecido un plan fantástico.

—No tan fantástico, si se considera el hecho de que tendrías que vértelas con un asesino profesional después de que hiciera el trabajito. Si ahora crees tener problemas, imagínate lo que sería eso.

—Tienes razón, supongo —dijo Abby lentamente.

—No te desanimes. Todavía me tienes a mí, ¿recuerdas?

—Pero ya hemos dicho que tú no eres del tipo homicida —señaló ella con desgana. Esperó la sonrisa de Torr y, al ver que no llegaba, se sorprendió diciendo atropelladamente—. Bueno, entonces tenemos la descripción de un hombre que podría ser cualquiera y que conduce un coche que podría pertenecer a cualquiera.

—Repasaremos esa lista cuando lleguemos a casa. No todos son hombres, tienen el pelo castaño oscuro y son delgados y fibrosos. Seguramente podremos tachar unos cuantos nombres.

—Por de pronto, ni siquiera sabemos si ese tipo está en la lista —protestó Abby con fastidio.

—Pronto hará otro movimiento. Y, cuando eso ocurra, seguramente tendremos unas cuantas pistas más para seguir adelante. Es como observar el mercado de valores —comentó Torr despreocupadamente—. Un par de soplos aquí y allá, una pizca de especulación y mucha psicología de andar por casa. Aplícalo todo convenientemente y obtendrás un triunfador.

—Pareces muy seguro de ti mismo.

—Me entrenaron para eso —contestó él encogiéndose de hombros.

—¿En el mercado de valores? —preguntó ella con curiosidad.

—No, antes de eso. Cuando tenía otro trabajo.

Abby advirtió que él se estaba cerrando otra vez, que pretendía ahuyentar preguntas que no deseaba contestar. Esa vez, ella insistió.

—¿Qué clase de trabajo?

—Hasta hace más o menos tres años trabajaba para una gran empresa —le dijo él escuetamente.

—¿Y fue allí donde aprendiste a ser tan expeditivo?

—Son gajes del oficio.

—No sé. Creo que a ti te sale de manera natural —dijo ella pensativamente.

Torr pareció aliviado porque dejara pasar la cuestión.

El chantajista no hizo su siguiente movimiento hasta tres días después.

Abby había empezado a relajarse de nuevo. Incluso había empezado a preguntarse si la presencia de Torr habría disuadido al extorsionador. Una mañana, durante el desayuno, sacó a colación esa posibilidad.

—Puede que se haya asustado ahora que sabe que no estoy sola —comentó mientras untaba una tostada con mermelada de grosella.

—Puede —Torr no parecía muy convencido.

—A fin de cuentas, al principio estaba amenazando a una mujer sola. Puede que cambiara de idea cuando tú entraste en escena.

Torr levantó la vista del ejemplar del *Wall Street Journal* que había ido a comprar al pueblo esa mañana. Algo parecido a la esperanza brilló en sus ojos de color ámbar.

—En cuyo caso, tendrás que quedarte conmigo, ¿no?

Abby dejó de untar la mermelada y ladeó la cabeza. De pronto la sorprendió descubrir lo doméstica que le resultaba aquella escena de desayuno, y esa idea le produjo una inquietante tibieza.

—¿No crees que acabarías aburriéndote de un compromiso a largo plazo? —preguntó con delicadeza.

Torr dobló el periódico y lo dejó cuidadosamente junto a su plato. Luego tomó la taza de café y la miró a los ojos por encima del borde.

—No —dijo con sencillez.

—Ah —a ella no se le ocurrió qué otra cosa decir. Se produjo un silencio embarazoso. Luego Abby le tendió una rebanada de pan untada con mermelada—. ¿Quieres otra tostada? —preguntó con fingida despreocupación.

—No, gracias.

Ella le dio un gran mordisco a la tostada y estuvo a punto de atragantarse. Un trago de café arrastró el obstáculo.

—Abby —dijo Torr suavemente—, ¿de veras crees que podría hacerme a la idea de que desayunaras así con otro hombre ahora que hemos estado juntos?

Ella bajó los párpados, titubeante, consciente del cosquilleo de excitación que recorría sus venas.

—Bueno, no es como si estuviéramos teniendo una... una aventura —dijo débilmente.

—Nos hemos acostado una vez —dijo él con tranquilidad—. Y volveremos a hacerlo. En realidad, pronto se convertirá en algo muy frecuente. Sólo te estoy dando un poco de espacio para respirar, de momento.

—¡Vaya, muchas gracias! —el enojo que le produ-

jo la prepotencia de Torr hizo brillar sus ojos–. Da
la casualidad de que me gusta mucho respirar, y
también tener espacio para hacerlo.

Él sonrió inesperadamente.

–Entonces disfruta mientras puedas. Uno de estos días te quedarás sin espacio para respirar. Y,
cuando eso pase, yo estaré detrás de ti.

–¡Y decías que no querías presionarme!

–Y así es. Pero estaré ahí cuando te falte el
aliento.

–A veces me pones enferma, Torr Latimer.

–Pero no te doy miedo –señaló él con serena
satisfacción–. Ya no.

Abby se vio forzada a admitir que tenía razón.
Torr ya no la asustaba. Por lo menos, no como antes la asustaban los hombres. Lo cual no significaba
que no siguiera desconfiando de él, se dijo Abby.
Torr representaba una amenaza de una clase completamente distinta a las que se le habían presentado en el pasado.

A veces sutil, a menudo descarada y burlona, pero
siempre presente, estaba la irrefutable certeza de que
él la deseaba, de que la estaba esperando. Su relación
era compleja en muchos sentidos y asombrosamente
simple en otros. La atracción que sentían seguía pa-
reciéndole un fuego cuidadosamente controlado y,
sin embargo, era más fuerte que nunca.

En cierto momento, Abby se había dado cuenta
de que Torr y ella se habían hecho amigos durante
la semana anterior. Su amistad era, sin embargo,

única. No se trataba del vínculo fácil y despreocupado que Abby solía permitirse con hombres nada amenazadores, sino de una relación viva y palpitante cuyos bordes se desdibujaban, mezclándose con una emoción a la que aún no se atrevía a poner nombre.

Abby había llegado a comprender poco a poco, durante los largos paseos matutinos que se habían convertido en un ritual diario, que había una creciente sensación de fatalidad en sus sentimientos hacia Torr. En el fondo de su psique alentaba la certeza de que sólo era cuestión de tiempo que los buenos amigos se convirtieran en amantes, habida cuenta de la atracción física que ardía de manera constante bajo la superficie.

Fue durante el paseo de después del desayuno de esa mañana en concreto cuando Abby se descubrió aceptando al fin esa sensación de fatalidad. Por primera vez dejó de intentar arrumbar la certeza de que, si permanecía junto a Torr, estaba destinada a quedarse sin espacio para respirar, tal y como él había predicho. Y, por primera vez, no consintió que esa certidumbre alimentara su habitual prevención.

Quizá fuera la serenidad del paisaje lo que le permitió aceptar la peligrosa situación de sus relaciones con Torr. El hombre moreno que caminaba a su lado parecía formar parte de aquella fresca serenidad. Firme y seguro, con los dedos entrelazados con los de ella, la guiaba por uno de los caminos arbolados de detrás de la cabaña. No tenía precisamente el aspecto de un montañés o de un leñador, pensó ella con una leve sonrisa. Pero aun así parecía hallarse en armonía con el paisaje circundante, como un contrapunto a los altísimos pinos y al crujido de las pinochas bajo los pies. Había en él una fortaleza esencial que se extendía y la envolvía del mismo modo que la fresca y límpida mañana. La tentación de rendirse tanto al vívido día de montaña como al hombre con quien lo compartía resultaba embriagadora.

—Háblame de él —le pidió Torr suavemente mientras la conducía hacia un claro en lo alto de un otero que daba sobre el río. No la miraba a la cara; su atención estaba fija en la oscura franja de agua que se extendía allá abajo y, sin embargo, Abby notó que advertía su sorpresa.

—¿De quién? —los recelos que se habían disipado, relegados al fondo de su mente, afloraron bruscamente otra vez.

—Del hombre que te hizo tan cautelosa. Del que te enseñó a temer a los hombres posesivos.

Abby suspiró.

—¿Por qué quieres que te hable de Flynn Randolph? Créeme, yo procuro no pensar en él.

Torr sacudió la cabeza mientras se sentaba sobre las pinochas secas y tiró de ella para que se sentara a su lado. Sonrió sombríamente cuando Abby subió las rodillas hasta la barbilla y se rodeó las piernas con los brazos.

—Está ahí, en tu cabeza, todo el tiempo. Cada

vez que me acerco a ti, noto su presencia. La única vez que conseguí alejarlo fue cuando... —se detuvo bruscamente y su mano se cerró sobre una flor silvestre que asomaba su vivaz cabecita amarilla entre un matojo de hierba.

Pero Abby sabía lo que había estado a punto de decir.

—Cuando hicimos el amor.

—Sí.

—Pensaba que eso bastaría para satisfacer tu ego —Abby se arrepintió de inmediato de sus palabras. No había pretendido zaherir a Torr, y menos aún en una mañana fresca y suave como aquélla. La brisa agitó los mechones sueltos de su pelo de color miel mientras él la miraba en silencio un instante.

Luego él se inclinó y rozó sus labios con la florecilla que acababa de arrancar. Su boca siguió a la flor, apoderándose de la de ella con un beso breve y urgente.

—No es mi ego lo que necesita satisfacción en este momento —dijo él con calma.

—¿Qué es, entonces? —ella podía sentir aún la huella de sus labios duros y el trazo suave de la flor. Se sentía sofocada e inquieta, y un tanto anhelante de algo que no se atrevía a expresar con palabras.

—Mi curiosidad. La sensación de que me ocultas algo, la necesidad de conocerte completamente —apartó la mano de la nuca de Abby—. Una vez te dije que me recordabas a tus arreglos florales. Hay que examinarte desde todos los ángulos para averiguar qué está pasando exactamente. Desde cierto punto de vista, todo parece relativamente franco y honesto. Pero pronto se hace evidente que hay muchos vericuetos, rincones ocultos. Me tienes fascinado, cariño. Quiero seguir quitando pétalos hasta encontrar tu verdadero yo. Así que háblame de él.

—¿Y si no te gusta lo que puedes descubrir? —preguntó ella ásperamente, con la mirada fija en el tráfico que discurría sinuosamente por la carretera interestatal paralela al río. Desde allí los coches se veían muy pequeños, como una especie animal que migrara a través del bosque. El río y la garganta que este había horadado llevaban allí una eternidad antes de que llegaran los automóviles, y sin duda permanecerían allí mucho después de que las criaturas metálicas desaparecieran de la faz de la tierra. Algunas cosas eran duraderas e inevitables. Abby comprendió de pronto que, en su mundo, Torr se había convertido en una fuerza de la naturaleza, como aquel viejo río.

—No me preocupa lo que encuentre bajo los pétalos —dijo Torr suavemente—. Respecto a eso, me doy por satisfecho. Sólo quiero disipar las sombras que dejó ese hombre. Quiero saber que hasta el último pétalo es mío, sin reservas.

No tenía sentido intentar aplazar la cuestión o mentir, se dijo Abby, Torr tenía derecho a enterarse. No acertaba a explicar por qué tenía ese derecho, pero a pesar de ello no puso ninguna objeción.

—Trabajábamos juntos en una compañía inmobiliaria, en el centro de Seattle –comenzó lentamente–. Flynn era ejecutivo. Yo estaba en compras. Él tenía todo cuanto las mujeres suelen encontrar atractivo en un hombre. Era guapo, rico e increíblemente encantador. Cuando empezó a interesarse por mí, me sentí muy afortunada. Era el acompañante perfecto. Los maîtres de toda la ciudad sabían su nombre, siempre tenía entradas para el ballet o el teatro. Salir con él era como ir a una cita organizada hasta el último detalle por un hada madrina. Yo nunca tenía que tomar una decisión, ni siquiera tenía que hacer sugerencias. Flynn se ocupaba de todo. Me costó algún tiempo darme cuenta de lo poco que contribuía yo a nuestra relación.

–Y, cuando te diste cuenta, él no quiso aceptar ninguna sugerencia.

–Digamos que no le hizo mucha gracia –dijo Abby con sorna–. La verdad es que se enfadaba mucho si yo sugería que hiciéramos algo distinto a lo que había planeado. Al principio, me pareció bastante atractivo que fuera tan dominante. Me sentía mimada y especial. Pero luego se volvió exasperante. Se enfadaba cuando intentaba decirle lo que me apetecía hacer. No bromeaba, como hiciste tú la otra noche con los calamares. Se ponía verdaderamente furioso. En el trabajo tenía fama de perder los papeles cuando se le llevaba la contraria, pero, como era un hombre, la gente lo aceptaba. Cuando empezó a perder los nervios conmigo, llegué a la conclusión de que aquel rasgo de su carácter no era simple genio, y empecé a asustarme. A veces percibía algo irracional en él.

—¿Se volvió físicamente peligroso? —el tono de su voz sonó casi formal, pero esa misma formalidad le hizo comprender a Abby cuán intensamente la estaba escuchando Torr.

—Sólo una vez —musitó ella—. La última vez que lo vi —tragó saliva y fijó la mirada en los coches que circulaban junto al río—. Hasta ese momento parecía capaz de controlarse antes de que las cosas se le escapasen de las manos. Sin embargo, cuando llevaba unas semanas saliendo con él, me di cuenta de que tenía que ponerle fin a aquella relación, empezaba a sentirme atrapada en una telaraña de seda. Flynn hacía el papel del Príncipe Azul siempre y cuando yo me mostrara dulce, complaciente y convenientemente dócil. Pero se ponía cada vez más desagradable cuando me salía del papel que me había asignado. Comprendí que había sido un error salir con él, pero pensaba que no era demasiado tarde para cortar la relación sin rencores. A fin de cuentas, nunca habíamos... Quiero decir que no habíamos llegado hasta el punto de...

—¿No os habíais acostado?

—No —Torr tenía talento para ir directo al grano, pensó Abby—. En cualquier caso, le dije que no tenía intención de renunciar a mis amigos, que pensaba seguir saliendo con otros hombres. Le di a entender que nos veríamos menos.

—¿Cómo se lo tomó?

—Al día siguiente anunció que estábamos prometidos —dijo Abby con sencillez.

—¡Prometidos!

—Creo que en realidad se lo creía. De algún modo conseguía convencerse a sí mismo de todo cuanto quería creer. Como puedes imaginar, me puse furiosa. Me negué a volver a verlo y me empeñé en salir con otros. Entonces fue cuando me di cuenta de que Flynn era realmente peligroso. Empezó a lanzar contra mí acusaciones feroces, a culparme de serle infiel. Cuando le dije que no tenía ningún derecho sobre mí, montó en cólera. Ir al trabajo se convirtió en un calvario. Nadie en la oficina imaginaba lo que estaba pasando. Si Flynn decía que estábamos prometidos, pensaban, es que estábamos prometidos. ¿Por qué iba a mentir un ejecutivo de alto rango sobre una cosa así? Cuando yo lo negué, todo el mundo pensó que estaba haciéndome de rogar. Flynn los animaba a creer que yo sólo estaba jugando. En el trabajo se mostraba indulgente y encantador conmigo, como si le estuviera siguiendo la corriente a una niña caprichosa.

—¿Y fuera del trabajo?

—Empezó a presentarse en mi apartamento a horas intempestivas, exigiendo saber con quién me estaba acostando. Cuando le dije la verdad, que no había nadie, me acusó de mentirle. Siguió diciendo que le era infiel, que lo engañaba. Bueno, en realidad usaba palabras más fuertes —añadió Abby fríamente.

—Así que ¿acabaste dejando el trabajo?

—Al final cometí el error de ir a su apartamento una noche, después de que me hiciera una escena desagradable delante de un amigo mío con el que había salido a cenar. Le dije que dejara de acosarme o lo denunciaría. Perdió el control completamente y me pegó —Abby se encogió de hombros, recordando que, de no haber podido escapar por la puerta que había dejado entreabierta, habría acabado vapuleada y quizás incluso violada. Notó la tensión de Torr, pero su mente estaba vuelta hacia dentro, recordando la violencia de aquella última escena. Al cabo de un momento prosiguió—. Hui del apartamento y corrí a la calle, busqué mi coche y me fui a un hotel. Me daba miedo ir a casa por si me seguía. A la mañana siguiente, en el trabajo, él volvió a asumir su papel de Príncipe Azul, como si nada hubiera pasado. Yo comprendí que nadie creería que la noche anterior se había comportado de aquel modo. Me despedí esa misma tarde y me fui de la ciudad unos días para intentar aclarar mis ideas. Fue entonces cuando decidí empezar de cero en Portland.

—¿No intentó volver a verte?

—No, por suerte. Sencillamente, desapareció de mi vida. O yo desaparecí de la suya, según se mire —dijo intentando parecer alegre—. Y ésa es toda la historia. Todo eso ocurrió hace dos años, y desde entonces tengo mucho cuidado con los hombres que tienen cierta tendencia a volverse posesivos.

—No el suficiente, por lo visto —dijo él con aspereza, poniéndose en pie y tirando de ella.

Abby frunció el ceño.

—¿Qué quieres decir con eso?

—Que estás conmigo y yo voy a ser un amante muy posesivo, cariño —Torr bajó la cabeza para cortar con un beso la protesta que afloró de inmediato a los labios de Abby, y no la soltó hasta que ella se relajó contra su cuerpo. Por fin alzó la cabeza y sonrió mirando los ojos azules de Abby—. Pero no te presionaré, ni te haré daño. Cuando por fin confíes en mí completamente y comprendas mi forma de querer, sabré que Randolph ha salido definitivamente de tu vida.

Abby intentó pensar en algo que decir, en alguna explicación o alguna protesta, pero no se le ocurrió nada y se dejó conducir de vuelta a la cabaña. Los interrogantes y las dudas siguieron revoloteando en su cabeza hasta que llegaron a la puerta. Entonces Torr se detuvo al meter la llave en la cerradura.

—Vaya, vaya —murmuró él, agachándose para recoger un sobre que sobresalía por debajo de la puerta—. Parece que nos hemos perdido una visita interesante.

Abby se estremeció y sus ojos se agrandaron con ansiedad cuando extendió la mano para quitarle a Torr el sobre marrón.

—¿Quieres que lo abra yo? —preguntó él suavemente, mirándola con preocupación.

—No. Yo lo haré —ella rasgó el sobre cerrado. La rabia y el temor hacían sus movimientos impacientes y torpes. Lo cierto era que no quería que Torr fuera el primero en ver lo que había dentro. Tal vez hubiera más fotografías. ¿Cuántas más podría ver Torr antes de empezar a preguntarse si le había dicho toda la verdad respecto a aquel fin de semana?

Con un último tirón abrió el sobre, cuyo contenido se esparció alrededor de sus pies. Se agachó de inmediato para recoger los papeles caídos. Torr se arrodilló a su lado y masculló una maldición cuando sus dedos se cerraron alrededor de uno de los papeles, una fotocopia de un recorte de periódico que parecía sacado de un archivo microfilmado, disponible en cualquier biblioteca pública.

—Abby, espera, deja que lo recoja yo —le ordenó, pero era demasiado tarde. Ella ya había recogido otro de los papeles caídos.

Llena de perplejidad, se quedó allí acuclillada, mirando fijamente el titular y la fotografía que lo acompañaba. El artículo estaba fechado en una ciudad del Medio Oeste, hacía tres años.

La foto era de Torr Latimer, al que el titular presentaba como un brillante empresario cuya esposa se había ahogado en circunstancias sospechosas. La entradilla afirmaba que existía la sospecha de que Latimer había asesinado a su mujer en un ataque de celos.

VII

—Parece que nuestro chantajista hace muy bien sus deberes —Torr ignoró la expresión asombrada de Abby y recogió metódicamente los recortes dispersos y la nota que los acompañaba. Se incorporó y acabó de abrir la puerta con calma.

Abby, todavía agachada, se quedó mirándolo un momento. Él se comportaba como si nada hubiera ocurrido. Mostraba una frialdad pasmosa, mientras que ella estaba a punto de estallar, dividida entre el miedo y la rabia.

Se sospechaba que Latimer había matado a su mujer en un ataque de celos. Latimer, el brillante y adinerado presidente de una gran empresa. Latimer, que le había dicho que, unos tres años antes, había decidido cambiar de trabajo. Latimer, cuyos ojos ambarinos refulgían ante la promesa de la posesión, y que afirmaba que Abby le pertenecía. ¿Habría advertido su difunta esposa aquella misma necesidad de posesión? ¿Había sido víctima de ella?

Abby se puso en pie, tambaleándose, y siguió a Torr al interior de la casa.

—La nota —logró decir con una voz cuya firmeza la sorprendió—, déjame ver la nota que iba con los recortes.

Torr llevó el sobre y su contenido a la cocina, lo dejó todo sobre la mesa en un pulcro montoncillo y leyó la nota mecanografiada antes de pasársela en silencio a Abby. Ella casi se la arrancó de la mano.

No estás segura con él. Latimer ya mató una vez porque su mujer se acostaba con otros. Lo hará otra vez cuando averigüe que eres una zorra. Has saltado de la sartén al fuego. Será mejor que huyas mientras puedas.

Temblando, Abby se dejó caer en una silla, junto a la mesa. Se quedó mirando la ventana sin verla, vagamente consciente de que Torr estaba preparando café. ¿Cómo podía?, se preguntó. ¿Cómo podía preparar tranquilamente café mientras esos recortes pesaban sobre ellos como una bomba de relojería?

—Yo no la maté —dijo él con calma mientras esperaba que el café se filtrara—. El forense dictaminó que se ahogó accidentalmente. Salió sola en el velero a pesar de que se esperaba una tormenta. Yo no estaba en casa. Estaba en Nueva York, en viaje de negocios.

Abby posó su mirada en él mientras Torr ponía el café delante de ella y tomaba asiento al otro lado de la mesa.

—¿Estaba...? ¿Tenía un amante?

—Oh, sí, tenía un amante.

Abby lo miró fijamente, intentando interpretar la expresión impenetrable de sus ojos.

—¿Tú lo sabías?

—Sí.

—¿Discutíais?

—Sí. Con frecuencia.

—¿Por qué no pediste el divorcio? —preguntó Abby, acongojada.

—Iba a pedírselo al regreso de Nueva York.

—¿Por qué no lo pidió ella, si estaba enamorada de otro?

—Estaba más enamorada de mi dinero que del otro. El dinero fue siempre muy importante para Anne. No tuvo mucho de pequeña, y su falta la dejó marcada. Necesitaba la seguridad económica que yo le ofrecía, pero a mí no me necesitaba para nada más.

No había amargura en sus palabras, no había emoción alguna. Por alguna razón, eso hizo aumentar el nerviosismo de Abby. La frialdad de Torr la asustaba. Extendió el brazo sobre la mesa, hacia una hilera de frascos de vitaminas. Escogió el complejo de vitamina B y se tragó un par de píldoras con un sorbo de café demasiado caliente.

—Si estás nerviosa, no deberías tomar café —observó Torr con suavidad—. Seguramente será más efectivo que dejes de tomar cafeína que tomar vitamina B.

—¿Ahora resulta que también eres experto en terapia vitamínica? —no había pretendido mostrarse amarga. Quería dominarse hasta el punto en que parecía dominarse él. Tarea inútil, sin duda.

—Estoy intentando hacerme experto en ti. Y no es fácil —la boca de Torr se relajó brevemente en la sombra de una sonrisa. Aquella expresión se endureció casi de inmediato cuando ella no respondió.

—¿Eras un experto en tu mujer? —se oyó preguntar Abby, asombrada.

—Al final, sí —contestó él encogiéndose de hombros. Estiró las piernas y se examinó las puntas de los zapatos de piel cosidos a mano—. Esto no nos está llevando muy lejos, ¿no? Pareces muy asustada, pero no soy yo quien debe darte miedo. Es el tipo que mandó la nota y los recortes quien debería darte escalofríos. Yo soy quien va a cuidar de ti. Recuérdalo.

Abby intentó sacudirse la telaraña que formaban sus emociones enfrentadas. Tenía que dominarse y tomar las riendas de la situación. Debía averiguar exactamente a qué se estaba enfrentando antes de hundirse más aún en aquel atolladero.

—¿Quién eres, Torr? ¿Quién eres realmente? ¿El hombre que una vez fue presidente de esa empresa? —indicó uno de los recortes—. ¿O el comerciante de productos básicos?

—Soy el hombre que conociste en la clase de arreglo floral japonés, Abby. Ni más, ni menos —lanzó una mirada desdeñosa al recorte con su fotografía—. Hace casi tres años que no soy ése. No quiero volver a serlo nunca más. Tenía un trabajo que le exigía dieciocho horas diarias. Tenía una mujer de la que no podía fiarse. Y, al final, no tenía amigos. Todos se esfumaron cuando empezaron a correr los rumores.

—¿Los rumores?

—Los que sugerían que podía haber matado a Anne porque me era infiel.

Abby contuvo el aliento, alarmada por la náusea que notaba.

—¿Por qué pensaron que podías haberla matado?

—Anne se ocupó de airear algunas de nuestras disputas —una expresión de desagrado cruzó los ojos de Torr—. Solía beber demasiado en las fiestas y empezaba a contarle a todo el que quisiera escucharla que yo le pegaba, que era una mujer maltratada. Otras veces insinuaba a cualquiera que le hiciera caso que en la cama yo no podía compararme con sus amantes. Durante los últimos meses, apenas nos veíamos. Ella estaba entretenida con su última conquista y yo estaba muy ocupado preparando el divorcio.

—Debías de odiarla al final —murmuró Abby.

—A decir verdad, no sé qué sentía. Pero sé que ella me odiaba. Le desagradaba estar unida a mí por razones económicas. Le repugnaba profundamente necesitarme para mantener el tren de vida que le gustaba llevar. La ponía furiosa que yo no tolerara a sus amantes. Decía que mis celos eran enfermizos y desproporcionados. La verdad es que, al final, ya no estaba celoso. Sólo quería que aquello acabara.

—Una vez me dijiste que, bajo ciertas circunstancias, cualquier hombre podía volverse celoso y recurrir a la violencia.

—Yo no la maté, Abby —Torr la miró fijamente.

Abby apartó los ojos y volvió a posarlos en la nota y en los recortes que tenía frente a ella.

—¿Cómo sabe él todo esto? —musitó—. El chantajista.

—Una pregunta interesante. Es posible que ese asunto llegara a sus oídos cuando sucedió. Como verás, los periódicos lo airearon. La mayoría de la gente lo habrá olvidado, pero puede que alguien que pertenezca al mundo empresarial lo recuerde porque supiera quién era yo en esa época. O puede que, simplemente, el chantajista se haya puesto a investigar por su cuenta. Pero eso lo dudo. Creo que es muy posible que el hombre que estamos buscando esté familiarizado con el mundo empresarial. Al menos lo suficiente como para recordar mi nombre y el escándalo de hace tres años. Cuando por fin exponga sus demandas, creo que nos haremos una idea más clara de con quién estamos tratando.

Abby lo miró inquisitivamente.

—¿Qué quieres decir?

—Si pide el pago regular de una pequeña suma

en metálico, creo que podemos dar por sentado que se trata de un granuja de medio pelo. Pero si quiere algo más, algo más sofisticado... —Torr se interrumpió, frotándose la barbilla, pensativo, mientras su mirada se dirigía a la ventana.

—¿Como qué, Torr?

—Habrá que esperar a ver qué pasa. No creo que tarde mucho. No se habría tomado tantas molestias si no estuviera dispuesto a actuar muy pronto. Ya te ha apretado las tuercas y, psicológicamente, éste es el mejor momento para exponer sus demandas.

—Tu conocimiento de la psicología criminal me asombra —masculló ella.

—No es muy distinta a la psicología empresarial.

—Es muy cínico por tu parte decir eso.

—Y no muy apropiado —convino él con una curiosa sonrisa—. Lo que importa ahora es qué vamos a hacer, ¿no?

Abby se puso rígida, cruzó las manos delante de sí, sobre la mesa, y se las miró como si contuvieran alguna explicación que necesitara desesperadamente.

—No puedo hacer gran cosa hasta saber qué quiere el chantajista.

—Puedes huir.

Ella alzó la mirada bruscamente.

—¿Es eso lo que crees que voy a hacer? —musitó.

—Creo que la idea te está rondando por la cabeza. ¿Me equivoco?

Ella se removió, inquieta, y finalmente se levantó y fue a abrir la puerta de la nevera. No era precisamente el hambre lo que la impulsaba, habida cuenta de la inestabilidad de su estómago. Pero la necesidad de hacer algo concreto y con un objetivo aparentemente definido era fuerte. Preparar la comida, pese a parecer ridículo a simple vista, suponía una tarea física que necesitaba imperiosamente. Sin responder a la pregunta de Torr, se puso a inspeccionar un pedazo de queso chédar envuelto en plástico.

—¿Me equivoco? —Torr no se movió de su silla, pero Abby sentía en la espalda la intensidad de su mirada fija en ella—. ¿Estás pensando en huir? ¿Han conseguido su objetivo esos recortes?

—¿Qué objetivo? —ella localizó la lechuga.

—Está claro que el chantajista quiere asustarte para alejarte de mí. No te quiere bajo mi protección. Y parece saber qué tecla tocar para que mi compañía empiece a ponerte muy nerviosa, ¿no crees? —pronunció las últimas palabras en tono pensativo, como si acabara de darse cuenta de sus implicaciones.

Sus palabras captaron también la atención de Abby, que dejó que la nevera se cerrara lentamente.

—Sí. Sí, en efecto. En una cosa tienes razón, Torr. El que está haciendo esto, sea quien sea, parece conocerme muy bien.

Sus ojos se encontraron desde sendos extremos de la habitación.

—No sólo sabe que deseas proteger a Cynthia,

también sabe que desconfías de los hombres posesivos.

¿Cuánta gente había que la conociera tan bien?, se preguntó Abby. Resultaba aterrador pensar que el chantajista la conocía tan íntimamente. Frunciendo el ceño, comenzó a preparar unos sándwiches de queso. El chantajista era astuto. Entre todas las bazas que podía haber jugado para hacerle desconfiar de Torr Latimer, había elegido la correcta. Se preguntaba cómo habrían sido las discusiones entre Torr y su mujer. ¿Violentas? ¿Frías y hostiles? Torr era un hombre fuerte y voluntarioso. Provocar su ira resultaba peligroso en cualquier circunstancia, pero más aún si quien la provocaba era una mujer a la que consideraba de su propiedad. Abby se estremeció mientras cortaba el pan, recordando la decisión con que Torr le había dicho que le pertenecía. Era cierto que no la había presionado para que regresara a su cama, pero eso no significaba que no fuera posesivo. Significaba tan sólo que estaba dispuesto a tener paciencia.

Se estaba dejando llevar por su imaginación, se reprendió Abby. Tal y como deseaba el chantajista. Cerró bruscamente los sándwiches, los llevó a la mesa y se sentó. Torr no levantó la mirada. Estaba hojeando el montoncito de recortes de periódico.

—Este sobre no era sólo para ti —dijo suavemente, sacando otra fotografía—. Creo que también iba destinado a mí.

—¿Otra foto de ese espantoso fin de semana?

—Abby extendió la mano y le quitó la foto. Torr esperó, reconcentrado—. Oh, Dios mío —jadeó ella. Era de nuevo una fotografía suya, pero el hombre que estaba con ella no era Ward. Era un desconocido, alguien a quien ella no había visto nunca. Y estaba haciendo el amor obscenamente con ella sobre la arena de una playa. El cuerpo del hombre cubría el suyo y a ella sólo se le veía la cara.

Atónita, Abby dejó caer la fotografía como si quemara. La foto cayó del revés sobre la mesa, y fue entonces cuando ella vio la nota mecanografiada escrita al dorso.

Es una puta, Latimer, no te engañes. Se irá a la cama con cualquiera que tenga pasta, igual que tu mujer.

A Abby se le quedó la boca seca mientras Torr extendía la mano para tomar de nuevo la foto. Él le dio la vuelta y la observó de nuevo.

—Torr, ni siquiera conozco a ese hombre. Te lo juro, nunca he estado con él. Es un perfecto desconocido. Yo... no entiendo cómo... —titubeó y se detuvo, asustada, furiosa y desvalida.

—Un sándwich —dijo él finalmente, mirando con fijeza la foto.

—¿Un sándwich? Ahí tienes uno, delante de ti. ¿Qué esperas que haga? ¿Que te lo dé en la boquita? —estalló Abby sin poder contenerse, a pesar de que sabía que aquello era una estupidez. Se quedó mirando a Torr con enojo mientras éste levantaba la vista de la foto. Él observó primero su expresión desafiante y luego la pila de sándwiches de queso chédar. De pronto pareció comprender.

—No me refería a que quisiera un sándwich. Quería decir que la foto es un sándwich. Tu cara, seguramente sacada de alguna de las otras fotografías, y vuelta a fotografiar con este cuerpo y este hombre. Un sándwich fotográfico. Si se difumina un poco, no se notan los contornos de las fotos distintas.

Abby escuchó su explicación, pero su atención estaba de pronto fija en la blancura que rodeaba los nudillos de Torr. Miraba fascinada, morbosamente, la evidencia de su cólera. ¿Se creía él su propia explicación? Ella se humedeció los labios.

—¿Crees que alguien ha manipulado deliberadamente esa foto para hacerte daño? —murmuró ella—. ¿Para ponerte en mi contra?

—¿A quién conoces que sepa de fotografía, Abby?

—¡Oh, por el amor de Dios! ¡No me vengas otra vez con tu juego de detectives! Conozco a un montón de gente que sabe de fotografía. Y, además, ¿quién dice que tenga que ser alguien aficionado a la fotografía? Puede que el chantajista contratara a alguien para hacer este... ¡este sándwich!

—Puede que sí. Y puede que no.

—¿Cómo sabes que es un trucaje? —preguntó Abby con aspereza—. Puede que sea realmente yo en los estertores de la pasión con ese... con ese individuo.

Él sacudió la cabeza.

—En los estertores de la pasión, no. Yo te he visto en los estertores de la pasión, ¿recuerdas? Y no pones una sonrisita amable y educada, como si acabaran de invitarte a tomar el té.

Abby observó con recelo la expresión apacible y algo distante de su rostro en aquella espantosa fotografía. Apartó la mirada rápidamente. La ponía casi físicamente enferma mirar la foto y percibir la crispación con que Torr la sostenía. ¿Cómo era su expresión en los estertores de la pasión?, se preguntó, histérica.

—Totalmente viva, sensual, excitante, un poco primitiva. Es indescriptible, pero desde luego no tiene nada que ver con esa serena cortesía —respondió Torr como si le hubiera leído el pensamiento.

—Ah —a ella no se le ocurrió qué decir. Torr debía saber, pensó, qué aspecto tenía exactamente en la cama. Se mordisqueó ansiosamente el labio—. Estoy asustada, Torr.

—Lo sé. Está funcionando, ¿verdad? —él dejó la fotografía y volvió a guardar el montón de recortes en el sobre.

—¿A qué te refieres?

—Al plan del chantajista para hacerte salir corriendo como un conejo asustado.

—Yo no voy a ir a ninguna parte —gruñó ella, aliviada de manera irracional porque los recortes y las fotografías hubieran desaparecido de su vista. Tomó un sándwich, a pesar de que no tenía ni pizca de hambre. Decidió tomar también su dosis de zinc y alcanzó el frasco de pastillas.

—Pero te lo estás pensando, ¿verdad?

—Ahora mismo ni siquiera puedo pensar con claridad —Abby se levantó y se acercó a la pila para llenar un vaso de agua. Pero Torr tenía razón, admitió en silencio. Estaba pensando en huir. El miedo era una sensación tangible que la rodeaba, cortándole el paso y nublando su mente.

Aquella sensación paralizante y densa ni siquiera se concentraba en un aspecto concreto de la situación. Lo lógico era que pudiera cristalizar por entero en el peligro que representaban para ella las amenazas del chantajista. Sin embargo, otros miedos se agolpaban en su cabeza. Estaba, por un lado, el temor a haber puesto a Torr en peligro. Y el miedo a lo que pudiera pensar él después de ver aquella repugnante fotografía. El miedo a que no la creyera. El miedo a no saber qué hacer si él creía que la foto era auténtica. Todo se estaba enmarañando. Abby se tragó las pastillas de zinc y se quedó mirando el grifo un rato.

Desde el otro lado de la habitación, Torr la observaba con los ojos entornados. Ella parecía a punto de estallar. Estaba tensa, nerviosa y asustada. A punto de huir como un animalillo atemorizado.

Torr permaneció en silencio, intentando pensar en un modo de detenerla. Abby no iba a confiar en él por completo, y menos aún después de ver los recortes de periódico. Torr cerró el puño, pensando en las ganas que tenía de echarle el guante al chantajista. ¡Qué mala suerte que Abby hubiera tenido que descubrir así su pasado! Había empezado a aceptarlo y a confiar en él, pensó Torr. A sentirse a gusto con él. Y de pronto eso. Abby se esforzaría en apariencia por creer su versión de la historia, pero ¿podría volver a sentirse completamente a gusto a su lado?

Si huía, tal vez le costara encontrarla. Para cuando diera con ella, quizás el chantajista ya la hubiera encontrado. Y sólo Dios sabía qué podía pasar si eso ocurría.

Pero ¿cómo podía impedir que huyera? Si Abby confiara en él plenamente, se dijo Torr, o al menos estuviera convencida de que le pertenecía, podría tranquilizarse y dejar que él se ocupara de encontrar a quien se ocultaba tras el intento de extorsión. Tal y como estaban las cosas, Torr se hallaba combatiendo en dos batallas: una por la confianza de Abby y otra por atrapar a quien la amenazaba.

La inquietud siguió pesando sobre ellos toda la tarde. Torr se cuidó de guardar las fotos y los recortes bajo llave, a pesar de que era evidente que Abby no podía olvidarse de ellos. Ella fingió leer varias revistas que había comprado en el colmado del pueblo. Luego intentó hacer un crucigrama sin pedirle ayuda a Torr. Éste la vio beber media docena de tazas de café y se preguntó si las vitaminas que tomaba cada dos horas podrían contrarrestar el efecto de tanta cafeína.

¿Cuánto tiempo pasaría antes de que intentara marcharse?, se preguntaba Torr. ¿Anunciaría simplemente que quería regresar a Portland? ¿O agarraría las llaves del coche y se escabulliría sola esa misma noche?

¿Quién tenía ahora los nervios de punta?, se dijo, exasperado. Los suyos estaban a punto de estallar. No se le ocurría nada tranquilizador, ni alegre, ni estimulante que decir. El silencio entre Abby y él seguía creciendo. Con cada hora que pasaba, se hacía más pesado e impenetrable.

¿Debía contarle a Abby más cosas acerca de su desdichado matrimonio?, se preguntaba. No, lo mejor era dejar pasar ese asunto. Pensándolo bien, no había mucho que decir. Había sido un desastre de principio a fin. Si entraba en detalles desagradables, quizás Abby empezara a preguntarse si tras aquella historia se ocultaba algo más que él no decía.

Si le hablaba de la impotencia, de la rabia y la vergüenza que había sufrido durante el breve periodo de su matrimonio, tal vez ella creyera que le estaba ofreciendo una justificación que resultaba completamente innecesaria si, como afirmaba, era inocente del cargo de asesinato.

No, había que olvidarse de ese tema. Tal vez debiera intentar interesar de nuevo a Abby en sus labores detectivescas. A fin de cuentas, debían estudiar la lista de sus conocidos a la luz de la información que habían conseguido. Pero ella no parecía interesada en repasar la lista otra vez.

Había, no obstante, algo que estaban pasando por alto. Torr estaba seguro de ello. El chantaje era un delito de carácter más bien íntimo. Requería que su perpetrador no sólo estuviera en posesión de información confidencial, sino que supiera hasta qué punto podía ser dañina esa información. Precisaba una clase de intimidad que no podía ignorarse. Quien estaba amenazando a Abby no era un granuja de poca monta que había sacado por casualidad unas cuantas fotografías.

Durante la cena que preparó y que transcurrió en silencio, los pensamientos de Torr siguieron rebotando entre la posible identidad del extorsionador y la cuestión acuciante de cómo enfrentarse al creciente mutismo de Abby.

Sólo cuando al fin se hallaban bebiendo en silencio una copa de coñac frente al fuego, Torr decidió que había que fijar una serie de prioridades. Iba a volverse loco si no establecía de una vez por todas la naturaleza de sus relaciones con Abby.

La observó por debajo de los párpados entornados y vio que tenía las mejillas sofocadas y que miraba fijamente las llamas. Estaba a un millón de kilómetros de allí, pensó él, seguramente planeando su escapada. Tal vez, al despertarse por la mañana, él descubriría que se había ido. Comprendió, sintiendo una repentina torsión de las entrañas, que no podía permitir que eso sucediera. Abby era suya, tanto si ella lo sabía como si no, y el único modo de asegurarse de que estaría con él a la mañana siguiente era llevarla a su cama esa noche y retenerla allí. Tal vez el hecho de que hubiera llegado a una conclusión tan extrema no dijera gran cosa a favor de su inteligencia, pero Torr sabía que estaba en lo cierto.

Con las piernas abiertas, se inclinó hacia delante, dejó cuidadosamente la copa de coñac en la mesa de centro, delante de él, y miró con fijeza el líquido ámbar mientras hablaba.

—¿Cómo piensas hacerlo, Abby? ¿Intentarás robar las llaves del coche en mitad de la noche o subirás al piso de arriba, harás las maletas y luego me exigirás que te lleve a Portland?

Ella giró bruscamente la cabeza y, al advertir el asombro culpable de su mirada y darse cuenta de que había estado muy cerca de adivinarle el pensamiento, Torr sintió que se crispaba. ¿Acaso no lo entendía? Él no podía permitirle que se marchara después de lo que habían compartido.

—Creo que será mejor que te diga que no pienso llevarte a Portland. Así que sólo queda la posibilidad de que robes la llave —reflexionó en voz alta, con los ojos fijos en el fuego. Podía sentir la tensión de Abby mientras ella permanecía sentada en el extremo más alejado del sofá, observando su perfil. Seguramente la estaba asustando, pero no podía evitarlo. Él mismo estaba extremadamente asustado.

—¿De qué estás hablando? —preguntó ella, crispada—. No tengo intención de robarte las llaves del coche.

—¿No? Entonces ¿cómo pensabas huir esta noche, Abby?

—¿Quién ha dicho nada de huir?

—Lo llevas escrito en la cara desde que llegó ese sobre. ¿Crees que no lo noto en tus ojos? ¿Es que no te das cuenta de que veo en tu mirada lo asustada que estás?

—Me parece que tengo razones de sobra para estar asustada —protestó ella.

—Puede ser. Pero no de mí.

Abby se puso en pie bruscamente.

—¿No se te ha ocurrido pensar que tal vez no tenga miedo de ti, sino por ti? —sin embargo, ella no lo miraba al hablar, y Torr adivinó que no quería que le viera la cara.

—No hay razón para que temas por mí. Ya te he dicho que me metí en esto porque quería. No utilices eso como excusa, Abby.

—¡No es una excusa! —ella se giró y lo miró cara a cara con la cabeza alta y el cuerpo rígido por la tensión—. Esto es problema mío, Torr. No tengo derecho a meterte en este lío. Eres muy amable por querer ayudarme, pero...

—¡Muy amable! —las palabras brotaron de él como una suave explosión mientras se levantaba del sofá con un movimiento ágil y preciso—. Abby, no siento ningún deseo de mostrarme amable. Nunca he sentido la más mínima inclinación a ser amable contigo. Quiero llevarte a la cama, quiero protegerte, quiero saber que me perteneces hasta el fondo del alma, pero nada de eso tiene que ver con la amabilidad.

Ella dio un respingo e instintivamente retrocedió un paso. Torr vio que no podía retroceder más. El fuego chisporroteaba justo detrás de ella. De pronto se dio cuenta de que la estaba aterrorizando. Los ojos azules y brumosos de Abby lo miraban con desesperada determinación. Su cuerpo suave permanecía extrañamente envarado, listo para huir o luchar. Había manejado mal la situación de principio a fin. No debería haberla presionado de aquel modo. Pero ¿qué otra cosa podía hacer? La rabia y la incertidumbre lo estaban reconcomiendo, lo obligaban a emprender alguna acción definitiva.

—¡No me amenaces, Torr!

—No te estoy amenazando —pero sí lo estaba haciendo, y ambos lo sabían.

—No necesito que nadie más intente decirme lo que debo hacer en este momento de mi vida. Pensaba que estabas siendo amable y... y considerado, que estabas dispuesto a esperar y a dejar que nuestra relación evolucionara de forma natural. Pero parece que llevas toda la semana dándome falsas esperanzas, haciéndome creer que entendías mis sentimientos. Puede que sea porque creías que yo era distinta a como soy, puede que hayas sido tan amable porque pensabas que yo era una mujer decente. Pero ahora has visto todas las fotos, ¿no? Ahora sabes que el único fin de semana que pasé en la playa con Ward no fue una simple coincidencia, ni un cúmulo de circunstancias que alguien ha tergiversado en su propio beneficio. Oh, no. Ahora has visto pruebas de que suelo hacer esa clase de cosas. ¿Qué decía la nota? Que me acuesto con cualquier que tenga pasta. Que soy una puta. Cómo debe de escocerte eso, Torr. ¡Qué mala suerte, liarte con una mujer igual que tu esposa!

—¡Cállate, Abby! No sabes lo que dices.

—Claro que lo sé. ¿Crees que no he visto cómo estrujabas esa foto mía con otro hombre? Decías cosas amables y tranquilizadoras, pero pensabas otras bien distintas. Estabas dudando de mí, ¿verdad, Torr?, preguntándote si era igual que tu mujer. Pues no tienes que preocuparte por eso. No pienso seguir contigo. Por el bien de los dos, será mejor que me vaya. Ahora mismo. Esta noche.

—Tú no vas a ir a ninguna parte —Torr percibió la resolución feroz de sus propias palabras, cuyo efecto en Abby fue instantáneo.

Ella se movió, apartándose hacia la derecha, pues no tenía más sitio para retroceder. Como si él fuera un lobo, intentó poner distancia entre los dos sin hacer movimientos bruscos que pudieran disparar el instinto asesino de Torr.

—Tengo que irme, Torr. Llevo dándole vueltas toda la tarde.

—¿Crees que no me había dado cuenta? He estado observando cómo te distanciabas de mí desde que llegó ese maldito sobre. Pero no voy a permitir que te vayas, Abby. No puedes regresar andando a

Portland, y tendrás que pasar por encima de mi cadáver para conseguir las llaves del coche.

–¿Por qué, Torr? –preguntó ella ásperamente–, ¿por qué me haces esto? ¿Porque no puedes soportar la idea de haberte enrollado con otra mujer desleal e indigna de confianza? ¿Es que tienes que demostrarte algo a ti mismo?

–Puede ser. Pero, ante todo, tengo que demostrarte algo a ti.

–¡No me amenaces, Torr!

–¡Y tú no me rechaces! –replicó él mientras se giraba lentamente, siguiendo el movimiento circular de Abby–. Abby, sé razonable. No puedes marcharte esta noche. Quédate aquí, conmigo, donde estás a salvo. Confía en mí, cariño.

–¿Confías tú en mí? –musitó ella, crispada.

–Sí.

–¡No te creo! He visto cómo mirabas esa fotografía –sollozó ella–. Pareces querer matar a alguien.

–¡Pero no a ti! –gritó él–. Abby, cariño, no a ti. Seguro que lo entiendes.

–¿De veras?

Torr intentó dominarse, pero le resultaba casi imposible. Abby iba a huir, él tenía razón. Ahí estaba, intentando rodear la habitación hasta la puerta para poder escapar en medio de la noche. ¿Qué esperaba conseguir con eso?

–Abby, el miedo no resuelve nada.

–Me voy a ir, Torr.

—No.

—No puedes detenerme.

Él esbozó una sonrisa torcida, casi suave.

—¿Ah, no?

Aquella amenaza implícita bastó para quebrar los últimos vestigios de la calma de Abby, tal y como Torr esperaba. No tenía sentido posponer lo inevitable. Lo mejor era que ella estallara, precipitando de ese modo el resultado final.

—¡Maldito seas, Torr!

Abby se giró y pasó corriendo a su lado. Torr la alcanzó fácilmente. Sus grandes manos se cerraron inexorablemente alrededor de la cintura de ella, comprimiéndola contra su cuerpo. Ella se resistió con una fuerza que sorprendió a Torr. Se retorcía y se debatía, desesperada y silenciosa. No malgastaba energías gritando. Había concentrado toda su fuerza en la batalla.

Pero no tenía posibilidad alguna de vencer. Era demasiado menuda y frágil. Él se limitó a mantenerla quieta, evitando su pataleo mientras le sujetaba los brazos.

—Abby, cariño, basta. No hace falta...

Ella interrumpió sus palabras impulsándose hacia la derecha. Torr dejó que el impulso los arrastrara a ambos y dirigió la caída de modo que aterrizaron entrelazados sobre el sofá. En el último instante, él la giró ligeramente para hacerla caer de bruces. Abby no pudo seguir debatiéndose. Estaba inmovilizada de cintura para abajo bajo el peso de Torr.

—Abby, Abby, cariño, no llores —alarmado por los leves sollozos que profería bajo él, se apartó ligeramente de ella.

—No estoy llorando. Estoy intentando respirar. ¡Pesas una tonelada!

—Lo siento, cariño —se mantuvo ligeramente apartado de ella y empezó a acariciarle la espalda hasta la curva de la cadera—. Tranquilízate. No voy a hacerte daño. Te lo juro.

Todavía atrapada bajo las piernas extendidas de Torr y la firme garra de su mano, Abby contuvo sus sollozos de impotencia y miedo. No podía permitirse llorar.

—Torr, no tienes derecho a tratarme así. No puedes retenerme aquí contra mi voluntad.

—No puedo dejar que te vayas —replicó él.

Su mano siguió deslizándose sobre la espalda de Abby, acariciándola, hasta que de pronto esta sintió ganas de llorar otra vez, pero de rabia. Torr no tenía derecho a surtir aquel efecto sobre ella. Lo que tenía que hacer era huir despavorida. ¿Qué sabía en realidad de aquel hombre? Podía ser mucho más peligroso que Flynn Randolph. A fin de cuentas, los recortes decían que se sospechaba que había matado a su mujer en un arrebato de celos.

Abby hundió la cara en el cojín y respiró hondo varias veces. La mano de Torr, que seguía deslizándose sobre su cuerpo, surtía sobre ella un efecto hipnótico. En silencio, ambos consideraron sus alternativas.

Desde el punto de vista de Abby, éstas eran muy limitadas. Se sentía totalmente rodeada por el calor y el peso del cuerpo de Torr. No podía moverse, a pesar de que él se había apartado un poco. La sujetaba contra su cuerpo rodeándola con un brazo por debajo de los senos, dejándola sentir su fuerza. Sí, ciertamente, tenía razones de sobra para estar aterrorizada.

—¿Torr?

—¿Hmmm? —él continuaba acariciándola, moviendo la mano sobre su muslo ceñido por el pantalón tejano.

—¿Vas a... vas a forzarme?

Hubo un instante de silencio. Y luego:

—No me parece que haga falta.

Entonces fue ella quien guardó silencio. De pronto, afloró su rabia.

—Estás loco si crees que voy a quedarme aquí, dócilmente tumbada, y a permitir que me controles con sexo.

La mano que la acariciaba se detuvo sobre la curva alta y firme de sus nalgas. Abby sintió que los dedos de Torr se clavaban con fuerza en su carne y sintió un espasmo de excitación. El recuerdo de su primer encuentro anegó su cuerpo, mientras el recuerdo de la decidida preocupación de Torr por su seguridad inundaba su mente. De pronto, se sintió completamente anegada por Torr Latimer.

Él le dio lentamente la vuelta hasta que quedó tendida de espaldas.

–Nadie podría controlarte con sexo, Abby –dijo suavemente él, cuyos ojos color ámbar reflejaban la luz movediza del fuego–. Pero creo que es posible, sólo posible, que un hombre pueda controlarte con amor.

Cuando la boca de Torr se posó sobre la suya, Abby sintió una excitación que crecía en espiral y que se combinaba con las caricias de Torr hasta dejarla inerte bajo él. «Oh, Dios», pensó angustiada, «lo sabe. Sabe que me he enamorado de él».

VIII

El amor iba acompañado de confianza. O quizá fuera al revés. En un rincón lejano de su psique, Abby se preguntaba qué había sido primero en su caso. Quizás ambas cosas habían llegado unidas en un nudo inseparable que ahora la encadenaba a Torr Latimer.

Sin embargo, le resultaba imposible pensar lógicamente en ese instante. La boca de Torr se había apoderado de la suya con avidez, obligándola a responder. Como siempre que él la abrazaba, Abby sólo deseaba sucumbir por completo a la pasión embriagadora de su abrazo. Sentía las manos de Torr sobre su cuerpo y era consciente de que él le estaba quitando la ropa, pero su determinación de huir se había desintegrado.

Torr la sintió rendirse mientras le desabrochaba con firmeza la camisa de cuadros. La suavidad del cuerpo de Abby parecía fluir y tensarse bajo sus manos, tentadora, desafiante y cautivadora. Él tenía razón, pensó exultante. No se había equivocado al forzar las cosas esa noche, ni al tomarla entre sus brazos para demostrarle que ninguno de los dos podía escapar a la pasión que ardía entre ellos.

—No debería haberte dado tanto tiempo esta semana —murmuró mientras separaba los bordes de su camisa y deslizaba la mano debajo, buscando sus pechos—. Debería haberte llevado a la cama una y otra vez, hasta que te dieras cuenta de cuánto te necesito. Abby, he intentado enseñarte a confiar en mí. He intentado hacer las cosas a tu manera y protegerte. Pero esta noche ibas a huir y no podía permitirlo.

—Pensaba que... —Abby se interrumpió y un leve gemido de deseo escapó de su garganta—. Pensaba que era lo mejor. Torr, por favor, créeme. No debí permitir que te metieras en esto.

Él gruñó, disgustado, mientras se inclinaba para hacer retroceder esas palabras hacia su boca con la lengua. ¿No le había dicho suficientes veces que ella no era responsable de que se hubiera metido en aquel lío? Ansiosamente, deseando acallar las protestas de Abby, exploró el oscuro territorio de detrás de sus labios. Su sabor alimentó el apetito de Torr y el ansia voraz de probar otros rincones de su cuerpo.

Bajo la palma de la mano, Torr sintió que su pezón florecía y se oyó proferir un gruñido de respuesta. Despertaba a la vida bajo sus caricias como ninguna otra mujer. ¿O era él el que despertaba a la vida por ella? Con Abby, daba lo mejor de sí mismo. Aquella sensación era primitiva, casi salvaje en ciertos aspectos. Quizá ella tuviera razón al temer su sentido de posesión, reconoció para sus adentros. ¿Cómo podía explicarle que nunca había sido plenamente consciente de sí mismo hasta conocerla a ella? Lo único que sabía era que nunca podría dejarla marchar.

La luz cálida del fuego bañó de oro la piel de Abby cuando Torr le quitó la camisa y desnudó por completo sus senos.

—Abby, cariño, eres tan dulce, tan maravillosamente dulce... ¿Cómo has podido pensar que iba a dejar que te marcharas? Necesito tu dulzura, cariño. La necesito más que nada en el mundo.

Ella le rodeó el cuello con los brazos y le ofreció la garganta echando la cabeza hacia atrás, sobre el brazo de Torr. Éste halló el hueco donde palpitaba su pulso y lo besó. Ella gimió y se restregó contra él, y Torr pensó que se volvía loco.

—Torr, amor mío... Me haces sentir tan salvaje... —jadeó Abby contra su cuello.

Torr le agarró la mano y se la acercó al primer botón de su camisa. Ella no necesitó que insistiera. Mientras Abby le desabrochaba con urgencia la camisa, Torr buscó el botón de sus vaqueros. Tras bajarle la cremallera, no pudo resistir el deseo de hundir la mano en el calor húmedo de su sexo y, al notarlo, comprendió que no podría ser el amante paciente y cortés que había sido la última vez.

—Abby, cariño, esta noche voy a tomarte. Voy a hacerte mía. ¿Lo entiendes? Después, ya no tendrás más dudas. No podrás huir. Te tendré encadenada a mi corazón.

Ella se removió mientras Torr le bajaba los pantalones por las piernas y los tiraba al suelo. Su cuerpo parecía ser una sensual trampa de piel dorada y oscura pasión. Una trampa en la que él ansiaba caer.

Se inclinó sobre ella y dejó que su pecho aplastara los senos de Abby mientras se quitaba los pantalones. La dureza de los pezones de ella le hizo contener el aliento. Luego, se halló desnudo junto a ella y dejó deliberadamente que Abby sintiera la plenitud palpitante de su sexo.

—Cuando te tomo, es como hundirse entre los pétalos más profundos y suaves de una flor —susurró—. No sé cómo he podido esperar tanto. Y sé que no puedo esperar más.

—No —musitó ella guturalmente—. Yo tampoco.

Torr deslizó la mano entre sus muslos, extasiándose en la suavidad de su piel. Luego le separó las piernas y se alzó, colocándose sobre ella. Ella se movió obedientemente, siguiendo sus indicaciones, y lo rodeó con fuerza cuando Torr descendió.

Al sentir la humedad ardiente de su cuerpo, que

aguardaba para ceñirlo, Torr se hundió en ella con un áspero gruñido. Tenía que poseerla o se volvería loco. Abby se aferró a él, entrelazó las piernas en torno a sus caderas y las uñas dejaron pequeñas incisiones sobre la espalda de Torr.

Ella lo deseaba, lo necesitaba, se dijo Torr, exultante. Ninguna mujer podía simular aquel deseo dulce y ávido. Y, aunque ello fuera posible, Abby desdeñaría una pasión fingida. Para ella, todo debía ser auténtico. Era demasiado vivaz y palpitante como para entregarse a sofisticados subterfugios en la cama. Esa certeza dio esperanza a Torr y, al mismo tiempo, hizo brotar en él una feroz determinación. Le haría el amor hasta que gritara que lo necesitaba y, una vez extrajera de ella aquella confesión, jamás permitiría que la olvidara.

—Dímelo —masculló él contra sus pechos—. Dime que me deseas. Dime lo que sientes —con controlada y apasionada violencia, asaltó su cuerpo, abriendo el tesoro de pétalos plegados que lo aguardaba en él, hundiéndose entre ellos una y otra vez con embestidas impredecibles que arrancaban a Abby suaves gritos guturales. Gritos que a él le gustaba engullir.

—Torr, Torr... Te deseo... Nunca he deseado a un hombre como te deseo a ti. ¡Oh, Torr!

Él sintió que un violento espasmo la recorría, tensando su cuerpo alrededor de él hasta que quedó atrapado en el clímax, junto a ella. El placer tiró de él. Torr no pudo resistir aquella marea esencial, como no habría podido resistirse al zarandeo de las olas del mar. Con un grito sofocado se entregó al mar infinito de pétalos aterciopelados, consciente de que Abby ya había zozobrado, feliz, entre sus brazos.

Ella comprendió que Torr no iba a permitir que se durmiera cuando la lengua de él lamió la fina película de sudor de sus pechos. Emergió, aturdida, de su sopor y abrió los párpados para mirar los ojos de Torr, cuya mirada ambarina traslucía amor, satisfacción y una pregunta desafiante. Mientras ella lo miraba, él tocó su boca levemente hinchada con la punta de un dedo.

—Me deseas, Abby.

—Sí —no tenía sentido negarlo en ese momento.

—Me necesitas.

—Sí.

—Puedo sentirlo cuando estás en mis brazos. No podrías mentir con el cuerpo. Para ti es imposible.

—Pareces muy seguro de eso.

Él se encogió de hombros. Abby se sintió dividida entre un deseo puramente femenino de abofetearlo por su arrogancia y un deseo igualmente femenino de someterse a ella. Él pareció notar sus emociones en conflicto y, bajando la cabeza, depositó un pequeño beso en la punta de su nariz.

—No te enfades. La verdad no puede negarse. Es igual para los dos. Pero necesitaba que lo reconocieras, porque creo que sólo cuando lo hayas admitido en voz alta serás capaz de aceptarlo. Y, cuando lo hayas aceptado, podrás confiar en mí. Confiar en mí de verdad.

—¿Tan importante es para ti?

—Para mí es vital, cariño. Casi me volví loco esta tarde mientras te observaba, esperando que reunieras valor suficiente para marcharte.

—No iba a marcharme —objetó ella apresuradamente.

—Sí, ibas a hacerlo.

—Sólo pensaba que lo mejor sería que me fuera. No quiero que todo esto te perjudique, Torr.

—Lo único que puede perjudicarme es que tú no confíes en mí y no me dejes ayudarte.

Ella inhaló profundamente, sintiendo el olor musgoso de su cuerpo húmedo y la fragancia del fuego de leña. Seguía estando atrapada bajo Torr, cuyo peso la aplastaba contra el sofá.

—No quiero hacerte daño, Torr.

—Entonces tendrás que confiar en mí.

Abby escudriñó ansiosamente su cara.

—¿Y tú? ¿Confías en mí? Vi cómo mirabas esa foto. Sé lo que estabas pensando...

—Estaba pensando que me gustaría ponerle las manos encima al tipo que intenta chantajearte. Y admito que mis pensamientos eran un tanto violentos. Pero esa violencia no iba dirigida contra ti, cielo, tienes que creerme. Confía en mí, Abby. Por favor, confía en mí.

—Confío en ti —musitó ella con voz áspera—. De veras.

Él suspiró y agachó la cabeza hacia sus pechos.

—Yo no la maté, Abby.

—Lo sé.

—Y jamás te haría daño.

—Eso también lo sé. Creo que lo sé desde el principio.

—Tenía miedo de que descubrieras mi pasado —reconoció él—. No quería que me compararas con ese hombre que te asustó.

Abby sacudió la cabeza.

—Tú no te pareces a Flynn Randolph.

—¿En qué soy distinto? —preguntó él, dejando que sus dedos se deslizaran sobre la cintura y la cadera de Abby.

—En un millón de cosas —contestó ella, sonriendo. La luz del fuego hizo brillar el pelo moreno de Torr, y la sonrisa de Abby se hizo más amplia—. Para empezar, tienes el pelo de distinto color. El suyo es castaño oscuro.

—Sí, ésa es una enorme diferencia —dijo él con sorna—. ¿Eso es todo lo que se te ocurre?

—Bueno, veamos. Tu complexión física es muy distinta de la suya. Tú eres una especie de roca, y él era fibroso como un jugador de tenis.

—Abby, te lo advierto...

—Estoy intentando sacarte de dudas —protestó ella—. Veamos, ¿en qué más os diferenciáis? A él, desde luego, nunca lo habría conocido en un curso de arte floral japonés. Él tenía otras aficiones.

—¿Alguna más viril y vistosa, como las carreras

de coches, por ejemplo? —Torr parecía estar empezando a irritarse. Aquel pequeño juego no estaba saliendo como él quería.

—No, la verdad es que le gustaba la... —Abby cerró la boca al recordarlo. Una imagen de Flynn con su cámara, enfadado con ella porque no quería posar desnuda ante él. Otra imagen de él en su cuarto oscuro perfectamente equipado—. La fotografía —dijo finalmente Abby—, a Flynn le gustaba la fotografía.

Torr se quedó de pronto muy quieto. Hubo un tenso silencio mientras los dos asimilaban lo que ella acababa de decir. Después él se sentó lentamente.

—¿Castaño oscuro, has dicho?

Abby se lamió los labios.

—Sí.

—¿Y delgado?

—Sí, Torr, pero...

—¿Y le gusta la fotografía?

—Bueno, le gustaba cuando lo conocí, pero de eso hace dos años. ¿Por qué iba a...? No tiene sentido, Torr. ¿Por qué iba a hacer una cosa así después de dos años?

—¿Él sabe cómo es tu relación con Cynthia? —insistió Torr apartándose de ella. Se levantó, inquieto, se alejó unos pasos y se quedó mirando fijamente el fuego.

Abby lo observó, consciente de la intensa masculinidad que emanaba de él mientras permanecía de pie, iluminado por el fulgor movedizo del fuego. Era tan fuerte, tan viril... Abby aún podía sentir la huella pesada de su cuerpo sobre la piel.

—Sí, lo sabe —admitió lentamente, frunciendo el entrecejo—. Pero, Torr, no tiene sentido. Entre Flynn y yo todo acabó hace dos años. Él se alegró de perderme de vista, decía que no quería saber nada de mí. Me llamó... —su voz se desvaneció al recordar la nota del dorso de la fotografía que habían recibido esa mañana— me llamó zorra.

—Demonios —Torr se pasó los dedos por el pelo negro y plateado—. Abby, ese tipo no está en la lista —se giró hacia ella con la mirada ensombrecida y penetrante—. ¿Por qué diablos no está en la lista?

Abby dio un respingo al advertir su tono de feroz exigencia, recogió las piernas y agarró instintivamente su camisa.

—Escúchame, Torr. Es imposible que Flynn sea el chantajista. No lo veo desde hace dos años. ¿Por qué demonios iba a aparecer ahora para causarme problemas?

—Quiero saber por qué no está en la lista que te mandé hacer. Tiene el pelo castaño oscuro, es aficionado a la fotografía y conoce tus puntos débiles. ¿Es que pensabas que lo de esa maldita lista era una broma? Quería que incluyeras en ella a todo el mundo que encajara en el perfil. A todo el mundo, ¡no sólo a tus amigos y conocidos de ahora!

Abby se puso la camisa y se la cruzó en un gesto de protección instintivo. Sus ojos, agrandados y recelosos, observaban al hombre que tan sólo unos momentos antes le había hecho el amor apasionadamente. Aquélla era una faceta de Torr que no había visto nunca y, por ello, una revelación. De pronto recordó los recortes de periódico en los que se hablaba de Torr como del poderoso y adinerado presidente de una empresa. Torr estaba desnudo frente al fuego acogedor, pero a Abby no le costaba ningún esfuerzo imaginárselo vestido con un flamante traje gris, con la actitud autoritaria propia de un tiburón empresarial. Había en él una autoridad independiente del tiempo, el lugar y la vestimenta.

Abby se removió en el sofá, inquieta y resentida, lanzó una mirada a sus tejanos y se preguntó si podría alcanzarlos desde donde estaba.

—No hace falta que me grites, Torr.

—No te estoy gritando —dijo él con aspereza—, pero gracias a tu estúpida negativa a seguir mis órdenes, nos hemos olvidado de uno de los principales sospechosos. Un hombre que, por lo que me has contado, tal vez esté un poco trastornado. Un hombre que encaja en el perfil. ¿Cuántos candidatos más te has dejado fuera de la lista?

—¡Ninguno! No me he dejado fuera a ninguno, excepto... excepto... —su voz bajó hasta hacerse casi inaudible—. Puede que a un par de personas que no pueden de ninguna manera haber...

—¿Como cuáles? —preguntó él.

Abby lo miró fijamente, con la boca crispada por el resentimiento. Él permanecía de pie con los pies un poco separados y los brazos en jarras. Su agresividad contenida era tan palpable que Abby casi esperaba que se manifestara de manera visible.

—Torr, si empiezas a poner en la lista a todos los posibles candidatos, no acabaremos nunca. ¡Por favor! ¿A cuántos hombres con el pelo castaño oscuro crees que habré conocido a lo largo de mi vida?

—No tengo ni idea. Te he pedido que me lo dijeras. Varias veces.

—Mira, si hiciera eso, tendría que incluir a gente como Ward.

—¿Tyson? ¿El marido de tu prima? ¿Tiene el pelo castaño oscuro?

—Bueno, sí, pero...

—¿Es aficionado a la fotografía?

—A juzgar por el número de fotos del bebé que recibo cada quince días, supongo que podría decirse que sí —replicó Abby con socarronería.

—¿Quién más? —él pasó por alto su respuesta burlona.

—¡No lo sé! No se me ocurre nadie más. Torr, te estás comportando como si esto fuera un interrogatorio.

—Tienes razón —masculló él, acercándose hasta que quedó a unos poco centímetros del sofá, mirándola con el ceño fruncido—. Y tú vas a tener que someterte a él. Si hubieras hecho bien las cosas desde el principio, y no de cualquier manera, como sueles, no estaríamos pasando por esto. He sido un estúpido por ser tan blando contigo. Debí darme cuenta de que, si no te presionaba, no le dedicarías toda tu atención a la lista. Desde el principio he sido demasiado considerado.

—¡Yo no soy una de tus subordinadas!

Él se agachó y sus grandes manos se cerraron alrededor de los antebrazos de Abby. La levantó un par de centímetros del suelo, como si fuera una pluma, y la sujetó hasta que sus ojos quedaron al mismo nivel.

—Sí, desde luego —dijo él ásperamente—. No eres una subordinada, eres mi mujer. Es responsabilidad mía protegerte. Cuando tu seguridad esté en juego, debes obedecer mis órdenes, siempre y cuando sean claras y razonables. ¿Está claro? ¿Entiendes lo que estoy diciendo?

Abby parpadeó, inerte entre sus garras de hierro, sintiéndose ridículamente vulnerable en su semidesnudez. Por alguna razón, Torr no parecía en absoluto vulnerable a pesar de la falta de ropa. Parecía investido de una especie de autoridad masculina. Ella tragó saliva y luego dijo en voz muy baja:

—Entendido.

—Excelente —contestó él con suavidad, y la bajó hasta que sus pies tocaron el suelo, pero siguió cerniéndose amenazador sobre ella—. Mírame, Abby —ella obedeció, mordisqueándose el labio, inquieta—. Ya hemos esperado suficiente tiempo. Mañana nos pondremos en acción. Tenemos pistas suficientes para seguir adelante. Demasiadas como para quedarnos aquí sin hacer nada. Por la mañana nos iremos a Seattle. Quiero hablar con Tyson.

—¿Con Ward? Pero, Torr, yo no quiero meterlo en esto.

—Ya está metido. Debí hablar con él al principio —masculló Torr, irritado—, pero me dejé convencer para seguir con tus planes.

—Pero Ward no puede ser el chantajista. ¡No tiene sentido!

—Yo no he dicho que lo sea. Pero de un modo u otro está metido en este lío, y es hora de que se entere.

—Yo no quiero hacer las cosas así.

—Lo que tú quieras no me importa nada en ese momento, Abby. Ahora mismo lo único que me importa es sacarte de este embrollo. Sube y métete en la cama. Es tarde y nos iremos temprano. Yo me ocuparé del fuego.

Torr se dio la vuelta sin esperar la respuesta de Abby y comenzó a apartar los restos de los leños con unas tenazas. Oyó que ella se movía a su alrededor, recogiendo la ropa en silencio y dirigiéndose hacia la escalera. La mano de Torr se crispó sobre las tenazas mientras esperaba a ver a qué habitación se dirigía Abby.

Había sido un poco duro con ella, se dijo con amargura, pero no tenía elección. ¿Qué esperaba que hiciera al enterarse de que había obstaculizado sus pesquisas al no cooperar por entero cuando le había preguntado por los nombres de la lista? Naturalmen-

te, ella no se había negado intencionadamente a cooperar. Era simplemente que estaba acostumbrada a
hacer las cosas a su modo: azarosamente, sin disciplina. Él, en cambio, era mucho más meticuloso.

Abby llegó a lo alto de la escalera. Torr apenas
podía oír el sonido de sus pasos sobre el suelo de
tarima. No había dicho una palabra cuando le había ordenado que subiera a acostarse. Se había dado
la vuelta y había subido la escalera.

No debería haberle echado aquella bronca, se
dijo Torr. Seguramente estaba furiosa. Pero él podía
soportar su ira. Lo que le preocupaba era que le tuviera miedo. ¿La habría asustado? ¿Habría desbaratado todos los progresos que había conseguido durante la semana anterior?

Las dudas lo atormentaban cuando colgó las tenazas y tapó las ascuas con la rejilla. Abby se merecía el rapapolvo. Tal y como le había dicho, tenía
suerte de que todo hubiera salido a la luz esa noche. Si pensaba esconderse en su habitación, tendría
que ir a buscarla y sacarla a rastras. A partir de ese
momento, el lugar de Abby se encontraba en su
cama, y era hora de que ella se enterara. El asunto
era demasiado serio como para permitirle el lujo de
tomarse su tiempo.

El chirrido de la rejilla delante del fuego sofocó
los últimos pasos de Abby. Cuando Torr se incorporó y echó a andar hacia las escaleras, en el piso de
arriba reinaba el silencio. ¿En qué habitación habría
entrado Abby?, se preguntaba él.

Subió los escalones de dos en dos, consciente del pálpito de sus venas, un pálpito compuesto a partes iguales de deseo, irritación y miedo. Miedo a que todo lo que había conseguido durante la semana anterior se hubiera esfumado entre sus manos por culpa de aquellos recortes de periódico y por haber perdido la paciencia.

¿En qué habitación estaría ella?

Torr pasó ante la puerta de su dormitorio, que estaba a oscuras, y se detuvo frente a la puerta cerrada del cuarto de Abby. Sería amable, pero firme. No, sería lo más cortés y galante posible. Intentaría reparar algunas de las cercas que acababa de echar abajo. Intentaría hablar con ella, se disculparía, pero le explicaría que no había tenido elección. Ciertas cosas, había que hacerlas.

Demonios, sencillamente entraría y la sacaría de la cama, se la echaría sobre el hombro y la llevaría a su habitación. De un modo u otro, Abby aprendería una lección esa noche.

Torr agarró el pomo, casi esperando encontrar la puerta cerrada. Ésta se abrió fácilmente, y él se encontró escudriñando la cama todavía hecha a través de las sombras.

Una increíble sensación de alivio y regocijo se apoderó de él. ¡Abby no se había refugiado en su habitación! Se dio la vuelta y regresó por el pasillo hacia su cuarto. Abrió la puerta, entró y dejó que sus ojos se acostumbraran a la oscuridad. No tardó en distinguir las suaves curvas bajo la colcha.

—Me mentiste —murmuró ella.

—No —dijo él suavemente, casi angustiado. No podía moverse.

—Sí, me mentiste —ella apartó un pico de la colcha, invitándolo a meterse en la cama—. Dijiste que no me presionarías.

Torr cerró los ojos un momento, aliviado, y luego los abrió y se acercó a la cama.

—¿Te sientes presionada?

—Mucho. Física y psicológicamente —pero sus ojos brillaban, y él dejó escapar un profundo suspiro al acostarse a su lado.

—¿Cómo querías que supiera que ibas a sacar la bestia que hay en mí?

—Creo que salió ella sola.

La boca de Torr se movió sobre la de ella antes de que Abby pudiera decir nada más. Esa vez, se prometió él, se lo tomaría con calma, la apaciguaría con ternura y atenciones hasta que ella le pidiera más a gritos. Quería oír su nombre en los labios de Abby una y otra vez. Nunca se cansaría de sus suaves súplicas.

A la mañana siguiente, Abby acató de mala gana la decisión de Torr de ir a hablar con Ward Tyson. No lo hizo, sin embargo, sin objeciones. Torr soportó sus quejas, sus argumentos, sus razones y sus súplicas enfurecidas con estoica paciencia durante todo el desayuno, mientras cargaban el coche y se dirigían a Portland y, más tarde, hacia el norte, en dirección a Seattle. Era un viaje largo, de varias horas en realidad, y Abby no desperdició ni un solo minuto.

—No veo razón para importunar a Ward en este momento. No puede hacer nada y tal vez se sienta obligado a decirle a Cynthia la verdad sobre ese fin de semana para liberarme de las garras del chantajista —comenzó a decir.

—Puede ser —dijo Torr.

—Pues yo no quiero que Cynthia se entere. ¡De eso se trata!

—Seguro que el chantajista piensa lo mismo.

—Torr, estoy hablando de una amistad de toda la vida que esto podría arruinar para siempre.

—Recuerda que tú no la arruinaste. Fue Tyson.

—Arruinar su matrimonio sería un acto aún más deplorable —protestó ella—. No sé por qué tenemos que hablar con él. Dame un poco más de tiempo.

—El tiempo sólo beneficia al chantajista. Le permite ponerte nerviosa, desanimarte y dejarte sin fuerzas. No vamos a ir a ver sólo a Tyson. En cuanto haya un intento de extorsión concreto, acudiremos a la policía. Podríamos ir ahora mismo, pero sólo tenemos unas cuantas fotografías y algunas amenazas veladas.

Abby lo miró fijamente.

—¡Parecías un hombre tan amable cuando te conocí!

—¿Y ahora no?

—Ahora pareces dominante, prepotente e insoportable —declaró ella con cierta maliciosa satisfacción—. Has tomado las riendas de mi vida y eso me preocupa, porque no sé cómo detenerte ni controlarte.

—Cuando todo esto acabe, te prometo que volveré a ser tan dócil como antes —le aseguró él suavemente, pero Abby no lo creyó ni por un instante.

—¿Te importaría escucharme cuando trato de explicarte por qué no quiero ponerme en contacto con Ward en este momento? —masculló ella, cruzando los brazos sobre los pechos mientras permanecía sentada rígidamente en el asiento del coche.

—No me queda más remedio, ¿no? El coche es pequeño.

—Pero no vas a hacerme caso, ¿verdad?

—Vamos a ir a hablar con Tyson, cariño —dijo él con determinación.

Abby temió el encuentro durante todo el camino. Varias horas después, mientras Torr seguía las indicaciones para salir de la Interestatal 5 hacia el centro de Seattle, ella iba considerando enloquecidamente si podría despistarlo por el laberinto de los altos edificios de oficinas. Pero la determinación con que Torr conducía la convenció de que no era buena idea. Con un suspiro, lo guió hacia el aparcamiento subterráneo del edificio que albergaba la sede de Lyndon Technologies.

Abby esperaba ver cualquier cosa en el atractivo rostro de Ward, desde asombro a incredulidad, cuando su secretaria los introdujo en su despacho. Pero no esperaba que la recibiera entre furioso y aliviado.

—¿Dónde demonios te has metido, Abby? ¡Llevo casi una semana buscándote! —se levantó de detrás de la mesa, con su atuendo de ejecutivo, traje oscuro y camisa blanca—. Siéntate. Tengo que hablar contigo. Ha pasado algo importante. ¿Quién es éste? —le lanzó una mirada altiva y penetrante al hombre callado que permanecía al lado de Abby.

—El hombre que reclama en exclusiva el privilegio de gritarle a Abby —dijo Torr gélidamente—. Así que te agradecería que te disculparas y procuraras no usar ese tono con ella en adelante. Me llamo Torr Latimer —no le tendió la mano. En lugar de hacerlo, ofreció cortésmente asiento a Abby y se sentó en una silla de cuero junto a ella.

Abby se encogió al sentir la despreocupada dureza de su voz. Últimamente le resultaba muy fácil imaginarse a Torr en su anterior papel de director de empresa. Ward miró al desconocido, y el respeto calculador que Abby advirtió en su mirada la convenció más eficazmente que las palabras de que Torr había causado una honda impresión en el marido de su prima. Ward arqueó una ceja e inclinó la cabeza con burlona formalidad.

—Discúlpame, Abby. ¿Dónde has conocido a este caballero andante?

—En una clase de arreglo floral —contestó Abby—. Ward, ha pasado algo muy grave. Torr ha insistido en que debíamos informarte. Yo no quería venir, pero...

—Pero yo la convencí —la interrumpió Torr.

—Comprendo —Ward se sentó en su silla giratoria y los miró por encima del escritorio—. En fin, parece que todos tenemos noticias. Vosotros primero.

Abby frunció el ceño. Conocía lo bastante a Ward como para advertir la expresión preocupada de sus ojos castaños.

—No se tratará de Cynthia ni del bebé, ¿verdad? ¿Están bien?

Ward sacudió la cabeza con energía.

—Sí, están bien. Mi problema es de carácter financiero. ¿Cuál es el tuyo?

—El suyo también es de carácter financiero, en cierto modo. Se trata de un chantaje —Torr dejó que sus palabras calaran en Ward, y luego prosiguió ásperamente—. A ti también te concierne, por eso estamos aquí.

—¡Chantaje! —exclamó Ward, asombrado—. ¿Es una broma?

—Por desgracia, no —contestó Abby, suspirando. Miró apresuradamente a Torr y se dio cuenta por su expresión resuelta de que no iba a permitirle que se fuera por las ramas—. ¿Recuerdas... recuerdas aquel fin de semana en la costa, Ward?

—Oh, no —Ward se pasó cansinamente el índice y el pulgar por el puente de la nariz y cerró los ojos un momento—. ¿Qué está pasando, Abby?

—Alguien hizo fotografías. Fotografías de nosotros... De ti y de mí saliendo de una habitación del hotel —Abby sintió que se sonrojaba mientras intentaba explicar aquella embarazosa situación.

—¡Fotografías! —Ward abrió mucho los ojos y los clavó en Torr, no en Abby—. ¿Fotografías comprometedoras?

—Podrían serlo. Sobre todo, a ojos de Cynthia —dijo Abby sombríamente—. Lo siento, Ward. No sabía qué hacer. Torr vio las fotografías y descubrió lo que estaba pasando. Insistió en venir a verte. Dice que esto también te concierne.

—Bueno, y así es, ¿no? —Ward le lanzó una mirada lacónica antes de volver a concentrarse en Torr—. ¿Qué sabes tú, Latimer?

—Todo.

—Le has sacado toda esa sórdida historia a Abby, ¿eh?

—No fue fácil.

—Apuesto a que no. Abby tiene mucho carácter.

—Y también tiende a ser un poco impulsiva —observó Torr suavemente—. Quería ocuparse de todo ella sola.

—Desde luego —gruñó Ward—. Bueno, ¿qué ha pasado? ¿Amenazas? ¿Exigencias de dinero?

—Exigencias, no. Todavía, al menos. Pero las habrá pronto, supongo —dijo Torr con ojos fríos e ilegibles—. Sabía que no querrías que Abby se enfrentara sola a un extorsionador.

—Quienquiera que sea ha amenazado con contarle a Cynthia nuestro, eh, fin de semana ilícito, ¿no es eso? —Ward miró pensativamente a Abby, que se removió incómoda, sintiendo lástima por él.

—Me temo que sí.

—Interesante —murmuró Ward—. ¿Quién te conoce lo suficiente como para saber que podía amenazarte con eso?

—Ésa fue una de las primeras preguntas que me hizo Torr —masculló Abby, dándose cuenta de que aquellos dos hombres se entendían bien. Sus pensamientos parecían discurrir por el mismo camino, directos al grano.

—¿Alguna idea? —Ward se giró hacia Torr.

—Unas cuantas —Torr lo miró.

—Genial —comentó Ward secamente.

—Estaba seguro de que querrías saberlo —dijo Torr.

—Por supuesto —contestó Ward.

—Ward —terció Abby—, sigo pensando que no es necesario decírselo a Cynthia. Torr cree que deberíamos hacer desistir al chantajista contándoselo todo a Cynthia, pero estoy segura de que, si nos ponemos los tres a pensar en ello, encontraremos otra solución. En cuanto conozcamos las exigencias de ese hombre, tendremos una idea más clara de a qué nos enfrentamos. Cynthia no tiene por qué enterarse.

—Creo —afirmó Torr con decisión— que sería mejor que Cynthia lo supiera todo. Es la única manera de neutralizar sus amenazas.

–No –Abby giró bruscamente la cabeza y lo miró con enojo–. Acepté venir a hablar con Ward, pero nada más. No quiero meter a Cynthia en esto.

–En esta situación, harás lo que a mí me parezca mejor, Abby –dijo Torr suavemente pero con firmeza–. Sé mucho más que tú sobre la mente criminal. ¿Recuerdas esa mentalidad empresarial de la que hablamos?

–No permitiré que tomes esa decisión por mí, Torr Latimer –siseó ella.

–En realidad –intervino Ward fríamente antes de que Torr pudiera responder–, soy yo quien debe tomar esa decisión, y ya la he tomado. La tomé el día que volví de ese estúpido fin de semana. Se lo conté todo a Cynthia esa misma tarde.

IX

Abby palideció. Se quedó paralizada un instante, con los ojos fijos en Ward.

—¿Qué has dicho? —preguntó finalmente con voz débil.

—Que se lo conté todo —dijo Ward con sencillez—. Le dije que había sido un estúpido y que había intentando arrastrarte a ti en mi estupidez. Si quieres que te diga la verdad, creo que de todos modos ya lo sabía.

—¡Bromeas! ¡Pero... pero si conmigo se comporta como siempre! Nunca ha insinuado siquiera que supiera que tú y yo... que nosotros...

—No hicimos nada, ¿no, Abby? Deberías recordarlo. Es más, estoy seguro de que tú nunca te habrías liado conmigo. Quizá lo sabía desde el principio. En cierto modo, contigo no corría ningún riesgo. No estoy orgulloso de lo que hice, pero para Cynthia tampoco fue el fin del mundo. Me perdonó completamente.

—Tu esposa parece una mujer muy generosa —observó Torr.

—Mi esposa es una mujer increíble y, además, me quiere —dijo Ward llanamente—. Y yo también la quiero a ella. Siempre la he querido y siempre la querré, pero durante un tiempo perdí el norte. No volverá a ocurrir.

Abby intentó asimilar lo que Ward acababa de decir. En medio del torbellino en el que se sentía, lo único que percibía claramente era el súbito y sincero deseo de que Torr Latimer dijera de ella palabras de amor semejantes.

—Bueno —dijo Torr con calma—, eso aclara las aguas un poco.

—¿Qué sugieres que hagamos ahora? —Ward parecía dispuesto a aceptar a Torr como un igual. Lo cual indicaba hasta qué punto lo había impresionado. Eso había sorprendido a Abby al principio. Luego se dio cuenta de que el marido de su prima no era ningún tonto. Sabía reconocer a un igual cuando lo veía.

—Creo que nos limitaremos a esperar las demandas del chantajista. Luego iremos a la policía —dijo Torr tranquilamente.

—Hay otra posibilidad —reflexionó Ward en voz alta.

—¿Un detective privado? —Torr asintió pensativamente.

Abby empezaba a sentirse excluida de la conversación.

—¿Para qué queremos un detective privado? —preguntó.

—Puede que tenga más suerte y encuentre a quien se esconde tras el intento de chantaje —explicó Torr amablemente.

—¿De quién sospecháis? —preguntó Ward.

—Oh, Torr tiene la absurda idea de que Flynn Randolph podría estar detrás de todo esto —resopló Abby—. Encaja en el perfil.

—¿En qué perfil? —insistió Ward.

—En el que ha dibujado Torr con los pocos datos que tenemos.

—Randolph es sólo una de varias posibilidades —interrumpió Torr con calma—. En este momento creo que lo del detective es una excelente idea. ¿Conoces alguna buena agencia?

—Una de las mejores. Ahora mismo estoy utilizando sus servicios para otro asunto. Los llamaré esta tarde.

Abby miró a uno y a otro y comprendió que lo que ocurriera a continuación, fuera lo que fuese, no estaba en sus manos. ¡Hombres! Creían que podían dominar el mundo.

—Ward, ¿para qué querías verme?

Ward se descolgó de la conversación que había iniciado con Torr y la miró.

–Por un asunto de negocios. Al parecer, alguien quiere comprar tus acciones. Como tú eres la dueña del lote más grande, aparte del de Cynthia, quería ponerme en contacto contigo para avisarte de que seguramente pronto recibirás una oferta.

Abby se quedó atónita.

–Pero, Ward, tú sabes que yo nunca vendería esas acciones. Y mucho menos sin consultarlo contigo y con Cynthia. Además, las acciones no valen mucho.

Ward se pasó una mano por el pelo castaño y sonrió sombríamente.

–La oferta es sorprendentemente lucrativa. La tía May y el tío Harold vendieron las suyas la semana pasada sin molestarse en consultarme. Dijeron que no pensaban que fuera a molestarme.

–Pero ésta ha sido siempre una empresa familiar.

–Pues dentro de unos meses no lo será. Voy a sacarla a bolsa, Abby.

–¿Vas a vender las acciones? ¿Por qué?

Fue Torr quien contestó.

–Es la manera más rápida de que una empresa pequeña consiga gran cantidad de capital. Emitir acciones y venderlas en bolsa. Dinero instantáneo, siempre y cuando haya compradores dispuestos a adquirir las acciones.

–Habrá bastantes cuando saquemos nuestro nuevo producto –dijo Ward.

–Así que alguien está intentando adelantarse comprando las acciones que ahora están en manos de la familia, ¿no? –Torr sonrió astutamente.

—Ese tipo podría adquirir suficientes acciones como para hacerse con el control de la empresa. Y también podría volverse millonario de la noche a la mañana cuando las acciones salgan a la venta.

—¿Quién es? —preguntó Torr.

—Aún no lo sé. Las ofertas han llegado a través de un intermediario, una tercera persona que dice representar a un empresario. Encontrar a ese empresario es la labor que le he encomendado a la agencia de detectives.

—Diablos —masculló Torr.

—Sí —dijo Ward—. Pero me siento mejor ahora que por fin he visto a Abby y he podido avisarla.

—¿Van a vender mucho familiares? —preguntó Abby, preocupada.

—Por desgracia no he podido convencer a todos los parientes de Cynthia de que, si quieren vender, deberían al menos esperar a que las acciones salgan a la venta. Obtendrán mucho más por ellas, si lo hacen. Pero están tan acostumbrados a la idea de que el negocio está al borde de la ruina que reciben de buena gana las ofertas. Supongo que no creen que yo sea capaz de sacar a flote la empresa.

—¡Pues mis acciones no las perderás! —declaró Abby con decisión.

—Gracias —Ward sonrió—. Necesitaba oír eso. No sabía si confiabas en mí. Sobre todo, después de lo que pasó hace dos meses.

Abby se inclinó hacia delante y extendió el brazo para cubrir la mano de Ward.

–Ward, nunca he dudado de tu capacidad para dirigir la empresa. Y siempre he tenido plena confianza en ti. Has hecho muy feliz a Cynthia.

Torr se levantó bruscamente. Agarró de la muñeca a Abby y le apartó la mano de la de Ward.

–Ya está bien de simpatía y apoyo familiar –miró a Ward, el cual parecía divertido–. Intenta que manden a alguien de la agencia cuanto antes. Me gustaría volver a Portland por la mañana.

Ward asintió.

–Me ocuparé de ello enseguida. Y, Abby...

–¿Sí, Ward? –Abby estaba ya casi fuera del despacho, pues Torr le tiraba con fuerza de la muñeca.

–Lo siento. Por todo.

–Yo también, Ward.

Torr cerró la puerta del despacho antes de que ella pudiera acabar la frase. Condujo a Abby en silencio por la oficina exterior y saludó con la cabeza, educada pero fríamente, a la secretaria de mediana edad que les sonreía levemente sorprendida. Luego Abby se encontró en un ascensor atestado que bajaba hacia el vestíbulo. Únicamente cuando estuvo sentada frente a Torr, en la cafetería del piso bajo cuyas cristaleras daban a la acera, tuvo por fin ocasión de liberar su muñeca. Le lanzó a Torr una mirada de enojo.

–¡No hacía falta que me trataras así! Sabes perfectamente que entre Ward y yo no hubo nada y no lo habrá nunca. Sólo intentaba mostrarle mi apoyo. Está soportando una gran presión.

–Consolar a un hombre cuando se encuentra en ese estado de ánimo puede causar toda clase de problemas. Creía que ya habías aprendido la lección. Así fue como te metiste en ese lío con Ward, ¿recuerdas? –Torr la miró sardónicamente mientras removía su café con gesto ausente.

Abby parpadeó, perpleja.

–Pero no ocurrió nada. Ya lo sabes.

–Aun así, estabas dispuesta a someterte a un chantaje para impedir que tu prima Cynthia descubriera que no pasó nada, ¿no es cierto?

–¡Torr! ¿Estás diciendo que no me crees? –musitó ella, crispada.

–No, te creo –su rostro se suavizó visiblemente al observar la expresión dolida de los ojos azules de Abby–. Pero eso no significa que esté dispuesto a permitir que vayas por ahí consolando a cualquier hijo de vecino. Si quieres consolar a alguien, consuélame a mí. Yo confío en ti, cariño, pero no estoy dispuesto a consentir que esos impulsos tuyos te metan en más líos. ¿Está claro?

–Últimamente estás muy dominante, Torr –Abby achicó los ojos–. Pensándolo bien, creo que has sido así desde el principio. Me pregunto por qué no lo he notado hasta ahora.

Torr no dijo nada, se limitó a sonreír suavemente y a sacar la margarita del jarroncito de cristal que había en el centro de la mesa. Extendió la palma hacia Abby, con la margarita cruzada sobre ella. Sus ojos ambarinos brillaban con silencioso apremio.

Abby miró la margarita y luego alzó los ojos hacia el hombre que se la ofrecía. No cabía duda de que él pretendía recordarle la noche en que ella había tomado la rosa amarilla de su mano. Un escalofrío de amor y excitación erótica se apoderó de ella mientras los recuerdos se agolpaban en su memoria.

—¿Crees —empezó a decir en un tenso murmullo— que con flores conseguirás todo lo que deseas?

—Yo sólo te deseo a ti.

Abby se mordió el labio y agarró rápidamente la margarita. La escondió bajo la mesa y la puso delicadamente sobre su regazo. Después de eso rehusó mirarlo a los ojos durante un tiempo, consciente de que sólo encontraría jactancia masculina reflejada en sus profundidades doradas.

La entrevista con el detective que mandó la agencia no fue en absoluto como Abby esperaba. Había leído suficientes novelas policíacas como para saber el aspecto que debían tener los detectives, y aquél no encajaba de ningún modo en el molde de su imaginación. Iba vestido como un ejecutivo, hablaba educadamente y tomaba notas con una grabadora. La grabadora ponía nerviosa a Abby, pero las preguntas cuidadosas de aquel hombre acabaron por extraerle cuanto sabía o adivinaba. Torr y Ward, en cambio, hablaron con tanto aplomo como si estuvieran leyendo un informe escrito. Ejecutivos de la cabeza a los pies, pensó Abby con enojo. Hablaban sucintamente, con parquedad y orden, y no parecían azorarse ante los aspectos más embarazosos de la situación.

—¿Y qué esperabas, Abby? —preguntó Torr con sorna cuando el detective se marchó.

—Está claro que ese hombre no ha leído a Raymond Chandler —murmuró ella.

—O puede que sí y haya decidido mejorar su imagen —sugirió Ward—. Sea cual sea la razón que explique su estilo, la agencia es buena.

—Antes dijiste que estaban investigando la compra de acciones —dijo Torr.

—Sí. Quiero saber quién pretende comprar las acciones de la familia y cómo sabía que pronto saldrán a bolsa.

—Ese tipo debe de tener a alguien dentro —observó Torr, pensativo.

—Eso me temo.

—¿Un espía? ¿En la compañía? —preguntó Abby, horrorizada.

—Puede que sólo sea alguien que intenta ganar unos pavos pasando información —contestó Ward, encogiéndose de hombros—. Ocurre mucho hoy día.

—Pero eso es repugnante. Menos mal que en mi negocio no tengo que enfrentarme a esa clase de cosas.

—Ser autónomo tiene sus ventajas —rió Torr—. Sé cómo te sientes.

—Parece que vosotros dos tenéis muchas cosas en común —dijo Ward, sonriendo.

—Más de lo que crees —contestó Torr.

—Bueno, ¿qué tal te va el negocio, Abby? —Ward se volvió hacia ella, recostándose en su silla.

—A juzgar por la cantidad de pastillas que se toma al día, debe de irle viento en pompa —dijo Torr, contestando por ella.

—Tú, ríete —dijo Abby, enojada—, pero hace casi un año que no pesco un resfriado.

Ward miró a Torr.

—Será mejor que te prepares para una larga vida de buena salud.

Abby se sonrojó. Entre Torr y ella no había ningún compromiso duradero, pero no quería decírselo a Ward. Torr, sin embargo, se tomó con tranquilidad aquel comentario y miró sonriendo a Abby.

—Esta mujer bien merece unas cuantas píldoras —dijo tranquilamente.

—Vaya, gracias —Abby se levantó de la silla, enojada—. Si habéis acabado de jugar a los detectives, me gustaría ir a hacer unas compras.

—Llamaré a Cynthia para decirle que vendréis a cenar —dijo Ward, extendiendo la mano hacia el teléfono.

—¡No! —Abby se giró bruscamente, con una expresión ansiosa en la cara—. No, Ward, prefiero que no. Quizás en otra ocasión. No quiero tener que darle explicaciones. Sería demasiado embarazoso y ella ya tiene bastantes preocupaciones con el bebé y...

—Abby —la interrumpió Torr con calma, agarrándola de la muñeca—, tranquilízate. Ward dice que lo sabe todo, ¿recuerdas?

—Pero yo no lo sabía —se quejó Abby.

—Cynthia y tú sois como hermanas. Si estuviera resentida por ese estúpido incidente, ya te habrías enterado —comentó Ward fríamente mientras marcaba el número de su casa.

Ward tenía razón, pensó Abby. Pero cómo podía explicarle que iba a sentirse muy rara cenando con Cynthia y sabiendo que su prima estaba al tanto de aquel vergonzoso fin de semana. Pensó en todas las conversaciones telefónicas que había mantenido con Cynthia desde el nacimiento del bebé, y recordó que había ido a verla al hospital. Por entonces Cynthia ya lo sabía todo y, sin embargo, su afecto por Abby no había sufrido ningún cambio.

—Abby, ¿quieres dejar de sentirte culpable? —gruñó Torr suavemente—. Tú no has hecho nada malo. Cynthia lo sabe —se levantó e inclinó la cabeza mirando a Ward—. Nos veremos a la hora de cenar. ¿A las siete?

—Bien. A esa hora Laura ya estará dormida.

Torr acompañó a Abby fuera del despacho antes de que ésta pudiera poner alguna objeción. En realidad, reconoció ella con fastidio, los dos tenían razón. No había motivo para que no cenaran con Cynthia y Ward. Había cenado con ellos muchas veces. De modo que, ¿por qué se sentía tan insegura y molesta?

—¿Por qué te da tanto miedo encontrarte con tu prima? —Torr la condujo al ascensor y al aparcamiento.

—No puedo explicarlo —Abby suspiró mientras se montaba en el BMW.

—¿No? —preguntó él, poniendo en marcha el coche y dirigiéndose hacia la salida.

—¿Quieres dejar de ser tan críptico? —dijo ella, enojada—. ¿Se puede saber qué quieres decir con eso? Creía que era evidente por qué me pone nerviosa ver a Cynthia.

—Acabas de decir que no puedes explicarlo. ¿Cómo va a ser evidente? —Torr se detuvo para pagar al encargado del aparcamiento y luego salió y se incorporó al tráfico.

—Intentas confundirme deliberadamente —lo acusó ella con frialdad.

Torr sacudió la cabeza.

—No, sólo intento descubrir algo.

—Entonces pregúntamelo. No uses estratagemas.

—Está bien, te lo preguntaré. ¿Te pone nerviosa ver a Cynthia porque, psíquica y emocionalmente, te estás poniendo en su lugar? ¿Estás imaginando qué sentirías si tú fueras Cynthia y estuvieras preparando la cena para la mujer a la que tu marido intentó llevarse a la cama hace un par de meses?

Abby respiró hondo y miró por la ventanilla del coche las tiendas y los edificios de la Cuarta Avenida.

—Tu lógica es asombrosa.

—Pero ¿he acertado?

—¿Qué quieres saber?

—Tal vez quiera saber si la razón por la que sientes esa empatía con Cynthia es que has llegado a un punto en que podrías sentir ciertos celos.

—¿De quién? —preguntó ella.

—¿De mí? —sugirió él, esperanzado.

Ella se giró para mirar su perfil impenetrable. De pronto algo encajó, penetrando en su subconsciente como un cuchillo en su funda.

—No sería necesario, ¿no? —musitó ella.

—¿Necesario?

—Quiero decir que puede que tenga celos, pero que en cualquier caso no habría motivo, tratándose de ti. Siempre y cuando estuvieras comprometido conmigo, claro.

Él se encogió de hombros.

—Puede que Cynthia sienta lo mismo respecto a Tyson.

—Pero en su caso hubo un... un problema.

—Puede que Ward y ella aprovecharan ese problema para resolver algunas cosas. Cosas importantes.

—Tal vez —Abby comenzó a relajarse un poco—. Ward parecía muy seguro esta tarde.

—No sé por qué dudas de la confianza de tu prima. Tú, desde luego, has mostrado mucha más confianza en mí que la mayoría de las mujeres en estas circunstancias.

Abby se quedó pensando.

—Y tú has hecho lo mismo conmigo.

—Muy pronto tendremos que continuar esta interesante discusión hasta su conclusión lógica —comentó Torr mientras conducía el BMW hacia la entrada de uno de los grandes hoteles del centro.

—¿Por qué paramos aquí? —Abby miró a su alrededor, dándose de pronto cuenta de dónde estaban.

—Porque, aunque estoy deseando conocer a tu familia, luego quiero estar a solas contigo —Torr aparcó el coche y abrió la puerta—. Voy a reservar una habitación. Enseguida vuelvo.

Abby se mordió el labio, pensativa, mirando a Torr mientras éste desaparecía tras las opulentas puertas de cristal del vestíbulo del hotel. No había nada que decir. Ella también quería estar a solas con él.

Debía afrontar el hecho de que se había embarcado en una aventura. Una aventura con el hombre al que amaba. El único interrogante era qué sentía Torr por ella. ¿Quería protegerla? Sí, desde luego. ¿Se sentía atraído por ella? Por descontado. ¿Comprometido? Posiblemente. ¿Enamorado? Para esa pregunta no había respuesta, pensó Abby. No podía saberlo hasta que él se lo dijera o se lo revelara pidiéndole que se casara con él. Pero Torr Latimer había salido escaldado de su matrimonio. Seguramente no querría arriesgarse otra vez.

¿Cómo se le ocurría pensar siquiera en casarse con él? ¡Un hombre al que conocía desde hacía un par de semanas y que poseía muy pocas o ninguna de las características que ella había creído buscar en un compañero! Sí, Torr había empezado bien, pensó Abby con sarcasmo. Moderado, afable, cortés.

Pero durante esa semana había mostrado su verdadera faz, su tendencia a dominar y avasallar en cuanto tenía ocasión.

Tenía, además, aquella fijación con las flores.

Cynthia, que también se acordaba del interés de Torr por las flores, abrió la puerta de su casa en Mercer Island y miró a Torr con curiosidad.

—¿Éste es el hombre que conociste en la clase de arreglo floral japonés? —le preguntó a Abby.

—Sí —dijo ella con una sonrisa.

—Tenías razón. Es un candidato viable.

Abby se puso muy colorada.

—¡Cynthia!

Torr le rodeó los hombros con el brazo y le lanzó una sonrisa maliciosa y satisfecha.

—Me siento halagado. Ignoraba que tu consideración hacia mí fuera tan alta. ¿Y a qué exactamente soy candidato?

—Olvídalo —masculló Abby entrando en el amplio recibidor y dejando que Cynthia cerrara la puerta.

—Llevo casi dos años intentando encontrarle un novio a Abby —dijo Cynthia—, un novio formal, pero todo ha sido inútil. Últimamente estaba pensando en un vicepresidente maravilloso que trabaja para Ward. Pero ahora veo que no será necesario que se lo presente.

—No será necesario en absoluto —dijo Torr con voz acerada. Sus manos se crisparon visiblemente, pero su sonrisa siguió siendo suave.

—Cielos, es de los posesivos —Cynthia se echó a reír mientras los conducía a la sala de estar, donde Ward estaba preparando unas bebidas—. No imaginaba que Abby se interesara por ese tipo de hombres. Sobre todo, desde que tuvo una experiencia desagradable hace un par de años.

—Me temo que no le he dejado elección —dijo Torr.

—¿Puedo ver a Laura? —preguntó Abby bruscamente, intentando cambiar de tema.

—Por aquí —dijo Cynthia, riendo, y dejó que Ward y Torr se saludaran mutuamente.

Abby siguió a su prima hasta el cuarto del bebé, decorado en blanco y amarillo. Cynthia había recuperado casi por completo su excelente figura y volvía a tener el brillo saludable que le había faltado durante casi todo el embarazo. Su mirada afectuosa cuando sonreía a Abby traslucía la confianza y el cariño fraternal que siempre había sentido por ella.

Ambas se inclinaron en silencio sobre la pequeña figura que reposaba en la cuna. Laura dormía apaciblemente, con los deditos cerrados junto a las mejillas. Abby se quedó mirando un momento al bebé, maravillada. Había en la habitación en penumbra una extraña paz que lo impregnaba todo. Al levantar la mirada hacia Cynthia, vio reflejada aquella paz en los ojos risueños de su prima. De pronto, comprendió que entre Cynthia y ella todo iba bien.

También se dio cuenta de otra cosa. Torr había

dicho la verdad esa tarde, en el coche. Ella había empezado a ponerse emocionalmente en el lugar de Cynthia. Por primera vez en su vida había conocido el poder de los celos, gracias a Torr Latimer.

Abby no se engañaba. Sabía que lo que sentía por Torr era una especie de feroz instinto de posesión. Sabía también que aquel sentimiento era irracional. No tenía en realidad motivo para sentirse así, y sabía que, si alguna vez conseguía que Torr se comprometiera con ella, nunca tendría que preocuparse por que le diera motivos de celos. En Torr podía confiarse por completo. Abby lo sabía de un modo instintivo que desafiaba todo análisis.

Sin embargo, ello no invalidaba el ansia de posesión que sentía respecto a Torr. Aquello no eran los celos enfermizos y enloquecidos que había visto en Flynn Randolph. Era, por el contrario, una emoción manejable y controlada que formaba parte de su amor por Torr, una emoción relacionada con el orgullo y el deseo de una mujer. Tal vez para un hombre fuera igual. Una cuestión de orgullo, deseo y amor. No la pasión enfermiza de Flynn Randolph.

—Parece que acabas de tener una revelación —susurró Cynthia con una sonrisa cuando salieron al pasillo enmoquetado en gris y se dirigieron al cuarto de estar.

—Las revelaciones son sumamente difíciles de explicar —murmuró Abby—. Pero he tenido unas cuantas desde que estoy con Torr.

—Estás enamorada, ¿eh? —dijo Cynthia suavemente.

—¿Se me nota?

—Mucho, para alguien que te conoce tan bien como yo. ¿Se lo has dicho a Torr?

Abby sacudió la cabeza.

—Pero creo que lo sabe —recordó la noche anterior, cuando él le había dicho que creía que podía controlarla a través del amor. Había querido decir que su amor por él la hacía controlable.

—Acepta un consejo, Abby. Nunca creas que un hombre sabe que lo que quieres. Hay que decírselo. Son un poco obtusos en ciertos aspectos.

—¿Los hombres?

—Seres encantadores, pero no siempre brillantes en cuestiones de alcoba.

Abby miró a su prima y luego se echó a reír. Al cabo de un momento, Cynthia se unió a ella, y los temores de Abby se disiparon para siempre.

Mucho más tarde, esa noche, Torr abrazó a Abby, que fulguraba entre sus brazos como oro líquido. Su deseo ardiente se alimentaba de la respuesta que extraía de ella, y, mientras Abby gritaba su nombre, jadeante, él la siguió más allá del límite de la pasión, sumergiéndose en las profundidades de la realidad.

Más allá de la ventana de la habitación del hotel, las pálidas luces de la ciudad proyectaban mágicas sombras sobre la amplia cama revuelta y sobre el cuerpo desnudo de la mujer a la que abrazaba. Ella mantuvo los ojos cerrados un rato mientras recuperaba las fuerzas, y Torr contempló extasiado su cara. Su sospecha de que en la cama ella sería como uno de sus arreglos florales había resultado cierta. Caótica, femenina, salvaje y fogosa. Indisciplinada y desafiante al principio, cálida y tentadora después.

—¿En qué estás pensando? —murmuró Abby, con la cabeza apoyada sobre la curva de su brazo.

—En que no me canso de arreglarte.

—¿Sigues pensando en mí como en un ramo de flores? —ella soltó una risita y se desperezó sensualmente a su lado. Su seno derecho rozó el torso desnudo de Torr, y él no pudo resistirse al deseo de acariciar su punta rosada.

—Un ramo de flores que sólo espera el toque de un diseñador floral —bromeó él, inclinándose sobre ella para besarle la garganta.

—Parece que te estás volviendo todo un experto —suspiró ella, arqueándose hacia Torr. Su pelo de color miel se extendía lánguidamente sobre la almohada.

—Se está convirtiendo en una costumbre —admitió Torr mientras la besaba. El olor de su cuerpo bastaba para excitarlo otra vez—. Y creo que deberíamos hablar de ello.

—¿De la costumbre?

—Ajá. Abby, cuando volvamos a Portland, las cosas no serán como antes.

Torr sintió que ella se tensaba al advertir su determinación, pero no quiso dar marcha atrás. Había ciertas cosas que había que aclarar inmediatamente, esa misma noche.

–¿Qué estás insinuando, Torr?

Él cerró los ojos, sintiendo los dedos de Abby entre su pelo. Era ahora o nunca. No podía seguir posponiendo la cuestión.

–Quiero que vengas a vivir conmigo, Abby.

Él sintió que se tensaba y se quedaba muy quieta.

–Yo... lo pensaré, Torr.

Los dedos de Torr se crisparon sobre sus hombros. Alzando la cabeza, miró la cara de Abby.

–No hay nada que pensar –dijo, enojado por su vacilación, a pesar de que en parte se la esperaba–. Vas a mudarte a mi casa y no hay más que hablar.

Ella se removió bajo él.

–No puedes hacer que me vaya a vivir contigo a la fuerza. Te he dicho que lo pensaré.

–No te estoy pidiendo que te cases conmigo –dijo él con aspereza.

–No, efectivamente.

Torr la miró extrañado. Aunque su vida hubiera dependido de ello, en ese momento no habría podido interpretar la expresión de Abby.

–De todos modos, cuando volvamos a Portland, me quedaré contigo –dijo él, intentando mostrarse razonable–. Me instalaré en tu casa hasta que se aclare todo este lío del chantaje.

–¿Ah, sí?

—¡Sí! Abby, llevamos una semana viviendo juntos. ¿Por qué demonios estás así esta noche? Tú me deseas. Lo sé.

—Sí —jadeó ella ásperamente, deslizando persuasivamente las uñas sobre sus hombros—. Te deseo —atrajo la cabeza morena de Torr hacia ella y abrió la boca de tal modo que lo obligó a responder.

Abby era como un puñado de flores. Como un ramo entero de lujuriantes rosas, alegres margaritas y exóticas orquídeas. Torr no podía evitar perderse en el aroma y el tacto de sus pétalos.

Mañana, se prometió mientras bebía la miel de su boca y pasaba la mano por su cuerpo hasta encontrar el néctar que se ocultaba entre sus muslos. Mañana le dejaría claro que no tenía elección. Iba a irse a vivir con él.

Mucho después, mientras Torr dormía a su lado, Abby yacía despierta, mirando por la ventana la noche clara. ¿Por qué había pensado que Torr le propondría que se casaran? ¿Acaso no se había dicho poco antes que Torr había salido escaldado de un matrimonio y que no volvería a lanzarse a otro sin pensárselo dos veces?

Por de pronto, ¿por qué quería ella casarse con él?, se preguntaba. Porque era una señal de compromiso, pensó. Una señal de que no sólo confiaba en ella, sino que la amaba. ¿Qué demonios esperaba, si sólo hacía una semanas que estaban juntos? Qué necia había sido. Torr necesitaba tiempo, desde luego. Y ella también, pensándolo mejor. Los dos acababan de emprender el largo camino de una relación seria. Casarse sería precipitado. Lo que Torr sugería era mucho más sensato.

Esa noche, él la había pillado por sorpresa. A eso se reducía todo. Ella acababa de volver de una velada en la que se había sentido agradablemente envuelta en armonía familiar. Bebés, un hogar y un compromiso entre dos personas... Todo ello combinado le había hecho sentir que en su vida faltaba algo.

Había sentido con extrema claridad que Torr Latimer podía llenar esa carencia y que era el único hombre que podía hacerlo. Con él, Abby ansiaba un hogar, un compromiso y un futuro. Cuando él le había hablado de vivir juntos, ella había deseado que le propusiera algo más definitivo. ¡Mira quién hablaba de posesividad! Deseaba algún signo de que estaba enamorado de ella, de que le importaba tanto como él a ella. De que la necesitaba tanto como ella a él.

«Ha puesto mi vida entera del revés», pensó Abby. Unos pocos días antes, ni siquiera se le hubiera ocurrido pensar en casarse.

Sonrió con desgana en la oscuridad. Lo que tenía que recordar, se dijo, era que, al pedirle que viviera con él, Torr Latimer estaba comprometiéndose con ella. No hubiera sugerido un vínculo semejante de no ser porque estaba dispuesto a cumplir su parte. Su matrimonio había sido un desastre, y resultaba evidente que la segunda vez sería mucho más cauto.

¿Por qué vacilaba ella? ¿Tenía miedo de renunciar a su libertad a cambio de un compromiso indefinido? Qué tonta era. Amaba a Torr, ningún riesgo era demasiado grande. Con el tiempo, Torr podía enamorarse de ella. Enamorarse de verdad.

Torr se despertó. Las uñas de Abby se clavaban levemente en su hombro, y ella le oyó balbucir una protesta, medio dormido.

—¿Qué demonios...? —él se tumbó lentamente de espaldas y la miró con los ojos nublados—. ¿Qué pasa, flor? ¿Quieres que te arregle otra vez? —su voz era pastosa por el afecto y el sueño.

—Te he despertado para decirte que he decidido irme a vivir contigo cuando volvamos a Portland —murmuró, intentando distinguir su expresión entre las sombras.

Él se quedó callado, expectante. Abby se dio cuenta de que de pronto parecía muy despierto tras los ojos entornados. Y, a pesar de que no hizo movimiento alguno, ella comprendió que su cuerpo se desentumecía.

Torr no le dio una respuesta verbal. Abby se encontró de pronto tumbada de espaldas, aplastada contra el colchón por un peso familiar y delicioso. El cuerpo de Torr la cubrió con apasionada violencia, y ella se dejó llevar por la avasalladora marea de su deseo.

X

Para sorpresa y regocijo de Abby, Torr se mostró sumamente agradable al día siguiente. Aceptó empezar a organizar su nueva vida juntos en el apartamento de Abby cuando ella le explicó que dirigía su negocio desde allí y que tardaría algún tiempo en hacer los cambios necesarios. Accedió a llevarla a comer al embarcadero antes de abandonar Seattle y le permitió conducir el BMW durante parte del camino de regreso a Portland.

—¿Por qué? —fue lo único que él le preguntó cuando ella hizo esta última petición.

—Porque nunca he conducido un coche extranjero.

—Ah —pero aun así, se mostró extremadamente galante. Ella notó, sin embargo, que no se relajaba del todo hasta que dejaron atrás el tráfico de la ciudad y se dirigieron al sur por la Interestatal 5.

—¿De qué te ríes? —preguntó él cuando habían recorrido varios kilómetros.

—Estaba pensando en lo amable que estás hoy.

Él le lanzó una mirada sagaz.

—Los hombres satisfechos suelen ser amables.

—¿De veras? ¿Y tú estás satisfecho?

—Casi.

—Ah, quieres decir que no lo estarás del todo hasta que viva en tu casa, ¿no? —aventuró ella con curiosidad.

Él se encogió de hombros.

—Da igual dónde vivamos. No me importa pasar un par de semanas en tu apartamento mientras organizas la mudanza. Tu apartamento me gusta.

—¿Ah, sí? ¿Por qué?

—Porque se parece a ti, supongo.

—Sí —dijo ella, suspirando—. Es desordenado, caótico, ecléctico...

—Y cálido, acogedor e interesante —concluyó él con firmeza—. Oye, sé que esto va a parecer un poco formal por mi parte, pero creo que debo aprovechar esta oportunidad para recordarte que en este estado hay un límite de velocidad.

—¿Ah, sí?

—Te lo estás saltando —señaló él muy cortésmente.

—¿Tienes miedo?

—Me temo que sí —murmuró él con suavidad—. Échate al arcén. Yo conduciré.

—Adiós a la amabilidad —gruñó ella.

Llegaron a Portland a última hora de la tarde. El tráfico de la hora punta colapsaba los puentes que llevaban al corazón de la ciudad, pero, en lugar de internarse en él, Torr se metió en el aparcamiento de una floristería y desapareció dentro. Abby lo miró marchar, sonriéndose. ¿Qué flores escogería Torr esa vez?

Cuando regresó, llevaba un ramito envuelto en plástico y un pequeño cuenco de jade.

—Conociendo tu gusto para los arreglos florales, no creo que tengas nada apropiado para colocar estas flores, así que he comprado un cuenco y un soporte.

Hicieron otra parada para comprar comida. Mientras escogía champiñones y guisantes, Abby pensó que ir de compras con Torr se estaba volviendo una costumbre muy agradable. Una sensación casi de estar casados. Sin embargo, no le bastaba con eso. Se daba cuenta de que empezaba a volverse avariciosa. Lo quería todo.

Cuando acabaron de guardar las compras en el maletero del BMW, el tráfico se había despejado y cruzaron sin dificultad el centro de la ciudad hasta el edificio de apartamentos de Abby.

—No sé cómo lo haces —dijo ella cuando Torr encontró, como de costumbre, un hueco para aparcar al otro lado de la calle–. Las probabilidades de encontrar un sitio para aparcar justo aquí deben de ser de una entre un millón.

–Supongo que tengo suerte.

Llevaron las maletas, las bolsas de la compra y las flores hasta el ascensor y luego recorrieron el pasillo hasta la puerta de Abby. En cuanto doblaron la esquina, Abby vio un manojo de albaranes colgados del pomo de la puerta.

–Oh, cielos, espero que hayan entregado a tiempo las vitaminas –dijo con preocupación, buscando la llave. Al otro lado de la puerta había varias cajas verdes y amarillas llenas de frascos de vitaminas. Había también unas cuantas notas de la vendedora a la que Abby había dejado al mando, explicándole que se había ocupado de entregar los pedidos a los demás vendedores.

–¿Siempre llegan tantas cajas? ¿Todos los días? –preguntó Torr con curiosidad.

–Me temo que sí. Necesito cargamentos continuos para satisfacer la demanda.

–Debe de haber un modo más eficaz de encargarse de los pedidos –comentó él, frunciendo el ceño.

–¿Qué modo más eficaz que hacer que me los traigan a casa? –preguntó ella, sorprendida.

–Por lo menos en mi casa hay una habitación de invitados para almacenar las cajas –dijo Torr, apartando una caja con el pie al entrar en la cocina.

–No debería haberme ido tanto tiempo –dijo Abby, preocupada, mientras leía las notas amontonadas sobre la caja más cercana—. Parece que ha habido algunos problemas.

—Tú ya tienes bastantes problemas —le recordó Torr ásperamente mientras vaciaba las bolsas de la compra—. Y aún no han acabado.

Ella levantó bruscamente la mirada de la nota que estaba leyendo.

—Pero ese detective privado lo aclarará todo, ¿no?

—Creo que sí —dijo Torr con convicción—. Puede que el chantajista dé marcha atrás si descubre que hemos neutralizado su amenaza.

—Sigo queriendo saber quién es y por qué lo ha hecho. No puedo creer que sea Flynn. No tiene sentido —Abby sacudió la cabeza y echó a andar hacia su cuarto para cambiarse de ropa.

Torr no contestó y ella comprendió que tenía sus propias hipótesis acerca de lo ocurrido. Sentía instintivamente que esas hipótesis estaban inspiradas en la repugnancia que le causaba el comportamiento de Randolph hacia ella. Su reacción era protectora y muy masculina, pero no necesariamente lógica. Mientras se quitaba el vestido de punto de color crema que había llevado en el viaje de regreso desde Seattle y elegía unos vaqueros y una camisa, oyó el agua correr en la cocina y se preguntó si Torr estaría haciendo la cena. Antes le había dicho que quería pasarse por casa para recoger algo de ropa. Se puso unas sandalias y regresó llena de curiosidad a la cocina.

Torr estaba ocupado colocando en el cuenco de jade verde las flores que había comprado. No levantó la vista cuando Abby se detuvo en la puerta, pero sonrió. Verlo así le recordaba la primera vez que se había fijado en él en clase.

—¿No podías esperar, eh? —preguntó ella.

—No quería que las flores se marchitaran mientras voy a mi casa. Además —añadió suavemente—, no me apetecía que les pusieras las manos encima antes que yo.

—O sea que no confías en mí.

—Oh, sé que podrías hacer un arreglo con estas flores, pero no sería el adecuado para este cuenco. Las flores acabarían cada una por su lado y, de todos modos, no tendrías bastantes. En clase siempre te faltaban. Además, se supone que esto es un regalo.

—¿Sabes qué creo? Creo que querías hacer un centro austero y ordenado para contrarrestar el desorden de mi apartamento —miró a su alrededor las cajas de vitaminas y gruñó—. Intentaré quitar algunas cajas de en medio y guardarlas en un armario cuando te vayas.

Él frunció el ceño.

—Iba a llevarte conmigo a recoger mis cosas —colocó con mucho cuidado un gladiolo amarillo de forma que creara un equilibrio perfecto con una orquídea de tallo corto.

—Prefiero quedarme aquí. Iré preparando la cena. No te preocupes, no estropearé tus flores.

—Bueno, supongo que tienes razón. Sólo estaré fuera una hora —él sonrió maliciosamente—. Me estoy acostumbrando a no perderte de vista.

—Si te preocupa el chantajista, lo que está claro es que lo único que no ha hecho ha sido presentarse en persona —señaló ella juiciosamente—. Y no creo que vaya a hacerlo ahora.

—No —Torr colocó otra pequeña orquídea con meticuloso cuidado. Luego eligió una hoja verde larga y la dispuso como telón de fondo del gladiolo y las orquídeas. En total, había usado sólo tres flores y una hoja. Aparentemente satisfecho, retrocedió para contemplar su creación.

—Te han sobrado flores —Abby frunció el ceño.

—El truco está en saber cuándo parar.

—Pero ¿y ésas de la derecha? Podrías poner un par de gladiolos más y tal vez una margarita pequeña, o algo así. Parece un poco desnudo.

—Parece apacible —declaró Torr—. Creo que a la señora Yamamoto le gustaría.

Abby entornó los ojos especulativamente.

—Yo sigo pensando que le iría bien un poco más de amarillo en ese lado.

—Y luego querrías añadir un poco más aquí y allí, y una hoja o dos más. Toma. Puedes jugar con las flores que han sobrado mientras estoy fuera.

—De acuerdo —ella las aceptó de buena gana.

—Pero no en mi cuenco —añadió él, muy serio—. Búscate otro.

—Creo que puedo mejorar el arreglo que has hecho —objetó ella—. Sólo necesita unos cuantos toques finales y...

Torr la acalló tapándole la boca con las yemas

de los dedos. Luego se inclinó y depositó un beso sobre su coronilla.

—Abby, cariño, sólo te pido dos cosas durante la próxima hora. Una, que no le abras la puerta a nadie, y dos, que no toques mis flores. ¿Entendido?

—Nunca dejas que me divierta —contestó ella.

Pero Torr no parecía tan severo como antes, pensó Abby alegremente mientras él recogía su chaqueta y se dirigía a la puerta. En realidad, con un poco de imaginación, hasta podía decirse que parecía un hombre enamorado. O casi enamorado. Tal vez a punto de enamorarse. ¿Qué aspecto tenía un hombre cuando estaba enamorado? La puerta se cerró tras él.

Abby se quedó mirándola pensativamente y al cabo de un momento se dio cuenta de que tenía las flores en la mano. Miró automáticamente el cuenco de jade, con su estilizado arreglo. Se dijo que no debía portarse mal y decidió quitar de en medio la tentación. Llevó el cuenco al salón y lo dejó sobre la mesa de centro de cristal ahumado. Era ciertamente un centro muy elegante, pensó. Elegante y austero.

Aunque no le iría mal un poco más de amarillo en el lado derecho, se dijo. En fin, no tenía sentido emprender su nueva vida doméstica con mal pie. Llevó virtuosamente sus flores a la cocina y las colocó al azar en un jarrón de cristal. Luego empezó a recolocar las cajas de vitaminas.

Mientras movía una caja de grajeas de vitamina C se dio cuenta de que hacía días que no tomaba sus complementos vitamínicos. La idea la hizo sonreír. Torr Latimer poseía algo que le daba fuerza y vitalidad de sobra. Estando con él, no parecía necesitar tantas vitaminas.

Estaba intentando apilar tres cajas sobre otro montón cuando sonó el timbre. Las cajas cayeron al suelo y Abby les dio una patada, exasperada, mientras se acercaba a la puerta.

—¿Quién es? —Abby se enjugó el sudor de la frente con la manga.

—Reparto —fue la lacónica respuesta.

—¡Oh, Dios! ¡Más cajas! Lo que me hacía falta —desalentada, Abby cruzó la habitación y abrió de golpe la puerta—. Trabajáis hasta muy tarde. ¿No podríais haber hecho la entrega mañana? Ni siquiera tengo sitio suficiente para guardar las cajas... Oh, Dios mío.

Pronunció las tres últimas palabras muy despacio y suavemente, al darse cuenta al fin de quién estaba ante su puerta.

—Hola, Abby. Cuánto tiempo.

Flynn Randolph entró en el apartamento antes de que a Abby se le ocurriera siquiera cerrar la puerta. Él le retiró la mano del pomo violentamente y esbozó una sonrisa que en otro tiempo a Abby le había parecido sardónica y atractiva, hasta que se había dado cuenta de que tras ella se escondía una amenaza que ni la razón ni el autodominio podían controlar.

—No grites, cariño. Estoy un poco enfadado. ¿Recuerdas mi mal genio? Solías quejarte mucho hacia el final —sus dedos se deslizaron alrededor del cuello de

Abby y lo apretaron lo justo para que ella recordara su último encuentro. Aquél en que él había perdido por completo los estribos y la había golpeado.

—¿Qué haces aquí, Flynn? —Abby procuró mantener la voz en calma mientras retrocedía, intentando desasirse. Mantener la calma era el único modo de manejar a Flynn.

—Pensé que era hora de que recordáramos los viejos tiempos, zorrita. Vamos, Abby. Tú no eres tonta. Sabes perfectamente qué hago aquí.

—Eres tú quien ha estado enviando esas fotografías, ¿verdad? —ella intentaba hablar despreocupadamente, como si estuvieran manteniendo una conversación sin importancia.

—Pues claro —él sonrió y en sus ojos oscuros apareció una extraña excitación—. Creías que podías esconderte con tu nuevo amiguito, ¿eh? Pero ahora no está. Lo he visto marcharse. Te ha traído a casa y te ha dejado tirada, ¿eh? Le habrá puesto enfermo descubrir lo que eres. Tienes suerte de que no te haya hecho lo que le hizo a su mujer. Me acordaba muy bien de ese asunto. Me acordé en cuanto descubrí con quién te habías ido a la garganta del río Columbia. Hurgué un poco en la biblioteca pública y encontré esos recortes. Apuesto a que te cagaste de miedo al descubrir que habías ido a refugiarte con un asesino.

—No es un asesino y volverá enseguida, Flynn.

—Estás mintiendo, zorra —la sonrisa malévola de Flynn se desvaneció—. Te ha dejado tirada. Llevo un par de días vigilando tu apartamento. Sabía que era solo cuestión de tiempo que te dejara. ¿Adónde vas a huir ahora?

Por lo visto, Flynn no sabía que se habían pasado por Seattle, pensó Abby. Ignoraba que su intento de extorsión había sido neutralizado.

—Tus amenazas no valen nada, Flynn. Mi prima lo sabe todo.

Él volvió a sonreír.

—Abby, Abby... ¿Por qué mientes? Lo último que tú querrías es que Cynthia se enterara de lo puta que eres. Los dos lo sabemos. Y por eso tú y yo vamos a hablar de un pequeño asunto.

Sus dedos acariciaron la nuca de Abby en una sutil amenaza mientras la llevaba hacia el sofá y la obligaba a sentarse junto a él. Abby no se atrevía a moverse por miedo a que se pusiera violento. Quizá, si mantenía la calma y lo entretenía hasta que volviera Torr, podría salir ilesa. Hacia el final de su relación, Flynn se había vuelto impredecible. Abby no tenía modo de saber si, en los dos años transcurridos, se habría vuelto aún más violento. No debería haber abierto la puerta. Torr iba a enfadarse, pensó con desaliento.

—No me has dicho qué quieres, Flynn —Abby permanecía sentada al borde del sofá, mirándolo con serenidad aparente.

—Desde luego, no eres tú lo que quiero, putita —replicó él con desdén—. No te cansas, ¿eh? Cómo me engañaste, siempre diciendo que no estabas preparada para comprometerte, negándote a acostarte conmigo mientras te ibas a la cama con cualquier cosa que llevara pantalones.

—Eso no es cierto, Flynn. Lo nuestro nunca fue serio.

—¡Estábamos prometidos! —gritó él.

—No, no lo estábamos y tú lo sabes. Nunca tuviste ningún derecho sobre mí, Flynn —Abby se dio cuenta al instante de su error.

Flynn no quería que lo contradijera. Sus ojos oscuros se endurecieron peligrosamente, y su cara se convirtió en una máscara de odio.

—¿Crees que no sé qué hacías mientras estábamos prometidos?, ¿crees que no sé que te veías con todos esos hombres a mis espaldas? ¡Eres una zorra! ¿Por qué no lo reconoces?

—¿Qué quieres de mí, Flynn? —repitió ella con firmeza.

Él la miró fijamente y luego pareció dominarse. Abby disimuló un escalofrío. Nunca había visto a Flynn en aquel estado. Parecía mucho más inestable que antes. Aquel hombre se había vuelto muy peligroso.

—Nada que te resulte difícil de entender —él se inclinó con inesperada rapidez y sus dedos se deslizaron hacia la garganta de Abby. Sus ojos oscuros ardían con un brillo extraño y amenazador—. Quiero las acciones, Abby. Las acciones que tienes en la empresa de tu prima. Verás, le he estado dando muchas vueltas y he dado con la venganza perfecta.

Gracias a ti voy a convertirme en un hombre muy rico, zorra.

—¿Tú eres quien ha estado intentando comprar las acciones de la familia? —preguntó ella, atónita—. Pero ¿cómo sabías que la compañía...? —se interrumpió, no quería revelar más.

—¿Que Tyson va a sacar las acciones a bolsa?, ¿que por fin ha conseguido sacar a flote la empresa y que, cuando las acciones salgan a la venta, anunciarán un importante avance en la programación de gráficos? Lo sé todo, Abby. Incluyendo cuánto poder conseguiré si me hago con tu bloque de acciones. Vas a vendérmelas. Por diez dólares —concluyó con satisfacción.

—¿Cómo... cómo sabías todo eso?

Hablar. Tenía que hacerle hablar. Torr había dicho que tardaría una hora, y ya habían pasado cuarenta minutos.

—Te he seguido la pista estos dos últimos años. ¿De verdad creías que iba a dejar que escurrieras el bulto, después de lo que me hiciste? Oh, no. Tenía que castigarte. Sabía lo de tus acciones desde el principio, ¿recuerdas? Solías reírte de que no valían nada. También me decías que el resto de tu familia también tenía acciones. Pero lo que no me dijiste es que eran muy pocas. Pronto me di cuenta de que era una pérdida de tiempo acudir por separado a cada miembro de tu familia dado que tú tenías la participación mayor. Tus acciones, unidas a las pocas que pudiera comprarles a todos esos encantadores tíos y tías, sobrinos y sobrinas, me proporcionarían un puesto en la junta directiva y mucho poder.

—¿Y si no te las vendo? —preguntó ella cautelosamente.

—Entonces tendré que asegurarme de que tu prima Cynthia se entere de que eres una zorra hipócrita. Le contaré que sedujiste a su marido. Ya has visto las fotos que hice cuando estuvisteis en la costa el invierno pasado. ¿Cómo crees que se sentirá cuando las vea? No —sacudió la cabeza con energía—. Tú no permitirás que eso ocurra. Eres demasiado blanda, tratándose de Cynthia. Dura como el pedernal cuando se trata de obtener lo que quieres de un hombre, pero muy tierna con tu primita. Te conozco, querida Abby. Te conozco muy bien.

Ella intentó volver desesperadamente a su pregunta anterior.

—Está bien, Flynn, reconozco que me conoces muy bien. Pero ¿cómo te enteraste de la situación financiera de la compañía? ¿Cómo sabías que iba a salir a bolsa?

—Soy un hombre de negocios, ¿recuerdas? —contestó él—. Tengo un informador en la empresa de tu prima. Desde hace casi un año. He permanecido oculto, observando cómo Tyson sacaba la compañía a flote. Es bueno, eso lo reconozco. No me opongo a que siga siendo el presidente, pero tendrá que hacer las cosas a mi modo. Ese programa nuevo será un bombazo. Las acciones valdrán una fortuna. Cuando todo esto acabe, seré un hombre muy rico. Y tú podrías haber sido mi esposa.

–Tú no me querías, Flynn. Lo sabes. Querías poseerme por alguna razón que nunca llegué a entender, pero no me querías.

–Claro que no te quería –gruñó él–. ¿Cómo iba a querer a una mentirosa como tú? Pero te deseaba –continuó con aspereza–. Me embaucaste para que te deseara. Jugaste conmigo y luego, cuando te cansaste, te largaste sin mirar atrás. Te lanzaste en brazos de todos esos hombres. Pero el juego te va a costar muy caro. Vas a ver cómo me siento en la junta directiva de Tyson y tomo decisiones que afectan a tu querida prima y a su marido y a toda la familia. Eso te va a reconcomer por dentro, ¿eh? Saber que fuiste tú quien me dio el control.

–Flynn, créeme, yo nunca intenté jugar contigo. Sólo salimos un par de semanas. No hubo ningún compromiso y nunca te hice creer que estaba enamorada de ti.

–¡Me mentiste! Jugaste deliberadamente conmigo. Pero me las vas a pagar, Abby –siseó–. ¿Sabes cómo?

–¡Basta, Flynn!

–No, Abby, no, déjame explicarte cómo vas a resarcirme por tus infidelidades. Te vas a convertir en mi amante.

Ella lo miró, aturdida.

–¡Tu amante!

–Exacto –asintió él, satisfecho–. Vas a ser mía en cuerpo y alma. Y te vas a portar bien porque, si no lo haces, utilizaré mi puesto en la junta directiva para arruinar a tu querida prima y a toda tu familia.

Abby dejó escapar un suspiro trémulo.

—Necesitas ayuda, Flynn. Ayuda profesional. Estás dejando que el rencor que sientes hacia mí te empuje a hacer algo terrible. No puedes rebajarte al chantaje. Tarde o temprano...

—Deja de decirme lo que puedo o no puedo hacer. Ahora soy yo quien manda, Abby. Soy yo quien da órdenes —extendió el brazo rápidamente y la obligó a levantarse. Ella sintió sus dedos rozándole el brazo a través de la camisa, y, a pesar de sus esfuerzos por conservar la calma, comprendió que el miedo empezaba a apoderarse de ella.

—Flynn, por favor, escúchame —intentó decir con voz firme y clara—. No voy a venderte las acciones. Ni por diez dólares ni por diez mil.

—Claro que vas a vendérmelas —él la zarandeó, mirándola con ojos fríos e inhumanos—. Harías cualquier cosa para proteger a tu primita.

—Puede que sí —reconoció ella—, pero en este caso no será necesario. Ella lo sabe todo. Es más, sabe que entre Ward y yo no pasó nada.

Había vuelto a cometer un error al decirle aquello. Una furia cegadora brilló en los ojos de Flynn Randolph, cuyas manos se clavaron más profundamente en el brazo de Abby.

—¡Estás mintiendo!

—No, es cierto. Ella lo sabe todo.

—Entonces sabrá que te acostaste con su marido.

—No, no me acosté con él.

—¡Lo sé todo, zorra! Llevo seis meses vigilándote. Sé que te encontraste con Tyson en la costa. Sé que pasaste la noche con él. No intentes convencerme de lo contrario. No pienso creer ninguna de tus mentiras.

—¿Me estabas siguiendo? —preguntó ella, horrorizada.

—Hace seis meses, cuando supe que la empresa de Tyson iba a salir adelante y que había una fortuna de por medio, se me ocurrió cómo podía vengarme de ti por lo que me hiciste. ¿Creías que iba a perdonarte y a olvidar que te largaste del trabajo y desapareciste? ¿Eso creías? —la zarandeó, con más violencia esa vez.

—Eres un hombre atractivo y rico —dijo Abby, intentando razonar—. Seguramente puedes conseguir a la mujer que quieras...

—Excepto a ti, ¿no? ¿Quién demonios te crees que eres para rechazarme? Yo te deseaba, Abby. Hace dos años, me habría casado contigo. Esta vez tendrás que aceptar mis términos y serás dulce y obediente y te esforzarás por hacerme feliz. Porque, si no, le haré la vida imposible a tu prima.

—Has perdido el juicio, Flynn.

—Eso es lo que dijeron en el trabajo —dijo él inesperadamente—. Dijeron que me estaba volviendo irracional, que mis decisiones eran arbitrarias. Pero les daré una lección a todos. Voy a tenerlo todo, una fortuna y una mujer que se creía demasiado para mí. Y voy a empezar a reclamar lo que es mío ahora mismo.

—¡Flynn, no!

Él atajó su grito de temor con la palma de la mano, abofeteándola salvajemente mientras la empujaba sobre el sofá. Abby sintió pánico al notar que empezaba a tirarle de la ropa. Un tirón desgarró su camisa, dejando al descubierto el sujetador.

—¡Yo te enseñaré lo que eres, puta!

Flynn había perdido el control. Abby lo notaba en sus ojos.

La palma sudorosa de Flynn le impedía gritar. Abby intentó desasirse en silencio. Sintió la mano de él sobre su cuerpo y su miedo se mezcló con una rabia que hasta entonces no había conocido. No soportaba que Flynn la tocara y, en algún confín de su psique, de pronto se dio cuenta de por qué nunca había sentido deseos de acostarse con él. Siempre había sabido instintivamente que no le convenía. Su encanto superficial, tan atrayente en otro tiempo, se había hecho añicos, y el hombre violento e irracional que se ocultaba debajo había salido a la superficie.

La lucha era feroz, a pesar del silencio. Abby oía jadear a Flynn mientras éste intentaba sujetarla contra el sofá. Su mano caliente le estrujaba los pechos, mientras intentaba quitarle el sujetador.

—No te resistas, putita. Vives para esto. Yo te enseñaré lo que es bueno. Te haré suplicar. Y, cuando me canse de tus súplicas, te lo haré hasta que grites piedad.

Abby le dio un empujón y le clavó las uñas en la cara y el cuello mientras intentaba apartarlo a patadas. Él, sin embargo, parecía ajeno al dolor, y Abby comprendió que no tenía ni una sola posibilidad de vencerlo. A pesar de todo, siguió debatiéndose salvajemente, y casi logró tirarse del sofá.

Había perdido toda noción del tiempo, ignoraba cuándo volvería Torr. ¿Cuánto tiempo podría resistir? Flynn era mucho más fuerte que ella, y su violencia era tan irracional que Abby sabía que no tenía ninguna posibilidad de escapar.

Su mano tanteó enloquecidamente la superficie de cristal de la mesa de centro. Flynn se estaba bajando la cremallera de los tejanos, y ella se retorcía, desesperada. Sus dedos palparon de nuevo el cristal de la mesa, pero esa vez encontraron un objeto. El cuenco de jade que contenía el elegante centro de flores de Torr. El cuenco le pareció frío y duro, y de pronto Abby comprendió que tenía un arma en sus manos.

Vio por el rabillo del ojo el fulgor de las flores mientras asía el cuenco y lo levantaba violentamente, describiendo un breve arco. El cuenco se quebró contra un lado de la cabeza de Randolph con espantosa violencia. El agua y las flores cayeron sobre ambos. La impresión del agua fría le cortó a Abby el aliento al tiempo que un grito primitivo y áspero sonaba desde la puerta.

Abby apenas tuvo tiempo de darse cuenta de que no era Flynn quien había proferido aquel violento grito. De pronto, se encontró libre del peso opresivo del cuerpo de Flynn, que se había desplomado sobre ella.

—¡Torr!

Él ni siquiera la miró. Le quitó de encima al hombre inconsciente y lo arrojó al suelo. Abby notó cómo se abultaban sus hombros bajo la camisa blanca que llevaba. Con los pies separados, las manos cerradas en tensos puños, Torr se quedó de pie, mirando a Flynn fijamente. Abby se agarró la camisa, intentando cubrirse con ella, y procuró recobrar el aliento. Las flores yacían dispersas sobre la alfombra. Una de ellas asomaba, aplastada, bajo el tacón de Torr.

—Oh, Dios mío, Torr —Abby se dio cuenta de que estaba temblando, tiritando como si tuviera fiebre—. Oh, Torr.

Él se giró, aparentemente satisfecho de que el hombre tirado en el suelo no se moviera. Sus ojos color ámbar la miraron con la misma furia con que habían mirado a Flynn. Pero, pese a que era consciente de su ira, Abby sabía que no debía temer a Torr. Era dueño de sí mismo. Una inteligencia racional, aunque colérica, gobernaba sus acciones, y ella distinguía la diferencia entre aquellos dos hombres tan claramente como distinguía la noche del día.

—¿Cómo entró? —preguntó Torr con voz tensa y dura.

—Yo... —Abby se humedeció los labios y lo intentó

de nuevo—. Pensé que era un mensajero. Creía que me traía otro cargamento de vitaminas —su voz sonaba dolorosamente débil hasta para sus propios oídos.

Se produjo un silencio sepulcral mientras Torr intentaba asimilar aquella vaga excusa.

—¿Estás bien?

Abby asintió en silencio, sorprendida porque no fuera a sermonearla por haber abierto la puerta.

—Entonces llama a la policía.

—Sí, Torr.

Ella estaba marcando el teléfono cuando Flynn, aún tirado en el suelo, gimió y abrió los ojos. Torr se inclinó sobre él.

—Si te mueves, te rompo el cuello —sus palabras fueron pronunciadas con una calma tan feroz que traspasaron el aturdimiento de Flynn. Éste alzó los ojos hacia Torr y luego su mirada furiosa e impotente buscó a Abby.

—Debía haber sido mía. Debí hacerla mía cuando tuve la oportunidad —masculló Flynn, llevándose la mano a la cabeza ensangrentada.

—No le hagas caso, Torr. Está enfermo —dijo Abby con voz débil, mientras aguardaba respuesta al otro lado de la línea.

Torr apartó la mirada del hombre que tenía a sus pies y la posó en su rostro ansioso.

—Lo sé. Pero, enfermo o no, si vuelve a intentar acercarse a ti, lo mataré —se agachó junto al hombre caído y lo miró fijamente a los ojos—. ¿Lo has entendido, Randolph?

—Es mía —siseó Flynn.

—No —dijo Torr con firmeza—. Me pertenece a mí porque se ha entregado a mí. Escúchame, Randolph, defenderé lo que es mío. Si vuelves a acercarte a ella, te mataré. Matarte me sería muy fácil. Ya he matado antes, ¿recuerdas?

Los ojos de Flynn se agrandaron.

—Tu mujer. Mataste a tu mujer. Lo leí en los periódicos. Nunca olvidé esa historia. Nunca la olvidé. No se puede confiar en las mujeres —parecía desorientado, sus palabras eran vagas y atropelladas, como si no lograra aclarar sus pensamientos—. No se puede uno fiar de ellas.

Torr extendió los brazos y puso los dedos con mucho cuidado alrededor de la garganta de Flynn.

—Yo confío en Abby. Siempre confiaré en ella. Nada puede destruir esa confianza. Así que, si vuelvo a encontrarte a su lado, sabré que no es por culpa suya. Te culparé a ti. Recuérdalo, Randolph. Te culparé a ti. Y te mataré.

Abby permanecía paralizada junto al teléfono, espantada por la serena violencia de las palabras de Torr. Sentía su ira como una fuerza tangible, y le parecía cada vez más claro por la expresión hipnotizada de los ojos de Flynn que él también sentía el peligro.

—Me matarás —repitió Flynn, aturdido.

—Sí.

Flynn sacudió la cabeza como si intentara disipar su aturdimiento.

—No volveré a acercarme a ella. Ahora es tuya.

—Para siempre —dijo Torr con firmeza.

—No me acercaré a ella —prometió Flynn como si fuera un niño—. Es tuya.

—¡Torr!

Torr ignoró el grito de Abby y siguió mirando a Randolph, que un instante después se desmayó de nuevo. Sólo cuando se hizo evidente que Flynn no podía oírlo, Torr miró a Abby.

—Acaba de hacer esa llamada, Abby.

Ella hizo obedientemente lo que le decía, sin apartar los ojos del rostro enfurecido de Torr. Cuando finalmente colgó el teléfono, seguía luchando por encontrar las palabras adecuadas. La violencia que brillaba en los ojos de Torr empezaba a desvanecerse, y ella respiró hondo.

—¿A qué venía esa escenita? —musitó ella.

—Un poco de psicología básica —suspiró Torr, poniéndose en pie—. Quiero que me tenga miedo. Por si acaso el sistema penitenciario de este país no funciona adecuadamente. Quiero que se le quede grabado que, si vuelve a acercarse a ti, habrá firmado su sentencia de muerte.

—¿Tu psicología criminal otra vez? —preguntó ella, mirándolo mientras él se inclinaba para recoger las flores dispersas sobre la alfombra, manipulando cada una con extrema delicadeza.

—Supongo que sí —se incorporó y se volvió hacia ella con un puñado de flores en la mano—. ¿Abby?

Ella advirtió su incertidumbre y, cruzando la habitación, se lanzó en sus brazos.

—Claro que no he cambiado de idea —escondió la cara contra su camisa y lo abrazó con fuerza—. Sé perfectamente que no mataste a tu mujer.

—Abby, yo podría matar a Randolph si tuviera que hacerlo —dijo Torr cautelosamente.

—Lo sé.

—¿Eso te asusta?

—No —dijo ella con sencillez—. Harás lo que sea necesario para defenderme.

—Parece que lo has entendido.

—Sí —ella alzó la cara; sus ojos brillaban, llenos de lágrimas de amor y alegría—. A fin de cuentas, yo haría cualquier cosa por protegerte a ti.

Torr la abrazó con fuerza y Abby notó que se relajaba. Cualquier hombre podía ponerse violento en determinadas circunstancias, y también cualquier mujer. Abby lo comprendía ahora, pero nunca le tendría miedo a Torr. Él la protegería, pero nunca le haría ningún daño. Quizá lo había sabido desde la primera vez que lo vio crear sus obras de arte florales, serenas y contenidas.

Siguieron abrazados el uno al otro en silencio hasta que llegó la policía.

Largo rato después, tras hablar con la policía, ducharse y tomar una copa de vino, Abby permanecía sentada en albornoz, con los pies recogidos bajo ella, preparada para escuchar el sermón de Torr. Ahora que el desastre había pasado, podía permitirle que se desfogara un poco. Y sabía que, a medida que la situación volvía a la normalidad, Torr también se había ido calmando.

Desde el otro lado de la habitación, él la miró alzando una ceja.

—Tengo razones para estar un poco enfadado, ¿sabes?

—Sí, Torr.

—Te dije que no le abrieras la puerta a nadie, ¿no?

—Sí, Torr.

—¿Vas a quedarte ahí sentada, diciendo «sí, Torr»?

—Sí, Torr.

—Debería darte unos azotes —gruñó él. Después de aquel comentario, se produjo un tenso silencio—. ¿No vas a decir «sí, Torr»? —preguntó él suavemente.

—Creo que no. A ese comentario, no.

—Abby, ¿no podías cumplir una orden tan sencilla? —replicó él con aspereza—. Las instrucciones eran muy simples. Pero tú no podías hacerlo, ¿verdad? Oh, no. Tú tenías que abrirle la puerta al primer tipo que llamara. Si hubieras hecho lo que te dije, nada de esto habría pasado.

—Soy consciente de ello, Torr.

—¡No me vengas con ésas! —exclamó él ásperamente, y empezó a andar arriba y abajo delante de ella, como una pantera enfurecida.

—Sí, Torr.

—Esto no es una broma —él se dio la vuelta y la miró con enojo.

—Lo sé. Lo siento, no sé qué decir. No lo pensé. Dijo que era un mensajero, y recibo tantos pedidos que no me paré a pensarlo —Abby se lamió el labio inferior y miró a Torr. Saber que no debía temerle físicamente no la tranquilizaba en esos momentos. Torr Latimer tenía muy mal genio, aunque supiera domeñarlo.

—Ése es tu problema, Abby Lyndon. No piensas las cosas, te limitas a actuar. Eres demasiado impulsiva. Dejas que tu falta de disciplina te meta en toda clase de situaciones peligrosas.

—No hace falta que me grites como si fuera una niña estúpida —se sintió obligada a defenderse Abby.

—Sé perfectamente que no eres una niña —contestó él—. Ése es el problema. Eres una mujer y necesitas un hombre para no hacer travesuras. Es evidente que tu falta de previsión acabará metiéndote en un lío cualquier día.

—Eso no es justo, Torr —protestó ella, indignada—. Me las he arreglado muy bien yo sola hasta ahora.

—Sí, ya.

—Estás exagerando —replicó ella fríamente.

—Es imposible exagerar. Supe desde el primer momento que te vi en clase que tenías una desagradable tendencia a seguir tus impulsos.

—Antes pensabas que era un rasgo atractivo de mi carácter —le recordó ella—. Creo que dijiste que era aventurera.

—No creas que vas a distraerme.

—A ti nadie puede distraerte, Torr —masculló ella—. Puede que yo sea indisciplinada, impulsiva y temeraria, pero tú eres exactamente lo contrario, ¿no? Me asombra que puedas soportarme siquiera. Me gustaría verte hacer algo impulsivo alguna vez.

Torr bajó las pestañas, entornando amenazadoramente los ojos de color ámbar.

—Abby, te estás deslizando sobre un hielo muy fino.

Ella bebió un sorbo de vino mientras Torr la miraba fijamente. Luego sonrió con suavidad.

—No te preocupes. Nunca confundiría tu mal genio con la agresividad enfermiza de Flynn.

Torr respiró hondo, con los brazos en jarras.

—¿Por qué será —preguntó— que siempre sabes cómo desarmarme?

—¿Te he desarmado, Torr? —musitó ella con los ojos brillantes de emoción. Amaba a aquel hombre, a pesar de su mal genio. Siempre lo amaría.

—Eres una mujer peligrosa, Abby Lyndon. Tengo que descubrir algún modo de llevar las riendas de esta relación, o acabará escapándoseme de las manos —gruñó mientras sonaba el teléfono. Como si agradeciera la interrupción, Torr levantó el aparato—. ¿Diga? Ah, eres tú, Tyson. Abby y yo íbamos a llamarte dentro de un rato. Sí, cuando acabara de echarle la bronca. ¿Enfadado? Tienes razón, estoy enfadado. Aunque no sirve de mucho. Esta mujer es un peligro. ¿Qué? Sí, suponía que llamabas por algún motivo –Abby dio un sorbo de vino y fingió no reparar en la mirada de enojo de Torr, que escuchaba con atención a Ward–. ¿Cuándo lo has sabido? Íbamos a llamarte para decírtelo. Randolph apareció sobre las seis. Yo no estaba en el apartamento en ese momento, y Abby tenía instrucciones precisas de no abrir la puerta.

Hubo una pausa y luego Torr continuó de mala gana.

–¿Cómo lo has adivinado? Sí, abrió y se encontró con Randolph. Ese tipo está chiflado, Tyson. Está como una cabra, sólo que es mucho más peligroso. Creo que, al volver a ver a Abby cara a cara y descubrir que no iba a permitir que se saliera con la suya, acabó de perder el juicio. Ahora está bajo custodia en la unidad de psiquiatría del hospital. La policía se lo llevó hace un par de horas y lo denunció por asalto, entre otras cosas. ¿Abby? Está bien. Por los pelos. Cuando entré, acababa de romperle a Randolph un florero en la cabeza. Pero eso es típico de Abby. Nunca puede resistir la tentación de estropear un centro de flores perfecto.

Abby resopló desdeñosamente durante una nueva pausa de Torr. Éste le lanzó una mirada que la hizo callar.

–Exacto –prosiguió él un momento después–. El chantajista era él. Y también el que estaba intentando comprar esas acciones, por eso pretendía chantajear a Abby. Ah, comprendo –Torr asintió con la cabeza, frunciendo el ceño, pensativo–. De acuerdo. Entonces nada más. ¿Qué? Claro que voy a casarme con ella. ¿Qué otra cosa puedo hacer? He intentado darle tiempo, respetar sus delicados sentimientos femeninos y no meterle prisa, pero ahora entiendo que eso sólo puede llevar al desastre. Abby necesita un marido, y no quiero que le den el puesto a otro, así que sus delicados sentimientos femeninos tendrán que acostumbrarse a la situación un poco antes de lo previsto, nada más. Además, está claro que cualquier mujer capaz de romperle un florero a un hombre en la cabeza puede hacerse cargo de sus delicados sentimientos. Ya hablaremos. Buenas noches, Tyson.

Torr colgó el teléfono y miró enojado a Abby, que lo estaba mirando fijamente, con la esperanza y el asombro reflejados en sus ojos azules.

—Ward acaba de enterarse por el investigador de que era Randolph quien se había puesto en contacto con tus familiares para comprarles las acciones. El detective le sugirió un vínculo entre ese hecho y las amenazas que habías recibido cuando descubrió que gran parte de las acciones eran tuyas. Lástima que ese detective tan caro no llegara a esa conclusión esta mañana. Podría habernos ahorrado muchos problemas.

—Torr, ¿lo dices en serio? —preguntó ella.

—Claro que sí. ¿Crees que es agradable entrar y encontrar a tu mujer asaltada por un hombre? ¿Crees que quiero tomarlo por costumbre? Abby, si vuelves a hacerme una cosa así, te encerraré y tiraré la llave. ¿Por dónde iba? Ah, sí. Ward también me ha dicho que el detective llegó a la conclusión de que Randolph está loco. Un poco tarde, en mi opinión. Por lo visto, hace unos seis meses, Randolph perdió su puesto de vicepresidente en la inmobiliaria en la que trabajaba. Se ganó fama de irresponsable y arbitrario en el trabajo. El trauma de que le despidieran fue probablemente lo que lo impulsó a pensar en la venganza. Mañana llamaré a Tyson para ver si tiene alguna sospecha sobre quién podría estar pasándole información a Randolph. Debía de estar sobornando a alguien para que lo mantuviera informado sobre la situación de la compañía.

–Sí. Me dijo que tenía un informador en la empresa de Ward –Abby apartó aquel problema a un lado en sus prisas por llegar al tema que le preocupaba–. ¿Decías en serio lo de casarte conmigo? –se levantó, agarrando los extremos del cinturón del albornoz y miró a Torr con ansiedad. Llevaba el pelo castaño recogido en lo alto de la cabeza, y la bata era más bien vieja. Ciertamente, no tenía el aspecto de una mujer a la que estaban a punto de pedir en matrimonio, pero aquélla era una proposición más bien atípica.

Torr la miró entornando los ojos.

–Yo nunca digo nada que no sienta. Sí, voy a casarme contigo. Iba a darte tiempo para que te hicieras a la idea de vivir conmigo, pero he decidido que es preciso dar pasos más expeditivos. Voy a atarte a mí tan fuerte que no podrás escaparte. Me doy cuenta de que posiblemente esa clase de instinto de posesión ofende tu refinada sensibilidad —bromeó él ásperamente—, pero, por lo que a mí concierne, ya has tenido ocasión de tomarte las cosas con calma y la has desperdiciado. Si no puede confiarse en que le hagas caso a un amante, veremos si puedes aprender a hacerle caso a un marido. Y te lo advierto, Abby, con un marido no se juega. Los maridos no son como los amantes, que tienen que ser galantes y caballerosos todo el tiempo. Los maridos tienen un montón de derechos que los amantes no pueden reclamar.

—Pareces saber mucho del tema.

Torr se acercó a ella y clavó los dedos en sus hombros. La intensidad de sus palabras hacía casi dorados sus ojos ambarinos.

—Sé exactamente qué clase de marido voy a ser, Abby. Voy a ser exigente, posesivo y mandón, y seguramente también dominante a veces. Pero te querré mientras viva y eso, mi desconfiada futura mujercita, lo cambia todo.

Ella sonrió, temblorosa, sabiendo que tenía razón.

—Sí, contigo lo cambia todo.

La expresión decidida de Torr se suavizó.

—Abby...

—Te quiero, Torr. Ya lo sabes.

A él pareció costarle reunir las palabras.

—No, no lo sabía. No estaba seguro. ¿Cómo iba a saberlo?

—La segunda vez que hicimos el amor, me dijiste que pensabas que sólo con amor se me podía controlar.

—Me refería a mi amor por ti —gruñó él—. Y en aquel momento no sabía que me querías.

Abby alzó el brazo para tocarle la mejilla.

—Y yo que pensaba que me entendías muy bien porque te fue muy fácil seducirme... Suponía que sabías lo enamorada que estaba.

Él sacudió la cabeza.

—Cuando te pedí que vivieras conmigo, estuviste a punto de negarte —le recordó él.

—Sólo porque no estaba segura de tus sentimientos. Quería un compromiso, y me costó algún tiempo darme cuenta de que ya te habías comprometido. Oh, Torr, ¿de veras me quieres?

—Creo que me enamoré de ti la primera noche de clase —murmuró él, abrazándola—. Todo lo que hacías me cautivaba. Podría haberme pasado la clase entera observándote hacer esos alocados arreglos florales. Los míos siempre parecían tan austeros y sosos comparados con los tuyos...

Abby se rió suavemente.

—Los tuyos siempre parecían elegantes y vigorosos, y tú lo sabes. Sigo pensando que deberías presentarte a ese concurso del que te habló la señora Yamamoto.

—Hablaremos de eso más tarde. Ahora sólo quiero hablar de ti y de mí. Abby, cariño, sácame de dudas y dime desde cuándo sabes que me quieres —la apretó suavemente contra su pecho, apoyando la mejilla sobre su pelo.

—Hace varios días que lo sé. Me enamoré de ti en algún momento durante los días que pasamos en la cabaña. Seguramente antes. Pero esa semana lo supe con certeza.

—¿Por qué no me lo dijiste? —gruñó él, entre aliviado y molesto—. Si supieras por lo que he pasado intentando no asustarte...

—No sabía qué sentías por mí —admitió ella—. Cuando me pediste que viviera contigo en lugar de casarnos, pensé que no estabas seguro de tus sentimientos. Quería darte tiempo. Todo el tiempo que hiciera falta para que te enamoraras de mí.

—Menos mal que todo se ha resuelto enseguida, teniendo en cuenta que los dos queríamos darnos tiempo. Pero te advierto que será mejor que no tomes por costumbre montar un lío cada vez que quieres resolver algo.

—Sí, Torr.

Él sonrió con repentina picardía.

—Ya vas aprendiendo. Sigue diciendo «sí, Torr» y el nuestro será un matrimonio largo y plácido.

—¿Plácido?

—Mmm. Ya me conoces. Reservado, tranquilo, plácido —hizo girarse a Abby y empezó a desatarle el cinturón de la bata.

—Reservado, tranquilo y plácido —repitió ella, pensativa, inclinándose contra él—. Suena de maravilla.

—En realidad, conociéndote, parece imposible. Tengo la impresión de que mi vida va a cambiar —le quitó la bata de los hombros, dejando que cayera al suelo, a sus pies. Sus dedos empezaron a juguetear con los corchetes del cuello del recatado camisón de Abby.

—¿Y te preocupa? —preguntó ella, girándose para mirarlo.

—Lo único que me preocupa es perderte. Abby, cariño, eres lo más importante de mi vida. En realidad, ni siquiera sabía si algo me importaba hasta que apareciste tú.

Ella alzó la mirada hacia él mientras se desabrochaba metódicamente el camisón.

—¿Vas a hacerme el amor o prefieres acabar el sermón?

—¿Serviría de algo que lo acabara?

—No tanto como hacerme el amor —le aseguró ella cálidamente, y sus dedos rodearon el cuello de Torr.

—Eso me parecía —él la tomó en sus brazos mientras el camisón caía al suelo—. Cariño, voy a llevarte a la cama y a hacerte el amor toda la noche. Te deseo tanto...

—Creo que al final vas a resultar mucho más manejable de lo que crees —bromeó ella con voz densa, notando el roce de su pecho contra los senos desnudos.

Él avanzó por el pasillo con Abby en brazos. Sus ojos ambarinos la miraban fijamente.

—Si ésta es tu táctica para manejarme, puedes emplearla siempre que quieras.

—El único problema es que no estoy segura de cuál de los dos maneja al otro —suspiró ella.

Torr se detuvo junto a la encimera de la cocina, sujetándola en equilibrio un momento mientras extendía el brazo hacia el jarrón con las flores que Abby había colocado al azar. Eligió cuidadosamente una orquídea y la dejó caer sobre la tripa desnuda de Abby.

Sin decir palabra, siguió por el pasillo, entró en el dormitorio y la depositó en el centro de la cama. Ella lo miró desvestirse, transida de amor. La contemplación de su cuerpo fuerte y sólido le producía una excitación avasalladora.

—Eres igual que tus arreglos florales —jadeó cuando él se tumbó a su lado—. Fuerte, seguro de ti mismo e increíblemente masculino.

Él se echó a reír y, extendiendo la mano, recolocó la orquídea entre los pechos de Abby.

—Me pregunto cuántas mujeres compararán a un hombre con flores —bajó la cabeza morena y besó la punta de uno de sus pechos.

—Para que lo sepas, Torr Latimer, no quiero que ninguna mujer te vea como te veo yo —declaró Abby con sorprendente vehemencia, mientras deslizaba la mano sobre su recio muslo.

—Eso me parece muy posesivo.

—Sí, ¿verdad? —Abby no parecía especialmente preocupada por ello y se le notaba. Deslizó los dedos lentamente por la parte interna de la pierna de Torr, y éste dejó escapar un profundo gruñido.

—¿Significa eso que no tendré que andarme con pies de plomo contigo de aquí en adelante? ¿No tendré que ser cauto por si te ofendo o te asusto? —él se movió un poco, insertando agresivamente una pierna entre las de ella.

—¿Desde cuándo te andas con pies de plomo conmigo? —Abby apoyó la cabeza sobre su brazo y lo miró, divertida.

—Has de saber que he sido extremadamente cuidadoso desde el principio. Y no sabes lo que me ha costado —dijo él con aspereza.

—Y pensar que no me he dado cuenta... —murmuró ella, asombrada.

—Hay muchas cosas de las que no te das cuenta. Pero pienso hacerte reparar en todas y cada una de ellas durante los siguiente sesenta o setenta años.

—¿Vas a enseñarme a ordenar mi vida impulsiva y caótica?

—No. Me temo que eso es una tarea imposible. Tendré que contentarme con enseñarte el infinito número de formas que hay de arreglar las flores.

Abby atrajo la cabeza de Torr hacia sí, y la orquídea fragante que yacía entre sus pechos quedó aplastada cuando él tomó posesión de su mujer amorosamente.

LA NOVIA

JAYNE ANN KRENTZ

I

Tenía que existir alguna manera aceptable de contratar a un soldado de fortuna profesional, pero Angie Morgan no sabía cuál era. Los años que había pasado trabajando en recursos humanos después de licenciarse en la universidad no le habían proporcionado ninguna experiencia válida para aquel caso. Se las habría arreglado con aplomo ante el candidato al puesto si lo que necesitara fuera un ingeniero, una secretaria o un nuevo jefe de departamento, pero aquél era un asunto muy distinto.

Al menos, no tenía que empezar de cero, pensó mientras veía acercarse a Flynn Sangrey por el salón al aire libre del hotel. Sabía algunas cosas de aquel hombre... Lo suficiente, por ejemplo, como para darse cuenta de que prefería el término «soldado de fortuna» a la etiqueta, mucho más realista, de «mercenario».

Eso no quería decir que lo conociera bien. Compartir dos noches en el bar de un hotel de México, tomando margaritas y escuchando la orquesta, no podía considerarse una relación de amistad ni, mucho menos, una entrevista de trabajo. Por otra parte, ¿hasta qué punto quería conocer al hombre al que iba a pagar a cambio de que la protegiera? Con toda seguridad, era mucho mejor mantener aquel trato en los límites de lo laboral. Cuando el asunto que había ido a resolver a México terminara, era muy probable que no volviera a ver a Sangrey. Todos los indicios apuntaban a que él vivía en un mundo muy diferente al suyo.

No estaba completamente segura de que se ganara la vida como mercenario, cabía la posibilidad de que aquella conclusión hubiera sido fruto de su imaginación. Después de todo, tenía muy pocas pruebas. El único fundamento para su hipótesis era el hecho de que él no hubiera refutado las afirmaciones que ella había hecho sobre el asunto, aunque le había dado oportunidades de sobra para hacerlo. De hecho, Sangrey no había dicho casi nada sobre sí mismo y había dejado que ella sacara sus propias conclusiones.

No era fácil hacerle preguntas personales. Se conocían desde hacía tan sólo dos días. Él había sido muy amable desde que se había presentado, pero sutilmente le había dejado claro que no haría concesiones a la curiosidad.

Sangrey recorrió el camino hacia ella entre las mesas del restaurante con una gracia masculina hecha de fuerza y coordinación. Angie pensó en aquel momento que la vida de un mercenario debía de ser dura, lo bastante como para que un hombre de más de treinta y cinco años estuviera completamente en forma.

Iba vestido con ropa informal, como los dos días anteriores. Se había puesto una camisa de color caqui y unos pantalones de algodón oscuros. Llevaba un cinturón de cuero bastante gastado y unos mocasines que parecían también muy usados.

Angie tuvo la impresión, al observar de nuevo los ojos oscuros de Sangrey, de que aquel hombre había visto facetas de la vida que la mayoría de la gente preferiría olvidar. Lógico, con la existencia que llevaba. Julián lo encontraría fascinante, estaba segura.

El resto de Sangrey casaba con la imagen creada por el práctico cinturón de cuero gastado y su atuendo austero. Probablemente, nunca había sido muy guapo, ni siquiera antes de que la vida marcara aún más sus rasgos afilados. Esa noche, la luz vacilante de las velas y el pálido brillo de las estrellas intensificaba la dureza de su nariz y su mandíbula. Había una faceta agresiva y depredadora en Flynn Sangrey, pero Angie tenía la sensación de que estaba bien controlada. En realidad, todas las facetas de aquel hombre parecían muy bien controladas.

Quizá, incluso demasiado.

Durante esos días, no le había hecho ni la más mínima insinuación.

No es que ella lo deseara, se dijo al instante. Después de todo, había ido al Caribe mexicano por una cuestión de negocios. No tenía interés en coquetear con un desconocido alto y moreno. Y, mucho menos, en una aventura breve y apasionada. Desde el momento en el que él se había presentado, dos noches atrás, Angie había tenido la impresión de que Flynn Sangrey sólo estaba buscando compañía.

Quizá tampoco estuviera interesado en hacer un trabajito, pensó Angie con cierta preocupación. Aquel hombre estaba de vacaciones, de eso no había duda.

—Buenas noches.

Sangrey tenía una voz grave que a Angie había llegado a gustarle. Ella sonrió cuando él tomó una silla y la acercó a su lado.

—¿Qué tal el submarinismo? —preguntó Angie.

—Increíble. Las aguas de esta zona son cristalinas, y los peces nadan a tu lado como si fueras uno de ellos. Es otro mundo —respondió Flynn. Hizo una pausa para avisar al camarero con un gesto y, después, se volvió de nuevo hacia Angie y fijó en ella una mirada de amable interés—. ¿Y tú? ¿Has terminado ese libro?

Angie sacudió la cabeza mientras pensaba, con cierta melancolía, que la mesura de Sangrey se debía probablemente al hecho de que ella no era tampoco la idea que él tendría de una aventura de vacaciones. Quizá tuviera en mente a una rubia despampanante con tendencia a quitarse el biquini.

Angie sabía que era razonablemente atractiva, pero no despampanante. Tenía el pelo castaño oscuro y, como de costumbre, se lo había recogido en la nuca. Era un peinado un poco pasado de moda, que intensificaba el raro verde azulado de sus ojos.

Sabía que la gente la consideraba inteligente, trabajadora y fiable. Cuando había trabajado en el área de personal, había tenido acceso a los formularios de evaluación de todo el mundo, incluidos los suyos. Y desde que había empezado a trabajar para su tío, las cosas no habían cambiado: Julián estaba satisfecho con su trabajo. Angie se preguntó, con sentido del humor, si aquellas referencias impresionarían a Sangrey.

Solía comprarse ropa de buena calidad, aunque no necesariamente a la última moda. Prefería dar una imagen desenfadada, con prendas de color rojo, negro y blanco. Aquella noche llevaba un sencillo vestido de algodón blanco, muy apropiado para México. El cinturón era lo único atrevido de su atuendo. Era ancho y marcaba claramente su cintura esbelta. Estaba adornado con granates auténticos y una filigrana de oro.

El cinturón era una pista de la corriente apasionada que surcaba su personalidad, como una veta de oro en el mármol. En la superficie era fría y reservada, y prefería que la gente la viera de aquel modo. En realidad, no confiaba en absoluto en esa vena temperamental que notaba en sí misma, le parecía una especie de alienígena que no estaba integrado en su personalidad. No sabía qué hacer con aquella corriente. Creía que podía llegar a ser peligrosa, aunque por el momento no hubiera interferido en su vida.

—No he podido terminar el libro porque he recibido un mensaje de Alexander Cardinal —anunció Angie mientras levantaba su copa de la mesa.

—¿El hombre que vive en la isla?

—Exacto —dijo Angie, y dio un sorbo a su margarita mientras se preparaba para soltar el discurso. Había decidido, esa misma tarde, que le preguntaría a Sangrey si estaba interesado en trabajar para ella. Sin embargo, en aquel momento se sentía nerviosa y no sabía cómo formular la pregunta.

Sangrey arqueó ambas cejas de forma burlona.

—Eso es lo que se dice tener clase. Te mueves en círculos muy selectos, Angie.

—Ya te expliqué ayer que ese círculo no es el mío —le recordó ella con aspereza—. Mi jefe ha sido el que ha preparado todo esto. En realidad, era mi tío Julián el que iba a venir, pero se puso enfermo en el último momento. De no ser así, yo ni siquiera estaría aquí.

—Pues a mí me parece que has tenido suerte. Un viaje gratis a México y una cena con un hombre que posee una isla…, ¿no sueñan con eso todas las mujeres?

Por primera vez desde que lo había conocido, Angie sintió cierta irritación hacia Flynn Sangrey.

—Lo creas o no, preferiría estar haciendo otras cosas, en vez de esperar en un hotel a que un hombre que me da escalofríos me conceda una cita.

Sangrey entrecerró los ojos y la observó fijamente.

—¿Por qué te resulta desagradable? Por lo que me has contado, es un coleccionista de arte rico y respetado por la población local. Un hombre que tiene una isla no puede ser tan malo.

—No creo que te haya dicho qué es lo que colecciona en realidad.

—Soy todo oídos.

—Armas.

Sangrey la estudió durante un instante.

—¿Armas?

—No de las modernas, afortunadamente. Al menos, no que yo sepa. Creo que colecciona antigüedades. Cuchillos y pistolas antiguas, ese tipo de cosas. Espero no encontrarme ningún lanzagranadas colgado de la pared cuando vaya a cenar.

—¿No te parece bien la colección de Cardinal? —Flynn pagó su bebida cuando se la llevaron y después se recostó en el respaldo de la silla.

Angie se sonrojó, preguntándose si lo habría ofendido indirectamente.

—Bueno, supongo que a un hombre de tu... «profesión» el coleccionismo de armas no le parecerá tan extraño.

Él se encogió de hombros y no dijo nada.

—No es sólo que coleccione armas —continuó Angie con seriedad—, es toda la situación. ¿Por qué iba a vivir un hombre en una isla si no tuviera un montón de enemigos?, ¿por qué se ha retirado aquí, a México? Hay muchos misterios en el pasado de Alexander Cardinal y eso me pone nerviosa. Apuesto lo que quieras a que es un mafioso retirado o algo así. No me extraña que le gusten los cuchillos antiguos. Probablemente, se afila los dientes con una navaja.

—¿Estás segura de que no estás dejando que se desboque tu imaginación? ¿Qué crees que va a hacer una vez que te tenga en sus manos?, ¿saltar sobre ti?

—Por supuesto que no —dijo Angie con un suspiro—. Estoy segura de que mi tío no me habría enviado aquí sola si hubiera tenido la más mínima duda acerca del señor Cardinal. Es sólo que me siento..., bueno, incómoda. Insegura, cautelosa. No lo sé. No me gusta este encargo, no me ha gustado desde que mi tío me pidió que lo hiciera. He perdido la calma.

Flynn sonrió ligeramente.

—Quizá necesites algo que te devuelva el valor.

Angie respondió a aquello con una pincelada de humor.

—Como, por ejemplo, otra margarita, ¿verdad? —dijo mientras agitaba en la copa lo que quedaba de la anterior con aire pensativo—. Por supuesto, tienes razón. Estoy exagerando. Normalmente, soy muy eficiente con este tipo de encargos y Dios sabe que el tío Julián me hace encargos bastantes raros. La variedad del trabajo es una de las razones por las cuales trabajo para él. No sé por qué este caso, en concreto, me tiene que poner nerviosa.

—Probablemente, será la intuición femenina.

—No parece que tú seas una persona que cree en la intuición —replicó Angie, y lanzó una mirada acusadora a Flynn.

—Bueno, yo creo en algunas formas de intuición —respondió él—. He tenido que hacerlo en muchas ocasiones a lo largo de mi vida y me ha resultado útil. Sin embargo, nunca he estado muy seguro de la intuición femenina.

Angie se rió.

—Será porque eres hombre.

—Sabía que tenía que haber una explicación…

—Flynn…

—¿Mmm?

Angie carraspeó suavemente, devanándose los sesos para encontrar las palabras adecuadas.

—Me has dicho que estás de vacaciones.

—Descansando entre compromisos, diría yo —respondió él, y la miró por encima del borde de la copa.

—Ya… ¿Eso significa que no tienes ningún interés en ganarte unos cuantos dólares?

Hubo un momento de silencio. Cuando Flynn habló de nuevo, su voz era tan cálida que Angie no estaba segura de si lo había oído bien.

—¿Me estás proponiendo algo… personal?

Consciente de que le ardía la cara, ella sacudió la cabeza con irritación.

—No seas ridículo. Te estoy ofreciendo un encargo, un trabajo. ¿Estás interesado o no?

—¿Y en qué consiste ese encargo concretamente?

—¿No es evidente?

—No.

—Me gustaría que me acompañaras a la isla de Alexander Cardinal mañana por la noche. Te pagaré bien. Mi tío nunca me pregunta por los gastos.

—Entonces ¿este encargo sí tiene algo de una proposición? —la voz de Flynn tenía un tono duro.

—¡Estoy solicitando tus servicios como guardaespaldas! —respondió Angie con vehemencia.

Él parpadeó y la observó especulativamente.

—Estás muy nerviosa, ¿verdad?

—Sí —dijo ella, y le dirigió una mirada desafiante.

Sangrey se quedó pensando durante unos instantes.

—¿Y crees que Cardinal te permitirá que lleves un invitado a su isla?

—No veo por qué no iba a permitirlo. No me han dicho nada de que fuera sola. Estoy segura de que si aparezco contigo y actuamos como si nada, él será amable y no pondrá ninguna objeción. He oído que hace gala de su hospitalidad. Julián me ha dicho que Cardinal parece todo un caballero. Ha mantenido correspondencia con él durante una buena temporada.

—¿Y aun así te asusta ese hombre?

Angie sonrió con timidez.

—Ya sé que no es razonable.

—¿Intuición femenina?

—Me temo que sí. O quizá sólo nerviosismo —dijo Angie, y esperó unos segundos—. ¿Estás interesado?

Flynn se encogió de hombros y aceptó despreocupadamente la oferta.

—¿Por qué no? Puede que sea una noche muy interesante.

Angie tomó aire, como si se le acabara de ocurrir algo.

—Espero que tú y el señor Cardinal no tengáis mucho en común.

—No es probable. Yo no tengo tanto dinero como él, ni una isla.

El sarcasmo molestó a Angie.

—Me refería a interés por las armas y otros asuntos relacionados —dijo cáusticamente.

—Si no creyeras que tengo interés en esos «asuntos relacionados», no me habrías propuesto que fuera tu guardaespaldas, ¿verdad? —respondió Flynn con una lógica aplastante.

Angie cerró los ojos y prefirió cambiar el curso de la conversación.

—¿Cuánto?

Él la miró sin entender nada.

—¿«Cuánto» qué?

—Cuanto cobras. ¿Tienes una tarifa por hora o

por día? Nunca he contratado a nadie como tú, no sé cómo manejar el aspecto financiero de esta situación.

—«Alguien como yo» —repitió él, lentamente—. ¿Qué sabes de la gente como yo?

—Muy poco —admitió ella.

—Recuérdalo.

—Mira, si vas a ponerte críptico y enigmático conmigo, será mejor que nos olvidemos de todo. Con Alexander Cardinal a mi lado, lo que menos necesito es otro hombre que me ponga nerviosa.

Inesperadamente, Flynn soltó una suave carcajada.

—Intentaré evitarlo.

—Entonces… ¿aceptas?

—Acepto. Parece que te sientes muy aliviada.

—Y lo estoy. Pero no me has dicho aún cuánto me cobrarás.

—Tengo que pensarlo.

El lado práctico de Angie intervino.

—No lo pienses demasiado. Tengo previsto añadir tus honorarios a la contabilidad bajo el epígrafe «gastos diversos», así que espero que seas razonable.

—«Gastos diversos» —Flynn jugó con las palabras al pronunciarlas, con una mirada llena de ironía—. Parece tan trivial, vago, falto de interés… ¿Me encuentras trivial y falto de interés, Angie?

Ella no estaba muy segura de cómo tomarse aquella pregunta.

—No más de lo que tú probablemente me encuentras a mí —le respondió con una sonrisa.

Flynn dejó lentamente la copa en la mesa y la miró.

—Yo te encuentro fascinante, Angie. Estoy deseando trabajar contigo y para ti mañana por la noche.

—¿De verdad? —probablemente, su tono de voz dejó traslucir el escepticismo que sentía.

Sin embargo, no podía negar que las palabras de Flynn habían despertado cierta excitación en ella. Le miró las manos, que tenía extendidas sobre la mesa, bajo la vela encendida. Eran grandes. Tenía los dedos largos y las muñecas fuertes. Ella se estremeció ligeramente mientras, sin poder evitarlo, se preguntaba cómo se sentiría si aquellas manos la acariciaran.

—¿Quieres bailar conmigo, Angie?

Ella se sobresaltó, como si él acabara de leerle el pensamiento. Era la primera vez que le pedía que bailaran. Sin decir una palabra, Angie inclinó la cabeza. Flynn la guió hacia la pista de baile y la rodeó con sus brazos. Cerró sus manos grandes y poderosas en torno a ella, y Angie obtuvo la respuesta a su pregunta: fuertes, cálidas, placenteras... Así era como sentía sus manos, muy bien.

Notaba la fuerza con la que la estaba agarrando, pero también notaba el control sobre aquella fuerza. Angie se relajó con el ritmo del baile y siguió a Flynn. Sobre ellos, las estrellas brillaban en el terciopelo negro del cielo y el aire olía a mar y a flores. A su alrededor, las demás parejas estaban absortas en sí mismas. Se sintió a solas con el hombre que la abrazaba y eso le dio fuerzas para atreverse a hacerle una pregunta personal.

—¿Flynn?

—¿Mmm?

Su voz llegaba desde alguna parte junto al oído derecho. Angie casi podía sentir su boca en el pelo.

—¿Cuánto tiempo vas a quedarte aquí?

—¿En México? Unos cuantos días, depende.

Angie se preguntó de qué dependería, pero no supo cómo preguntárselo. En parte, su reticencia se debía al hecho de no querer saber con certeza a qué se dedicaba. Rehuía oír la verdad pura y dura. Ya era lo suficientemente desagradable suponer que era un mercenario; saberlo a ciencia cierta le resultaría doloroso. Los hombres que trabajaban luchando en guerras de otros tenían una profesión antigua y establecida. Y, claramente, no era una profesión respetada, ni una profesión que permitiera planes a largo plazo en el plano personal.

El olor de Flynn era intrigante, diferente a todo. Angie acercó la nariz discretamente hacia su hombro para olfatear el aroma del jabón del hotel mezclado con el olor a transpiración fresca y masculina.

—¿Y tú? —preguntó Flynn con la boca junto a su pelo—. ¿Te marcharás cuando acabes tu negocio con Cardinal?

—Sí. Al contrario que tú, yo no estoy de vacaciones. Además, no quiero responsabilizarme de la dichosa daga ni un minuto más de lo necesario.

—¿Daga? —una gran palma se extendió sobre el

final de la espalda de Angie. Los dedos fuertes de Flynn se hundieron suavemente, durante un segundo, en su piel, y después se relajaron—. ¿Es eso lo que vas a recoger a casa de Cardinal?

—Ya te he dicho que colecciona armas —Angie se preguntó si el movimiento de su mano habría sido deliberado o involuntario. Fuera como fuera, le había producido un ligero temblor de excitación y tenía la esperanza de que se repitiera.

—¿Tu tío también colecciona armas? ¿Por eso has venido a México, para negociar la compra de una daga?

Ella no tenía muchas ganas de hablar de aquel trato, pero ya que lo había involucrado, le pareció justo darle a Flynn algunos detalles. Con cierto arrepentimiento, Angie se echó un poco hacia atrás para mirarlo a la cara. Él la estaba observando fijamente.

—Julián no colecciona armas —le aseguró—. Sólo le interesa esta daga en concreto. Es muy antigua, al parecer, del siglo diecisiete. Antiguamente perteneció a la familia de Julián, los Torres.

Sangrey movió de nuevo los dedos por la espalda de Angie.

—Has dicho que Julián es tu tío. Eso significa que la daga perteneció a tu familia.

—Bueno, supongo que sí, si quieres ponerte puntilloso. Sinceramente, nunca le he prestado mucho interés al pasado, ni me importan demasiado los árboles genealógicos y las tradiciones familiares. La

vida es para vivirla en el presente y en el futuro
—dijo ella, y sonrió—. Me imagino que un hombre
con tu profesión estará de acuerdo conmigo.

Él la miró como si estuviera a punto de decirle
algo, pero luego cambió de idea.

—Cuéntame más cosas de la daga.

—No hay mucho que contar. Desapareció hace
mucho tiempo y fue pasando de mano en mano,
pero hace unos meses, Julián averiguó que formaba
parte de la colección de Alexander Cardinal. Le
hizo una oferta y, tras una negociación, sorprendentemente, Cardinal accedió a vendérsela. Supongo que Julián apeló a la tradición familiar y Cardinal entendió el deseo de mi tío de tener la daga en
la familia de nuevo.

—Y ahora, tú has venido a recoger la daga y llevársela a tu tío —observó Flynn—. Debe de ser muy
valiosa.

Angie reflexionó antes de responder.

—Supongo que es valiosa, pero dentro de unos
límites. No es una navaja multiusos, pero tampoco
es Excálibur… Julián me ha dicho que la hoja es de
acero de Damasco y la empuñadura está labrada
con gran finura. Tiene algunas piedras semipreciosas incrustadas, me parece —le explicó, y después se
rió suavemente—. No es que sea de oro y diamantes, pero para Julián tiene valor sentimental.

—Parece que tú no le concedes mucha importancia a ese sentimiento.

—Bueno, en realidad estoy muy contenta de que

mi tío, por fin, haya conseguido recuperar la daga. Llevaba mucho tiempo tras ella.

—¿Cuándo la perdió? —preguntó Flynn, vagamente irritado.

—Él no la perdió. La perdió, hace muchos años, la familia que la tenía en custodia —Angie también sintió una punzada de irritación y saltó en defensa de su tío—. Ya te he dicho que el apellido de mi tío es Torres. Es el último descendiente varón de una familia española de alcurnia que tuvo muchas tierras en California. La daga se llama «la Daga de los Torres». Es una historia muy larga.

—Cuéntamela.

Angie lo miró con la cabeza ladeada.

—¿De verdad tienes ganas de oírla?

—No se me ocurre nada mejor en este momento.

«Muchas gracias», pensó Angie. A ella se le ocurrían muchas otras cosas que hacer en aquel momento: un paseo por los jardines del hotel, una conversación larga e íntima sobre el futuro, un beso dulce en la playa... Cientos de cosas. Sin embargo, parecía que Flynn no sentía lo mismo. Con firmeza, Angie se recordó que con Flynn Sangrey debía mantener una relación amable y platónica.

—Bueno. Según Julián, la daga pertenecía a una antepasada nuestra, una mujer española bellísima llamada María Isabel. Parece que había una disputa entre mi familia y los Challoner, la familia que poseía las tierras colindantes con las de los Torres.

Creo que la disputa se debía a un terreno bastante grande. Supongo que no hay nada que moleste más a los terratenientes que no saber de quién es tal o cual metro cuadrado. En cualquier caso, parece que la disputa se zanjó de manera honorable.

—¿Cómo?

—Los Challoner presentaron una alternativa a la batalla: una alianza matrimonial. El mayor del clan de los Challoner dijo que se casaría con la mayor de las hijas de los Torres, la pobre María Isabel. Las tierras en litigio serían su dote, y así las heredarían los descendientes de ambas familias. De esa forma, todos tendrían las tierras que deseaban.

—¿Y por qué dices «la pobre María Isabel»? A mí me parece una solución muy razonable.

—La típica solución machista de un problema —dijo Angie, y le lanzó a Flynn una mirada de repugnancia—. Se usa a una hija para sellar un trato y solucionar la disputa sobre la propiedad de las tierras, sin importar lo que la pobre hija piense del asunto.

—Entonces ¿María Isabel no estaba dispuesta a cumplir el trato? —preguntó Flynn.

—Según cuentan, se oponía tajantemente. Se negó y discutió durante días con su familia, pero su padre era un patriarca autoritario. Él ya había dado el visto bueno al matrimonio e iba a obligar a su hija a que se casara —explicó con un escalofrío.

—No sufras tanto por esa María Isabel. Era una mujer de su tiempo y las cosas se hacían así en aquella época…

—Con esa actitud, creo que tú también la habrías obligado a casarse —farfulló Angie—. Yo no puedo imaginarme que se fuerce a una mujer a pasar por algo así tan sólo por unas tierras.

—Pues a mí me parece razonable. Antes, el poder de una familia era directamente proporcional a las tierras que poseía. Era crucial mantener el control sobre la mayor cantidad de territorio posible. ¿Qué representaba el berrinche de una hija malcriada comparado con una importante alianza?

Angie lo fulminó con la mirada.

—¡Si quieres oír el resto de la historia, será mejor que dejes de dar tu opinión sobre el asunto!

—Está bien. Termina.

—Bueno, según Julián, que oyó contar la historia a su padre, quien a su vez se la había oído al suyo, etcétera, etcétera, María Isabel les dijo finalmente a sus padres que se rendía ante lo inevitable.

—Chica lista.

Angie no le prestó atención.

—Pero tenía sus propios planes. La noche de bodas, escondió la Daga de los Torres bajo el camisón.

—¿Llevó una daga a su lecho nupcial? —algo fiero brilló en los ojos de Flynn un instante.

—Es evidente que tú nunca vas a entender el lado feminista de la historia.

—Termina —le dijo Flynn.

—No hay mucho más que contar —admitió Angie—. Nadie sabe lo que ocurrió en realidad la noche de bodas.

—No puede ser que el marido de María Isabel amaneciera muerto, ¿verdad?

—No.

—¿Y María Isabel también sobrevivió?

Angie asintió.

—Sí. Estaban vivos y coleando a la mañana siguiente. María Isabel y su marido tuvieron siete hijos durante su matrimonio.

—Entonces creo que podemos suponer que María Isabel cambió de opinión en su noche de bodas —dijo Flynn, y arqueó una ceja con ironía—. ¿Quieres que te dé mi versión de lo que ocurrió?

A Angie no le quedó más remedio que reírse.

—Me imagino lo que un hombre puede pensar que ocurrió aquella noche. Tú piensas que el marido de María Isabel la desarmó con un amor apasionado y loco, ¿verdad?

—No. Tengo la idea de que el amor apasionado y loco llegó después. Mi suposición es que la desarmó por la fuerza, sin ningún amor de por medio. Probablemente, estaba furioso.

El buen humor de Angie se esfumó.

—Pues eso no parece un buen comienzo para un matrimonio.

—Bueno, no lo sé —Flynn adquirió de repente un tono filosófico—. Indudablemente, sirvió para establecer las reglas del juego. Dado que en esa época no existía el divorcio, lo mejor era aclarar los puntos más importantes al comienzo del matrimonio. Y una novia que aparece su noche de bodas con una daga bajo el camisón necesita mano dura desde el comienzo.

Angie lo miró con los ojos entrecerrados. Entonces recordó que aquella historia no era más que una leyenda sobre una antepasada muy lejana y que no afectaba al presente en absoluto. No tenía por qué sentirse obligada a defender a María Isabel.

—Bueno, ocurriera lo que ocurriera, el resto de la historia de la daga sí es conocida. Julián dice que a la mañana siguiente del día de la boda, la Daga de los Torres se colgó sobre la chimenea de la habitación de María Isabel en su nuevo hogar. Permaneció allí durante varias generaciones y, entre tanto, ambas familias prosperaron. Parece que tanto los Torres como los Challoner empezaron a considerar la daga como símbolo de la buena suerte de los dos clanes. Sin embargo, a principios del siglo veinte, la daga desapareció. Y con ella, la fortuna de las familias.

—¿Qué ocurrió?

Angie se encogió de hombros.

—Julián dice que, después de que la daga desapareciera, las familias empezaron a disminuir en número de miembros y estos, a morir. El poder y el dinero se esfumaron, e incluso las tierras se disgregaron. Se dividieron entre muchos pequeños propietarios. Hoy en día, la mayoría de las fincas son granjas. Julián pudo volver a comprar el terreno en el que se alzaba la casa de los Torres y ha construido una casa de estilo colonial. Y también hay una pequeña casita de invitados, que es donde vivo yo. Me mudé hace poco. Julián todavía no ha ocupado la hacienda. Tiene previsto hacerlo el mes que viene.

—¿Tu tío Julián y tú sois los últimos Torres?

—Bueno, también está mi madre, la hermana de Julián, pero yo soy su única hija. Mis padres se divorciaron hace varios años y ella se mudó a la costa este. Mi tío no se ha casado nunca. Ahora tiene sesenta años y hace dos me pidió que me convirtiera en su asistente personal. Hemos estado estudiando el árbol genealógico de los Torres y no hemos encontrado más parientes vivos. Creemos que mi madre y él son los últimos.

—¿Y la otra familia, la familia del hombre que se casó con María Isabel? ¿Qué fue de ellos?

—Julián dice que existe la posibilidad de que haya algún descendiente vivo, pero no lo sabe con certeza. Ha intentado encontrarlos, pero lo más que ha llegado a averiguar ha sido que dos hermanos Challoner lucharon en la segunda Guerra Mundial. Uno murió; él otro volvió a casa y se casó. Es posible que tuviera hijos, pero Julián no ha dado con ellos. Supongo que, después de tantos años, no importa mucho.

—Pues a mí me parece que importa —gruñó Flynn—. Si uno de los descendientes de María Isabel está vivo, la daga le pertenece.

Angie frunció tanto el ceño que las cejas se le juntaron en la frente.

—¡Te estás poniendo igual que Julián! Por Dios, vivimos en el presente, no en el pasado. Esa daga pertenecerá al siguiente que la compre y, en este caso, el comprador ha sido Julián Torres.

—La daga simboliza algo importante, Angie. Tú misma me has dicho que proporcionó prosperidad a dos familias durante generaciones.

—¡Eso no es más que una leyenda! Cada uno es responsable de su propio destino en este mundo. Yo creía que tú, precisamente, lo entenderías. Parece que has marcado tu destino durante mucho tiempo.

—Pero eso no significa que no entienda el valor de las tradiciones y las leyendas —replicó Flynn suavemente—. ¿Para ti no significa nada la historia de la daga?

—No mucho. Es una historia interesante, pero sólo eso: una historia.

Él la observó con curiosidad.

—Tú misma tienes una relación con esa daga y su historia, ¿es que no te importa tu pasado?

Ella se rió. De repente, aquella actitud curiosa le pareció divertida.

—Flynn, estás ante una californiana moderna, una mujer de su tiempo. Antes de empezar a trabajar para mi tío, desconocía los nombres de mis tatarabuelos, y la única razón por la que los sé ahora es que he tenido que ayudar a Julián en su investigación genealógica.

—Y esa investigación ha sido tan sólo un trabajo para ti, ¿no?

—Exacto. Yo prefiero el presente. ¿Qué beneficio puede reportarte vivir en el pasado? No se puede cambiar nada. Investigar las leyendas familiares es una afición entretenida para alguien como mi tío, pero nada más que eso.

—Pero en este caso, esa leyenda representa algo más que un cuento interesante. Por lo que has dicho, la daga fue el lazo de unión entre dos familias y las tierras que les dieron su poder. Cuando esa daga desapareció, se perdió algo importante. Si hubieras pasado tanto tiempo como yo viviendo en otros lugares, darías más importancia a la familia y sus historias. Hay sitios en este mundo donde los lazos familiares son lo más importante. La familia es lo que hace inmortal a la gente, Angie.

—Yo no estoy interesada en fundar dinastías —dijo ella secamente—. Supongo que eso es una fantasía masculina, porque los descendientes llevan el apellido del padre. Sois los hombres los que tenéis esa preocupación por inmortalizaros a través de vuestros descendientes.

—¡Yo no llamaría una fantasía al deseo de un hombre de forjar una familia fuerte y duradera!

—Yo sí. Indudablemente, es la antigua versión de lo que hoy sería dirigir una empresa: una forma de poder.

—No hay nada malo en que un hombre busque poder y fuerza, y mucho menos en su deseo de entregarles ese poder y esa fuerza a las generaciones venideras. Es el instinto de supervivencia.

Angie sonrió.

—Bueno, sin duda yo no comparto ese instinto. En tanto que mujer, yo lamentaría que me usaran de cemento para forjar una dinastía. Entiendo perfectamente lo que debió sentir María Isabel. Y, en cambio, no entiendo por qué estamos discutiendo este asunto. No parece que tú te hayas entregado a esa especie de fantasía masculina. De ser así, estarías en Estados Unidos trabajando día y noche para levantar un rancho o una empresa, o algo así. Estarías buscando una mujer que pudiera aportarte una dote y darte un montón de hijos. No estarías solo y de vacaciones en México.

Flynn sonrió de repente y su mirada se volvió cálida.

—No estoy solo —replicó con voz profunda—. Estoy contigo.

A Angie se le cortó la respiración de repente.

—Sí —susurró—. Sí, es cierto.

Flynn se detuvo y le puso la mano en la cintura.

—Vamos fuera un rato.

—¿Por qué? —Angie sintió un temblor de excitación por todo el cuerpo, que se convirtió en un escalofrío de alarma sensual al no obtener respuesta de Flynn. Las dos sensaciones le causaron confusión durante un instante y, para cuando se recuperó, estaba en el jardín, frente al mar oscuro de la noche.

Caminaron en silencio durante unos minutos. El olor del océano, mezclado con el de las flores del jardín tropical, creaba una sensación de fantasía atemporal. Angie se sentía muy perturbada por el hombre que paseaba a su lado y se dio cuenta de que su sensualidad se había visto afectada por él desde el mismo momento en que se habían conocido.

—¿Vas a volver a Estados Unidos pasado mañana? —Flynn se detuvo frente al muro de piedra que separaba los jardines de la playa.

—Debería marcharme lo antes posible. Ya te he comentado que no estoy de vacaciones —respondió Angie. Tocó el muro, que le llegaba a la altura de la cintura. Las piedras todavía guardaban el calor del sol—. ¿Y tú?, ¿cuánto tiempo más vas a descansar entre compromisos?

Él se encogió de hombros.

—No lo he decidido.

Hubo un silencio entre ellos. Durante aquellos dos días, había habido frecuentes silencios. Algunas veces, era difícil comunicarse con Flynn, pensó Angie. Y otras, la mayoría, la conversación fluía con naturalidad. Ella apoyó los codos en el muro, se inclinó hacia delante y se quedó mirando el mar.

—¿Sabes? No sé por qué tengo esta sensación, pero, de algún modo, no eres exactamente la persona que habría esperado.

—¿Y qué esperabas? —preguntó él, divertido.

—No lo sé. Nunca había conocido a un hombre que se ganara la vida como tú —su propia sinceridad la sorprendió. Durante dos días, había evitado deliberadamente aquel tema para no escuchar respuestas que temía—. Sin embargo, habría supuesto que un hombre en tu situación sería mucho más... persuasivo con una mujer. Sobre todo, cuando está de vacaciones. Ya sabes, carpe diem: come, bebe y sé feliz. Vino, mujeres y música.

—¿Por casualidad estás intentando decirme, de un modo delicado, que he sido demasiado caballeroso? —la pregunta tenía un tono decididamente divertido.

Angie se puso muy derecha y lo miró con seriedad, disimulando su disgusto.

—Eso no es lo que quería decir. Te agradezco tu comportamiento. Si no fueras todo un caballero, no te habría contratado para que me acompañaras a la escenita de mañana.

—Lo sé —dijo él, y alargó la mano para acariciarle la mejilla—. Si no hubiera sido un caballero durante estos dos días, no habrías confiado en mí. Y era muy importante que confiaras en mí.

—¿Qué...?

—Sin embargo, la caballerosidad tiene sus límites —continuó él, y llevó la mano hasta la nuca de Angie. Suavemente, hizo que ésta ladeara la cabeza para ver su cara iluminada bajo la luz de las estrellas—. Y la mía ha alcanzado el suyo.

Acercó la boca a los labios de Angie y la besó antes de que ella pudiera hallar palabras para detenerlo.

II

Desde su primer encuentro, Flynn había notado en la mirada de Angie que no le resultaba indiferente. Y aquello le había agradado. Más aún, lo había llenado de una curiosa impaciencia. Flynn había pensado que podría usar, y usaría, aquella ventaja. Usaría cualquier cosa que funcionara, estaba demasiado cerca como para permitir que nada se interpusiera en su camino.

Flynn notó cómo Angie se estremecía bajo sus manos cuando la besaba. La sensación le produjo excitación. Durante los dos días anteriores, había quedado claro que Angie controlaba sus emociones con una buena dosis de precaución y de sentido común. Sin embargo, él había notado que albergaba también una pasión que sólo disfrutaría el hombre

que se tomara su tiempo y planeara las cosas con
cuidado. Era muy satisfactorio conseguir que tras-
pasara aquellas barreras que ella misma se había im-
puesto y que se adentrara en los exuberantes prados
de la tentación. Flynn se dio cuenta de que llevaba
cuarenta y ocho horas esperando ese momento.

Le había resultado muy difícil mostrarse como
un caballero amable y educado durante dos días,
sobre todo allí, rodeados por un ambiente de exo-
tismo y despreocupación. Si no hubiera tenido ningún otro objetivo en mente, habría dado la primera
noche el paso que Angie esperaba. Desde el primer
momento había deseado quedarse junto a ella y
afirmar su presencia en la mente de aquella mujer.

Sin embargo, Flynn había ido de caza muchas
veces y sabía que a una presa cauta y desconfiada se
la atrapaba mucho mejor valiéndose de su curiosidad natural. Mantener la distancia le había proporcionado resultados mucho más rápidos y útiles que
los que habría obtenido mediante una aproxima-
ción directa. La oferta de trabajo que le había hecho Angie se lo había confirmado.

Bastaba para conseguir que un hombre creyera
en el destino, pensó Flynn triunfante, mientras deslizaba la punta de la lengua por el labio inferior de
Angie. Ella abrió la boca bajo la caricia seductora y
él, con un gruñido de deseo, aceptó la suave invitación.

Exploró la oscuridad cálida e íntima que se extendía tras los labios de Angie y su cuerpo empezó

a exigir que se completara la antigua fórmula. No había planeado más que un beso para aquella noche. Era muy importante no alarmar a Angie en aquel momento. Flynn se recordó que su meta final era mucho más importante que pasar la noche en la cama con una mujer. Tenía plena confianza en su capacidad para dominar el deseo sexual.

Sin embargo, no pudo evitar acariciarle la nuca a Angie y, cuando ésta suspiró suavemente en respuesta, se dio cuenta de que su mano ya bajaba hacia el escote. Ella no llevaba sujetador. La acercó tanto a él que sintió la suave presión de sus pechos contra el torso.

Era delicioso. Ella hizo un sonido suave con la garganta y lo agarró por los hombros. Él experimentó el deseo de acariciarle los pezones duros, que sentía pegados a su torso, con la palma de la mano.

Era tan dulce y receptiva..., pensó Flynn. Y se sintió abrumado por el poder primario que estaba invadiéndolo en aquel momento. Ella tenía veintiocho años y él se estaba acercando a los cuarenta, y a esas edades, los dos deberían ser capaces de controlar sus respuestas con mucho más refinamiento. El hecho de que su capacidad de control se viera amenazada era algo inesperado e inquietante.

Flynn supo que la situación era crítica cuando se vio deslizando un dedo por dentro del escote elástico del vestido blanco de Angie. Ella se quedó inmóvil durante un instante en sus brazos y él se dijo que sería mucho mejor parar en ese momento. Ya había llegado lo suficientemente lejos. Lo último que quería hacer aquella noche era presionarla demasiado. Sería mucho más efectivo excitarla suavemente y, después, dejarla deseando más.

«Aquí es donde termina por hoy. Si vas más allá, te arriesgas a perder su confianza. Hay demasiadas posibilidades de que ella se vuelva desconfiada en lo que a ti respecta», pensó. Y había mucho en juego como para perder la ventaja que había ganado durante esos dos últimos días.

Sin embargo, parecía que sus manos tenían voluntad propia, y el vestido blanco se deslizó un poco hacia abajo.

—Flynn... —Angie tenía los ojos cerrados. Clavó las uñas en la tela de la camisa caqui—, escucha, creo que no debemos ir más lejos...

—Lo sé. Créeme, cariño, lo sé —respondió, pero estaba tan cerca de acariciarle los pezones que no podía parar—. Sólo déjame verte un momento. Quiero saber cómo es la luz de la luna reflejada en tu piel —tomó aire y, con las dos manos, le bajó la tela elástica hasta la cintura.

Por un instante, ella se quedó inmóvil frente a él, con las muñecas atrapadas y enredadas en las mangas del vestido. Abrió los ojos y lo miró. Flynn la estaba observando fijamente.

—Angie... —susurró él con pasión. Levantó las manos y cubrió con ellas los pechos, llenos y perfectos. Estaba delicadamente formada. Tenía el cuerpo esbelto, con curvas en el pecho y en las caderas–. Angie, eres maravillosa.

–Tú también –dijo ella. Liberó sus manos y le rodeó el cuello con los brazos. Después le besó el cuello y se apretó suavemente contra él–. Oh, Flynn, tú… también.

«Está bien», le dijo a Flynn una voz en su cabeza. «Todo va bien». No pondría en peligro su objetivo aunque hiciera el amor con Angie esa noche. No había problema. Ella lo deseaba e iría con él tan fácilmente como un pájaro a su nido. Lo único que tenía que hacer era llevarla a su habitación y tenderla en la cama. En su mente, ya la veía allí.

El calor del cuerpo de Angie era cada vez más y más intenso. Flynn le acarició las puntas de los pechos y recorrió con las palmas su piel hasta la espina dorsal.

Abajo, en la playa, las olas arrullaban la arena con un ritmo primitivo que iba a la par que los latidos de su corazón. Flynn sólo podía pensar en Angie. Todo lo demás pasó a un segundo plano en su cabeza. Intentó recordarse su meta, pero ya había decidido que podía esperar hasta el día siguiente.

Todo excepto Angie podía esperar a la mañana siguiente.

–Ven conmigo –su voz le sonó ronca. Deseaba que hubiera sido líquida y suave–. Ven conmigo, Angie. Te deseo esta noche. Haré que disfrutes, te lo juro. Haré lo necesario para que todo sea perfecto. Angie, ven conmigo, cariño…

Sintió que se estremecía contra él, y después se apartaba. Lentamente, sacudió la cabeza.

—Lo siento, Flynn. Es demasiado pronto. No debería haber permitido que las cosas llegaran tan lejos. Perdóname por seguirte —tenía una sonrisa temblorosa, y una mirada de súplica—. Se supone que estoy aquí por trabajo, y no para tener una aventura. Me he dejado llevar —dijo, y rápidamente, tomó los bordes del vestido y se volvió hacia el mar para ajustárselo a la altura de los hombros.

Detrás de ella, Flynn tomó aire. Tenía los puños apretados. Sentía una gran tensión en el cuerpo. Angie no podía detenerlo todo de aquella forma. Él había sentido su respuesta, sabía que lo deseaba. Demonios, se suponía que era él el que tenía que dirigir la escena.

—Relájate, Angie. Está bien. No tienes que asustarte —murmuró. Le costó un gran esfuerzo encontrar las palabras. Quería tomarla en brazos, llevarla a su habitación y olvidarse del mundo.

Ella giró la cabeza hacia atrás y lo miró por encima del hombro.

—No estoy asustada, Flynn. No he estado asustada ni un segundo desde que nos conocimos.

—Angie, por favor. Quiero que confíes en mí.

—Confío en ti —ella sonrió de nuevo y le tocó el brazo con los dedos—. Es en mí y en la situación en lo que no confío. Esto no puede ocurrir, Flynn. Yo me marcharé a casa pasado mañana, y tú... tú estarás de camino hacia donde un hombre de tu profesión se gane la vida. Eso puede ser al otro lado del globo, ¿no?

—¿Lo que te molesta es cómo me gano la vida? —preguntó él con aspereza. Sabía que ella había evitado la cuestión varias veces durante esos dos días.

—No es asunto mío —apartó la mano de su brazo—. Pero no soy una buena candidata para una aventura de una noche, Flynn —dijo, y sonrió irónicamente—. Probablemente, lloriquearía mucho a la mañana siguiente. Ya sabes, me daría un berrinche y te haría recriminaciones. Esas cosas. Y lo que menos necesitas en tus vacaciones es una mujer que te haga una escenita en el aeropuerto cuando estás intentando despedirte. Será mejor para los dos que mantengamos la relación en el plano de lo profesional.

Inesperadamente, Flynn se sintió furioso. Se suponía que era él quien debía atenerse a aquello. Él era el que lo había planeado todo cuidadosamente para mantener la situación en el límite de los negocios y el placer. Lo había hecho para aprovechar la tensión resultante y atraer a la presa. Sin embargo, era la presa la que tenía la sartén por el mango en aquel momento. Rápidamente, buscó una forma de recuperar su ventaja.

—No te preocupes, Angie. No quiero presionarte para que hagas algo que no quieres hacer.

—No es que no quiera... —dijo ella.

—Lo entiendo —Flynn sonrió para cortar su intento de explicarse—. No pasa nada —dijo. Entonces la tomó del brazo suavemente para guiarla de nuevo hacia el hotel a través de los jardines iluminados por la luna. Había vuelto a recuperar el dominio de sí mismo–. Un beso frente al mar es el toque perfecto para terminar la velada, ¿no te parece? ¿A qué hora vas a desayunar mañana?

Ella lo miró como si quisiera decir algo más, pero no se le ocurrió ninguna manera de volver a la conversación original.

–A las siete, más o menos, la misma hora que hoy.

–De acuerdo. Nos veremos en el desayuno.

–¿Aún estás interesado en venir conmigo mañana?

–Por supuesto. Nunca dejaría escapar un encargo tan fácil –dijo él sonriendo mientras entraban al vestíbulo del hotel–. Una cena gratis y un viaje en barco por la bahía… Suena estupendamente.

–Te lo agradezco de veras, Flynn. Sé que no hay una razón lógica para que esté nerviosa.

–Pero lo estás. No te disculpes, no es necesario –dijo él.

Subieron en el ascensor hasta el segundo piso y se detuvieron frente a la puerta de la habitación de Angie. Ésta se volvió hacia él.

–Buenas noches, Flynn, y gracias por todo.

Él inclinó la cabeza y posó un beso leve en sus labios. A continuación, ella se volvió rápidamente, metió la llave en la cerradura y entró en su cuarto.

En cuanto la puerta se cerró en su cara, la sonrisa amable de Flynn desapareció. Se dio la vuelta y regresó hacia el ascensor. Presionó el botón y se apoyó en la pared.

—Estúpido, estúpido, estúpido... —farfulló, disgustado. ¡Había estado a punto de arriesgarlo todo por una noche en la cama con Angie Morgan! No tenía sentido. Él había centrado sus esfuerzos en mantener su confianza y su amistad. Una pequeña atracción sexual era una ventaja añadida que tenía que usar sabiamente, y había estado a punto de lanzarlo todo por la borda con tal de acostarse con Angie.

No había duda de que habría obtenido un gran placer con ello, y estaba seguro de que ella también habría disfrutado de la experiencia. Sin embargo, era arriesgado. Angie tenía razón. Ella no era una buena candidata para una aventura de una noche. Habría podido seducirla y conseguir que se acostara con él, pero no sabía cuál iba a ser su reacción por la mañana. Tal y como ella misma había sugerido, era posible que se despertara lanzándole todo tipo de recriminaciones.

O, peor aún, que se levantara nerviosa y retirara su oferta del trabajo.

—Sangrey, eres un idiota —se dijo. Las puertas del ascensor se abrieron y Flynn salió al pasillo. Caminó hacia su habitación intentando definir de qué color tenía los ojos Angie Morgan. Eran del color de las plumas de un pavo real.

El atardecer caía sobre la bahía al día siguiente mientras la lancha rasgaba la superficie del agua con el rugido del motor. Angie iba sentada a popa y se había puesto el chal de seda por la cabeza para protegerse el pelo. Al timón iba un hombre vestido con unos pantalones blancos y una camisa de estilo militar, también blanca. Él era quien los llevaba a la isla privada de Cardinal.

Aunque se alegraba de que Flynn fuera con ella en la lancha, ni siquiera aquel detalle había conseguido disminuir la inseguridad que sentía. Flynn le tomó la mano y se la apretó, y ella supo que había notado su nerviosismo. Se volvió hacia él y sonrió.

Él le devolvió la sonrisa, pero no intentó gritar para decirle nada por encima de ruido motor. La cálida brisa le alborotaba el pelo negro. Angie pensó brevemente que, con esos ojos y ese pelo tan negros, debía tener algún antepasado español.

Al notar la mirada de Flynn clavada en la cara, se ruborizó y se concentró en la pequeña isla a la que se estaban aproximando. Las cosas habían sido relajadas y amables entre ellos aquel día, y sabía que lo mejor era dejarlas así.

Sin embargo, saber que aquello era lo más inteligente que podían hacer no había impedido que se pasara toda la noche pensando en él. El recuerdo de las manos grandes y fuertes de Flynn sobre su piel había encendido un fuego sensual que había tardado mucho en apagarse. La curiosidad sobre cómo sería sentir sus caricias había sido parcialmente satisfecha, pero las respuestas sólo habían servido para acrecentar otros deseos.

Antes de que pudiera hacerse más preguntas, el piloto aminoró la marcha y Angie se dio cuenta de que habían llegado al embarcadero de la isla. Junto a ellos había un enorme yate blanco, brillante, imponente. En el casco, en letras negras, se leía su nombre: *El reino de Cardinal*.

—Al menos, parece que el tipo tiene sentido del humor —observó Flynn mientras le daba la mano a Angie para que saltara al embarcadero.

—O un problema con su ego —respondió ella mientras bajaba del yate. Después se volvió y murmuró unas palabras de agradecimiento al piloto, el cual les indicó que avanzaran por el jardín.

Angie se quedó unos instantes observando la villa que dominaba aquel edén. Era el retiro de un hombre rico en el paraíso, pensó ella, observando las fuentes, las terrazas y los muros prístinos de color blanco. Más allá del jardín, las palmeras se balanceaban suavemente, mecidas por el viento.

—Julián va a lamentar haberse perdido esto —le susurró Angie a Flynn—. Habría sido el escenario perfecto para una de sus novelas.

—¿Julián escribe?

—Sí, pero publica con pseudónimo: Julián Taylor.

A su lado, Flynn arqueó una ceja.

—Me suena.

Angie reprimió una sonrisa.

—Es autor de una serie de libros de aventuras muy famosa cuyo protagonista se llama Jake Savage. Sale uno cada ocho meses, más o menos, y está traducido a por lo menos diez idiomas. No imaginaba que tú leyeras ese tipo de cosas.

Flynn frunció el ceño mientras caminaban juntos hacia la puerta principal de la casa, guiados por el piloto del yate, que les había dado alcance.

—¿El protagonista es un hombre que hace trabajos, digamos, por cuenta propia?

—¿«Por cuenta propia»? —repitió Angie.

—Ya sabes, que alquila sus servicios a gente que está dispuesta a pagarlos. Como lo que estoy haciendo yo esta noche —dijo con ojos brillantes.

Angie respiró hondo. Nunca había pensado que Jake Savage fuera un mercenario. Sin embargo, lo era.

—Se podría decir así. ¿Cuántos libros de Savage has leído?

Flynn se encogió de hombros.

—Sólo uno. No era malo, técnicamente hablando.

—¿Cómo?

—Técnicamente. Estaba bien en cuanto a la técnica —dijo él, y la miró con impaciencia.

—¿Te refieres a que la gramática era correcta y la estructura de la historia, buena?

—Me refiero —le explicó él como si fuera un poco boba— a que los detalles técnicos eran buenos. Las descripciones de las armas que usan y cómo las usan son muy acertadas. Tu tío sabe de armas, eso es lo que quiero decir.

—Ah —por supuesto, claro. Técnicamente. Era

evidente que aquella palabra tenía significados diferentes para ellos.

Antes de que a Angie se le ocurriera algo más que decir, las puertas de la villa se abrieron de par en par. En el vestíbulo había un hombre de corta estatura, pero muy fuerte, que a ella le pareció un gorila de esmoquin. Estuvo a punto de tropezarse en el primer escalón. Al instante, Flynn la agarró del brazo y le devolvió el equilibrio. Parecía que no le había causado ninguna impresión el hombre que tenían delante.

—La señorita Morgan y su amigo —anunció el piloto del yate, sin rodeos. Después, se dio la vuelta y volvió al embarcadero.

El hombre del vestíbulo se dirigió a ellos.

—El señor Cardinal está esperándola —dijo mirando a Angie. Después examinó a Flynn de pies a cabeza—. No sabíamos que iba a venir con un amigo.

—Flynn Sangrey —dijo Flynn sin dar más explicaciones.

—Por aquí, por favor —indicó el gorila—. El señor Cardinal está en la terraza oeste.

Angie se mantuvo muy pegada a Flynn mientras seguían al hombre que los guiaba. Con una mirada de fascinación, se fijó en todos los detalles del interior de la villa. Julián tenía mucho más ojo para esas cosas, pero ella estaba casi segura de que el arte abstracto que colgaba de las paredes era auténtico. Las baldosas de terracota del suelo probablemente eran italianas, y las alfombras orientales tampoco parecían de imitación.

Más que nunca, se preguntó a qué negocios se dedicaría Alexander Cardinal; o a qué se había dedicado en su vida. El gorila se detuvo frente a unas puertas acristaladas que se abrían a la terraza.

—La señorita Morgan y su amigo, el señor Sangrey.

—Gracias, Haslett —Alexander Cardinal se levantó de la mecedora en la que estaba sentado y se acercó a ellos para saludarlos.

Era muy parecido a como Angie lo había imaginado y se correspondía a la perfección con la fantasía tropical que había creado. Era alto, atlético, fibroso. Probablemente tendría entre sesenta y cinco y setenta años. Sus rasgos eran aristocráticos, tenía los ojos de un azul penetrante y el pelo blanco. Era evidente que su traje de lino blanco se lo había hecho un sastre a medida. Todo en aquel hombre era refinado y encantador. Angie se dio cuenta de que su fantasía le estaba adjudicando el papel protagonista en una película sobre un ladrón internacional de joyas, inmensamente rico, ya retirado. O algo peor.

—Es un placer tenerla aquí, señorita Morgan. Estaba deseando disfrutar de su compañía —Cardinal tomó la mano de Angie y se la besó con un refinamiento que hizo que a ella se le abrieran los ojos como platos. Después, le tendió la mano a Flynn—. ¿Señor Sangrey? No lo esperábamos, pero es usted más que bienvenido.

Flynn le estrechó la mano con desenvoltura.

—Muchas gracias. Angie ha sido muy amable al invitarme. Me alegro de que no le importe.

—En absoluto, en absoluto. Por favor, siéntese. Haslett nos traerá en seguida algo de beber.

Angie se sentó en uno de los sillones de mimbre de aquella terraza y volvió la cabeza para observar la exquisita vista del mar y el cielo del atardecer.

—Su casa es absolutamente magnífica, señor Cardinal.

—He sido un hombre afortunado durante años, y éste es mi premio —respondió Cardinal, sonriendo amablemente mientras se sentaba.

—No sabía que hubiera un premio por tener buena suerte —dijo Angie sin poder resistirse.

—Lo hay, cuando un hombre se hace responsable de su propia suerte —Cardinal miró a Flynn, que se había sentado junto a Angie—. ¿No está de acuerdo, señor Sangrey?

—Completamente, señor Cardinal —Flynn contempló con admiración lo que los rodeaba—. Completamente de acuerdo.

Angie notó al instante que Flynn y Cardinal estaban estableciendo su propio diálogo y se sintió un poco alarmada. No estaba segura de que le gustaran las sutiles miradas de valoración que los dos hombres estaban intercambiando. Haslett apareció con una bandeja llena de bebidas y se las ofreció. Después, Cardinal siguió con la conversación.

—Siento que su tío no haya podido venir con

usted, señorita Morgan. Estaba deseando conocer al creador de Jake Savage –dijo, y miró a Flynn–. ¿Ha leído alguno de los libros, señor Sangrey?

Flynn sonrió.

–Angie me acaba de preguntar lo mismo. He leído uno o dos.

–Son muy buenos desde el punto de vista técnico, ¿no le parece?

–Muy acertados –convino Flynn, y le lanzó a Angie una mirada breve y divertida.

–He disfrutado enormemente de la correspondencia con Julián Torres –continuó Cardinal–. Es un hombre que entiende cuáles son las cosas importantes en la vida, y eso no es muy común en nuestros días.

Angie le dio un sorbo a su margarita.

–Le guarda un gran agradecimiento por acceder a venderle la Daga de los Torres.

–Nunca se la habría vendido a nadie que no tuviera semejantes derechos sobre la daga. Es una pieza de acero magnífica, maravillosamente trabajada. Me alegro mucho de que vuelva a la familia a la que perteneció. Cuando uno va envejeciendo, señorita Morgan, cosas como las tradiciones familiares cobran mucha importancia.

Flynn tomó un poco del tequila que había elegido de la bandeja de Haslett.

–Angie no tiene demasiado interés en las tradiciones familiares. Cree que es más importante vivir el presente.

—No hay forma de evitar vivir en el presente —dijo Cardinal—. Pero el presente tiene mucho más significado cuando el pasado se entiende y se aprecia, ¿no le parece?

—Por supuesto que el pasado es importante —intervino Angie. Allí sentada, bajo el escrutinio de los dos hombres, se sintió obligada a defenderse—, pero sin permitir que determine el presente ni que influya en las decisiones que se deben tomar para el futuro. Tampoco creo que deba concedérsele una importancia excesiva. Las tradiciones están muy bien, pero el hecho de hacer algo solamente por tradición no tiene sentido. La Daga de los Torres es, según Julián, muy interesante, un trabajo de artesanía exquisito, pero pensar que su desaparición es la razón por la que prácticamente se han extinguido dos familias es... ilógico.

—¿Es eso lo que piensa su tío? A mí no me parece que Julián Torres sea un hombre supersticioso —replicó Cardinal, y observó atentamente a Angie.

Ella se ruborizó, consciente de que había exagerado sus argumentos.

—Por supuesto que mi tío no cree que la daga sea mágica, pero creo que le otorga un valor simbólico. Es el último varón de nuestra familia y, para él, el arma representa la historia de los Torres.

—También representa la historia de la otra familia —apuntó Flynn, suavemente—. Según la historia, María Isabel Torres fue quien llevó la daga a casa de los terratenientes vecinos cuando se casó. A mí me parece que los descendientes de esa rama tienen más derecho a poseer la daga que Julián Torres.

Angie se encogió de hombros.

—Julián cree que no queda ningún Challoner vivo.

Cardinal reflexionó sobre aquello.

—A mí me parece fascinante, sin embargo, usted no está demasiado interesada, señorita Morgan.

—Creo que el significado simbólico de la daga se ha vuelto demasiado importante para Julián. Lleva semanas sin pensar en otra cosa, desde que usted accedió a vender. Se disgustó mucho cuando se puso enfermo de gripe y tuvo que enviarme a mí en su lugar.

—Tal y como he dicho, las tradiciones familiares se vuelven más importantes según vamos envejeciendo —dijo Cardinal—. Los que llegamos a cierta edad y nos damos cuenta de que la familia no sobrevivirá después de nosotros... Es inquietante —sus ojos azules se ensombrecieron.

Flynn se inclinó hacia delante, con los codos apoyados en las rodillas y el vaso entre las manos.

—Las tradiciones son importantes en otro sentido, también. No sólo por razones de nostalgia. Angie dice que la daga no es mágica, pero quizá sí lo sea.

Cardinal lo miró con interés.

—¿En qué sentido, señor Sangrey?

—Esa daga representa la historia y el poder para dos familias. Es posible que sólo sea un símbolo, pero los símbolos son importantes. Se han hecho guerras y revoluciones por objetos simbólicos. Las leyendas se forjan alrededor de esos objetos por alguna razón. Por lo que Angie me ha dicho, no se puede negar que la decadencia de las dos familias relacionadas con la Daga de los Torres empezó después de que el arma desapareciera en los años veinte. Quizá se perdiera algo importante.

–¿Como por ejemplo? –preguntó Angie.

–Como por ejemplo, un objetivo que unificara voluntades, el sentido de la tradición y el compromiso de mantener los lazos familiares. ¿Quién sabe? Lo que quiero decir es que no se puede subestimar el valor de esa daga.

Angie suspiró.

–Bueno, lo cierto es que Julián está feliz por haberla recuperado y, sólo por eso, merece la pena pagar el precio que sea, señor Cardinal.

Éste sonrió complacido.

–Parece que es usted muy leal a su tío, señorita Morgan. La lealtad es de apreciar en nuestros días. En cualquier época, a decir verdad. ¿No está de acuerdo conmigo, señor Sangrey?

Flynn miró a Angie con una expresión impenetrable.

–La lealtad es algo más, señor Cardinal. La lealtad no tiene precio.

–Es evidente que usted ha aprendido bien esa lección –dijo Cardinal mientras se ponía en pie y le ofrecía su brazo a Angie–. Si me acompañan, les enseñaré mi colección. La daga está esperando.

Angie aceptó el brazo, consciente de que Flynn los seguía. Cardinal los condujo hasta una habitación sin ventanas, con las paredes cubiertas de paneles de teca, que se encontraba al fondo de la casa. Cuando su propietario abrió la puerta de doble hoja y la colección de armas antiguas apareció ante sus ojos, a Angie le pareció que Flynn exhalaba una exclamación admirativa. Y Cardinal también debió de oírla, porque soltó el brazo de Angie y se volvió con una expresión divertida hacia su otro invitado.

—¿Qué le parece, señor Sangrey?

Flynn observó una lanza que estaba colgada en la pared y, a continuación, un maravilloso puñal guardado en una vitrina de cristal.

—Impresionante —respondió mientras caminaba hacia otra vitrina, donde una espada con empuñadura de plata labrada descansaba sobre un paño de seda negra.

—De Toledo —murmuró Cardinal.

—Sí —dijo Flynn mientras recorría la espada con la mirada—. ¿Es del siglo dieciocho?

—Anterior, probablemente.

Mientras los hombres seguían examinando armas y hablando sobre ellas, Angie se movió con inseguridad por la estancia. Aquella habitación llena de objetos punzantes la estaba poniendo nerviosa. Y no era sólo la visión de las espadas y las lanzas, sino también la fascinación que ejercían sobre Cardinal y Flynn. Estaba deseando que Haslett apareciera para anunciarles la cena.

—Ah, señorita Morgan, ¿la estamos aburriendo? —preguntó su anfitrión con una mirada de preocupación.

—No, por supuesto que no —aseguró ella rápidamente. No quería ser maleducada. Flynn no levantó la vista del estoque que tenía entre las manos—. Es una colección muy interesante —añadió, aunque se dio cuenta de que la frase no había sonado convincente.

Cardinal sonrió comprensivamente.

—Quizá debería mostrarle un objeto que sí va a ser de su interés —dijo, y se acercó a uno de los armarios que había al otro lado de la estancia. Allí tomó un estuche de cuero. Con una graciosa reverencia, se lo ofreció a Angie—. La Daga de los Torres.

Angie miró el estuche y, a continuación, a Flynn, que la estaba observando fijamente. Sin decir una palabra, abrió la tapa.

El estuche estaba forrado de terciopelo negro. La daga estaba enfundada en un cuero muy antiguo y las piedras de la empuñadura brillaban débilmente bajo la luz de la sala. El arma no era muy grande, pensó Angie. Mediría más o menos treinta centímetros. Era esbelta, elegante y mortal. Acarició la empuñadura con la mano libre y, durante unos segundos, fue incapaz de apartar la vista del contenido del estuche. Sin pararse a pensar, empuñó el arma y la levantó en el aire.

Entonces se sintió extrañamente posesiva. Nunca había visto la Daga de los Torres y, ciertamente, no creía en su importancia para la familia Torres o Challoner.

Entonces ¿por qué se sentía de repente como si la daga fuera suya?

III

La lancha y su callado piloto dejaron a Angie y a Flynn en el embarcadero del hotel tres horas más tarde. Mientras ellos subían las escaleras hacia el edificio, el motor del bote rugió de nuevo en la oscuridad de la noche y se alejó. Angie ni siquiera se molestó en darse la vuelta para despedirse.

—A mí me parece que Cardinal podría permitirse el lujo de contratar personal más agradable —Angie apretó con fuerza el estuche de la daga bajo el brazo mientras Flynn la guiaba hacia las luces del vestíbulo. Procedente de los jardines del hotel, se oía la música de la orquesta.

—Pues yo creo que Cardinal tiene exactamente el tipo de personal que quiere —dijo Flynn—. Es más, yo diría que Cardinal tiene casi todo lo que quiere en la vida.

—Probablemente.

—Aunque tengo también la sensación de que hay una cosa que no ha conseguido, que le falta.

—¿Una familia? —preguntó Angie.

—Sí.

—¿Cómo crees tú que ha sido su vida, Flynn?

—Hay algunas personas en este mundo sobre las que no te haces esas preguntas.

«¿Gente como tú?». Angie quería preguntárselo, pero no lo hizo. Sintió una extraña nostalgia al pensar que se marcharía de México al día siguiente.

—Vamos a tomar algo antes de irnos a dormir —sugirió Flynn.

—Está bien —dijo ella, y le lanzó una sonrisa—. Gracias por acompañarme esta noche, Flynn.

—De nada.

—Supongo que me estaba preocupando por tonterías.

—Eso parece.

—Todavía no me has dicho cuánto vas a cobrarme —dijo ella, tímidamente.

Él apretó un poco la mano con la que le agarraba el codo. Estaba muy serio.

—No pensarás que voy a cobrarte por los servicios de esta noche, ¿verdad?

—Bueno, teníamos un acuerdo. Yo quiero cumplir mi parte del trato.

—Cállate, Angie.

—Se supone que no debes hablar así a la persona que te ha contratado, a tu jefa —dijo ella, irritada—. ¿Acaso no te has fijado en lo respetuosos que eran los empleados de Cardinal?

—Sí —respondió él—. Pero como no voy a cobrarte nada, no eres mi jefa, sólo una señora que está a punto de pasarse de la raya —siguió guiándola hacia el bar del hotel. Cuando encontraron una mesa libre en una esquina, se sentaron. Él pidió dos licores y después se apoyó en la mesa para estudiar el rostro de Angie. Sus ojos eran negros y penetrantes—. ¿Qué vas a hacer esta noche con la daga?

Angie acarició el estuche de cuero que había encima de la mesa.

—Creo que la voy a dejar en la caja fuerte del hotel —respondió, e hizo una pausa—. Es preciosa, ¿verdad?

—¿Cómo voy a saberlo? Casi no me has dejado verla —dijo él con aspereza.

Ella se rió.

—Lo siento —se disculpó y abrió el estuche. La luz de la vela arrancó destellos a las piedras de la empuñadura—. María Isabel debía tener claro lo que quería hacer en su noche de bodas; esto no es ninguna broma.

Flynn se quedó mirando la daga un rato.

—No —comentó finalmente—. No es ningún juguete —dijo, y acarició el mango de la daga brevemente. Después retiró las manos y las puso sobre la mesa—. Creo que María Isabel tenía intenciones serias para con su nuevo marido. Me imagino lo que él debió sentir cuando ella sacó este juguetito de debajo de la bata.

—Era una mujer muy valiente.

—Más bien arrogante, cabezota y temeraria —sugirió Flynn secamente.

—¡Era valiente! Lo suficiente como para querer defenderse en su noche de bodas.

—De repente, eres de lo más comprensiva con esa mujer. Creía que todo este asunto te resultaba ajeno.

Angie tamborileó con los dedos sobre la mesa, preguntándose por qué iba a molestarse en defender a María Isabel en aquella historia.

—No lo sé. Hay algo en esa daga que me ha hecho pensar en lo enfadada y asustada que debía de estar para llevársela consigo aquella noche.

—¿Tú te la habrías llevado a tu noche de bodas?

La pregunta hizo que Angie se pusiera tensa. Con brusquedad, alargó la mano y tomó el estuche de cuero.

—Nunca lo sabremos —dijo con una sonrisa forzada—. Los tiempos han cambiado. En la actualidad, en Estados Unidos, que yo sepa, a las mujeres no se las usa para sellar alianzas familiares. Al menos en mi círculo social…

Ella lo dijo medio en broma, pero para asombro suyo, Flynn se tomó el comentario muy a pecho.

—No. Se casan por otras muchas razones. Por ejemplo, por dinero; o porque unas cuantas horas de pasión las han convencido de que están enamoradas… Otras veces se casan porque todas sus amigas se están casando. Y otras, porque se aburren, se sienten solas o tienen miedo de envejecer.

—Para ser un hombre que no pasa mucho tiempo en Estados Unidos, parece que tienes unas teorías sociales muy desarrolladas —contestó Angie, molesta.

—Lo único que estoy intentando decir es que un matrimonio cuya finalidad sea sellar una alianza entre familias es tan bueno como otro que se celebre por otro motivo. Es un motivo mejor incluso que muchos otros —la dureza de la expresión de Flynn se suavizó y sonrió irónicamente—. Y creo que, en algún momento de la noche de bodas, María Isabel llegó a la misma conclusión. Después de todo, tú misma sabes que no hizo uso de la daga.

Angie ahogó una exclamación de repugnancia.

—Es evidente que tú tienes tu opinión del mundo y yo tengo la mía —se limitó a comentar.

—¿Con quién vas a casarte tú, Angie? ¿Y por qué?

—No tengo ni la más mínima idea de con quién voy a casarme, pero sí sé la razón: será porque esté loca, apasionada e irremediablemente enamorada —dijo con gran convencimiento—. Me importarán un comino la historia familiar y las fortunas futuras.

—Probablemente, María Isabel respondió algo así a su padre cuando éste le anunció que tenía que casarse con su vecino. Por fortuna, el patriarca de los Torres fue lo suficientemente sabio como para hacer caso omiso de su teatro.

Angie no respondió a la provocación.

—Parece que estás muy interesado en la historia de María Isabel y de las dos familias relacionadas con esta daga. ¿Tú no tienes familia, Flynn?

Él sacudió la cabeza con una expresión repentinamente lejana.

—Ya no.

Al instante, Angie se arrepintió de habérselo preguntado. Era evidente que se había metido en terreno pantanoso.

—Lo siento, Flynn. No quería ser entrometida.

Él titubeó, y luego dijo:

—No importa. Tu pregunta es lógica, en estas circunstancias. Llevo sólo bastante tiempo. Cuando tenía dieciocho años, hice lo que otros muchos muchachos hacen a esa edad: me alisté en el ejército. Una cosa llevó a la otra. Después de dejar la carrera militar, tuve otros trabajos. Cada año parecía que me iba alejando más y más de cualquier cosa que pudiera llamarse hogar.

—¿Y ahora? —preguntó ella con delicadeza.

—Ahora me estoy acercando mucho a los cuarenta y me he dado cuenta de que aún estoy lejos de casa —Flynn sonrió de repente—. ¿A qué hora te vas mañana, Angie?

Ella aceptó el cambio de tema. Sabía que él ya había dicho mucho más de lo que quería.

—El avión sale a las cuatro menos cuarto de la

tarde. Se tarda una hora en llegar al aeropuerto, que está a las afueras de Cancún, así que tomaré el autobús que sale del hotel a las dos —respondió ella, y luego se quedó en silencio. Se daba cuenta de que nunca más vería a aquel hombre enigmático. Era una sensación muy extraña, más deprimente de lo que debería.

—Mañana por la noche estarás en California —dijo Flynn mientras miraba atentamente su copa de licor.

—En Los Ángeles. Pasaré la noche allí, en el hotel del aeropuerto y, a la mañana siguiente, me pondré de camino a casa, por la costa.

Angie también se quedó mirando su copa. De repente, no había mucho más que decir. El silencio descendió sobre la pequeña mesa.

—Me imagino —dijo Flynn finalmente— que no estarás interesada en tener compañía en el viaje de vuelta…

Angie alzó la cabeza sorprendida y a sus ojos asomaron muchas preguntas.

—¿Compañía? —preguntó con la garganta seca.

—Hace mucho tiempo que no voy a California.

Ella se humedeció los labios.

—Estás de vacaciones.

—Sí.

—¿Tienes tiempo para venir?

—Bueno…, no tengo nada apremiante que hacer —murmuró él—. No me has respondido. ¿Querrías que te acompañara?

Angie respiró hondo.

—Me gustaría mucho que me acompañaras a casa —de repente, se sentía más ligera. La sensación de melancolía había desaparecido. Él volvería a casa con ella.

Se quedaron allí sentados, mirándose durante un rato, y luego Flynn rompió la tensión mirando su reloj de pulsera.

—Es tarde.

—Sí, creo que sí.

—Será mejor que te acompañe a tu habitación. Mañana podemos levantarnos pronto y darnos un baño antes de desayunar.

—Eso sería estupendo —respondió Angie sin saber qué decir.

Y ella no era la única que no encontraba palabras, pensó Flynn. Él tampoco, una vez que ya había conseguido su objetivo. Se daba cuenta de que todo estaba saliendo a la perfección y eso le provocaba sentimientos ambivalentes. Sin saber qué hacer, se puso de pie y esperó a que Angie recogiera de la mesa el estuche de la daga. En silencio, la acompañó hacia el vestíbulo. Mientras se dirigían al ascensor, pensó que no tenía nada que perder por intentarlo.

—Si quieres, puedo guardar la daga en mi habitación esta noche.

Angie apretó los dedos alrededor del estuche.

—No te preocupes. Seguramente, la caja fuerte del hotel es el mejor sitio para esto —dijo muy sonriente—. No quiero que te sientas responsable.

Flynn asintió, no le quedaba más remedio que aceptarlo. Esperó pacientemente en el mostrador mientras Angie hablaba con la recepcionista en inglés. Al cabo de unos minutos, la daga reposaba en la caja fuerte. Flynn y Angie caminaron hacia el ascensor.

—¿No hablas español? —se interesó él.

—Sólo unas cuantas palabras, las imprescindibles para arreglárselas en California. ¿Por qué?

—Bueno, con la historia de tu familia y todo eso, creía que habrías aprendido español en algún momento de tu vida.

Ella sonrió.

—Ya te he dicho que no estoy lo que se dice «fascinada» por el pasado familiar. Sin embargo, tú sí hablas muy bien español, por lo que he oído.

Él se encogió de hombros y no dijo nada.

—Gracias de nuevo por haberme acompañado a ver a Cardinal esta noche —dijo Angie en la puerta de su cuarto e, impulsivamente, llevó una mano hasta el brazo de Flynn.

Éste se quedó mirando los dedos de Angie, que reposaban en la manga de la chaqueta.

—Gracias por pedirme que fuera —respondió él.

La calidez de la mirada de Angie produjo una oleada de excitación que recorrió todo su cuerpo. Estaba claro que ella confiaba en él; y que lo deseaba. Seguramente, no habría ningún problema en permitir que la atracción física que sentían fluyera con libertad.

Le acarició el cuello con las yemas de los dedos

y sintió que el deseo de Angie intensificaba el que él mismo estaba sintiendo. Flynn se inclinó hacia ella y la besó suavemente. Saboreó su respuesta y recorrió con el pulgar la línea de su mandíbula. Era suave y delicada, pensó, pero tenía la fuerza de una mujer.

Él la había visto nadar con energía y caminar por la playa con zancadas largas y saludables. No era frágil, pero conseguía que él pensara en cosas frágiles. En cosas que debían protegerse.

Se abrió una puerta al otro lado del pasillo y, de mala gana, Flynn levantó la cabeza. Angie lo miró con una llamada en los ojos. Él todavía no sabía lo lejos que podrían llegar aquella noche, pero estaba seguro de que, si presionaba un poco más, dormiría con ella.

Sin embargo, había muchas cosas en juego. Sabía que lo mejor que podía hacer era esperar un poco más. Era mejor conseguir que Angie pensara que él no era de los que presionaban.

Lo más irónico de la situación era que, hacía muchos años que no sentía tantas ganas de presionar a una mujer. Dios, la deseaba aquella noche. Sin embargo, no podía comportarse como un adolescente, tenía que controlar sus hormonas. Sería mucho más efectivo mantenerla a la expectativa, encender en ella el deseo y dejar que ardiera durante un tiempo. Mucho más útil. Había aprendido la lección la noche anterior. Él era el que debía marcar el ritmo y hacer los movimientos.

—Buenas noches, Angie —susurró. Dio un paso atrás, fingiendo que no notaba la desilusión que se reflejó en el rostro de Angie. Ésta se recuperó rápidamente y sonrió.

—Buenas noches, Flynn —dijo. Metió la llave en la cerradura y desapareció tras la puerta.

Flynn subió a su habitación con la impresión de haber sido innecesaria y excesivamente cauteloso. La insatisfacción física que sentía se encargó de intensificar aquella impresión durante la hora siguiente.

Poner en marcha una estrategia victoriosa resultaba, a veces, francamente duro, se dijo Flynn.

Angie se despertó unas cuantas horas después con la certidumbre de que algo malo sucedía.

El miedo hizo que se quedara inmóvil, sin respirar, en el centro de la cama; el instinto de supervivencia le advirtió que no abriera los ojos. La adrenalina recorría sus venas y pensó que se le iba a salir el corazón del pecho.

Lo que la había despertado no había sido un sueño, sino un ruido débil, casi imperceptible.

Había alguien en su habitación.

Había oído muchas veces las palabras «paralizada de miedo», pero no había entendido bien el significado hasta aquel momento. El ruido se oyó de nuevo. Era el roce de la suela de un zapato en la alfombra.

Angie luchó por calmar el miedo irracional que

amenazaba con dominarla. Tenía dos opciones, pensó. Podía gritar para pedir ayuda o quedarse completamente quieta y dejar que el intruso creyera que continuaba dormida. En algún sitio había leído que ése era el procedimiento más seguro. Si quienquiera que había entrado en la habitación quería robar, estaría buscando el bolso. En cuanto lo encontrara, se marcharía.

Si gritaba, se arriesgaba a que al ladrón le entrara el pánico y cometiera una locura, como atacarla con un cuchillo o dispararle para acallar su gritos.

¿En qué lugar de la habitación estaría? De repente, oyó otro leve roce junto a la mesilla de noche. El ladrón debía de estar rebuscando en los cajones. Por favor, que encontrara rápidamente el bolso.

Luego el ruido se trasladó al lado de la silla, donde ella lo había dejado. «Ahí está, justo delante de ti. Agárralo y márchate. Sal de aquí».

¿Qué le pasaba a aquel idiota? ¿Acaso no veía que el bolso estaba allí mismo? Las cortinas estaban abiertas y la habitación no se hallaba completamente a oscuras. ¿Por qué no agarraba el maldito bolso?

Volvió a oír el roce, esa vez a los pies de la cama y, entonces, sin previo aviso, la puerta de la habitación se abrió y volvió a cerrarse con sigilo. Estaba sola.

Saber que el intruso se había marchado dejó a Angie casi exangüe del alivio que sentía. Durante un momento, se quedó allí tumbada, respirando hondo para calmarse. Sus piernas temblaban bajo las sábanas.

Abrió los ojos y miró al balcón iluminado por las estrellas. El océano brillaba a lo lejos y la luna derramaba una luz plateada en su superficie. Angie necesitaba calor, consuelo, seguridad.

Quería sentir los brazos fuertes de Flynn. Quería su protección.

Apartó las sábanas con energía y se levantó corriendo. Se puso la bata, tomó la llave de su habitación y subió corriendo por las escaleras, jadeando.

Cuando se abrió la puerta de la habitación de Flynn, Angie no lo dudó un segundo y se echó a sus brazos.

—¡Angie! ¿Qué demonios...? —dijo él, y la abrazó.

—Había alguien en mi habitación… Un ladrón… Estaba me… merodeando por mi cuarto, Flynn —las palabras le salían entrecortadamente—. Nunca en mi vida había tenido tanto miedo. Estaba segura de que había cerrado la puerta. No entiendo cómo... —se interrumpió para recuperar el aliento y continuó—. En cuanto se ha marchado, he subido aquí. Debía de estar buscando el bolso, pero no se lo llevó. Supongo que no lo vio. ¡Ay, Dios mío, estaba aterrorizada!

—¡Angie! Angie, cariño, cálmate. Dime exactamente lo que ha ocurrido —Flynn la tomó por los hombros y la sacudió suavemente—. ¿Estás segura de que ha entrado alguien en tu habitación?

Ella asintió con vehemencia.

—Pues claro. Oía el roce de los zapatos en la alfombra cuando se movía. Flynn, no me había ocurrido nada parecido en mi vida. Ha sido horrible —dijo. Con un esfuerzo, consiguió controlarse y esbozó una sonrisa temblorosa—. Está bien. No quiero perder los nervios delante de ti.

Flynn estaba muy serio y sus ojos oscuros brillaban de tensión contenida.

—¿Estás segura de que no te han robado nada?

—No, no estoy absolutamente segura. Lo único que recuerdo es que he visto el bolso encima de la silla cuando me he marchado de la habitación hace un minuto. Supongo que puede haber metido la mano y haberse llevado sólo el monedero.

—Vamos.

—¿Adónde? —ella se apoyó en la puerta y él la soltó para ponerse la camisa negra que había llevado aquella noche. Por primera vez, Angie se dio cuenta de que estaba en calzoncillos. Con un movimiento ágil y elegante, él metió los brazos por las mangas. Tomó unos vaqueros y se los puso también.

Angie apartó la mirada de los músculos de sus piernas. Era un poco inquietante encontrarse con un hombre casi desnudo a aquella hora de la noche, sobre todo cuando una se había acostado fantaseando con él unas pocas horas antes. Lo había visto en bañador, pero era diferente. De algún modo, allí en su cuarto resultaba más íntimo.

—Vamos a volver a tu habitación para asegurarnos de que no te han robado nada. Después bajaremos al vestíbulo a hablar con el recepcionista —Flynn tomó las llaves y la cartera y agarró a Angie por el brazo.

Ella lo siguió obedientemente por las escaleras hacia su propia habitación. Abrió la puerta y encendió la luz.

—¿Lo ves? Ahí está el bolso. Ese idiota no lo vio, aunque a mí me parece que es bien fácil verlo desde la puerta —dijo. Se acercó a la silla, tomó el bolso y lo abrió. El monedero y el pasaporte estaban dentro.

Flynn recorrió la habitación. Abrió todos los cajones y revisó la cerradura de la puerta y las puertas del balcón.

—¿Estás segura de que entró y salió por la puerta del pasillo?

—Sí. Oí cómo se abría y se cerraba cuando el ladrón se marchó. Lo que no entiendo es cómo no ha visto el bolso. A menos que...

—¿A menos que qué?

—A menos que no fuera mi bolso lo que estaba buscando.

Flynn cerró con fuerza las puertas del balcón y se volvió a mirarla.

—¿Estás bien?

Ella parpadeó al darse cuenta de lo que él había pensado.

—Estoy perfectamente —le aseguró—. No me refería a que quisiera violarme. Quería decir que podía estar buscando algo diferente del bolso. Por ejemplo, la daga.

—¡La daga! —Flynn se sentó en la cama con el ceño fruncido—. El único que sabe que la tienes tú es...

—Alexander Cardinal —concluyó ella.

—Pero eso no tiene sentido, Angie. Acaba de vendértela hace unas horas. ¿Por qué iba a intentar quitártela?

—Tú has visto el cheque de Julián. La daga no ha sido barata. Y Cardinal, evidentemente, es un hombre que tiene muchos gastos: el yate, la casa, la isla. Quizá Cardinal decidiera quedarse con el dinero de Julián y también con la daga. Mejor las dos cosas que una sola.

—Sin embargo, se dedique a lo que se dedique Cardinal, yo diría que es un hombre de palabra —dijo Flynn, pensativamente.

—¡Un hombre de palabra! ¿Y cómo has llegado a esa conclusión? Ha amasado una fortuna y nadie, ni Julián, sabe cómo. Es encantador, de acuerdo, pero no tengo por qué confiar en él. Además, estoy segura de que tiene comprado a todo el mundo a su alrededor. Sería muy fácil para él contratar a alguien para que entrara en mi habitación.

—Está bien, cálmate. No voy a discutir contigo por ese hombre. Sin embargo, si tiene tan buena relación como tú sugieres con la gente del hotel, ¿no le habría advertido alguien que has puesto la daga en la caja fuerte?

Angie vaciló.

—¿Quién sabe? Quizá no se haya molestado en preguntar y haya imaginado que la tendría en mi habitación. Flynn, no sé lo que está ocurriendo, pero lo cierto es que el ladrón no se molestó en llevarse mi bolso, y la única cosa de valor que tengo aparte de mis tarjetas es la daga. Cardinal es poderoso en esta parte de México. Quiero marcharme.

—Angie, son las cuatro de la madrugada.

—No me importa. Quiero sacar la daga de la caja fuerte y marcharme. Ahora mismo.

—¿Adónde? —preguntó Flynn con impaciencia.

—Al aeropuerto. Quizá podamos marcharnos en un vuelo de madrugada.

—¿«Podamos»?

Angie se quedó inmóvil.

—Creía que ibas a venir a California conmigo…

La mirada de Flynn se suavizó.

—Sí, pero no estoy seguro de que sea necesario que nos marchemos ahora mismo.

—Flynn, una vez me dijiste que creías en ciertas formas de intuición...

—Pero no en la intuición femenina.

—Bueno, pues yo sí creo en ella. Y tengo el presentimiento de que tenemos que irnos de aquí —dijo, y le lanzó una mirada suplicante—. Por favor, Flynn. Estoy asustada. Tengo la responsabilidad de llevarle la daga a Julián, no quiero arriesgarme. En el hotel estamos a merced de Cardinal. Es demasiado poderoso.

—Angie, ni siquiera sabemos con seguridad si quiere la daga.

—¡Está claro que alguien la quiere!

—No lo sabemos. Es posible que el ladrón quisiera robarte el bolso y no lo viera —Flynn se levantó y se acercó a ella—. O quizá lo hayas soñado todo, cariño —añadió con suavidad—. No hay señales de que hayan forzado la puerta.

—¡No lo he soñado! —Angie sintió una furia incontenible—. ¡Tú, precisamente, deberías creerme, Flynn!

Él le acarició con suavidad el pelo y se quedó mirándola mientras reflexionaba.

—Estás asustada, ¿verdad?

—Sí. Tengo pánico.

Flynn la estudió otro momento, intentando buscar argumentos para tranquilizarla, pero finalmente se rindió.

—Está bien, Angie. Bajaré a recepción a ver si puedo alquilar un coche. Aunque, a estas horas de la noche, no creo que sea posible. La agencia estará cerrada.

—Voy contigo.

—Sabía que ibas a decir eso.

En aquel momento, estupefacta, Angie se dio cuenta de que él todavía no estaba convencido de que la historia del intruso fuera cierta. Su falta de confianza en ella la puso más furiosa aún.

—No tienes por qué seguirme la corriente, Flynn. Si no quieres involucrarte, vuelve a tu habitación y échate a dormir. Puedo manejar la situación sin ayuda de nadie. No quiero obligarte a que vengas conmigo, pero yo me voy de aquí esta noche.

Flynn la miró fijamente.

—Sabes muy bien que ya estoy involucrado.

—No hay ninguna necesidad de que sigas adelante con esto —continuó ella, desafiante—. Te agradezco la ayuda que me has prestado hasta el momento, pero no te sientas obligado a...

—Ya has dicho suficiente, Angie. Voy a ir contigo.

—No. Si vas a comportarte de forma dominante o condescendiente, no.

Él apoyó la palma de la mano en la pared, justo detrás de la cabeza de Angie, y se inclinó sobre ella.

—¿Quieres conducir setenta kilómetros tú sola por una solitaria autopista mexicana a las cuatro de la madrugada?

Angie se estremeció. Las historias de turistas que habían sufrido emboscadas en las carreteras de México no le eran desconocidas, porque había tenido que investigar sobre ellas para uno de los libros de Julián. Era bastante fácil no hacer caso de aquellas historias a la luz del día, pero a las cuatro de la madrugada adquirían un nuevo cariz. Sin embargo, respondió:

—Me sentiré más segura conduciendo por la costa que quedándome aquí.

Flynn se irguió y se alejó de la pared con una actitud resignada.

—Está bien, veo que no vas a ser razonable. Vamos, vístete. No voy a llevarte a la recepción del hotel en camisón y bata.

Ella se quedó mirándolo fijamente.

—No me crees, ¿verdad?

—Creo que ha sucedido algo que te ha asustado mucho esta noche. Pero, francamente, no veo señales de que nadie haya entrado en la habitación. Y por lo que me has dicho, tú tampoco has visto a nadie. Sólo piensas que has oído a alguien.

Angie apretó los dientes y se volvió para sacar la ropa del armario. Sin decir una palabra, entró en el baño para cambiarse.

Diez minutos después, Flynn había despertado al recepcionista y le había explicado que necesitaban alquilar un coche. El hombre se frotó los ojos, bostezó ampliamente y con amabilidad les explicó que alquilar un coche era imposible a esas horas de la noche.

—La agencia de alquiler no abre hasta mañana a las nueve, señor. Usted lo comprenderá —dijo el recepcionista, sonriendo para intentar congraciarse con Flynn. Estaba intentando con todas sus fuerzas ser agradable con aquel par de estadounidenses chiflados. Su tío ya le había advertido, cuando lo había contratado, que trabajar en la recepción de un hotel por la noche no siempre era fácil. Los turistas eran gente muy rara.

Flynn sacó unos cuantos billetes de la cartera y los dejó sobre el mostrador.

—Estoy dispuesto a pagar por las molestias que pueda causarle alquilarnos un coche. ¿Le importaría llamar al responsable de la agencia y preguntarle si estaría interesado en que lo compensáramos por los inconvenientes?

El recepcionista miró los billetes. Los turistas no sólo eran muy raros, sino que que eran capaces de pagar mucho por determinados servicios. Por mujeres, por cigarrillos de un producto local que, debido a la burocracia, no se comercializaban... En fin, cosas por las que él entendía que un hombre estuviera dispuesto a gastar dinero, pero... ¿por alquilar un coche a las cuatro de la madrugada? No tenía sentido.

Sin embargo, un recepcionista de hotel en turno de noche tenía que aprender a encontrar soluciones a todo. Sonrió amablemente y puso dos dedos sobre uno de los billetes.

—No se puede alquilar un coche a estas horas, pero hay otra alternativa. ¿Adónde quiere ir, señor?

Flynn sujetó el dinero con fuerza.

—A Cancún.

Angie, que estaba a su espalda, esperó con ansiedad mientras el recepcionista pensaba durante unos momentos. Estaba ansiosa por marcharse de allí con la daga.

—Cancún... —repitió el recepcionista, asintiendo con la cabeza—. Es un viaje largo en coche, pero no tanto por la costa. Mi primo, Ramón, tiene un bote muy rápido. Lo usa para llevar a los turistas a hacer esquí acuático. Creo que podría convencerlo para que los lleve a Cancún.

—¿Nos llevaría por la costa de noche? —preguntó Flynn, bastante escéptico.

El recepcionista se encogió de hombros.

—Son casi las cuatro y media. Dentro de media hora, empezará a amanecer. Además, Ramón es de aquí y conoce la costa tan bien como las caras de sus seis hijos.

Flynn se volvió hacia Angie.

—¿Estás segura de que no prefieres esperar a que abran la agencia de alquiler de coches?

—Estoy segura —respondió sin titubear.

Él observó su expresión decidida y se rindió. No iba a conseguir que cambiara de opinión.

—Está bien, llame a su primo Ramón —dijo Flynn al recepcionista.

Éste tomó el dinero del mostrador y después, sonriendo, desapareció por la puerta de la recepción. Flynn se preguntó qué cantidad de dinero le diría el recepcionista a su primo que había recibido del estadounidense loco. Se imaginó que Ramón tendría suerte si veía la mitad.

El recepcionista tenía razón. Para cuando Angie y Flynn llegaron al pequeño embarcadero donde los esperaba Ramón, había una débil luz en el horizonte. El sol saldría pronto. Flynn lo agradecía. No le hacía ninguna gracia tener que viajar en la oscuridad.

—No se preocupen. Ir a Cancún será un paseo

—dijo Ramón en un inglés perfecto, sonriendo orgullosamente.

—Pues pongámonos en marcha, Ramón —dijo Flynn secamente, y se sentó junto a Angie.

Mientras Ramón sacaba el bote del embarcadero, Flynn miró a Angie. Tenía una expresión tensa y sujetaba el estuche de la daga con fuerza sobre su regazo. No había querido meterla en la pequeña maleta que descansaba a sus pies. Al ver la ansiedad en su mirada, la irritación de Flynn se desvaneció.

—¿Te sientes mejor ahora que estamos en camino? —preguntó con una mirada llena de ternura.

Ella asintió.

—Sí. Gracias por ocuparte de todo, Flynn. Te devolveré el dinero que le diste al recepcionista del hotel.

—Angie, hazme un favor. Si insistes en mantener esa actitud de cliente ofendida por la desconfianza de su guardaespaldas, mejor cállate, ¿de acuerdo? No estoy de humor para tranquilizarte ahora. Tengo cosas más importantes de las que ocuparme en estos momentos.

—¿Como por ejemplo?

—Ya se me ocurrirá algo.

Y unos minutos después, se le ocurrió mientras miraba hacia atrás, a las luces del hotel.

—¡Maldita sea!

El ruido del motor del bote amortiguó la exclamación, pero Angie vio la expresión de Flynn. Lo miró un segundo y después se inclinó hacia él.

—¿Qué ocurre? —preguntó, sujetándose el pelo con una mano para mantenerlo apartado de los ojos.

—No estoy seguro —le gritó él al oído, para que ella pudiera oírlo—, pero creo que el primo Ramón no nos ha dicho la verdad.

Angie abrió mucho los ojos con preocupación.

—¿De qué estás hablando?

Pero Flynn ya se había puesto en pie y se estaba acercando a Ramón. Le dio unos golpecitos en el hombro y el mexicano se volvió hacia él con una máscara de amabilidad en el rostro.

—Dígame, señor.

—¿Hacia dónde demonios se dirige? —le preguntó Flynn, levantando la voz por encima del ruido del motor y del viento—. Lo hemos contratado para que nos lleve a Cancún, no para que nos lleve de paseo por la bahía.

—Lo siento mucho, señor, pero alguien me ha pagado para que los lleve a dar un paseo. Y también siento decirle que me ha pagado el doble de lo que ustedes me dieron por llevarlos a Cancún. ¿Qué podía hacer yo? Tengo seis hijos que alimentar. Iremos de paseo en vez de seguir por la costa.

El primo Ramón levantó la mano y les enseñó una pistola Star semiautomática del calibre veinticinco.

IV

Angie no oía la conversación que estaban manteniendo el primo Ramón y Flynn, el rugido del motor engullía las palabras. Sin embargo, la luna brillaba y su luz se reflejó en el arma que Ramón tenía en la mano. Se quedó helada en el asiento.

Flynn siguió hablando con el mexicano, seguramente, intentando llegar a un acuerdo con él. La lancha continuaba avanzando a gran velocidad. Ramón tenía una mano apoyada en el timón, y lo controlaba sin dificultad. Con inseguridad, Angie se puso de pie. Al instante, los ojos de los dos hombres se clavaron en ella. Entonces Ramón le dijo algo a Flynn.

—Quédate donde estás, Angie —le gritó Flynn, haciéndole gestos con una mano.

Ella no le hizo caso, sino que dio unos pasos hasta que llegó al centro de la lancha. En una mano llevaba el estuche de la daga y con la otra se agarraba a un lado de la lancha para mantener el equilibrio.

—¿Qué quiere? —preguntó. Se había acercado lo suficiente como para poder oír las voces de los hombres.

Fue Ramón el que contestó, en inglés.

—Lo siento mucho, señorita, pero me han dicho que los lleve a la isla.

—¿A la isla de Cardinal?

Flynn la miró fijamente.

—Siéntate, Angie.

Ella lo miró también y después levantó el estuche de la daga.

—Quiere esto. Lo sabía. Está intentando recuperarla.

Ramón miró escépticamente el estuche, pero el arma no se movió ni un centímetro.

—No sé por qué tengo que llevarlos a la isla. Yo sólo hago lo que me dicen.

—Por esto es por lo que tiene que llevarnos allí. Cardinal quiere esto —furiosa, Angie abrió el estuche y le mostró la daga al mexicano.

Ramón se puso tenso, pero la curiosidad pudo más que la cautela. Miró el objeto que había sobre el terciopelo negro. Bajo la suave luz de la luna, las gemas de la empuñadura brillaban. Cualquiera podría haber pensado que aquella daga estaba hecha de oro y diamantes.

–No permitiré que se la quede –continuó Angie, y cerró el estuche. Después lo sujetó en el aire por encima de la borda–. Lo dejaré caer al mar antes de dárselo a Cardinal.

–¡Señorita! –exclamó Ramón, alarmado. Ella se quedó en su sitio, con la daga colgando de la mano encima del agua. Si él disparaba, el objeto caería al agua. A Ramón le entró pánico–. ¡Dígale que se esté quieta! –rugió a Flynn.

–La señorita tiene voluntad propia –respondió Flynn cáusticamente.

–¡Dígale que se esté quieta o lo mataré a usted!

Angie apretó con los dedos la caja de la daga, pero no la movió. El viento le alborotaba el pelo alrededor de la cara.

–Si aprieta el gatillo, Ramón, la caja irá al agua. Seguramente, el señor Cardinal se pondrá furioso.

Ramón soltó un juramento en español, con la cara congestionada de rabia. Apartó el arma de Flynn y apuntó a Angie con intenciones evidentes.

Sin embargo, antes de que pudiera completar el movimiento, Flynn le dio un golpe en la muñeca y el arma saltó por los aires. Cuando Ramón estaba aullando de dolor, Flynn le dio otro puñetazo en la mandíbula.

Ramón cayó hacia atrás y se golpeó la espalda contra el timón. La lancha giró bruscamente cuando el peso de su cuerpo reemplazó la guía de su mano.

–¡Flynn! ¡La lancha! –rápidamente, Angie volvió

a meter la daga en el bote y se agarró al borde, intentando conservar el equilibrio.

Flynn apartó a Ramón del volante. El mexicano se había quedado medio inconsciente y no opuso resistencia alguna. Después, cuando recuperó el control de la lancha, Flynn la detuvo poco a poco.

—¿Estás bien?

Angie consiguió dejar de temblar y puso el estuche en el suelo, junto a ella.

—Sí —respondió—. Sí, estoy bien.

—Bueno, entonces ven a hacerte cargo del timón.

Ella se puso de pie y se acercó a Flynn, saltando por encima de las piernas de Ramón.

—Nos has salvado, Flynn.

—No, Angie, creo que te concederé todo el mérito de esta absurda situación.

—¿Qué vamos a hacer con éste?

—Tirarlo.

Ella abrió mucho los ojos, sorprendida.

—¿Por la borda?

—Ésa sería la respuesta más sencilla, pero supongo que debemos ser generosos. Volveremos a la costa y lo dejaremos en alguna playa —dijo Flynn mientras registraba los bolsillos de Ramón.

—¿Qué estás buscando?

—Me gustaría saber quién lo ha contratado.

—Eso es evidente: Alexander Cardinal.

—Quizá, o quizá no —respondió él.

Sacó de los bolsillos del mexicano una navaja,

un fajo de pesos mexicanos y algunas monedas. También llevaba chicles, pero nada más.

—Parece que no lleva un contrato firmado ante notario por Cardinal —observó Angie con sarcasmo—. No puede ser que tengas dudas de quién lo contrató, Flynn. Tiene que haber sido ese hombre.

—Eso parece, ¿verdad? —Flynn terminó su tarea y empezó a rebuscar por el bote.

—¿Qué estás buscando?

—Necesito algo con lo que atarle las manos. Aquí está, sedal. Con esto bastará.

Unos minutos después, Ramón estaba atado y colocado en la popa del bote. Emitía gruñidos de vez en cuando, pero aparte de aquello, no hizo ningún esfuerzo real por comunicarse con ellos. Flynn dirigió el bote hacia la costa y, cuando llegaron a una pequeña cala, dejaron allí a Ramón, que se quejaba.

—Ha sido muy amable por tu parte dejarlo más arriba de la línea de la marea —murmuró Angie mientras Flynn volvía a subir al bote.

—Eso pienso yo también. Y ahora, vamos a seguir con el viajecito.

—¿Qué vamos a hacer con la lancha de Ramón?

—La dejaremos en alguna otra playa, cerca de un pueblo, y haremos el resto del camino a pie.

—Piensas en todo, Flynn.

—Hace unos días habría estado de acuerdo contigo en ese punto. Sin embargo, desde entonces he cambiado de opinión —el viento le revolvió el pelo corto y oscuro mientras se alejaban de la cala–. Qué noche. Está claro que sabes cómo hacer que un tipo se lo pase bien. Cuando lleguemos a Los Ángeles voy a estar exhausto.

Angie, que estaba sorprendentemente llena de júbilo por la inyección de adrenalina que todavía tenía en la sangre, se sentía como si no fuera a necesitar dormir nunca más. Sonrió para sus adentros y se puso el estuche de la daga en el regazo.

–Gracias, Flynn. Lo digo de todo corazón. Creo que me has salvado la vida esta noche. No quiero ni imaginar cómo habría terminado todo si tú no hubieras estado conmigo.

Flynn la miró, consciente, una vez más, de hasta qué punto lo fascinaban aquellos ojos verdes. Se dio cuenta de que ella estaba totalmente agradecida, y aquel pensamiento le agradó. Su ego estaba a punto de reventar.

Sin embargo, en aquel momento recordó la rabia violenta que había sentido cuando había visto a Ramón apuntarla con el arma. Por un instante, volvió a sentir rabia y miedo al pensar que ella hubiera tenido que enfrentarse sola a aquella pistola.

Angie no consiguió tranquilizarse hasta que por fin estuvieron sobrevolando Los Ángeles. Habían volado de Cancún a la capital y, en México D.F, habían tenido que hacer escala y cambiar de avión. Aquello le había parecido el viaje más largo de toda su vida. En lo único en lo que pensaba era en alejarse lo más posible de Alexander Cardinal.

—Nunca hubiera pensado que me alegraría de ver Los Ángeles —comentó mientras miraba por la ventana la ciudad que se extendía a sus pies.

Flynn la miró irónicamente.

—Eso demuestra cómo se aprende a apreciar las cosas en las circunstancias precisas. ¿Y ahora, Angie? Tienes aspecto de estar agotada.

—Y lo estoy. Y tú también. Creo que deberíamos quedarnos en un hotel esta noche —dijo reprimiendo un bostezo—. Mi coche está en el aparcamiento del aeropuerto —se volvió hacia Flynn impulsivamente y le puso una mano en la manga—. Gracias por venir hasta tan lejos conmigo, Flynn. ¿De verdad... de verdad quieres venir a conocer al tío Julián?

—¿Después de todo esto crees que me voy a quedar en Los Ángeles? Ni hablar —respondió Flynn. Cubrió la mano de Angie con la suya y le apretó suavemente los dedos.

Angie sonrió, casi temblando. De repente, deseó no estar tan cansada del viaje, pero la realidad era que estaba exhausta y que, seguramente, tenía mal aspecto. Mientras esperaban en el aeropuerto de México, se había cepillado el pelo y se había hecho una coleta, pero los mechones ya habían vuelto a escapársele. Los vaqueros y el jersey que se había puesto de madrugada estaban sucios y arrugados, y no estaba completamente segura de si el desodorante habría hecho honor al lema de las veinticuatro horas de protección.

Flynn, en cambio, no estaba muy diferente del momento en el que habían emprendido el viaje con el primo Ramón. Tenía la camisa de algodón arrugada, pero en él, resultaba hasta atractivo. Era como si acabara de salir de un catálogo de equipamiento para safaris. Tenía aspecto de estar un poco cansado, cierto, pero no totalmente agotado. Y en la terminal del aeropuerto de Los Ángeles todavía tuvo fuerzas para hacerse cargo del equipaje y pasarlo por la aduana.

—Deja que mire si la daga sigue en la maleta —dijo Angie mientras salían de la zona de aduanas.

Obedientemente, él dejó la maleta en el suelo y esperó mientras ella la abría y examinaba el estuche de la daga.

—Parece que le has tomado mucho cariño —observó él irónicamente.

Todavía inclinada sobre el estuche, Angie sonrió.

—Pues sí, me parece que me siento responsable de ella.

—¿Estás segura de que se trata únicamente de eso?

Ella cerró la maleta y se puso de pie.

—¿Qué quieres decir?

—No te pongas a la defensiva —le pidió él mientras recogía la maleta—. Simplemente, estaba haciendo una pequeña observación.

Angie tuvo que acelerar el paso para mantenerse al ritmo de las zancadas de Flynn. Fruncía el ceño mientras iba reflexionando en sus palabras.

—Lo dices como si me hubiera vuelto posesiva.

—Olvídalo, Angie —dijo Flynn, y no volvió a hablar hasta que terminaron con todas las formalidades. Después preguntó—: ¿Dónde has aparcado el coche?

—¿Qué? Ah... —rebuscó rápidamente en el bolso y sacó un trozo de papel en el que había apuntado el número de la plaza del aparcamiento donde había dejado el coche—. Aquí está.

Flynn miró el número.

—Está bien. Vamos.

—¿Dónde está tu casa, Flynn?

—No tengo todavía. Alquilo un apartamento amueblado en San Diego, pero no es mi hogar.

Aquello, por algún motivo, preocupó a Angie. Sintió súbita empatía por aquel hombre que le había salvado la vida y que se había quedado lealmente con ella durante el interminable viaje hasta Los Ángeles.

—Te gustará la hacienda —le aseguró con amabilidad—. Y la casa de Julián es preciosa. Estoy segura de que te invitará a quedarte todo el tiempo que quieras.

Hubo un momento de silencio mientras Flynn asimilaba aquellas palabras. Después dijo en voz baja:

—Pero tú no vives con tu tío, ¿verdad? Comentaste que vivías en la casita de invitados, ¿no?

—Me gusta tener intimidad.

—¿Necesitas mucha intimidad?

Angie se detuvo para mirar las señales del aparcamiento y orientarse.

—Como cualquier mujer, supongo. ¿Qué quieres decir?

De nuevo, hubo un momento de silencio.

—Nada. Se me acaba de ocurrir que necesitas privacidad porque hay alguien importante en tu vida. Un hombre. Nunca hemos hablado de esa posibilidad, ¿verdad, Angie?

—No —susurró ella sin mirarlo—, no hemos hablado de eso. Me imagino que la gente no habla de esas cosas cuando está de vacaciones en lugares exóticos.

—¿Y bien? —dijo él, con un tono algo severo.

—No, Flynn —dijo ella—, no hay nadie. Nadie importante en el sentido al que tú te refieres. ¿Y para ti?

—Como ya te he dicho, hace mucho que estoy sólo. El tipo de vida que he llevado no es exactamente propicio para las relaciones largas. No hay nadie más, Angie.

Ella respiró con alivio. Después sonrió y dijo alegremente:

—Ahí está el coche.

Flynn se empeñó en conducir, un gesto que, en otras circunstancias, Angie habría detestado. Sin embargo, descubrió que en ese momento estaba demasiado cansada como para protestar. Fue un alivio dejar que él se las viera con el tráfico para salir del aeropuerto.

–Hay un hotel unas cuantas manzanas más allá –dijo ella reprimiendo un bostezo–. ¿Por qué no nos quedamos ahí? No tenemos por qué conducir esta noche. No recuerdo la última vez que me he sentido tan cansada.

–Me parece bien –dijo él.

Para cuando él aparcó de nuevo el coche en el garaje del hotel, Angie apenas podía mantener los ojos abiertos. Esperó pacientemente al lado de Flynn mientras éste se encargaba de pedir habitación en la recepción y se tapó la mano con la boca para intentar disimular otro bostezo cuando él se acercó después de sacar las maletas del coche.

–Necesitas una ducha caliente y una buena cama –dijo Flynn–. Y yo también –la tomó por el brazo, levantó las maletas y la guió hacia el ascensor.

Era fácil dejar que él se hiciera cargo de todo, pensó Angie. Ella estaba muy cansada.

En la puerta de su habitación, se dio la vuelta para desearle buenas noches, pero él sonrió pícaramente y la siguió adentro.

–He pedido habitaciones comunicadas –le explicó.

–Ah –murmuró ella, sin saber qué decir. La verdad era que se había acostumbrado tanto a que estuviera cerca durante aquel día, que la idea de que también fuera a estar a su lado por la noche la reconfortó. Lo observó mientras caminaba por la habitación encendiendo luces. Flynn dejó la maleta en el suelo y abrió la puerta que comunicaba los dos cuartos. Con la llave en la mano, se quedó en el umbral.

—No te olvides de la ducha caliente, Angie.

—No lo haré —respondió Angie. No quería que él se marchara.

—Estaré aquí al lado, si me necesitas.

—Gracias, Flynn —dijo, y sonrió—. Parece que no voy a dejar de decir eso hoy, ¿verdad? —no podía pedirle que se quedara con ella. Era demasiado pronto y aquel día habían pasado demasiadas cosas. ¿Qué demonios le ocurría? Su deseo por él era, probablemente, resultado de todo lo que había ocurrido en México. Le estaba agradecida, eso era todo. No estaba enamorada de aquel hombre y no había ninguna posibilidad de que él lo estuviera de ella.

Y no quería acostarse con un hombre del que no estuviera enamorada. No era posible que quisiera hacer algo así.

Entonces ¿por qué lo único que quería era acurrucarse en la cama junto a Flynn Sangrey? ¿Por qué ansiaba estar entre sus brazos después de todas las pruebas de aquel día?

Por gratitud, sólo por eso. Además, era muy posible que él no tuviera ningún interés en hacerle el amor. Debía de estar tan cansado como ella y probablemente declinaría con amabilidad cualquier invitación. Dios sabía que a la mañana siguiente ella no podría soportar la vergüenza que le causaría una negativa.

Angie recitó mentalmente la lista completa de razones por las que no debía pedirle a Flynn que se quedara con ella. Cuando terminó, sonrió con tristeza.

—Buenas noches —le dijo, con una mirada llena de deseo que no pudo esconder.

Por un momento, Flynn estudió con atención su figura frágil y triste en medio de la habitación. Después asintió con suavidad, se giró hacia su propia habitación y cerró la puerta tras él.

Angie suspiró con una tristeza profunda y femenina que provenía de aquella veta de oro que recorría su ser. Esa noche, aquella parte de su naturaleza en la que nunca confiaba ni entendía por completo estaba muy cerca de la superficie. Había estado a punto de tomar el control por un momento, mientras se despedían.

Se consoló a sí misma diciéndose que todo aquello sucedía porque estaba muy cansada. Ésa era la única razón por la que había estado tan cerca de rendirse a aquella corriente de sangre caliente. Cuando uno estaba cansado, tenía las defensas bajas.

Debería estarle agradecida a Flynn por no aprovecharse de ella.

Aquel pensamiento hizo que esbozara una sonrisa irónica. Siempre estaba predispuesta a sentir agradecimiento hacia Flynn Sangrey. Además, no estaba completamente segura de que la veta apasionada de su naturaleza supiera algo acerca de la gratitud. A Angie le parecía que operaba según sus propias reglas.

La ducha caliente que Flynn le había recetado fue exactamente lo que le hubiera prescrito un médico. La relajó, y borró las tensiones del día. Para cuando cerró el grifo y el agua dejó de derramarse por su cuerpo, casi no podía mantener los ojos abiertos. Rebuscó el camisón en la maleta, comprobó una vez más que la daga estaba donde debía y se metió en la cama.

El sueño la venció por completo mientras se preguntaba si debería ser tan difícil distinguir entre la gratitud y la pasión. Seguramente, la gratitud no llenaría a una mujer con un deseo tan profundo, tan perdurable.

Angie no estaba segura de en qué momento el remolino difuso de sus sueños había empezado a unirse con la realidad, pero, unas horas después de haberse acostado, se despertó en un estado de conciencia que no pertenecía ni al mundo del sueño ni al de la vigilia. Era una especie de territorio intermedio, una zona fronteriza entre el día y la noche en la que podían materializarse todas las posibilidades.

Lentamente se puso de lado y estudió la habitación a oscuras con los ojos medio cerrados. La puerta que comunicaba con la habitación de Flynn estaba abierta.

Aquello debería haberla espabilado por completo. Sin embargo, Angie sólo sintió alivio, como si, por fin, todo estuviera funcionando como debía. En aquel punto intermedio entre la realidad y el sueño, la veta de oro de su interior empezó a brillar. Sin que la lógica ni la incertidumbre pudieran asfixiarla, irradiaba su potente energía. La puerta abierta entre las dos habitaciones sólo podía significar una cosa: Flynn estaba allí, había ido a buscarla.

—¿Angie? —hubo un suave movimiento a su lado, en la cama. La voz de Flynn era profunda y grave, un poco áspera. Le acarició la mejilla con las yemas de los dedos—. Si quieres que me marche, me iré ahora mismo.

Angie tomó los dedos que le estaban acariciando la piel. Se llevó la palma de la mano a los labios y la besó con delicadeza.

—No —susurró—, no quiero que te marches —era la verdad y, en aquel extraño territorio, podía admitirla.

—Mi preciosa Angie —Flynn levantó la fina manta y se metió en la cama.

Ella se dio cuenta, con algo de impresión, de que estaba desnudo. ¿Qué esperaba?, ¿un pijama de seda? Con cautela, pero con un sentimiento de júbilo apremiante, alargó un brazo para acariciarle el pecho musculoso. Entonces oyó un suave gruñido de deseo y él entrelazó sus pies con los de ella.

—He estado deseando abrazarte así desde la noche que nos conocimos —Flynn la acercó a él, sujetándole las caderas contra su cuerpo.

—Oh, Flynn... —Angie notaba su sexo duro presionándola con una exigencia nada sutil. Su propio deseo se encendió y coloreó aquel momento misterioso con un fuego cálido. Su cuerpo estaba respondiendo al de Flynn con excitación y Angie se preguntó por qué había intentado convencerse a sí misma de evitar aquella unión. Nada le parecía ahora más correcto, más acertado.

Sintió el muslo fuerte de Flynn deslizándose entre sus piernas, separándoselas cuidadosamente hasta que ella se abrió. Él movió la mano bajo el camisón y le recorrió la cadera. La besó, y a Angie se le escapó un gemido gutural. La mano de Flynn continuó su camino hacia arriba, apartó el camisón de su camino, hasta que lo levantó para quitárselo por completo.

—Angie, cariño. Te deseo tanto...

Ella lo creyó. La necesidad que le transmitían sus palabras le llegó claramente, avisó a su instinto femenino. El oro que se derramaba en su corriente sanguínea se había vuelto ardiente bajo las caricias de Flynn, y ella se retorció lujuriosamente contra su piel.

Le rodeó el cuello con los brazos y abrió la boca para dejar que la lengua de Flynn la invadiera. Él le cubrió el pecho con la palma de la mano y le acarició el pezón hasta que Angie emitió un gemido.

—¿Me deseas, cariño? Dime que me deseas.

Ella se lo dijo de mil formas diferentes. Le recorrió los hombros con las yemas de los dedos, rozándole la piel con las uñas, y deslizó la lengua en su boca para juguetear con él. Tembló mientras él la acariciaba, y cuando le recorrió el vientre con la mano hasta encontrar el triángulo de vello oscuro entre sus muslos, ella pronunció las palabras con la voz ronca.

—Te deseo, Flynn. Mucho. Nunca me había sentido así, nunca había necesitado a nadie como te necesito esta noche.

Él se bebió esas palabras de sus labios y sintió una clara satisfacción ante aquella confesión temblorosa. Angie notó que le mordía deliciosamente el lóbulo de la oreja mientras con los dedos empezaba a descubrir sus más íntimos secretos. Se estremeció con una impaciencia que nunca había experimentado.

—Me deseas —los labios de Flynn estaban en su cuello—. Dios, noto lo mucho que me deseas. Estás tan caliente, tan húmeda... como el oro líquido.

¿Cómo lo sabía?, se preguntó Angie. Se sentía exactamente así. El fuego que se escondía en ella había aflorado a la superficie, fluía por sus venas y la llenaba de un calor incontenible.

—Sí, Flynn. Sí, por favor...

Él dejó escapar un gruñido. Ya no necesitaba más permiso. Angie notó que la empujaba contra el colchón y se colocaba sobre ella, cubriéndola con todo su cuerpo. Le abrió los muslos con la rodilla y sus enormes manos la agarraron por los hombros.

A ella se le cortó la respiración al sentir su masculinidad, dura y fuerte, esperando a la entrada de su cuerpo. Y, en aquel instante, antes de rendirse a su pasión, Angie abrió los ojos y se encontró la mirada oscura y ardiente de Flynn clavada en sus ojos.

—Angie, todo está bien. Así es como tiene que ser, confía en mí, cariño.

Una parte de ella se sintió alarmada por aquellas palabras, pero el deseo retornó y se abatió sobre ellos como una ola gigante. Flynn empezó a moverse sobre ella de repente. Angie jadeó cuando notó que la penetraba. Él esperó unos segundos, dándoles así tiempo a los dos para asimilar todas aquellas sensaciones vertiginosas. Después, con un gemido casi imperceptible, empezó a moverse.

Angie le clavó las uñas en los hombros y levantó las caderas en respuesta a sus embestidas. El nombre de Flynn se repetía en una suave letanía de pasión que escapaba de su garganta.

El mundo exterior a aquella habitación dejó de existir. Para Angie, sólo existía el hombre que la estaba abrazando, y la sensualidad que él estaba exigiendo. No podía negar más la necesidad que le transmitía, de la misma forma que no hubiera podido negar un incendio en la maleza. Su propio deseo era una llama que ascendía más y más, y las peticiones femeninas que ella formulaba eran respondidas con un fiero deseo masculino de satisfacer.

Y, cuando el final llegó, como una espiral de excitación que giraba interminablemente sobre su eje hasta que explotó en mil pedazos, Angie y Flynn ardieron juntos.

Mientras ella descansaba en brazos de Flynn, húmeda y dulcemente exhausta, al borde del sueño, oyó que él le susurraba una vez más al oído:

—Así es como tiene que ser, Angie. Lo sé. Casi estoy en casa.

V

Angie se despertó al amanecer con la certeza de que algo fundamental se había alterado en su mundo durante la noche anterior. Movió la pierna, buscando instintivamente la pantorrilla musculosa de Flynn. Al no encontrarla, se dio la vuelta, intentando sentir el calor de su cuerpo. Esa noche había descubierto que en brazos de Flynn se sentía cómoda y segura. Era algo que rápidamente podría convertirse en una adicción, pensó. De hecho, le parecía que ya estaba enganchada.

Esa noche había sido más que la apasionada exploración del deseo que generaban el uno en el otro. Si sólo hubiera sido eso, Angie sería capaz de analizarlo.

Era cierto que nunca había sentido una pasión

como aquélla, pero era una persona adulta y creía que podía manejar el deseo físico de una forma madura. Podría haberse convencido de no dejarse llevar y no decirse que estaba enamorada.

Pero aquel sentimiento de seguridad, aquella sensación de que se pertenecían el uno al otro era inesperada y extraña, insidiosamente atrayente.

Trató de decirse que no podía confiar en sus sentimientos en aquel momento. Ese hombre le había salvado la vida y había impedido que le robaran la daga. Ambas circunstancias podían distorsionar el juicio de cualquier mujer. Y si se le añadía una poderosa atracción física, se convertía en un explosivo hecho de emociones y preparado para estallar.

Sin embargo, Angie creía que podría manejar todos esos factores de una manera inteligente y analítica cuando llegara la mañana. Después de todo, era una mujer, no una niña, aunque la capacidad de poner las cosas en perspectiva le estaba fallando. Y creía saber el motivo. El inesperado sentimiento de que lo que había experimentado en brazos de Flynn aquella noche era lo correcto no se dejaba catalogar ni analizar por el intelecto. Se estaba enamorando, quizá ya estuviera tan enamorada que aquellas elucubraciones mentales ni siquiera tuvieran importancia.

Darse cuenta de eso hizo que se sintiera insegura y, al mismo tiempo, reconfortada. Le parecía que estaba al borde de un precipicio, expuesta y vulnerable como nunca en su vida. Dejó de buscar el cuerpo fuerte de Flynn en la cama y abrió lentamente los ojos.

—Te has despertado.

Aquél no era, pensó Angie, el tono de voz más encantador. Volvió la cabeza, siguiendo el sonido de las palabras, hasta que vio a Flynn. Estaba completamente vestido. Llevaba los pantalones de lona y una camisa de color verde caqui. El cinturón de cuero gastado y los mocasines parecían tan apropiados en aquel hotel de Los Ángeles como lo habían sido en la atmósfera exótica del Caribe mexicano.

Se había duchado y afeitado. Angie tenía un ligero recuerdo del roce de su barba áspera mientras él la abrazaba durante toda la noche. Flynn estaba de pie al lado de la ventana, con un pie apoyado en el aparato del aire acondicionado que había bajo el cristal. Había abierto las cortinas y se había dedicado a contemplar el horizonte amarillo del amanecer mientras esperaba a que ella se despertara.

—Buenos días, Flynn —la escena no era exactamente tal y como Angie habría deseado. Durante la noche se había convencido a sí misma de que la mañana sería un momento de ternura, pero notaba que había algo que no encajaba bien con aquella idea.

—Te has levantado muy temprano. Después de todo lo que ocurrió ayer, pensé que dormirías hasta tarde.

«Conmigo», añadió en silencio. «Creía que querrías acurrucarte conmigo y quizá hacerme el amor mientras bromeábamos sobre lo que íbamos a desayunar». ¿No era eso lo que hacían los amantes por las mañanas?

—Angie, tenemos que hablar.

Entonces ella sintió una ansiedad real. Se sentó en la cama, lentamente, tapándose con la sábana hasta la barbilla, un gesto defensivo inconsciente. Su camisón estaba en el suelo, a su lado, y se sentía más desprotegida que nunca con Flynn allí de pie, frente a ella, totalmente vestido. Intentó pensar algo ligero e inteligente que decir, pero terminó tosiendo un poco para aclararse la garganta antes de hablar.

—No tenía ni idea de que fueras tan parlanchín recién levantado. ¿Qué te parece que nos tomemos un café primero? —¿había sonado lo suficientemente despreocupada? Angie apretó la sábana. Ay, Dios, no iba a salirle nada bien lo de fingir que era despreocupada. Le faltaba práctica.

—Podemos bajar a desayunar después. Primero tenemos que aclarar unas cuantas cosas entre nosotros, Angie —dijo Flynn.

Ella se encogió bajo su mirada oscura. Aquello era mucho peor que todo lo que hubiera podido imaginar. Se le aceleró el pulso. Ya no iba a necesitar una taza de café para despertarse. De repente, estaba tensa y tenía todos los sentidos en alerta. Y su primer impulso fue echar a correr.

Sólo que, por supuesto, no podía hacerlo. Una imagen de ella misma corriendo desnuda por el pasillo la devolvió a la realidad. Tomó aire y buscó las palabras que la ayudaran a recuperar el control.

—No tengas miedo, Flynn. Si estás… eh… preocupado por lo de anoche…, quiero decir, si estás preocupado porque pueda montarte una escenita o exigirte algo… —estaba vacilando mucho y, al darse cuenta, se puso más nerviosa aún—. No tienes por qué inquietarte por cómo voy a reaccionar. Recuerdo lo que te dije en México, pero no era cierto. No voy a lanzar acusaciones ni a… culparte por utilizarme. Soy perfectamente consciente de que lo que ocurrió ayer fue… una decisión compartida, y soy adulta como para…

—Angie, por favor, cállate —la orden fue casi amable, aunque no hubiera ninguna suavidad en el rostro de Flynn—. Y no hagas promesas de que no vas a enfadarte después de que oigas lo que voy a decirte.

—Flynn, yo no…

—Mi nombre completo es Flynn Sangrey Challoner, Angie.

Ella parpadeó mientras su mente asimilaba aquel nombre.

—¿Challoner?

—Exacto. Varias generaciones atrás, uno de mis antepasados se casó con María Isabel Torres. Y la noche de bodas, descubrió que su esposa había llevado un regalo único para él.

—La Daga de los Torres —Angie no percibió ninguna emoción en su propia voz. Era tan vacía y hueca como se sentía ella misma en aquel momento.

—Sí —Flynn no apartaba los ojos de su cara. Parecía un hombre que estuviera llevando a cabo una tarea muy dura, un hombre que no se rendiría hasta que la hubiera terminado, por mucho dolor que conllevara todo aquello.

—Ya veo —dijo ella. No se le ocurría otra cosa. La mente se le había quedado en blanco.

—¿De verdad? Angie, sé que estás conmocionada, y que tengo que explicarte muchas cosas. Pero puedo explicártelo todo, cariño. Eso es lo que voy a intentar hacer. Y quiero que tú me entiendas.

—¿Quieres que entienda por qué me has mentido?

Flynn frunció el ceño y apretó la mandíbula.

—No te he mentido, Angie. Simplemente, no te lo conté todo porque no sabía cómo ibas a reaccionar. Y no podía correr el riesgo de perder la pista de la daga de nuevo. Me ha llevado años llegar hasta aquí. Cuando averigüé que estaba un paso por detrás de otra persona que la quería, yo... —se interrumpió de repente.

Ella notaba una opresión en el pecho. Tenía las uñas clavadas en la palma de la mano, con tanta fuerza que creía que iba a rasgar la sábana.

—¿Te importaría que me vistiera antes de seguir con esta conversación?

Mientras la miraba, la expresión del anguloso rostro de Flynn se volvió incluso más dura. Angie tuvo la impresión de que no sabía si concederle lo que pedía, completamente razonable, o parecer un poco tonto si se negaba. Sin que él se lo hubiera dicho, Angie supo que quería continuar hablando.

—Angie, vas a escucharme. Vamos a dejar claro todo esto. Sé que probablemente estés muy enfadada y no puedo culparte, pero, después de que te lo haya explicado todo, lo entenderás. Anoche confiaste en mí y, cuando te lo haya explicado todo, volverás a hacerlo.

Ella levantó la barbilla, orgullosa. El orgullo estaba ligado, de algún modo, a la vena temperamental de su carácter que era responsable de la pasión de la noche anterior.

—Un caballero no mencionaría la noche de ayer en este momento, Flynn, sino que se marcharía a su habitación y me concedería privacidad para que me vistiera.

—Angie, quiero aclarar esto lo antes posible.

—Yo también —respondió ella—, pero estoy descubriendo que resulta muy difícil para una mujer escuchar que ha sido una idiota mientras está sentada y desnuda en la cama. Estoy segura de que lo comprendes. Por favor, déjame sola, Flynn.

Él bajó el pie del aparato del aire acondicionado y se acercó a ella.

—Cariño, no llores. Por favor, no llores. Todo va a salir bien. Te lo juro.

—No te preocupes, no tengo intención de llorar

–respondió Angie. Los ojos le ardían y le brillaban, pero estaba segura de que no iba a llorar. Su orgullo era muy fuerte. De repente, se le ocurrió que María Isabel debía haber sido también muy orgullosa.

Flynn se quedó vacilando junto a la cama durante unos segundos, sin saber qué hacer. Sin embargo, en un momento asintió con vehemencia.

–Está bien, te daré unos minutos para que te vistas. ¿Estás segura de que te encuentras bien?

–Estoy perfectamente, Flynn.

Él alargó una mano para acariciarle la mejilla, pero Angie apartó la cara. Flynn dejó caer el brazo a lo largo del cuerpo.

–No tienes por qué ser tan pudorosa conmigo esta mañana, Angie. Y mucho menos, después de lo que sucedió anoche.

–¿Vas a dejarme en paz?

Él exhaló lentamente un suspiro, se volvió y se fue a su habitación. Angie esperó hasta que la puerta se hubo cerrado y, después, se levantó y entró al baño como un rayo. Tampoco lloró en la ducha. No quiso ceder el impulso y, al cabo de un rato, las ganas desaparecieron.

Flynn Sangrey Challoner. El descendiente de los Challoner sobre cuya existencia el tío Julián había especulado varias veces. Angie se quedó bajo el chorro de agua caliente y se obligó a enfrentarse a los hechos. Todo encajaba. La afortunada coincidencia de conocer a Flynn en México se explicaba por completo. No había duda del motivo por el que él había estado completamente dispuesto a ayudarla durante todo el camino.

Para cuando Angie terminó de ducharse, sólo le quedaba una pregunta por hacerle a Flynn Sangrey Challoner. Se recogió el pelo en su acostumbrado recogido en la nuca, se puso unos pantalones negros de pinzas y sacó de la maleta una camisa fucsia ligeramente arrugada. El fuerte contraste de color le daría un toque de fuerza personal. Tenía el presentimiento de que iba a necesitarla. La sensación de abandono y seguridad que había experimentado aquella noche había quedado reducida a nada.

Flynn abrió la puerta que separaba sus habitaciones justo cuando ella estaba cerrando la maleta. Angie miró hacia atrás, por encima de su hombro y luego giró de nuevo la cabeza para terminar su pequeña tarea.

—¿Te sientes mejor? —le preguntó él, con suavidad.

—Mucho mejor, pero me estoy muriendo de hambre. ¿Podríamos mantener nuestra gran conversación mientras desayunamos? —dijo ella, y se sintió orgullosa del tono frío que había conseguido imprimir a su voz.

—Si eso es lo que quieres...

—Lo que realmente quiero es saber cuándo tenías pensado robar la daga.

Un silencio atronador descendió sobre la habitación. Angie tuvo unos cuantos segundos para darse cuenta de que esa pregunta tan sencilla la había formulado en muy mal momento. Entonces Flynn le puso la mano sobre el hombro e hizo que se diera la vuelta para mirarlo a la cara. Ella se encontró con sus ojos negros clavados en la cara, como si fueran a marcarla al rojo vivo.

Varias generaciones de orgullo arrogante afloraron en aquella mirada, feroz y masculina y, durante un instante de paralización, Angie se sintió como si hubiera entrado en un agujero del tiempo y estuviera enfrentándose al arrogante e imprudente Challoner que se había casado con María Isabel. Se quedó inmóvil bajo la mano que le agarraba el hombro.

—Si hubiera querido robar la daga —le espetó Flynn, y cada palabra era como el filo de un cuchillo—, podría haberlo hecho en más de una docena de ocasiones desde que Alexander Cardinal te la entregó. Podría habértela robado y haberme marchado de México, y tú no habrías podido hacer nada para detenerme. También podría habértela quitado anoche, cuando te quedaste dormida tan confiada entre mis brazos. O podría haber desaparecido con ella hace unos minutos, mientras te duchabas. No soy un ladrón, Angie Morgan. Tengo más derechos sobre esa daga que tú o tu tío, pero no te la robaré. Antes de que sigamos con esto, vas a disculparte por haberme acusado.

Angie consiguió recuperar el aliento y, de algún modo, también consiguió mantener sus palabras bajo control. No iba a rendirse al impulso de gritar.

Él quizá tuviera su orgullo, pero ella también tenía el suyo, y era tan fuerte como el de Flynn. En cualquier otro momento, se habría quedado asombrada al darse cuenta de eso, pero no tenía tiempo para pararse a pensarlo.

—¿Disculparme? ¿Ante un hombre que me ha estado confundiendo deliberadamente, si no mintiéndome, durante varios días? ¿Disculparme ante un hombre que ni siquiera se ha molestado en decirme su nombre completo antes de acostarse conmigo?

Él le apretó el hombro con los dedos.

—La disculpa es para el hombre que ha salvado la daga y tal vez, de paso, también tu vida. Para el hombre que no la robó aunque tuvo muchas oportunidades de hacerlo. La disculpa, Angie, es para el hombre al que te entregaste anoche. Acepto la ira y acepto que te sientas herida esta mañana. Eres una mujer, y María Isabel era antepasada tuya. Los dos conocemos su temperamento. Estoy dispuesto a soportar tu furia, pero no permitiré que me insultes llamándome ladrón. ¡Discúlpate, maldita sea!

Angie no necesitó que se lo dijera más claro. Se había pasado de la raya. Era evidente que su acusación había ofendido profundamente a Flynn. La lógica de la situación era bien clara. Flynn no había robado la daga, todavía no. Y ella no podía negar que había tenido varias oportunidades de hacerlo. Se irguió bajo su mano y tomó aire.

—Me disculpo, señor Challoner. No has demostrado que seas un ladrón. Otras cosas sí, quizá, pero no un ladrón.

Él entrecerró los ojos y ella supo que quería algo más que eso de ella. Sin embargo, debió de darse cuenta de que no lo conseguiría. Flynn le soltó el hombro.

—Vamos abajo a tomar un café.

—¿Y la daga? —preguntó Angie, desafiándolo.

—Llévala abajo también —respondió Flynn. Fue hacia la puerta, la abrió y se quedó allí, esperándola.

Al cabo de un momento, Angie tomó el estuche de la daga y lo siguió al pasillo. Mientras bajaban en el ascensor, ella se fue diciendo que tenía que dominarse. Cuando llegaron al restaurante del hotel, había conseguido arrumbar todas sus emociones detrás del muro de aturdimiento que había descubierto en ella aquella mañana. Y todavía tenía la daga en las manos. Parecía que le daba coraje.

Aunque no el suficiente como para pedir un desayuno completo. Cuando estuvieron sentados en la mesa, Angie descubrió que no tenía apetito.

—Un café, por favor —murmuró cuando la camarera se acercó para tomarles nota. Era lo primero que decía desde que habían salido de la habitación.

—Angie, necesitas comer algo —Flynn le lanzó una mirada severa, apartando los ojos de la carta—. Tómate unos huevos revueltos con tostadas.

—Con el café será suficiente.

Flynn se volvió hacia la camarera.

—Por favor, traiga dos cafés y dos platos de huevos revueltos con tostadas.

La camarera no esperó la confirmación de Angie. Apuntó en la libreta lo que le habían pedido y se marchó en dirección a la cocina.

Angie sacudió la cabeza.

—Está bien, Flynn, has vuelto a reafirmarte, y a mí no me apetece pelearme por un par de huevos con unas tostadas. Me rindo, has ganado. Y ahora, por favor, di lo que quieras decir y terminemos con todo esto.

Cuando la camarera volvió con el café, él tomó su taza y dio un buen sorbo. Después la dejó sobre la mesa.

—Angie, todo lo que te dije en México era verdad. Lo único que omití fue el segundo apellido.

—Pues yo diría que es una omisión bastante grave.

Él suspiró.

—Lo sé —admitió sombríamente, y eso sorprendió a Angie—, pero no podía hacer otra cosa. Al principio, no. Angie, llevo ocho años intentando encontrar esa daga. He gastado mucho dinero contratando a anticuarios expertos en armas para que buscaran en catálogos de museos y galerías y en colecciones privadas la Daga de los Torres. No sabía que tu tío también estaba buscándola. De hecho, ni siquiera sabía que existía tu tío hasta que me enteré de que alguien iba tras la daga y, para entonces, ya era demasiado tarde. Julián Torres había tenido más suerte que yo. Él había localizado a Alexander Cardinal y le había hecho una oferta. Le había ofrecido más de lo que yo podía permitirme, así que, aunque hubiera conseguido convencer a Cardinal, no habría podido comprarla. Lo supe por un anticuario que había ayudado a tu tío a encontrar la daga. También me contó que Torres iba a viajar a México para recogerla.

—Y tú decidiste seguirlo —concluyó Angie.

—Sí. No estoy seguro de lo que pensaba conseguir con ese viaje, pero tenía que ver la daga con mis propios ojos, así que fui a México y, en vez de a Julián Torres, te encontré a ti. No me costó saber que había dado con la persona correcta. Me hablaste sin dificultad de la razón por la que estabas allí.

Angie sonrió sin alegría.

—Sí. Y tú también hablaste mucho del motivo por el que estabas allí. Dijiste que estabas de vacaciones.

Flynn se encogió de hombros.

—Y, en cierto modo, lo estaba.

—«Descansando entre compromisos» —dijo ella, recordando la frase que Flynn había usado.

Él la miró fijamente.

—Era la verdad.

Ella tomó la taza de café de la mesa.

—No creo que llegara a preguntarte exactamente a qué clase de compromisos te referías.

—No. Tenías miedo de preguntármelo, ¿verdad?

—Quizá no te lo pregunté porque no quería avergonzarte —sugirió ella.

—No creo que fuera por eso. Creo que te estabas protegiendo a ti misma. No querías saber con seguridad si tus sospechas sobre el modo en que me ganaba la vida eran ciertas o no. Pero debías de estar bastante segura de tus suposiciones, porque de lo contrario, no me habrías pedido que te acompañara a la isla de Cardinal.

Angie le dio un sorbo al café. Flynn tenía razón en algunos puntos. Realmente, ella no había querido oír las cosas puestas en palabras.

—Creo que ahora quiero oírlo. ¿Por qué no intentas decirme la verdad?

Él se miró las manos, que tenía alrededor de la taza de café. Después levantó la mirada para clavarla en los ojos de Angie.

—Probablemente tu hipótesis es acertada.

Ella se estremeció, pero no dijo nada.

—Angie, he llevado una vida dura estos últimos años, pero estoy vivo, he ganado dinero y no he hecho nada de lo que tenga que avergonzarme. No hay necesidad de entrar en más detalles.

—Estoy de acuerdo.

Él apretó los labios.

—Tú misma solicitaste mis servicios como guardaespaldas cuando tenías que ir a la isla de Alexander Cardinal, así que es un poco hipócrita que quieras evitar el tema como si mi pasado te pareciera repugnante o deshonroso.

Ella lo miró a los ojos.

—Yo no quiero evitar el tema de tu pasado porque me parezca repugnante o deshonroso. Es posible que no me gustara la idea de cómo te ganas la vida, pero no usaría las palabras repugnante o deshonroso para describirlo. Y tienes razón. Sería hipócrita por mi parte, porque yo misma planeé usar tus... habilidades esa noche. De hecho, esas habilidades fueron muy útiles cuando el primo Ramón sacó la Star semiautomática.

Una chispa de curiosidad se encendió en los ojos de Flynn al escuchar que ella identificaba la pistola acertadamente, pero no le preguntó nada sobre ese detalle, sino sobre otro más importante.

—Si no te parece que mi profesión es criticable, ¿por qué intentaste por todos los medios evitar el tema?

Angie jugueteaba con la cucharilla y removía, inquieta, el café.

—Porque pensar en tu forma de ganarte la vida reforzaba la imposibilidad de tener un futuro juntos. Supongo que los hombres que viven esa vida probablemente no tienen mucho tiempo para otra cosa que no sean aventuras de vacaciones.

La mano de Flynn recorrió el corto camino que los separaba y se cerró sobre los dedos de Angie. La cucharilla se detuvo en el café.

—Esa suposición no es cierta en mi caso, Angie. Yo tengo planes para el futuro, y no voy a seguir trabajando como guardaespaldas ni ofreciendo mis servicios a gente que tiene familiares encerrados en cárceles de países donde nunca recibirían un juicio justo.

Ella se mordió el labio inferior.

—¿Te dedicas a eso?

Él no respondió a la pregunta. Se inclinó hacia delante.

—Angie, tengo un pasado, pero no el que tú estás pensando. Mi pasado se remonta a un tiempo en el que los Challoner poseían tierras y criaban hijos fuertes que las heredaran. Se remonta a una época en la que la familia conocía sus raíces y conocía el origen de su fuerza. Una época en la que un hombre y una mujer respetaban esa fuerza y estaban dispuestos a trabajar duro para hacerla incluso mayor.

Ella notó la intensidad que él irradiaba y la maravilló.

—Realmente, crees todas esas cosas que dijiste en México sobre la importancia de las familias y sus lazos con la tierra, ¿verdad?

—Sí. Voy a reconstruir lo que los Challoner tuvieron una vez, Angie. Voy a conseguir una familia fuerte de nuevo.

—Pues yo tengo que darte algunas noticias, Flynn. El negocio del ganado no es lo que era. Si estás pensando en levantar un rancho en California, te vas a llevar una sorpresa. Sería mejor que criaras gallinas que ganado. Supongo que no es nada glamouroso, pero la gente come más pollo hoy en día. O, mejor aún, prueba con los pozos de petróleo. Eso sí que es una cosecha segura y rentable.

Flynn le soltó la mano y se recostó en el respaldo de su silla mientras la camarera les ponía en la mesa los huevos revueltos. Angie vio la decisión inquebrantable que brillaba en sus ojos oscuros, tal y como la había visto ya varias veces, y pensó que era desconcertante. Jugueteó desganadamente con la comida mientras pensaba en otras cosas que él le había dicho en México, cuando ella le había hablado de la historia de las familias. La noción de casarse por conveniencia le parecía perfectamente racional, sobre todo si servía para reforzar el patrimonio de una familia. A Angie le pareció que Flynn Challoner no sabía en qué siglo vivía.

Al otro lado de la mesa, Flynn tomó su tenedor y pinchó un pedazo de huevos revueltos.

—No voy a criar ganado como mis antepasados. Y olvida lo de la granja de pollos. Sin embargo, la clave sigue siendo la tierra, Angie. Estoy seguro de ello. Lo presiento. Pero vivimos en otra época y sé que la tierra tiene que manejarse de una forma distinta.

Angie no pudo resistirse y le preguntó:

—¿De qué forma?

—Comprándola y vendiéndola —se limitó a decir.

Ella lo miró sin entender del todo.

—¿Te refieres a especular?

—No es especulación, si sabes lo que haces. Es algo que permanece. Eso es lo que tiene la tierra, cariño. Es para siempre, y cuidará del hombre que la cuide. Del hombre que sepa lo que está haciendo.

—¿Y has hecho... eh... has comprado y vendido mucho hasta ahora?

—He invertido hasta el último centavo que he ganado estos últimos años en mis primeras propiedades. Tengo algunos terrenos en el Sun Belt, y otros en Oregón y Washington. No es mucho, pero por algo se empieza. He vendido ya una o dos parcelas en áreas de crecimiento en la zona norte de la costa del Pacífico y en Arizona. Recuperé toda la inversión y volví a comprar más tierras. Tengo un camino muy largo por delante, y Dios sabe que ahora no tengo dinero en efectivo, pero tengo la base para empezar. Puedo mantenerme perfectamente con lo que produce la tierra, y con eso me basta. Esta vez, voy a volver a Estados Unidos para quedarme. Ahora puedo empezar a construir mi vida.

Angie notó que se le encogía el estómago. Dejó el tenedor en el plato.

—¿Y la daga?

—La daga es parte de todo el proceso, Angie. Es una parte del pasado, del presente y del futuro. ¿Es que no lo ves? Ayuda a que todo se una de nuevo. Es un nexo, un símbolo.

—Y la quieres.

—Sí —convino él con rotundidad.

Angie se masajeó la sien con dos dedos.

—¿Cómo demonios es posible que me haya visto mezclada en todo esto? —susurró, más para sí misma que para él.

—Estás mezclada porque tú también formas parte de ello, cariño. No me di cuenta en México, pero ahora sí, y por eso quería explicártelo todo. Sé que debía habértelo contado anoche, antes de...

—¿Antes de seducirme? Sí, habría sido muy amable por tu parte.

—Angie, tenía miedo de que no lo entendieras o de que te pusieras tan furiosa que ni siquiera me dieras la oportunidad de explicarme. No espero que te creas esto, pero después de hacer el amor, me he pasado toda la noche preguntándome si había hecho lo correcto —le dijo Flynn. Su mirada no vaciló.

—¿De verdad? ¿Y a qué conclusión has llegado?

—He llegado a la conclusión de que, probablemente, ha sido mucho más seguro jugar esta mano de la forma en la que yo lo he hecho, aunque me sienta culpable por ello.

Ella lo atravesó con la mirada.

—¿«Jugar esta mano»?

—Quería que los lazos entre nosotros fueran lo más fuertes posibles antes de lanzarme a contártelo todo. ¿No lo entiendes? Sé lo que piensas de la daga y del pasado. Me has dejado claro que ninguna de las dos cosas tiene importancia para ti, pero también sabía que te sentías atraída hacia mí, y tengo el presentimiento de que eres el tipo de mujer que se comprometería con un hombre si llega al punto de permitirle que le haga el amor. Ya estabas agradecida por que te ayudara a traer la daga desde México, así que me imaginé que podría reforzar los lazos de unión entre nosotros haciendo que te sintieras comprometida en un nivel más íntimo... —y su voz se desvaneció significativamente.

Angie se ruborizó, furiosa.

—No tienes que continuar, lo entiendo. Pensaste que podrías controlarme emocionalmente a través del sexo.

Él dejó caer el tenedor en el plato y atrajo así las miradas curiosas de los demás clientes del restaurante.

—Maldita sea —dijo—, no se trata de eso.

—Discúlpame, pero me está resultando difícil entender todos los sutiles matices de la situación.

La mirada de Flynn se suavizó por primera vez en toda la mañana.

—Angie, cariño, ¿te acuerdas de lo que te dije ayer cuando me metí en tu cama?

Ella no quiso responder para no perder los estribos.

Flynn sonrió suavemente.

—Te dije que todo iba a salir bien. Que así es como tenían que ser las cosas. Estoy seguro de ello, Angie. Confío en mi instinto en lo que a esto se refiere.

—Eso es muy tranquilizador, naturalmente...

—No seas sarcástica, cariño. No tienes por qué ponerte a la defensiva. Sólo quería que supieras que todo está bien, no ha cambiado nada.

—¿Salvo que vas a agarrar la daga y a marcharte tranquilamente con ella?

—En este momento, es tu tío el propietario de la daga.

—Me alegro de que al menos estemos de acuerdo en algo.

Flynn no hizo caso de su respuesta, y una determinación inquebrantable volvió a reflejárse en su mirada.

—Tengo intención de viajar contigo a California y conocer a Julián Torres. Hablaremos de la daga y de lo que ocurrirá después. Por lo que me has contado, se ve que tu tío entiende lo que significa esa daga, y ya que él y yo somos los únicos descendientes vivos de las dos familias, nos corresponde resolver este asunto.

—¿Y qué ocurrirá si no quiere hablar contigo? —sin embargo, Angie sabía que tal cosa no sucedería. A Julián le fascinaría conocer al único miembro vivo de la familia Challoner, y se quedaría doblemente fascinado al saber que Flynn Sangrey Challoner había pasado media vida viviendo el tipo de aventuras que Jake Savage protagonizaba en sus novelas. Por encima de todo, su tío amaba las historias que se hacían realidad.

—A juzgar por lo que me has contado sobre él, sí querrá hablar conmigo —afirmó Flynn con mucha seguridad—. Tal y como dijo Cardinal, parece un hombre que entiende la importancia de los lazos y las historias familiares.

Ella era la única que se quedaría fuera mientras los hombres decidían el destino de la daga. Así era como, probablemente, se habría sentido María Isabel doscientos años atrás, cuando se había enterado de que su propio destino estaba siendo decidido sin ella. De hecho, Angie estaba segura de que se había sentido así.

Por suerte, estaban en el siglo veinte. Los hombres podrían regatear por la daga, pero no podrían tomar decisiones respecto al futuro de una mujer.

Silenciosamente, se repitió aquello durante todo el desayuno, pero por alguna razón, no conseguía sentirse segura de aquel extremo. Flynn le había dicho que quería refundar la dinastía Challoner. La tierra y la daga eran el comienzo.

Lo siguiente que tenía que conseguir era una mujer.

VI

Flynn se dio cuenta de que sentía un alivio abrumador. Mientras conducía el Toyota rojo de Angie fuera del área de Los Ángeles y se dirigía al norte por la costa, pensó que ella se lo había tomado todo bastante bien. Al principio le había afectado un poco, no había duda, pero podría haber sido mucho peor.

Él se esperaba una explosión de lágrimas, un berrinche, gritos y alaridos. Después de todo, tal y como había averiguado esa noche, Angie era una mujer apasionada. Era una Torres, pensó, y muy orgullosa.

Pero ella se había comportado de una manera sorprendentemente calmada cuando, finalmente, él le había confesado la verdad acerca de sí mismo. Y

Flynn Sangrey Challoner le estaba muy, muy agradecido.

No le había mentido al decirle que se había quedado despierto durante casi toda la noche intentando decidir cómo decirle quién era en realidad. No quería que el malentendido llegara más lejos. Y antes no había tenido un momento realmente apropiado para explicárselo.

En México quería asegurarse su confianza y su amistad. Si le hubiera confiado su identidad, ella se habría puesto en guardia inmediatamente. No tenía forma de saber cómo habría reaccionado Angie si hubiera sospechado que él quería hacer un trato con Alexander Cardinal. Era muy posible que nunca le hubiera permitido que se acercara a ella.

Había pensado en decírselo el día anterior durante el viaje de regreso, pero éste había sido muy ajetreado y los dos habían quedado exhaustos. Además, Angie se había quedado muy inquieta con la escena de Ramón. No le había parecido buen momento para confesiones.

Después, la noche anterior, se había dado cuenta de que había pospuesto demasiado la hora de la verdad. Inconscientemente primero, y después de forma intencional, Flynn quería reforzar los lazos entre Angie y él antes de contarle quién era.

Se había atormentado a sí mismo durante horas en su habitación del hotel del aeropuerto. Allí, él solo, había pasado mucho tiempo sentado al lado de la ventana, a oscuras, mirando el horizonte. Por su cabeza habían pasado un millón de pensamientos inconexos. Estaba muy cerca de la daga, por fin. Sin embargo, después de trabajar tanto para encontrarla, la victoria lo esquivaba.

No era simplemente que el arma perteneciera a Julián Torres. Era mucho más complicado que eso. De alguna manera, Flynn no estaba muy seguro del motivo, su mente había establecido una conexión entre Angie Morgan y la daga. Le había asombrado, en la oscuridad de su habitación, que no quisiera ya solamente el frío metal con la empuñadura de piedras. También quería la mano que podía calentar aquel metal.

Angie y la daga iban juntas, y cuando las tuviera a las dos, tendría de verdad el pilar de todo lo que quería construir en el futuro.

Allí sentado, en la oscuridad, no se había podido explicar con precisión por qué estaba tan seguro de que necesitaba tanto a la mujer como a la daga para hacer que las cosas fueran completas. Quizá tuviera algo que ver con el hecho de que Angie fuera del clan de los Torres, y de que la daga hubiera llegado a los Challoner a través de una Torres.

La explicación encajaba, pensó. Todo formaba un círculo perfecto. La simetría de la situación le agradaba en un nivel profundo. Angie, la daga y un nuevo comienzo.

Fue entonces cuando supo que tendría que decirle la verdad sobre sí mismo por la mañana. Quería todo a las claras. El engaño que había estado manteniendo durante los últimos días, a pesar de lo mucho que quisiera justificarlo, le molestaba. No le gustaba el sentimiento de culpa que lo carcomía. Él era un hombre honrado y quería que su relación con Angie también lo fuera. Su orgullo de Challoner se lo exigía.

Sin embargo, ella era una mujer, y una Torres. Se temía que no lo perdonaría con facilidad. Después de todo, si la situación hubiera sido al revés, ¿cómo se habría comportado él? Flynn sabía cuál habría sido su propia reacción si se hubiera visto víctima de aquel engaño. Se habría puesto absolutamente furioso.

Así que, se dijo, era lógico esperarse que se pusiera furiosa. Antes de arriesgarse a eso, debía reforzar los lazos que había entre ellos. Sentado allí, a las dos de la madrugada, todo le había parecido completamente lógico.

Cuando, finalmente, había entrado en la habitación de Angie, seguía teniendo dudas, pero ella le había abierto los brazos y las vacilaciones de última hora se habían desvanecido en medio de una llamarada de pasión que lo había consumido. Eso estaba bien. Así tenían que ser las cosas. Lo sabía.

Incluso conduciendo el Toyota, su cuerpo volvió a reaccionar al recordar a Angie aquella noche. Notó cómo se endurecía, y tuvo que obligarse a sí mismo a relajarse. Ella se había derretido en sus brazos y él se había quedado totalmente asombrado por aquella excitación dulce y cálida, inesperada y fuera de control. Y ambos habían encajado como una daga encajaba en su funda.

Después, la realidad de lo que había hecho le había vuelto a la cabeza. Y, como si quisiera defenderse de lo inevitable, había apretado a Angie contra su cuerpo. Había pasado toda la noche despierto mientras ella dormía confiadamente entre sus brazos.

Mientras salían de Los Ángeles, Flynn se permitió exhalar un suspiro de alivio. Iba a salir bien. Angie había aceptado la situación. Él había hecho bien en manejarlo todo de aquella forma. Esa noche había significado algo muy importante para ella también, y por esa razón Angie se había tomado las noticias por la mañana de una forma mucho más ecuánime de lo que él hubiera podido esperar.

El alivio le dio ganas de hablar. Ella no había hablado mucho desde que habían salido del hotel. No parecía hostil, sin embargo; sólo callada. Él le lanzó una mirada y se quedó estudiando su perfil durante unos instantes mientras Angie miraba pensativamente por la ventanilla del coche.

El sol, que brillaba sobre el océano, se estaba poniendo, y se notaba que empezaba a refrescar. Según dejaban atrás Los Ángeles, empezó a aparecer la verdadera California. Parte de la carretera por la que avanzaban discurría por tierras que continuaban igual que cuando los Torres y los Challoner empezaron a construir sus imperios.

Las colinas todavía se encontraban con el Pacífico en una intimidad intemporal. Aquello era lo que tenía la tierra, pensó Flynn con una profunda satisfacción. Se podía plantar en ella, se la podía dividir para crear ranchos o construir ciudades, pero, se hiciera lo que se hiciera, continuaba existiendo. Y continuaría cuidando del hombre que la valorara.

Se preguntó en qué estaría pensando Angie, tan silenciosa a su lado. Sus maravillosos ojos verdes no dejaban traslucir nada. Volvió a recordar su valentía en el bote al enfrentarse a Ramón. Él sentía un gran respeto por aquel coraje y aquella forma rápida de reaccionar.

Sin embargo, cuando pensaba en Angie, experimentaba algo más que respeto: se sentía orgulloso de ella. Era lo suficientemente sincero consigo mismo como para darse cuenta de que ya pensaba que aquella mujer era suya. Su mujer tenía valor.

—Hay algo que quiero preguntarte —comentó Flynn al cabo de un momento. Ella lo miró, pero no dijo nada—. Esta mañana has mencionado el arma que usó Ramón. ¿Cómo sabías que era una Star?

Ella titubeó.

—Una vez me dijiste que admirabas el lado técnico de las novelas de Jake Savage.

Él asintió con curiosidad.

—Bueno —continuó Angie—. ¿Quién crees que hace normalmente la investigación técnica y reúne la documentación de esas novelas?

—¿Tú? —preguntó él, asombrado. Las novelas de

Jake Savage contenían muchísimos detalles sobre las armas que el protagonista utilizaba en sus aventuras.

—Yo —respondió ella, y después cortó la conversación—. La carretera que lleva a casa de Julián está a unos cuantos kilómetros de Ventura. Llegaremos en seguida.

—¿A cuánto está la hacienda de la casa de tu tío?

—A unos tres kilómetros. Está en una colina frente al mar. La casa de invitados está a unos cincuenta metros.

Angie vio el interés reflejado en los ojos de Flynn mientras él observaba el paisaje. ¿Se estaría imaginando cómo serían aquellas tierras cuando reinaban en ellas los Challoner y los Torres? En muchos aspectos, le había parecido duro y cínico, un hombre que lo había visto casi todo.

Sin embargo, cuando le había hablado sobre la tierra y de sus planes para el futuro, había encontrado una impaciencia y una decisión increíbles en él. Tenía respeto y esperanzas puestas en el futuro. Ella se había dado perfecta cuenta de aquello mientras hablaban durante el desayuno, y sentía que emanaba de él mientras conducía hacia su encuentro con Julián Torres.

La inquietó que sus preocupaciones sobre el futuro y la tierra le afectaran. No quería sentirse así. Deseaba mantenerse a distancia emocional de él, no quería que Flynn la viera como parte de sus planes.

Su tío se había quedado asombrado, al principio, y luego completamente encantado cuando ella le había telefoneado para contarle que iba camino de casa con un Challoner. Julián le había asegurado que ya se había recuperado por completo de su gripe y que los estaría esperando aquella tarde. Le daría instrucciones a la señora Aker, el ama de llaves, para que preparara cena para tres.

—Es estupendo, Angie —le había dicho Julián, entusiasmado—. Maravilloso, estupendo. Qué coincidencia más increíble que hayas encontrado a un Challoner allí, en México.

Mirando a Flynn, que caminaba por la habitación del hotel mientras ella hacía la llamada, Angie había murmurado secamente en el auricular:

—Tío Julián, ya sabes lo que siempre dice Jake Savage sobre las coincidencias.

Julián Torres se rió.

—Debería saberlo, porque lo he escrito muchas veces —bajó la voz bastantes octavas para recrear la de su personaje, grave y profunda—: No existen las casualidades.

—Exacto. Procura acordarte, tío Julián.

Y en aquel momento, casi habían llegado. Angie le dio las indicaciones a Flynn, que salió de la autopista y tomó una carretera estrecha que llevaba a una zona residencial de viviendas caras y aisladas. Una bosquecillo protegía la moderna estructura de madera y cristal en la que vivía Julián Torres hasta que su hacienda estuviera terminada.

La casa tenía unas vistas al mar espectaculares. Abajo, un acantilado descendía hasta una tranquila playa. Las otras residencias de la zona también estaban aisladas. La privacidad era un privilegio muy valorado en aquella zona tan selecta de la costa, y la gente que podía permitírselo estaba dispuesta a pagar bien aquel lujo. El autor de los exitosos libros de Jake Savage podía permitírselo.

Flynn detuvo el coche en el camino de entrada a la casa, y contempló el exuberante jardín.

—Julián diseñó el jardín hace un par de años —le explicó Angie amablemente—. Tiene una habilidad especial con las plantas y las flores.

Flynn asintió justo cuando se abrían las puertas de la casa y un señor de mediana edad, de aspecto agradable y distinguido, salió a recibirlos. Julián todavía conservaba la mayor parte del cabello y, al más puro estilo californiano, se mantenía en forma con ejercicio, una dieta sana y un suplemento medicinal de jerez español. Iba vestido de sport, pero llevaba ropa cara y tenía cierto aire de sofisticación de la costa oeste.

—Angelina —dijo Julián Torres, pomposamente—, por fin has llegado. ¿Qué tal ha ido el viaje? —él era el único que la llamaba por su nombre completo.

—Lleno de aventuras —respondió ella mientras le daba un abrazo a su tío—. Tienes un aspecto estupendo, teniendo en cuenta que acabas de recuperarte de la gripe.

—Al final ha sido muy suave. Me tomé una dosis extra de jerez y apenas he notado nada —dijo, y miró a Flynn, valorándolo—. Preséntanos, Angelina.

—Julián, te presento a Flynn Sangrey... Challoner —dijo ella, haciendo una pausa de un segundo
justo antes del segundo apellido de Flynn, y vio
cómo él le lanzaba una mirada fría mientras le estrechaba la mano a su tío.

—Hace mucho tiempo que no se reunían los Torres y los Challoner, Flynn. Ya era hora —le dijo Julián, lleno de satisfacción, mientras estudiaba al joven—. Vamos dentro, tenemos mucho que hablar.
No puedes imaginarte lo contento que estoy de
conocerte.

—Creo que no os acompañaré esta noche —murmuró Angie—. No creo que vayáis a necesitarme en
la conversación.

Flynn se acercó a ella antes de que Julián pudiera
responder. Angie notó su mano fuerte en la espalda
guiándola hacia la casa, como si ella le perteneciera.

—Hablemos de lo que hablemos, te incumbirá,
Angie. Eres parte del pasado.

Ella habría querido discutir aquel punto, pero
no había tenido oportunidad de hacerlo. Con su típico encanto, Julián sirvió un café oscuro y fuerte,
y unas pastas pequeñas y sabrosas que la señora
Akers les había enviado desde la cocina. Angie se
habría sentido maleducada y ridícula si hubiera
montado una escenita en aquel momento. Entonces, con los ojos brillantes de impaciencia, Julián le
pidió a su sobrina que le enseñara la daga.

—Está en mi maleta —respondió Angie, y se levantó de la silla—. La traeré.

Con una sensación de alivio por poder escapar de la sociedad de admiración mutua que se había establecido entre los dos hombres, se apresuró a salir de la casa. Abrió el maletero del coche y de su maleta sacó la daga. Durante un momento, allí de pie, sola, sostuvo el estuche y se quedó maravillada de nuevo ante la sensación que experimentó: se sentía dueña de la daga.

Esa arma había pertenecido a María Isabel Torres. Tiempo atrás, había pasado a manos de los Challoner, pero en aquel momento se hallaba de nuevo en las de una mujer de la familia Torres. Ciertamente, pensó Angie, su conexión con María Isabel era lejana y vaga, pero aun así, ella era la que en aquel momento tenía en las manos la daga que una vez había sido de su antepasada.

Con inseguridad, se sacudió la extraña sensación que la invadía cada vez que tocaba la daga. Estaba dejando que su imaginación la dominara. Echó a andar decididamente hacia la casa con el estuche. Cuando llegó junto a Julián, lo abrió y le enseñó el objeto.

Flynn se acercó a Julián y observó la daga. Hubo un momento de silencio, durante el cual la cara de Julián reflejó la satisfacción que sentía.

—Es muy bella —dijo, al fin—. Y es exactamente como la describían los papeles de la familia —cuidadosamente, la extrajo del estuche y la sacó de su funda de cuero—. Ve a avisar a la señora Akers. Ella también querrá verla. Me ha costado una fortuna, pero ha merecido la pena.

Angie se deslizó hacia la cocina y le hizo un gesto de resignación a la mujer de pelo plateado que se encargaba de la casa de su tío.

—Se requiere su presencia, señora Akers. Tiene que aparecer en el salón y emitir las exclamaciones de rigor.

—¿Sobre la daga? —la agradable mujer se rió y se sacudió de las manos la masa que estaba trabajando—. No se preocupe, haré una buena escena. Su tío no ha hablado de otra cosa desde que usted se marchó la semana pasada, y cuando se enteró de que usted volvía con un Challoner, bueno, no lo había visto tan contento desde que su agente negoció su último contrato con la editorial —explicó. Después siguió a Angie hasta el salón, expresó toda la admiración posible por la daga y se excusó para volver a la cocina y seguir con la tarta que cenarían esa noche.

Julián miró a Flynn con cara de preocupación.

—Cardinal no os dio ningún problema, ¿verdad?

Flynn se encogió de hombros.

—No cuando se hizo la transacción, pero después hubo algunos pequeños contratiempos. Es una larga historia.

—Por la correspondencia que he mantenido con él, supuse que ese hombre era un caballero —dijo Julián, con cierta brusquedad—. De lo contrario, nunca habría permitido que Angie fuera sola a verlo.

—Yo pensé lo mismo —admitió Flynn—. Pero alguien intentó robarnos la daga antes de que saliéramos de México. Me temo que tuvimos que marcharnos muy rápido. Angie está segura de que Cardinal está detrás de todo lo que ocurrió.

—Contádmelo todo —insistió Julián. Y, con expresión seria, volvió a dejar la daga en el estuche y tomó su taza de café.

—Fue muy emocionante, tío Julián. Te habría encantado —Angie estiró las piernas, cruzó los tobillos y se recostó en el respaldo de su butaca. Apoyó los codos en los brazos y sonrió con cierta frialdad—. Mucho material para una de tus novelas de Jake Savage. Incluso hubo un verdadero Jake que se encargó de manejar al malo.

Flynn se movió, inquieto, en su butaca.

—Quizá sea mejor que yo cuente la historia. Parece que Angie se siente inclinada a adornarla demasiado —y, de un modo realista, Flynn contó lo ocurrido en México. Antes de que hubiera terminado, Julián estaba impresionado.

—Gracias a Dios que estabas con ella, Flynn. No quiero ni pensar que Angelina se hubiera visto obligada a tratar con ese Ramón ella sola —Julián se volvió hacia su sobrina—. ¿Estás bien?

—Oh, perfectamente. Lo mejor vino después.

Desde el otro lado de la habitación, Flynn entrecerró los ojos a modo de advertencia.

Angie continuó como si no lo hubiera visto.

—Yo me quedé bastante sorprendida al descubrir quién era Flynn en realidad. Hasta aquel momento, creía que su nombre era Flynn Sangrey.

Hubo un momento de silencio en la estancia y,

después, Julián miró con curiosidad a Flynn. Éste hizo tamborilear los dedos en el brazo de su butaca y miró a Angie.

—Yo no sabía quién era ella al principio —explicó con calma—. Y, cuando lo averigüé, no estaba seguro de cómo reaccionaría. Creía que desconfiaría de mí y que pensaría que estaba detrás de la daga.

—¿Y no lo estás? —preguntó Angie. Volvió a sonreír con altivez.

Fue Julián quien respondió.

—Por supuesto que lo está. Su familia también tiene derechos sobre la daga, tantos como la nuestra.

—Ya no —dijo Angie—. Ahora tú eres su propietario, Julián. La has comprado y has pagado por ella.

Julián sonrió ligeramente.

—Pero Flynn la rescató cuando Ramón, o quienquiera que le hubiera pagado, quiso robarla. Eso da más validez a su derecho. Y creo que entiendo por qué no te dijo desde el principio quién era. Se habría arriesgado a perder el rastro de la daga de nuevo si tú hubieras huido muerta de miedo. ¿No es así, Flynn?

—Algo parecido —respondió Flynn lacónicamente, y sonrió a Angie—. Pero al final, Angie se tomó la noticia con mucha tranquilidad. Probablemente, yo me equivoqué al preocuparme tanto.

Julián sacudió la cabeza.

—No. No si llevabas tanto tiempo buscando la daga, Flynn. No te has equivocado actuando con cautela cuando finalmente te habías acercado tanto al objeto de tu búsqueda.

Angie los observó y quedó callada mientras los dos hombres comenzaban a hablar de la daga y de su historia. También hubo preguntas acerca de la historia de Flynn, y ella se dio cuenta de que él se limitaba a dar respuestas breves. Aquellas respuestas, sin embargo, fueron suficientes para intrigar a Julián. Angie sabía que su tío estaba empezando a ver a Flynn justo como ella sospechaba: como una versión de Jake Savage en la vida real.

A pesar de aquello, era evidente que Flynn no quería hablar demasiado de su forma de ganarse la vida. Sólo cuando la conversación viró hacia sus planes de futuro se recostó en el respaldo de la silla y se explayó.

—Como le he dicho a Angie esta mañana, he empezado a hacer inversiones en terrenos. Creo que el paso siguiente es establecer una especie de asociación de inversores. Hace falta mucho dinero para comprar las mejores tierras. Llevo varios años trabajando por mi cuenta, y creo que estoy preparado para gestionar planes de inversión más ambiciosos. Tengo intención de conseguir sumas de dinero de unos cuantos inversores y gestionar la compra-venta. La tierra es la llave de todo, Julián. Exactamente igual que hace doscientos años. Hoy en día, incluso las empresas de informática más poderosas necesitan terrenos y edificios. No importa que sea una empresa de alta tecnología, no podrá llegar muy lejos si no tiene una sede en una buena ubicación. La agricultura, por otra parte, también necesita grandes extensiones de terreno. Eso nunca cambiará. Las zonas residenciales, los centros comerciales, los edificios de oficinas..., todo necesita terrenos. Siempre vuelve todo a la tierra. Y yo creo que tengo un talento especial para la tierra.

El tiempo pasaba y los dos hombres seguían hablando. Al final, el sol coloreó espléndidamente el cielo mientras desaparecía en el Pacífico, y Julián anunció de muy buen humor que había llegado la hora del aperitivo. Sirvió jerez, y la señora Akers sacó unas quesadillas. Angie mordisqueó las tortillas llenas de queso y dio un sorbito a su jerez mientras esperaban la cena. Parecía que nadie había dado demasiada importancia a que se hubiera retirado de la conversación. Se preguntó cuándo le preguntaría alguien a Flynn dónde tenía pensado quedarse a pasar la noche.

Cuando, finalmente, la cuestión se planteó, no fue como una pregunta. Julián ya había pensado en ello y había llegado a una solución. La anunció durante la cena.

—No sé si Angie te lo ha mencionado, Flynn, pero la hacienda está casi terminada. Hay mobiliario en la habitación principal, en la cocina y en las zonas de estar. También funciona la electricidad y la fontanería. No hay ninguna razón por la que una persona no pueda quedarse allí unas cuantas noches, si es que no te importa cruzarte con los obreros y el decorador. ¿Qué te parece? ¿Te gustaría quedarte allí en vez de tener que buscar un hotel?

—Eso es muy generoso por tu parte —dijo Flynn sin mirar a Angie.

Julián levantó la vista de su arroz de marisco.

—Me estarías haciendo un favor, ¿sabes? Desde que Angelina se mudó a la casa de invitados, no estoy tranquilo. Esa parte de la playa está un poco aislada. Sería bueno saber que estás cerca. Yo no podré mudarme hasta dentro de un mes. No quiero distraerme del libro en el que estoy trabajando en este momento.

Angie levantó la vista bruscamente, pero no a tiempo como para frenar la agradecida respuesta de Flynn.

—Me gustaría mucho —dijo—. Me encantaría ver lo que has hecho con ese lugar. Es exactamente donde estaba la hacienda de los Torres, ¿verdad?

—Sí. Nos llevó un tiempo verificarlo —dijo Julián—, pero ahora estamos seguros. Los viejos archivos de la propiedad todavía estaban disponibles. Por lo que sé, el terreno donde se encontraba la casa de los Challoner estaba a unos cuantos kilómetros hacia el interior.

Flynn asintió.

—Ya no queda nada. Una vez fui hasta allí para ver si hallaba algún resto de la casa, pero no encontré nada. Ahora pertenece a un criador de caballos. Supongo que no puedo quejarme. Al menos, no ha dividido el terreno, y no me importa que haya buenos purasangres árabes corriendo por allí.

—Cierto —convino Julián filosóficamente—. ¿Sabes que fue en la hacienda de los Torres donde tu antepasado conoció a María Isabel? El padre dio una gran fiesta e invitó a todos los vecinos, incluidos sus enemigos, los Challoner, que amablemente dejaron de pelearse con él el tiempo suficiente como para atiborrarse de la estupenda carne de los Torres.

Flynn se rió.

—Que no se diga que un Challoner no sabe aprovechar las buenas oportunidades de la vida.

Angie habló por primera vez en media hora.

—Creo que eso es exactamente lo que le dijo exactamente María Isabel a Curtis Challoner la noche de la fiesta. ¿No es así la historia, tío?

—Algo así —confirmó Julián alegremente mientras rellenaba las copas de vino de todo el mundo—. Parece que lo articuló en términos más fuertes, sin embargo. Fue hacia Challoner mientras éste se estaba terminando una de las botellas del fabuloso vino de su padre, traído directamente de España, y procedió a insultarlo. Le dijo que, evidentemente, no era nada más que un campesino gorrón con aspiraciones muy por encima de sus capacidades. O algo así. Probablemente sonaba mucho mejor en español. O mucho peor, según como se mire. En cualquier caso, el insulto se consideró atroz, ya que María Isabel lo profirió durante una tregua, cuando Challoner era un invitado en casa de los Torres. Se dice que María Isabel era un volcán. Verdaderamente, de armas tomar.

—Muy mimada —dijo Flynn mientras se servía más espárragos.

Angie se sintió obligada a dar su opinión de nuevo.

—Era una mujer que vivía en un mundo de hombres, y no hay duda de que muchas veces lamentaría la situación. Yo no la culpo en absoluto. Curtis Challoner, por lo que se dice, era arrogante, ambicioso y bastante despiadado.

—Bueno, fuera lo que fuera —interrumpió Julián—, ésa fue la ocasión en la que Challoner informó a Torres de que estaba dispuesto a librarlo de su hija si aquello resolvía la disputa por las tierras.

—Qué generoso —gruñó Angie.

Una sonrisa divertida se dibujó en los labios de Flynn.

—De acuerdo con la versión de mi familia, lo que Curtis le dijo en realidad a María Isabel fue que el campesino gorrón iba a hacerle un favor. Prometió que la transformaría de fiera en una esposa y madre amante. Ella le respondió que antes se iría al infierno y él le dijo que había oído describir las noches de bodas de muchas maneras, pero nunca como un infierno. Le dijo también que él tenía confianza en que ella cambiara de opinión y que estaba deseando que llegara la ocasión para ver con qué salía ella.

—Y salió con la Daga de los Torres —terminó Angie.

—La frialdad del acero y una mujer apasionada forman una combinación muy interesante —apostilló Flynn con una sonrisa, y le acercó la cesta del pan—. Toma otra tortilla de maíz.

Consciente de que Julián la estaba observando sin poder ocultar su curiosidad, Angie aceptó amablemente la tortilla y volvió a quedarse callada.

—¿Cuánto tiempo vas a quedarte por esta zona? —preguntó Julián a Flynn.

—Hasta que te haya convencido de que me vendas la daga —respondió Flynn—. ¿Qué hará falta para que lo consiga?

Julián se recostó en el respaldo y arqueó una ceja con un brillo extraño en la mirada.

—¿Convencerme de que te venda la daga? No estoy seguro. Tengo que pensarlo. He trabajado mucho tiempo y muy duramente para conseguirla, Flynn.

—Yo también.

Julián asintió.

—Y tus derechos sobre ella son también legítimos, lo sé. No va a ser una decisión fácil.

—No puedo superar la cantidad que le pagaste a Alexander Cardinal por ella —dijo Flynn, con sinceridad—. Ahora mismo no, pero tengo algunas propiedades que podría vender para conseguir dinero en efectivo. Aunque, para decirte la verdad, esas tierras no deberían venderse. Todavía no.

—La daga no debe venderse ni comprarse entre un Torres y un Challoner, ¿no te parece, Flynn?

—No —convino Flynn—. Significa demasiado.

Angie asimiló el significado de aquellas palabras. Vio la mirada que estaban intercambiando su tío y Flynn y supo que, con algún tipo de código masculino, habían llegado a una conclusión. Contuvo la ola de incertidumbre que la asaltó. Ella no era María Isabel, no tenía que sentir pánico. «Pero María Isabel no sintió pánico, se puso furiosa». Angie estaba segura de aquello, tan segura como si se lo hubiera dicho su mismísima antepasada. Un poco temblorosa, dejó el tenedor en el plato y tomó la copa de vino.

No se dijo nada más sobre la daga durante la cena, pero al final de la comida Angie estaba convencida de que las fuerzas ya se habían puesto en movimiento y que se dirigían hacia alguna conclusión inevitable que le concernía. Tenía la sensación de estar atrapada, y se preguntó si María Isabel se habría sentido de la misma manera.

Irritada, se quitó aquella pregunta tan extraña de la cabeza. Aquello era ridículo. Ella era una mujer del siglo veintiuno, y no permitiría que dos hombres la usaran para decidir quién se quedaba con la daga.

Además, se recordó con tristeza, nadie le había pedido que se sacrificara como una mártir en matrimonio. Aquel pensamiento hizo que se le dibujara una ligera sonrisa en los labios.

—¿Algo divertido? —preguntó Flynn.

—Una broma muy personal.

—¿Vas a compartirla? —insistió él.

—Ya la he compartido.

Él la miró con los ojos entrecerrados.

—¿Con quién?

—Con María Isabel.

VII

Flynn no había planeado despertar solo.

Tres días después de haber vuelto a California con Angie, abrió los ojos en la habitación principal de la hacienda y miró con irritación la luz brillante de la mañana que inundaba la estancia. Se despertó completamente alerta, sin espacio intermedio entre el sueño y el estado consciente. Mientras se preguntaba si alguna vez perdería aquel hábito ahora que estaba en Estados Unidos, Flynn apartó la manta y se sentó al borde de la enorme cama de madera tallada.

Julián Torres no había reparado en gastos a la hora de construir la hacienda. Ni tampoco había cometido el error de concentrarse en la autenticidad. Aquella casa estaba destinada a ser un hogar, no un museo. Las ventanas eran más abundantes y más grandes que las de la construcción original, porque los californianos del siglo veintiuno valoraban mucho sus vistas.

Había aire acondicionado y calefacción, aunque el punto arquitectónico más llamativo del salón y de la habitación principal eran sus magníficas chimeneas. Otro de sus mayores atractivos era un patio con un maravilloso jardín. El mobiliario era confortable y, en la mayoría de los casos, nuevo, aunque había sido elegido para recrear el ambiente español original. Tenía los techos muy altos y los muros pintados con una imitación de adobe blanco. El suelo era de tablones de madera, y había algunos mosaicos de azulejo.

El efecto final, aunque moderno en muchos aspectos, recordaba el estilo colonial español, cálido y elegante.

Flynn se había sentido como en casa desde el primer momento. Se lo había dicho a Angie, la primera noche, cuando ella lo había llevado en coche a la hacienda de Julián.

—Pero no es tu casa. Es la casa de los Torres —le había recordado Angie con frialdad, mientras le enseñaba la casa.

—Los Torres y los Challoner se unieron después del matrimonio de Curtis y María Isabel. Las casas de unos y de otros estuvieron abiertas para los demás —él intentó subrayar aquel punto amablemente, pero Angie no lo escuchaba. Flynn la había tomado por la muñeca mientras ella caminaba hacia la cocina. Sonriendo ligeramente, y notando que la impaciencia se extendía por su cuerpo, la tomó entre sus brazos—. Mi casa es tu casa. Ha sido un día largo, cariño.

—No tanto como anoche —le había respondido ella, y se había escabullido de entre sus brazos—. La señora Akers le dijo al tío Julián que no quería una cocina de hace doscientos años. Insistió en que tuviera todos los adelantos. El arquitecto ha hecho un buen trabajo para esconder los cables, ¿verdad? Y mira los azulejos de la encimera. Los ha pintado un artista de Santa Bárbara.

—Angie…

—Espera a ver la vista por la mañana. Es fabulosa. Hay un camino que baja por el acantilado hasta la playa, por si te apetece dar un paseo temprano. Yo lo hago con frecuencia.

—Angie, encenderé la chimenea…

—El tío Julián todavía no ha comprado la carga de leña.

—Bueno, quizá podamos tomar una copa de jerez, o algo…

—Tampoco hay nada de beber ni de comer en la casa —dijo ella sonriendo amablemente, con un brillo triunfal en la mirada. Esperó su siguiente sugerencia.

Flynn había hecho unos cuantos intentos más antes de darse cuenta de que Angie no tenía ninguna intención de quedarse con él. Todavía estaba molesta por la revelación de aquella mañana, pensó Flynn. Necesitaba tiempo para aceptar la situación. Al menos, no estaba luchando contra él activamente. Sólo necesitaba tiempo, y él estaba dispuesto a ser paciente. Después de todo, había esperado años para reunir los pilares de la nueva dinastía Challoner…, podía esperar un poco más.

Cuando, finalmente, admitió que Angie no iba a quedarse a pasar la noche con él, Flynn la acompañó a la casa de invitados. Entonces entendió la preocupación de Julián.

—Este lugar está muy aislado, Angie —dijo. Observó la situación de la casa y se dio cuenta de que, aunque desde allí se veían las luces de la casa principal, no había ningún otro lugar habitado cercano. La siguiente residencia de aquella zona no estaba a la vista—. No deberías haberte mudado aquí hasta que tu tío se hubiera instalado en la hacienda.

—No quería esperar. Además, el contrato de alquiler del apartamento que tenía en Ventura estaba a punto de expirar. Esta casa la terminaron varias semanas antes que la hacienda, así que decidí cambiarme.

—Podrías haberte quedado en casa de tu tío hasta que la hacienda estuviera lista —replicó Flynn mientras inspeccionaba con desaprobación el salón de la casita desde la puerta. Angie no lo había invitado a entrar.

—¿Y por qué voy a querer yo vivir con mi tío? Soy una mujer. Y ya te he dicho que me gusta tener privacidad.

Aquello le había molestado mucho.

—No es seguro.

—Flynn, tengo veintiocho años. Llevo mucho tiempo viviendo sola. No estamos en el siglo diecinueve, cuando las mujeres tenían que vivir en casa de sus familias hasta que se casaban.

Sus ojos de color de pavo real lo estaban retando, y él había estado a punto de cometer el error de caer en la trampa. Entonces se había dado cuenta de que ella estaba preparada para entablar una lucha de voluntades. Y se había retirado, diciéndose a sí mismo que lo último que quería era darle una excusa para tener una discusión. Los lazos que los unían todavía eran débiles, y él no había querido hacer nada que pudiera desestabilizar la situación.

Y, tres días después, Flynn estaba inquieto. Se había dado cuenta de que no tenía la menor idea de lo que le estaba pasando por la cabeza a Angie. Si la presionaba demasiado, se volvían retadores. En cambio, si mantenía cierta distancia emocional, a ella no le importaba que estuviera cerca.

Todo aquello era inquietante y confuso, y lo estaba volviendo loco. Ni siquiera sabía con seguridad si ella estaba jugando deliberadamente a algún tipo de juego. Se le había pasado por la mente que era posible que quisiera castigarlo por haberla engañado en México, pero no se había producido ninguna recriminación. Claro que, si ella no estaba pensando en una venganza, ¿qué estaba haciendo?

Las cosas habrían sido mucho más fáciles en los

viejos tiempos, pensó Flynn, taciturno, mientras se levantaba de la cama y se acercaba a la ventana. Curtis Challoner no había tenido que tratar directamente con María Isabel para negociar su matrimonio. Él había tenido la oportunidad de ultimar los detalles con el padre de ésta. Evidentemente, era mucho más práctico arreglar las cosas de hombre a hombre que tener que ganarse a una mujer.

No estaba completamente seguro de cuándo había cristalizado en su mente la idea del matrimonio. Sospechaba que había empezado a tomar forma incluso antes de que Angie y él hubieran salido de México. No había duda de que la atracción sensual entre ellos había surgido desde el principio, y Angie le parecía inteligente y encantadora. También respetaba su valor y su fortaleza. Muchas mujeres se habrían puesto histéricas en el bote al ver a Ramón con una pistola en la mano. Su relación con la Daga de los Torres había introducido el factor del destino en la ecuación. En algún momento, todo había empezado a ser inevitable. Al menos, para él.

A lo lejos, vio a Angie salir de su casa vestida con unos vaqueros negros y una camisa blanca de manga larga. Llevaba un cortavientos rojo al hombro y el pelo recogido en en la nuca. Con un poco de imaginación, él la vio como una Torres del siglo diecinueve, a punto de dar un paseo matutino. Incluso desde tan lejos, se apreciaba la gracia innata y el orgullo en su forma de moverse.

Flynn se apartó de la ventana y se apresuró a

entrar en el baño para ducharse y afeitarse. Quería alcanzarla antes de que terminara su paseo por la playa.

Angie bajó hasta la arena siguiendo el camino trazado por el acantilado. No era especialmente difícil a la luz del día, pero uno tenía que conocer el camino. A veces estaba a la sombra por los salientes de las rocas. Ayudándose con las manos, consiguió mantener el equilibrio varias veces durante la bajada y evitar caídas. Se detenía de vez en cuando para examinar algún trozo de madera interesante.

Cuando, finalmente, llegó a la playa, se detuvo un instante a la orilla y miró el mar. Instintivamente, supo que Flynn se uniría a ella enseguida. La había encontrado allí las dos mañanas anteriores, y estaba bastante segura de que aquel día iría también. A pesar de sus sentimientos ambivalentes hacia él, sabía que una parte de ella estaba ansiosa por verlo.

Lentamente, se volvió para caminar por la arena. Hacía fresco, y después de un rato se puso el cortavientos. Metió los dedos en los bolsillos traseros del pantalón y aspiró el olor del mar con la esperanza de que Flynn se materializara a su lado. Aquel hombre se movía tan silenciosamente como un fantasma, pensó. Raramente lo oía hasta que estaba a su lado, sobre todo cuando estaban en la playa y el sonido de las olas enmascaraba ruidos mucho más débiles.

La forma extrañamente cauta con la que se había estado comportando últimamente con ella no duraría mucho más, pensó. Sabía que él había tomado una decisión, pero, aparentemente, no sabía cómo decírselo. Sin embargo, Angie tenía el presentimiento de que había hablado con Julián. Había visto curiosidad en los ojos de su tío cuando Flynn y ella habían vuelto de dar una vuelta por Ventura la tarde anterior. ¿Se estaría preguntando Julián si Flynn habría sacado el tema durante aquel paseo?

Ella había estado tentada de decirle a su tío que no, que Flynn no le había pedido que se casaran mientras estaban en el supermercado, pero resistió el impulso. Aquél no era un asunto para bromear.

Y eso representaba un problema. No sabía cómo salir de aquella inquietante situación. Era como si estuviera atrapada en la niebla con Flynn, incapaz de ver con claridad e incapaz de escapar. No podía protestar por una proposición de matrimonio, porque nadie se la había hecho, pero era demasiado intuitiva como para no darse cuenta de que Flynn estaba dándole forma a su gran destino y estaba empezando a verla como parte de él. ¿Qué haría cuando él lo planteara? Angie no estaba segura de saber cómo iba a reaccionar, y eso le molestaba. La mantenía despierta por las noches y conseguía que su comportamiento fuera impredecible durante el día. Su único consuelo era que tenía el presentimiento de que tanto su tío Julián como Flynn sentían que tenían que andar con pies de plomo.

Les estaba bien empleado.

—¿Angie?

Ella se volvió y vio a Flynn a dos pasos de distancia. No se había puesto chaqueta sobre la camisa caqui, y la brisa lo estaba despeinando. Parecía que no le afectaba el frío mientras la miraba con aquella expresión admirativa que estaba empezando a resultarle familiar.

—Buenos días. ¿Has dormido bien?

—Qué amable —murmuró él—. He dormido todo lo bien que puede esperarse dadas las circunstancias. ¿Y tú?

Ella sonrió.

—Bien, gracias —respondió Angie, y se volvió para retomar el paseo. Él se puso a su lado—. ¿Tienes planes para hoy?

—Pensé que quizá te apetecería hacer una excursión.

—¿Adónde?

—A un rancho que ocupa el terreno donde estuvo la casa de los Challoner. Me gustaría enseñártelo.

Ella lo pensó.

—Está bien.

Aquella respuesta agradó a Flynn y éste se relajó un poco.

—¿Sabes? He estado pensando mucho sobre dónde construir un nuevo hogar, Angie.

—¿Sí?

—Quiero diseñarlo desde el principio. No quiero comprar una casa que ya esté construida —dijo, y lan-

zó una mirada al perfil de Angie mientras caminaban–. Y no quiero que se construya con los métodos
rápidos que muchos constructores usan hoy en día.

Angie sonrió.

–Ya entiendo. Quieres hacer una casa que dure.

Él asintió y miró al horizonte.

–Sí. Tiene que ser la casa perfecta. Un lugar
donde pueda vivir otra generación.

–Hoy en día, las generaciones tienden a seguir
su propio camino. Se mudan a otros Estados, siguen
carreras diferentes a las que siguieron sus padres,
construyen sus propias vidas. Y construyen sus propios hogares. En la actualidad, la gente no piensa en
fundar una dinastía, Flynn.

–Lo sé. La gente, hoy en día, sólo vive para el
presente. Pero las cosas van a ser diferentes en mi
familia.

Durante un instante, aquellas palabras atravesa-
ron a Angie con la fuerza de un relámpago. La familia de Flynn Sangrey Challoner. Tuvo la imagen
mental de niños y niñas morenos corriendo por las
colinas, jugando en el jardín que rodearía el hogar
fuerte y duradero en el que vivirían, y reuniéndose
alrededor de su padre por las noches. Por algún
motivo, le resultó fácil imaginar a aquellos niños.
Fue entonces cuando intentó ver también a la madre, pero su mente se negó a cooperar. Con un suspiro, abandonó el proyecto.

–¿Siempre has estado tan seguro de lo que querías, Flynn? –le preguntó suavemente.

—Desde que tengo uso de razón. Desde siempre, he oído historias sobre la familia y he pensando en todo lo que se perdió. ¿A ti no te hacían soñar con el pasado las historias que oías cuando eras niña, Angie? ¿El interés de tu tío por las leyendas de la familia no ha conseguido que quisieras recrear lo que una vez existió?

«Esa idea nunca se me pasó por la mente hasta que te conocí», pensó Angie con cierta nostalgia. «Ahora parece que no soy capaz de pensar en otra cosa». En alto, respondió fingiendo indiferencia:

—Ya te dije en México que soy una mujer del presente.

—Todos vivimos en el presente, Angie —replicó él con impaciencia—, pero eso no significa que no podamos estar unidos a nuestros pasados y construir un futuro. Es la manera en la que la gente veía la vida antes. Y, en muchos lugares del mundo, todavía es así. Cuando perdemos la conexión con el pasado, perdemos algo vital.

—¿Tienes hambre?

A él no pareció afectarle mucho el cambio de tema.

—Supongo que sí. Claro. Son casi las siete y media.

—Podemos hacer huevos revueltos en mi casa.

La expresión de la cara de Flynn se suavizó milagrosamente al recibir aquella invitación inesperada. Era la primera vez que ella lo invitaba a desayunar a su casa después de uno de sus paseos matutinos.

—Me apetecería muchísimo.

Un poco desconcertada por su entusiasmo, Angie se dio la vuelta y se dirigió hacia la casita.

Dos horas después, Angie estaba junto a Flynn en lo alto de una colina y observaba una manada de purasangres árabes que pastaban en una finca. En una época, aquella extensión había sido propiedad de los Challoner. Flynn miraba las tierras con una mano plantada en una cadera y la otra, sobre los hombros de Angie. Su cara expresaba satisfacción.

—Se ve el océano desde aquí, pero la niebla no llega hasta estas tierras. Y la casa estaría protegida del viento. Oh, Angie, ésta es una tierra tan buena... Casi puedes olvidar que Los Ángeles está ahí al lado. No me extraña que nuestras familias se establecieran aquí.

Angie sonrió, extrañamente consciente de la belleza de la tierra.

—Creo que yo siempre lo he dado por hecho.

Él la miró sin entenderla.

—¿A qué te refieres?

—A la tierra. Tienes razón, Flynn, ésta es una región hermosa. Quizá tú seas capaz de apreciarlo más porque has pasado mucho tiempo lejos. O quizá el amor que tú sientes por la tierra es algo que nazca con las personas.

—Quizá. No lo sé. Sólo sé que una tierra como esta debe ser valorada.

—¿Dónde estaban las tierras en litigio? Quiero decir, ésas por las que los Torres y los Challoner batallaban en el siglo diecinueve.

Él movió la mano dibujando un círculo amplio.

—Por allí. Por lo que sé, iban desde aquella colina hasta el mar. Las atraviesa un riachuelo, ésa es la razón por la que las dos familias se las disputaban. ¿Ves allí? El ganado está pastando cerca del agua.

Angie asintió.

—Ya entiendo. ¿Y ese riachuelo merecía el precio de un matrimonio?

El brazo de Flynn la apretó suavemente en los hombros y, por un segundo, ella sintió su fuerza recorriendo todas las fibras del cuerpo.

—Oh, sí, Angie. Merecía la pena.

Quizá fuera así, pensó Angie. Allí de pie, bajo el sol, con el brazo de Flynn por los hombros y la tierra que se extendía a sus pies, entendía finalmente los lazos que unían a un hombre como él con la tierra.

Una mujer también podía sentir el mismo tipo de unión, pensó. Había algo vital y elemental en aquella sensación. Durante un momento, Angie pensó que casi podía comprender un matrimonio celebrado por las razones por las que se había celebrado el primero de los Challoner y los Torres.

Al darse cuenta de aquello, se sintió inquieta y se alejó de Flynn bruscamente. El olor de la tierra era muy fuerte aquel día. Parecía que estaba afectando a su raciocinio.

—¿Angie?

—¿Sí, Flynn?

—Creo que me gustaría construir mi casa cerca del mar —salvó la distancia que había entre ellos de una zancada y señaló en la dirección en la que quería que Angie mirara—. Quizá allí, en aquella colina. ¿Te gusta ese lugar? Sé que te gusta estar cerca del mar.

—Ese terreno valdrá una fortuna, Flynn.

—Lo sé. Pero algún día...

Ella lo miró, súbitamente emocionada.

—Algún día, Flynn, espero que consigas lo que quieres.

Él la miró en silencio durante un instante, con una expresión impenetrable.

—Gracias, Angie.

Una mañana, a finales de aquella semana, Julián entró en su despacho y se encontró a Angie tomando unas notas sobre revólveres. Él miró a su alrededor, expectante.

—Aquí estás. Me estaba preguntando dónde te habías metido. ¿Dónde está Flynn?

—Ha ido al pueblo a llevar un paquete a la oficina de correos.

—¿Y tú no has ido con él?

—Bueno, pensé que no me necesitaría para que le sostuviera la mano y le enseñara a pegar unos sellos. Ya es un muchacho grande.

Julián frunció el ceño.

—Es más que un muchacho, Angelina. Es un hombre, un buen hombre. No hay muchos así en nuestros días. Lo cual, probablemente, explica por qué tú no te has casado todavía.

Ella miró a su tío.

—¿Estás empezando a preocuparte porque me quede solterona para toda la vida, tío Julián?

Él sacudió la cabeza y se apoyó en el escritorio.

—No estoy preocupado por eso...

—Me parece muy bien, porque tú no estás precisamente en situación de dar consejos... —indicó ella, con una voz demasiado dulce—. Tampoco te has casado.

Él sonrió.

—Cierto. Pero ya ves, Angelina, cariño, eso deja toda la carga sobre tus hombros.

—¿Qué carga?

—Te debes a ti misma, y a tu familia, casarte con un hombre decente, Angelina. Hay un futuro que considerar. Y un pasado.

—Yo no soy una yegua de crianza.

—Estaba pensando en que serás la semilla de futuras generaciones. Algo así.

Angie se echó a reír.

—Eso es muy bueno, tío Julián. Debes de estar escribiendo algo más, aparte de las historias de Jake Savage.

A él le brillaron los ojos.

—¿Por qué iba a hacer yo eso, si las novelas me las pagan tan bien?

—Ya veo. Bueno, supongo que, en ese caso, tu vena poética no tendrá salida. Es evidente que Jake Savage no habla así.

—Y como Flynn tiene mucho en común con Jake Savage, es posible que tampoco sea capaz de decir las cosas poéticamente... Pero, Angelina, eso no significa que él no piense de esa manera.

Lentamente, Angie dejó el bolígrafo sobre la mesa.

—No me digas que ha delegado en ti la misión de acometer el tema. Creía que Flynn tendría agallas suficientes como para no tener que pedirte algo así.

Julián se quedó mirándola fijamente.

—¿Qué asunto?

—El matrimonio.

—¿Con Flynn?

—¿No es de eso de lo que estamos hablando? —preguntó ella.

—Tienes razón, Angelina. Y, cuando llegue el momento, Flynn se ocupará del asunto personalmente. Sabe muy bien que no vivimos en mil ochocientos. Yo no tengo ninguna autoridad sobre ti en ese sentido.

—Me alegro de que alguien se dé cuenta de ello. Últimamente he tenido el extraño presentimiento de que estaba retrocediendo en el tiempo —dijo ella, y se volvió en la silla para mirar el océano a través de la ventana—. Pero me lo va a pedir, ¿verdad, tío Julián?

—Es un buen hombre, Angelina. Sólido como una roca.

—Es un antiguo mercenario. Es arrogante, ambicioso y probablemente despiadado si llega el momento de serlo. Tiene planes. Grandes planes. Y cree en cosas como la daga. Quiere forjar una nueva dinastía Challoner, y tengo la sensación de que quiere hacerlo de la misma forma que se hizo originalmente.

—¿Con una mujer Torres?

—¿Crees que me estoy imaginando demasiadas cosas?

—No —dijo Julián. Se incorporó del escritorio y caminó hacia la puerta—. Tú eres una mujer. Estoy seguro de que tu intuición es muy acertada. Cuando él esté preparado, probablemente te lo pedirá.

—¡Le daré la misma respuesta que María Isabel le dio a Curtis Challoner!

Julián sonrió desde la puerta.

—Bueno, todos sabemos lo que le ocurrió a María Isabel.

Angie observó cómo su tío se alejaba por el pasillo y se sintió desgraciada. No era posible que ella cediera a semejante arreglo. Aquello sería casarse por todas las razones que consideraba erróneas.

Por otra parte, no estaba segura de que pudiera soportar que Flynn se diera la vuelta y saliera de su vida en busca de una novia más tratable. Aquella idea conseguía que le doliera el alma con un sentido de pérdida que no quería reconocer.

Se había enamorado de Flynn. Angie no siguió intentando negarlo. Era la única explicación que tenía sentido en medio de aquella niebla de incertidumbre.

Aquella noche empezó a descender otro tipo de niebla. Una niebla real, de la que venía del mar, flotaba tierra adentro y envolvía toda la costa. Había empezado al atardecer y, cuando la señora Akers hubo recogido por fin la cena de la mesa, ya había envuelto la casa de Julián por completo.

El fuego de la chimenea del salón hacía el ambiente acogedor y confortable. Angie siguió a Flynn y a su tío al salón a la hora del jerez, siguiendo una costumbre que se había establecido durante los últimos días. Estaba a punto de acurrucarse en su butaca preferida mientras Julián y Flynn charlaban, pero se dio cuenta de que aquella noche la velada iba a ser diferente.

Flynn le ofreció una copa de jerez y se quedó de pie frente a ella. Angie lo miró sin comprender.

—Me gustaría hablar contigo —le dijo con calma. La mirada de sus ojos oscuros era indescifrable.

Angie no necesitaba leer lo que estaba escrito en su expresión. Su intuición femenina se lo estaba gritando. El jerez de su copa se agitó peligrosamente hasta que consiguió dominarse. De repente, tuvo una sensación de pánico y miró indefensa a su tío, que estaba sentado al otro extremo de la habitación y que, aparentemente, era totalmente ajeno a lo que estaba ocurriendo. Ya se había puesto las gafas de leer y estaba inmerso en el periódico.

—En el despacho de tu tío, si te parece bien —dijo Flynn, y se inclinó para tomarle la mano.

Angie se sintió atrapada, pero se puso de pie. Aquello era ridículo. No había ninguna razón en absoluto para tener pánico a la hora de la verdad. Ella era una adulta, no una niña de diecinueve años de otro siglo. ¿Acaso no llevaba días esperándose aquello? Al menos, en aquel momento las cosas iban a exponerse. Ya no se veía obligada a operar en aquella extraña niebla.

Silenciosamente, se dejó conducir al despacho de Julián. Por el camino, tomó dos sorbos más del jerez que llevaba en la mano. Necesitaba el tónico. Ya había llegado la hora. Aquella noche tendría que tomar la decisión, y todavía no sabía qué decisión sería.

«No soy una yegua de cría», se dijo con cierta histeria. «Y no soy la semilla de futuras generaciones de Challoner. Soy Angelina Morgan, y tengo mis propios planes para el futuro».

Sin embargo, no los tenía. Los planes que hubiera podido hacer para el futuro se habían evaporado cuando Flynn Challoner había aparecido en su vida.

Antes de que se diera cuenta, Flynn le había soltado la mano y se había vuelto para cerrar la puerta del despacho tras ellos. Cuando la miró, Angie estaba allí de pie, tensa, junto al armario donde se guardaba la Daga de los Torres.

Así era como se había sentido dos siglos atrás, pensó Angie, asombrada. Así era exactamente como se había sentido. No ella…, María Isabel. Había experimentado el mismo pánico, el mismo sentimiento de indefensión, la misma indignación y el mismo amor apasionado por el hombre que estaba a punto de diseñar el futuro para ella en términos claros.

Angie dio un paso atrás y se apoyó en el armario. Con la mano acarició el estuche de la daga. Demonios, no iba a dejar que la imaginación dominase todo lo que estaba sucediendo.

—¿De qué querías hablar, Flynn?

Él estaba junto a la puerta, sólido, real e inamovible. Bien, ella misma había deseado un enemigo sólido con el que luchar, ¿no?

—Angelina —él empezó a hablarle con un tono de voz formal, el más formal que ella le hubiera oído utilizar nunca—, quiero hablar del matrimonio.

—Flynn, no creo que…

Él hizo caso omiso de la pequeña interrupción.

—He pensando mucho en esto, Angie.

—Eso me temía.

—Angie, estoy hablando en serio. Esto no es una broma. Escúchame, por favor —no era una petición, era una orden—. Tú y yo tenemos en común muchas más cosas que las que tienen la mayoría de las parejas. Nosotros compartimos la historia de nuestras familias. Hemos pasado por muchas cosas en

México. Ese tipo de experiencias crea un lazo entre las personas. Nos atraemos físicamente y yo creo que, intelectualmente, nos interesamos el uno al otro. Nos respetamos. En México hablamos fácilmente desde el principio; eso no ha cambiado. Yo todavía no soy rico, pero puedo cuidarte. Algún día, podré darte mucho más. Te construiré una buena casa. Y tienes mi palabra de honor de que seré fiel. En resumen, seré un buen marido, Angie. Te lo juro.

Ella se quedó mirándolo fijamente, con el pulso acelerado. Tenía las manos a la espalda, y estaba hundiendo las uñas en el estuche de la daga.

—¿No te parece que todo esto es... eh... un poco repentino, Flynn? —aquella pregunta sonó débil, incluso a sus propios oídos.

Él levantó la cabeza con arrogancia.

—Sé lo que quiero, Angie. Estoy muy seguro de lo que estoy haciendo.

—Sí, ¿verdad? Tú siempre estás seguro de lo que haces. Tienes toda la vida planeada y nada va a interponerse entre tú y tus objetivos. Bueno, pues yo no estoy del todo segura de querer que me incluyas entre esos objetivos, Flynn Challoner. Gracias por considerarme una posible candidata para ser tu mujer, pero ocurre que tengo planes propios.

—Angie, no te enfades —dijo él. Dio un paso hacia delante, pero se detuvo inmediatamente cuando ella se retiró.

—¿Qué demonios quieres decir con eso de que

no me enfade? ¿Qué otra cosa querías que hiciera? Yo no soy María Isabel, Flynn. Soy Angie Morgan, y no tengo las mismas ambiciones que tú. No deseo que me utilicen para cumplir el destino de una familia; un destino que tú eres el único que puedes ver.

—¿Quieres calmarte y escucharme? —algo brilló en sus ojos. Podía ser impaciencia, pero también podría ser preocupación—. No tienes por qué aceptar mi oferta de matrimonio hoy. Estoy más que dispuesto a darte tiempo para que lo pienses.

—¡Qué generoso por tu parte!

—Angie...

—¿Por qué no eres sincero, por lo menos, Flynn? No es a mí a quien le estás pidiendo que se case contigo. Es a la mujer que te dará la Daga de los Torres, la mujer a la que ves como un nexo de unión con el precioso pasado de tu familia. La mujer que piensas que será una buena criadora para el futuro. Bueno, ¡pues antes prefiero pudrirme en el infierno que casarme por esas razones!

—¡Déjalo, Angie! No sabes lo que estás diciendo.

—¿No? —se dio la vuelta y tomó el estuche de la daga—. ¿Te crees que no sé exactamente dónde encajo en tus planes? Estoy un paso detrás de esta estúpida daga, y lo sabes.

—Eso no es cierto. Angie, te estás comportando como una niña. ¡Realmente, no esperaba que te pusieras histérica por esto!

—¡Pues eso demuestra lo poco que me conoces!

—replicó ella, furiosamente—. No deberías ir por ahí pidiéndole a gente que no conoces bien que se case contigo, Flynn —dijo, y se dirigió hacia la puerta con el estuche en la mano.

—Angie, vuelve aquí.

—Me voy a mi casa, a pensar en tu maravilloso ofrecimiento de matrimonio. Voy a pensarlo durante mucho tiempo, Flynn. Hasta que se me pase el momento de tener hijos —dijo, y abrió la puerta del despacho.

—Angie..., vuelve aquí ahora mismo —dijo él, siguiéndola.

—Déjame en paz, Flynn. Y deja de fingir que soy yo lo que quieres. Sé exactamente que es otra cosa.

—No sabes lo que estás diciendo.

—¿Quieres que te lo demuestre? —dijo, retándolo con una mirada furiosa.

—Angie, estoy a punto de enfadarme de verdad —le advirtió Flynn suavemente.

—¡Yo ya estoy enfadada de verdad! —gritó ella. Se dio la vuelta y corrió hacia al salón. Pasó por allí sin mirar a Julián, que estaba asombrado por la inesperada escena que se desarrollaba ante sus ojos.

—¡Angie!

Ella no le prestó atención y salió corriendo por la puerta hacia la niebla. Tras ella, oyó la voz de Flynn llamándola. La alcanzaría muy pronto, y ella no quería facilitárselo. Tomó aire y siguió corriendo hacia el acantilado que había junto a la casa.

No podía ver el agua abajo, pero oía las olas

rompiendo constantemente contra las rocas. La marea estaba alta y, de vez en cuando, divisaba espuma blanca entre la niebla. Frenética, abrió el estuche de la daga. Flynn corría silenciosamente. Angie sabía que aparecería detrás de ella en cualquier momento.

La daga se deslizó fácilmente por la ancha manga de su camisa amarilla. Cerró el estuche justo cuando llegó Flynn. Salió deslizándose de la niebla. Su cara áspera casi no se discernía entre las sombras blancas.

—¿Qué demonios crees que estás haciendo? —le preguntó él.

—¡Voy a demostrarte que tengo razón!

—¿Razón en qué? ¿En que no te deseo? Eso es una idiotez, y tú lo sabes. ¿Es que no te acuerdas de la noche que pasamos en Los Ángeles?

—¡A ti sólo te importa la historia que represento! Y te juro que nunca me casaré por motivos «históricos».

—¡Angie, yo no te estoy pidiendo que te cases conmigo por eso!

—¡Sí, y voy a demostrártelo!

Sin dudarlo un segundo, tiró el estuche vacío por el acantilado. Se hundió en la niebla y desapareció. En un instante, las olas lo engulleron. Angie se volvió para enfrentarse a Flynn.

—Muy bien, Challoner. Ya no hay daga. ¿Todavía quieres casarte conmigo?

VIII

El tiempo se detuvo, atrapado en la niebla. Por un momento, Angie ya no estaba segura de en qué siglo vivía. Una parte de su mente fue consciente, de repente, de que María Isabel había creado una confrontación igual con Curtis Challoner. Parecía que no había cambiado nada, sobre todo los riesgos. El mar latía rítmicamente a los pies del acantilado, y la débil luz de la casa brillaba a través de la niebla. Flynn se quedó inmóvil, mirando la oscuridad allí donde la daga había desaparecido.

Angie se quedó helada, y sintió un frío que no tenía nada que ver con el aire húmedo de la noche. Le temblaban las manos; pronto le temblaría todo el cuerpo. Deseaba poder ver la expresión de Flynn, pero al mismo tiempo temía el momento en el que él se diera la vuelta para mirarla. El instinto le dijo que echara a correr, pero el orgullo y una extraña desorientación la mantuvieron donde estaba. Sentía la hoja de la daga fría y dura contra la piel. Debería sacársela de la manga, enseñársela a Flynn y terminar con aquella escena irreal, pero no conseguía moverse.

—¿Flynn? —el nombre le salió de la garganta como un sonido suave y ronco. Angie no estaba segura de si él lo habría oído.

—Entonces ¿tanto me odias, Angie?

Lentamente, él se volvió para observarla, y el brillo mortecino de las luces de la casa entre la niebla marcaron sus rasgos fuertes. Angie asimiló aquella mezcla de shock, furia y dolor en sus ojos, y se sintió mareada al instante.

—Flynn... yo... yo no... —las palabras se desvanecieron, y ella luchó por recuperar el equilibrio. Inconscientemente, se puso la mano delante de la cara como si quisiera protegerse de él, aunque Flynn no se había movido ni un ápice.

—Sabía que no estabas precisamente enamorada de mí, pero no me había dado cuenta de que... —se interrumpió y sacudió la cabeza con desesperación—. No creí que arrojarías doscientos años de historia al mar por demostrar que tienes razón. ¿Qué he hecho para merecer esta venganza?

Angie no sabía qué decir. Estaba desorientada.

—Nada, Flynn. Nada en absoluto. Nos salvaste a la daga y a mí en México, y no la robaste cuando habrías podido hacerlo fácilmente. Me has hecho una proposición de matrimonio razonable y decente. Te has comportado como un caballero y, en vez de devolverte la cortesía, yo he perdido completamente el control. No tengo excusa por haberme comportado de esta forma. Después de todo, no soy una niña obstinada de diecinueve años a merced de los hombres que dominaban su vida. María Isabel tenía el derecho de luchar como pudiera. Ella no tenía elección.

Flynn se acercó sigilosamente en la niebla, hasta quedar a un paso de distancia.

—Angie...

—Lo siento, Flynn. Al contrario de María Isabel, yo sí tengo opción. Sólo tengo que decir que no —con los dedos temblorosos, se sacó la daga de la manga y se la tendió—. Quería demostrar que tenía razón, pero tal y como tú has dicho, no tiraría doscientos años de historia al mar para conseguirlo —«y, mucho menos, sabiendo que esa historia significa tanto para ti», añadió silenciosamente.

Flynn miró la daga, antes de tomarla lentamente. Angie no podía descifrar la expresión de su cara en aquel momento, ni siquiera distinguía alivio. Aquello era preferible a la furia y la angustia que había visto un momento antes. Sin esperar a que Flynn reaccionara por fin, Angie se dio la vuelta y corrió hacia las luces de la casa de su tío.

En la puerta, cambió de opinión acerca de entrar. Ver a su tío le pareció suficientemente desalentador como para que se diera la vuelta y caminara rápidamente hacia su coche. Flynn tenía sus llaves, pero ella siempre llevaba una copia en la guantera. Angie abrió la puerta, se sentó tras el volante y arrancó el motor.

Lo único que quería en aquel momento era estar sola. La gravilla crujió bajo las ruedas cuando se puso en marcha. Su asombroso estallido de cólera estaba dominado. De hecho, todas sus emociones habían sido sustituidas por una especie de estupor ante su comportamiento.

Había sabido que la proposición de matrimonio de Flynn se avecinaba. Su intuición le había dicho que debía esperársela. Angie siguió el camino que le marcaban las luces del coche mientras se preguntaba una y otra vez por qué había reaccionado tan violentamente. Ella no era María Isabel. Ella no estaba atrapada en un mundo de hombres, como sí lo había estado su antepasada.

Sin embargo, por mucho que se repitiera aquello, no podía negar que tenía la convicción de que no era realmente libre. Para ser verdaderamente libre no tendría que sentir por Flynn otra cosa que amistad. Y el cielo sabía que sus sentimientos estaban muy lejos de la amistad. Estaba enamorada de aquel hombre.

Quizá aquélla fuera la misma trampa en la que se había visto María Isabel, pensó Angie. Quizá su antepasada se hubiera visto atrapada en la jaula de las convenciones sociales y, además, atrapada en su creciente pasión por Curtis Challoner. La presión de verse abocada a un matrimonio en el cual el novio estaba interesado principalmente en la tierra que se disputaban sus familias era malo, pero estar enamorada de él y saber que su amor no era correspondido debió de ser infinitamente peor.

La primera situación se podía analizar filosóficamente. La segunda sólo podía significar una cosa: angustia.

Y ella se encontraba en aquel segundo caso, pensó mientras detenía el coche junto a su casa. Sin embargo, su angustia no era razón que justificara aquella estúpida escena con la daga. Una cosa, a pesar de todo, era segura: después de esa noche, no tendría que volver a preocuparse por una posible oferta de matrimonio de Flynn. Había visto la expresión de sus ojos cuando se había vuelto a mirarla después de que ella hubiera arrojado el estuche al mar. Ningún hombre que mirara a una mujer de aquella manera renovaría su proposición.

Entró en la casita, encendió la luz y dejó las llaves del coche sobre la consola de la entrada. Se quedó allí de pie, intentando decidir qué sería lo próximo que hiciera.

Se paseó por la casa y sopesó la idea de encender la chimenea. El frío que había empezado a sentir en el acantilado la estaba mordiendo. Sin embargo, encender un fuego requería demasiado esfuerzo, así que optó por subir la temperatura del termostato y se fue a la cocina a servirse una copa de vino. Cuando volvía al salón, oyó que se acercaba el Mercedes de su tío.

Sería Flynn, su instinto se lo dijo con claridad. Angie se quedó petrificada en el vestíbulo, con el vaso agarrado entre los dedos, y escuchó hasta que el motor del coche se apagó. Un segundo después se cerró la puerta, y después hubo un intervalo de silencio mientras Flynn recorría el camino que llevaba hasta la puerta de la casita. Cuando sonó el timbre, a ella estuvo a punto de caérsele la copa al suelo.

—Angie, abre la puerta —Flynn no llamó una segunda vez. Su tono de voz desprendía firmeza.

Nerviosa, Angie pensó que podía negarse a hacerlo perfectamente. Él no entraría por la fuerza.

—¿Qué quieres, Flynn?

—Tú y yo tenemos cosas de las que hablar.

—Creo... —Angie se interrumpió y se mordió el labio inferior—, creo que sería mejor que dejáramos la conversación para mañana.

—Abre la puerta, Angie, o entraré por otros medios.

No era una amenaza; simplemente, un hecho. Ella no dudó ni por un instante que podía hacerlo, y que lo haría. Fue a la puerta y la abrió lentamente. Flynn estaba en el umbral, bajo el farol de la entrada. Tenía la daga en la mano izquierda, y las piedras brillaban con la luz. Clavó sus ojos negros en Angie y, a continuación, en la copa que llevaba en la mano. Después entró en el vestíbulo.

–¿Por qué no me sirves una copa de lo que sea eso? Me vendría bien.

Sin esperar a que ella lo invitara a pasar, Flynn entró en el salón y miró a su alrededor. Después se acercó a la chimenea y tomó uno de los troncos artificiales que había al lado del hogar.

–No sé por qué no compras madera de verdad, en vez de esta viruta comprimida.

Angie le miró la espalda mientras él dejaba la daga sobre la mesa y se arrodillaba para encender una cerilla.

–Compro esos troncos porque son mucho más fáciles de encender. Flynn, ¿por qué te estás quejando de mis troncos de fuego instantáneo? Nadie te ha pedido que enciendas la chimenea, en primer lugar.

–Ya lo sé. Tú no me has pedido nada desde que volvimos de México, ¿no? –terminó de encender el tronco y permaneció agachado junto a la chimenea, mirando el fuego fijamente.

–No entiendo lo que quieres decir.

–Sírveme una copa, Angie –dijo, y se pasó la mano por el pelo. Después se levantó y se volvió a mirarla.

Nerviosa, y con las emociones al filo de la daga que les estaba causando todos esos problemas, Angie hizo lo que le había pedido. Cuando volvió al salón con una copa, se encontró a Flynn sentado en una de las butacas. Continuaba observando el fuego, pero la miró brevemente cuando le tendió el jerez.

—Gracias —dijo él, y respiró hondo—. Es un buen vino español, lo más apropiado para esta ocasión, ¿no te parece?

—¿Qué ocasión? —cuidadosamente, Angie se sentó en otra butaca, al otro lado de la chimenea. Pensó en que, en realidad, no quería escuchar la respuesta, y se apresuró a añadir—: Flynn, lo siento. No sé por qué hice esa tontería en el acantilado. No sé qué me pasó. Nunca había hecho nada parecido en mi vida.

Él suspiró y estiró las piernas para acercarlas al fuego.

—Eres una mujer, y una Torres. Debería haberme esperado las chispas.

Algo del arrepentimiento de Angie se desvaneció.

—Ésa es una explicación muy necia de mi comportamiento. Simplista, ilógica y machista.

Él no la estaba escuchando. Parecía que Flynn estaba intentando poner en orden su mente. Tenía el ceño fruncido.

—Es que durante estos días has estado tan callada, parecías tan razonable, tan... —hizo una pausa, buscando las mejores palabras—, tan dócil... Creía que entendías la situación. Tenía la impresión de que ibas a cooperar con la idea de reunir de nuevo a las dos familias.

—Así es como tú lo ves, ¿verdad? Como un modo de resucitar el pasado.

—No, Angie. Nadie puede resucitar el pasado,

pero si se puede reconstruirlo. ¿No entiendes la diferencia?

—No, pero estoy empezando a pensar que tú sí —dijo ella, y tomó un sorbo de jerez—. El pasado es muy importante para ti.

—¿Y para ti, Angie? ¿No es importante? ¿No significa nada en absoluto?

Ella sacudió la cabeza.

—Sí, está empezando a tener significado. Más del que yo quisiera.

—¿Por qué dices eso?

—El pasado está empezando a afectarme, Flynn. Me parece un poco inquietante, si quieres que te diga la verdad. Antes de conocerte, el cuento de María Isabel y Curtis Challoner era sólo eso, un cuento. En cierto modo, interesante y divertido, pero no era más que una leyenda.

—¿Qué quieres decir? ¿Que ahora se está convirtiendo en algo más que una leyenda para ti?

—En algunos aspectos.

Ella vio el alivio reflejado en los ojos de Flynn.

—Pero, Angie, eso es bueno. Es como debería ser. Sientes la fuerza del pasado en los huesos. Debería ser parte de ti, un pilar, una piedra fundamental. Se merece ser algo más que unas cuantas historias.

Ella ladeó la cabeza y lo estudió.

—No he dicho que se vaya a convertir en ninguna de esas cosas. He dicho que me resultaba un poco inquietante.

—Quizá éste sea el primer paso para conseguir que se convierta en algo real.

—Flynn, si éste es el primer paso, no estoy muy segura de querer dar el siguiente. Maldita sea, ¿por qué parece que estás tan contento? Acabo de hacer que las pases canutas haciéndote creer que había tirado tu preciosa daga al mar. Deberías estar furioso.

—No es «mi» daga, para empezar, es «nuestra daga», y sí, estaba furioso. No podía creer que hubieras hecho algo así sólo por resentimiento.

—¡No era resentimiento! —ella se dio cuenta de que estaba reaccionando desmesuradamente de nuevo. ¿Qué le ocurría? Unos minutos antes quería disculparse porque se sentía muy culpable por haberse comportado como una adolescente. Y en aquel momento, el resentimiento había vuelto a aparecer. Sus sentimientos se balanceaban, pendientes de un hilo sobre el filo de la daga.

Una ligera sonrisa se dibujó en los labios de Flynn. Sus ojos se llenaron de calidez.

—No, no fue resentimiento, ¿verdad? Sólo estabas furiosa, es distinto. Me apuesto algo a que María Isabel fue exactamente igual que tú cuando se enfureció con mi antepasado. Sería todo fuego, furia y pasión. Yo debería habérmelo esperado. Después de todo, sé algo de la pasión que está enterrada en ti. Pero me pillaste con la guardia baja. Me habías engañado y habías conseguido que fuera muy del siglo veintiuno para hacerte la proposición de matrimonio. La respuesta que yo me esperaba sería un amable sí o no. Y, para ser sincero, yo me estaba esperando un sí.

—Flynn, creo que esto ha ido demasiado lejos. Es evidente que estás convencido de que soy una nueva María Isabel. Pues no lo soy. Para empezar, soy varios años mayor que ella cuando la obligaron a casarse, y soy una mujer moderna. Tienes toda la razón: bastaba con decirte sí o no. Sin embargo, francamente, estoy sorprendida de que sigas queriendo casarte conmigo.

—¿Por lo que hiciste ahí fuera, en el acantilado? —él la miró, confuso—. Eso no cambia las cosas, Angie.

—¿De verdad? ¿Qué habrías hecho si yo hubiera tirado la daga al mar de verdad?

—Cálmate —dijo él suavemente—. Tú no la tiraste al mar, así que no tenemos por qué hablar sobre las alternativas.

Nerviosamente, Angie se levantó y dejó su copa de jerez en la mesa. Se apoyó en la embocadura de la chimenea y miró fijamente al fuego.

—Quiero saber lo que habrías hecho, Flynn.

—¿Por qué?

—Supongo que porque estoy intentando averiguar qué significa para ti, exactamente, esa daga. ¿Seguirías pidiéndome que me casara contigo si la hubiera tirado al mar?

—Sí.

Entonces Angie lo miró con los ojos muy abiertos.

—¿No me odiarías?

—No, pero habría estado un poco preocupado porque tú me odiaras a mí —dijo él. Se levantó y se acercó a ella—. Pero no me odias, ¿verdad, Angie?

A ella se le cortó la respiración.

—No.

Él asintió.

—Gracias. Puedo enfrentarme a tu rabia, pero tu odio habría sido otra cosa diferente.

—Estás convencido de que lo que ha ocurrido en el acantilado sólo ha sido una escenita, ¿verdad? Una muestra de furia femenina.

—Y de pasión —él levantó una mano para acariciarle la garganta y la barbilla. Suavemente, hizo que subiera la cabeza. Me pilló desprevenido, pero quizá eso sea porque yo me dejé llevar y empecé a creer que sabía lo que estabas pensando. Y la verdad es que no lo sabía. Hice unas suposiciones que, evidentemente, eran equivocadas. Me parece que puede decirse que me merecía la escena de los acantilados. Claro que tú no has sido precisamente comunicativa, en los últimos tiempos. Desde que vinimos de Los Ángeles, has estado muy encerrada en ti misma.

—Y tú no sabías por qué, ¿verdad? —le preguntó Angie, buscando su mirada.

—Al principio pensé que era porque estabas dolida por el hecho de que te hubiera ocultado mi identidad en México, pero parecía que eso ya lo habías perdonado. La semana pasada has sido muy amable, aunque distante. Esto habría sido mucho más sencillo si viviéramos en el pasado. Entonces yo podría haber negociado este matrimonio con Julián. No habría tenido dudas sobre ti, ni habría tenido que intentar imaginarme lo que estabas pensando. ¿En qué has estado pensando, Angie? ¿Por qué has explotado esta noche?

Ella lo miró y se sintió indefensa para explicárselo. Un hombre que añoraba los tiempos en los que un matrimonio podían negociarlo dos hombres, probablemente era incapaz de entender lo que ella estaba sintiendo aquella noche.

—Flynn, una vez te dije que cuando me casara, no sería por conveniencia.

Él asintió cautelosamente.

—Según recuerdo, dijiste que te casarías por amor y por pasión.

—Sí. Y no he cambiado de opinión.

Flynn inclinó la cabeza y le rozó los labios con un beso. Después, sin separarse de su boca, le susurró:

—¿Y cómo puedes decir que no hay pasión entre nosotros?

Angie se estremeció. No podía alejarse de él, aunque Flynn sólo la retenía con un dedo en la barbilla y con el roce de su boca.

—Yo no he dicho que no haya pasión, Flynn. Pero parece que no hay amor.

—El amor vendrá, cariño. Exactamente igual que llegó para María Isabel —dijo, y la besó de nuevo, lentamente, deslizándole la palma de la mano por la nuca.

Sus dedos empezaron a juguetear con las horquillas que le sujetaban el pelo.

—Dale una oportunidad, Angie. Tú me deseas, lo sé desde el principio. Y tenemos mucho en común, mucho que construir juntos. Yo te cuidaré, cariño. Te lo juro. Sólo tienes que darme la oportunidad.

Ella cerró los ojos mientras él le recorría con los labios la mandíbula y llegaba hasta el lóbulo de su oreja. Angie sentía la tensión sensual despertándose en él y pulsando en ella una cuerda que respondía ansiosamente.

—¿Y tú, Flynn? ¿Crees que con el tiempo tú te enamorarás de mí?

—Cariño, amor es una palabra que las mujeres como María Isabel y tú usáis para describir la pasión y el compromiso. Yo puedo usarla también, si eso es lo que quieres, pero no significa mucho para mí, comparado con lo que ya siento por ti.

—¿Y qué es eso, Flynn?

Él le quitó una de las horquillas del pelo y la dejó caer al suelo.

—Para empezar, deseo. Nunca he deseado a una mujer como te deseo a ti —encontró otra horquilla y tiró de ella. Después la dejó caer también—. Y también un sentimiento de protección: quiero cuidar de ti, Angie —una tercera horquilla se unió a las anteriores—. Y siento que esto está bien, que nos pertenecemos —dejó caer otras dos horquillas—. Tengo la sensación de un pasado compartido, y de futuro —terminó, y luego retiró las últimas horquillas y el pelo castaño, sedoso, de Angie se derramó por sus hombros. Él le tomó dos mechones y tiró de ellos suavemente para atraerla hacia su cara y besarla de nuevo.

Angie le pasó los brazos por el cuello y abrió la boca para él. Sus emociones, en un equilibrio precario, eran fácil y despiadadamente dirigidas por Flynn en la dirección que él quería. Ella lo sabía, se daba cuenta de que estaba permitiendo que su amor por él nublara la lógica, pero en aquel momento no quería dar un paso hacia atrás, el paso que resolvería la situación. El filo de la daga era tan tentador como peligroso.

—Flynn...

—Creo que lo que ha ocurrido esta noche ha sido culpa mía, Angie —susurró él, con voz ronca, en su boca—. Nunca debí permitirte que pusieras tanta distancia entre nosotros. Debería haberte mantenido cerca de mí, como estabas en México. De la misma forma que estabas aquella noche en el hotel de Los Ángeles. En vez de eso, intenté darte tiempo para que te adaptaras. Eso fue un error.

—No, Flynn. No fue un error. Verdaderamente, necesito tiempo para pensar.

—Ven a la cama conmigo, cariño, y después dime adónde crees que puede llevarnos todo esto.

Ella percibió la seguridad que había en sus palabras.

—Estás muy seguro de ti mismo, ¿verdad?

—Angie, sé que esto es perfecto para nosotros.

¡Lo siento, maldita sea! —él la abrazó de repente, con fuerza, para pegarla al calor de su cuerpo.

Angie tuvo que rendirse a aquel calor. Lo quería, y lo deseaba con todas sus fuerzas. Había ciertas cosas que aún no estaban resueltas entre ellos, pero no podía negarse a sí misma aquella oportunidad de estar con él de nuevo. Toda la tensión que había acumulado durante esos días estaba culminando aquella noche, primero en forma de cólera y después de pasión.

—Ven conmigo, cariño. Te demostraré que lo que tenemos es auténtico —Flynn la tomó en brazos y la llevó hacia el dormitorio.

Angie se abandonó silenciosamente a las llamas de aquel amor. Se colgó de él y dejó descansar la cabeza en su hombro. El deseo creciente de Flynn era una fuerza arrolladora, tan implacable como el mar que rugía fuera. Cargaba la atmósfera de la habitación a oscuras, y Angie la sentía claramente mientras él la dejaba en el suelo, haciendo que se deslizara a lo largo de su cuerpo.

Cuando sus pies se posaron en el suelo, Angie se dio cuenta de que no podía guardar el equilibrio y se agarró a los hombros de Flynn.

—No te preocupes, cariño, yo te sostendré. Te cuidaré —dijo él. Aquellas palabras fueron una caricia oscura y seductora.

—Deberíamos hablar, Flynn...

—Ya hemos hablado suficiente. Demasiado. Debería haberte traído a la cama todas las noches de esta semana, en vez de darte tiempo.

Le desabrochó la camisa, se la retiró hacia los hombros y la dejó caer al suelo. El pelo de Angie se esparció sobre los hombros de ésta. Él le tomó los pechos desnudos con las palmas de las manos.

—Encontrarte a ti al mismo tiempo que encontré la daga ha sido una cuestión del destino, Angie. ¿Es que no lo ves? Tiene que serlo. ¿Cómo puedes cuestionarlo?

Ella no intentó responder a aquello. Después de todo, no había forma de responder con lógica a aquella pregunta, sobre todo cuando su cuerpo estaba de acuerdo con todas las palabras. Angie se estremeció de excitación mientras Flynn le frotaba suavemente los pezones con las palmas de las manos. Entonces empezó a desnudarlo a él.

—Sí —dijo Flynn, en un gruñido—, demuéstramelo, cariño. Demuéstrame que me deseas. Demuéstranoslo a los dos.

Ella le desabrochó la camisa con movimientos impacientes y la dejó caer al suelo. Entonces él sonrió y dio un paso hacia atrás. Terminó de quitarse toda la ropa y los zapatos y se quedó frente a ella, desnudo. Retomó al instante la tarea de desnudar a Angie, con mucha más paciencia de la que había usado para él mismo. Era evidente que disfrutaba haciéndolo.

Angie le recorrió el pecho con las manos; una sensación casi dolorosa invadía su cuerpo.

—Eres tan duro —murmuró, clavándole suavemente las uñas en la piel.

—Lo sé —dijo él, divertido e irónico—. No puedo disimularlo, ¿eh? —y, deliberadamente, la tomó por las nalgas y apretó sus caderas contra ella.

Ella se sonrojó al sentir la presión de su sexo.

—Yo... no... no me refería a eso. Me refería a ti. Físicamente, emocionalmente, intelectualmente. Eres un hombre duro, Flynn Challoner —dijo Angie. Le posó los labios en el hombro y lo saboreó con la punta de la lengua. Cuando él emitió palabras de deseo, ella le dejó que sintiera el borde de sus dientes.

—Gatita. Voy a disfrutar devolviéndote el favor —él la liberó brevemente para apartar la ropa de la cama y después la tomó en brazos y la tumbó en medio del colchón. Un segundo después, la siguió y extendió su cuerpo a lo largo del de Angie, y la abrazó.

Angie agradeció la sensación de su peso y su calor. Entrelazó sus piernas con las de él y le enredó los dedos en el pelo. Al sentir la mano áspera de Flynn deslizándose por su piel, susurró su nombre, y él la acarició cada vez más íntimamente, mientras el fuego que había entre los dos se encendía por completo. Flynn recorrió con los dedos la piel exquisitamente sensible del interior de sus muslos, y se dirigió hacia el húmedo corazón de su deseo. Angie le acercó el pecho a la boca y él cumplió su apasionada amenaza y atrapó un pezón entre los dientes.

Allí, en la oscuridad, Angie fue capaz de dejar a

un lado la lógica y la incertidumbre que la alejaban de la idea del matrimonio. Allí, en las sombras del dormitorio, era libre para abandonarse a la excitación que sólo Flynn podía causarle. Por la mañana se enfrentaría a la realidad. Esa noche lo único que le importaba era estar en sus brazos.

—Angie, nunca tendrás que tener miedo de mí. Eres mía, y yo cuido de las cosas que me pertenecen —dijo Flynn. Se volvió y apoyó la espalda en el colchón, arrastrándola hasta que Angie quedó sobre él. Entonces le acarició las caderas.

—Ahora, cariño, ahora, quiero sentirte alrededor de mí. Necesito estar dentro de ti. Estás tan caliente, tan húmeda...

Angie dejó escapar un jadeo cuando él la hizo bajar hasta la dureza de su cuerpo. Las imágenes de la daga que habían invadido su cabeza durante días de repente cristalizaron en una inesperada versión de la realidad.

No tuvo más tiempo para pensar en ello. Los dedos de Flynn se hundían con lujuria en sus muslos, y la mantuvo inmóvil mientras embestía hacia arriba.

—Así, cariño...

Angie se colgó de él mientras su cuerpo se ajustaba a la deseada invasión. Flynn la ancló con fiereza mientras levantaba las caderas. La besó, bebiéndose su piel, y ella sintió la fuerza de sus manos mientras él la obligaba a seguir el ritmo que él quería.

Estaba hundida profundamente en el placer de una tensión casi dolorosa y cada vez más intensa. Era consciente de la transpiración del pecho de Flynn, sentía su apasionada firmeza mientras se hundía en ella, sentía el abrazo indestructible en el que estaba atrapada. De repente, la tensión estalló y la anegó mientras se estremecía. Antes de que hubiera tenido tiempo de recuperarse, oyó el gemido áspero de placer que emitió Flynn, un rugido de satisfacción y triunfo mientras él también se estremecía. Mientras él la seguía en el abandono momentáneo de las cosas, su abrazo no se aflojó.

Angie se despertó despacio a la mañana siguiente. Tenía una conciencia calmada y clara de lo que iba a hacer. Lo había sabido durante todo el tiempo. Por eso había tenido aquella sensación inquietante de estar atrapada. Se estiró y se giró hacia un lado. La cama estaba vacía.

Apartó las sábanas y se levantó de la cama, deteniéndose un breve instante para estirar los músculos. Escuchó con atención durante un momento, pero no oyó ningún ruido en la cocina. La intuición le dijo que Flynn había ido a la playa. O eso, pensó irónicamente mientras miraba a su alrededor por la habitación, o había vuelto a la hacienda. Fuera como fuera, iban a tener que llegar a un entendimiento acerca de aquella clase de comportamiento.

Se puso unos vaqueros y un jersey rojo, los zapatos y un cortavientos. No se molestó en recogerse el pelo. Su prioridad era encontrar a Flynn.

No le resultó difícil. Lo vio en cuanto llegó al acantilado: en la orilla de la cala, mirando al mar. Angie sintió una oleada de pánico. Quizá hubiera cambiado de opinión, después de todo. Quizá estaba allí abajo intentando encontrar la manera de decirle que retiraba su proposición de matrimonio.

Aquella duda hizo que Angie se apresurara a bajar a la playa por el estrecho camino que descendía desde el acantilado. No pensaba que él hubiera podido oírla por encima del fragor de las olas, pero algo hizo que Flynn se volviera y la viera mientras ella se acercaba por la arena. La expresión indescifrable de su rostro delgado casi consiguió que Angie perdiera los nervios.

—Challoner —empezó a decirle ella, luchando por encontrar refugio en la frivolidad—, hay algo que tenemos que aclarar respecto a tu falta de modales a la mañana siguiente.

—¿Sí?

Él no iba a ponérselo fácil, pensó Angie, desfallecida. Y no parecía que la frivolidad estuviera funcionando bien, tampoco.

—Se supone que no debías haber desaparecido de la cama de la manera en que lo has hecho. Se supone que tienes que quedarte conmigo y darme una conversación cálida y significativa. O, al menos, hacer café.

Él la miró fijamente.

—Ya entiendo. ¿Tú tenías algo cálido y significativo que decirme?

Ella parpadeó, pero consiguió mantener el control.

—Sí. La verdad, sí.

La cautela y la esperanza se asomaron al mismo tiempo a sus ojos, pero él dominó aquellas emociones al instante.

—¿Y de qué se trata?

—He decidido aceptar tu proposición de matrimonio —dijo Angie—. Es decir, si todavía está en pie —añadió, y contuvo la respiración.

—¿Por qué?

Esa era la última pregunta que ella se esperaba. Con inseguridad, intentó concentrarse.

—Por todas las razones que tú sugeriste. Somos compatibles y tenemos una historia en común. Tú eres un buen hombre, fuerte, y no eres mujeriego. Creo que puedo confiar en ti. Y quizá también sea por algo parecido al destino. No sé qué decir de esto último. Creo que no quiero pensarlo —dijo. Después, en silencio, añadió la razón verdadera. «Porque te quiero, Flynn Sangrey Challoner». Y esperó.

Él la estudió durante un momento, mientras el viento fresco le revolvía el pelo y le llenaba de aire la camisa. Detrás de él, las pequeñas olas de la orilla rompían casi en sus zapatos. Angie sintió el frío en la cara. Y le pareció que le recorría todo el cuerpo.

—Está bien —dijo Flynn, finalmente.

Ella sonrió temblorosa.

—¿Eso es todo lo que vas a decirme?

Él dudó y, después, una leve sonrisa se dibujó en sus labios.

—¿Qué te parece algo como «gracias, y te prometo que no abandonaré la cama en el futuro sin decirte adónde voy»?

—Eso está mucho mejor —dijo ella, y alargó la mano. Después de dos segundos, él se la tomó y cerró los dedos alrededor de los suyos.

—¿Angie?

—¿Mmm? —ella se retiró los mechones de pelo que el viento agitaba y se los puso detrás de las orejas.

—Haré que funcione. Haré que sea estupendo.

Sin entender exactamente qué quería decir, ella arrugó la nariz y le sonrió.

—No lo he dudado ni por un momento.

IX

Tres días después, Angie buscó furtivamente refugio en el despacho de su tío. Le echó una rápida mirada a la estancia desde la puerta y, cuando estuvo convencida de que no había nadie allí, dejó escapar un suspiro, entró y se dejó caer en una de las butacas.

Debería haber supuesto que, una vez que Flynn tuviera su respuesta afirmativa, no habría forma de detenerlo hasta que la boda se celebrara. Se había hecho cargo de todo y ella se sentía como si la hubiera atrapado un torbellino. También se sentía innecesaria. Flynn lo estaba organizando todo, desde las flores hasta el billete de avión de la madre de Angie.

De vez en cuando, le consultaba algo, pero Angie tenía la impresión de que era más una cuestión de cortesía y no de que Flynn quisiera saber de verdad su opinión. La señora Akers absorbía aquella mañana toda la atención de Flynn: tenían que hablar sobre el menú de la fiesta.

Angie había escapado, agradecida, de la reunión, y se había escondido en el despacho con la esperanza de que Flynn no la buscara allí. Si la echaba de menos, probablemente pensaría que estaba dando un paseo por la playa. Ella le había mencionado la idea, astutamente, durante el desayuno.

Habían desayunado en casa de Angie aquella mañana, igual que todas las mañanas, pero no porque Flynn hubiera pasado la noche con ella. No lo había hecho. En realidad, no había vuelto a pasar la noche con ella desde la escena de la daga. Angie no estaba muy segura de cómo interpretar aquello, pero sospechaba que tenía algo que ver con su intención de hacer las cosas bien.

La puerta se abrió y Angie se sobresaltó. Después, al ver que era Julián el que entraba a la habitación se relajó de nuevo. Su tío sonrió cuando vio que ella volvía a hundirse en la butaca.

—Me imaginaba que estarías escondida aquí. Te he traído una taza de café. La señora Akers y Flynn ni siquiera se han dado cuenta de que pasaba por la cocina.

—Están demasiado ocupados eligiendo entre croquetas de gambas y canapés de salmón, probablemente —con agradecimiento, Angie aceptó el café y sonrió irónicamente a su tío mientras se sentaba en la silla de su escritorio–. Para ser franca, tío Julián, sabía que él tenía una de esas personalidades que se hacen cargo de todo. He visto mucha gente así cuando trabajaba en recursos humanos como para no reconocer este tipo de persona. Pero nunca pensé que se concentraría de esta manera en los preparativos de la boda. Siempre había oído que las bodas son asuntos de mujeres. Lo único que tiene que hacer el novio es aparecer a tiempo.

Julián se encogió de hombros.

–Quiere que las cosas salgan bien.

–Así que él se encarga de todo.

–Que no se te olvide que quiere hacerlo todo muy deprisa. Dentro de dos semanas. Dado el plazo de tiempo, seguramente ha pensado que es mejor que él esté al mando.

–Es como un general en el campo de batalla. Todos los días me da una lista de órdenes. Y parece que la señora Akers es la segunda de a bordo.

–Esta boda es muy importante para él –dijo Julián amablemente–. No se está encargando de todo porque sea un ser social por naturaleza.

–No. Eso es cierto. Tiene tanto de ser social como Jake Savage.

Julián no le prestó atención.

–Tienes que entenderlo, Angelina. Es probable que los rituales y las tradiciones sean importantes para un hombre que tiene la intención de reconstruir una familia. Y la boda forma la base de su nueva...

—¿Dinastía? —sugirió Angie secamente, al ver que su tío se quedaba callado buscando una palabra adecuada.

—Bueno, eso es decirlo de un modo un poco dramático, creo. Pero vuestro matrimonio es una base sobre la cual Flynn quiere construir algo. Quiere que todo empiece de manera apropiada.

Angie sonrió.

—Lo entiendo, tío Julián. Es sólo que algunas veces me pone los nervios de punta. Quizá sea que estoy alterada por la boda.

Julián la miró atentamente.

—¿De verdad estás nerviosa por esta boda? No hay ninguna necesidad. Creo que Flynn será un estupendo marido.

—La cuestión es, ¿seré yo una estupenda mujer para él? —preguntó ella, y apoyó la cabeza en el respaldo de la butaca—. Él está completamente obcecado en recuperar la línea genealógica de los Challoner y los Torres... Tiene una imagen en la cabeza, un objetivo que sólo él conoce. Yo no me voy a casar con él porque esté comprometida con la idea de fundar una dinastía.

—Entonces ¿por qué?

Ella cerró los ojos brevemente.

—Por las razones habituales.

—¿«Las razones habituales»? —su tío enarcó una ceja—. No puede ser por dinero. Flynn tiene el dinero invertido en la tierra, y es muy posible que siga así durante bastante tiempo. Todo el dinero que gane de aquí en adelante lo reinvertirá en terrenos. Tendrás todo lo que necesites, y algunos lujos, pero no te verás conduciendo un Ferrari.

»Veamos, ¿qué otras razones habituales hay? ¿El estatus? No. No puede ser por eso tampoco. En este momento, ni los Torres ni los Challoner tienen un estatus reconocido. Es posible que eso cambie algún día, pero no creo que sea pronto. ¿Desesperación? ¿Ves que vas a cumplir treinta años y estás empezando a sentir pánico? No lo creo. Siempre me ha parecido que vivías muy feliz con tu independencia. Tanto que estaba empezando a pensar que nunca te casarías. Y si te hubiera entrado pánico, creo que tenías algunos candidatos dispuestos a casarse contigo antes de irte a México. Todo esto no nos deja más que una posibilidad. Estás enamorada de él, ¿verdad?

Angie miró a su tío con los ojos entrecerrados, con resignación e irritación a partes iguales.

—Como ya te he dicho, voy a casarme por las razones habituales.

—Él necesita tu amor, Angelina. Un hombre tan decidido a conseguir sus objetivos como Flynn necesitará desesperadamente el amor de una mujer en los años venideros. Su energía y su ambición se lo comerán vivo, de lo contrario.

Angie reflexionó sobre aquello.

—A mí me parece que él es muy fuerte, tío Julián.

—Lo es. Hace falta que un hombre sea muy

fuerte para establecer ese tipo de objetivos y después comprometerse a trabajar para conseguirlos, pero esa clase de energía puede destruir incluso a la gente más sólida. Le costará mucho esfuerzo luchar, y sin un lado más amable en su vida..., bueno, no debería estar diciéndote esto, Angelina. Tú eres experta en Recursos Humanos, debes de haber visto muchas veces lo que puede ocurrir.

Ella asintió.

—Lo he visto. Gente fuerte y comprometida atrapada en sus propias trampas. Y tienes razón. La energía y la ambición pueden devorar a un hombre. Y en el caso de Flynn está el factor añadido de lo que ha hecho en su vida profesional para llegar al punto en el que está ahora. Es extraño, tío Julián, pero nunca había pensado en Flynn en los mismos términos de objetividad que aplicaba a los demás.

—Eso no es extraño —dijo Julián, sonriendo cariñosamente—. No somos objetivos con aquellos a los que amamos.

Angie pensó en lo que significaba todo aquello. Pensaba que Flynn sí era bastante objetivo en lo que a ella concernía. Sabía exactamente por qué se iba a casar con ella. Tenía todas las razones bien ordenadas en una lista. De aquello se desprendía que no la quería, aunque eso no significara necesariamente que no pudiera aprender a quererla.

Con una exclamación de frustración, Angie dejó la taza de café sobre la mesa. No tenía sentido seguir dándole vueltas e intentando entender el comportamiento de Flynn. Él hacía lo que le venía en gana, exactamente igual que Curtis Challoner y el patriarca de los Torres habían hecho lo que les venía en gana doscientos años atrás.

El tío Julián tenía razón; hacía falta aquel tipo de hombre para construir una dinastía. Y quizá, sólo quizá, se podía argumentar, tal y como había hecho Julián, que un hombre como ése necesitaba el amor para mantener un equilibrio saludable en su vida.

Pero ¿qué mujer se comprometería a dar aquel tipo de amor? ¿Qué necesitaba ella para sobrevivir en el aspecto emocional? Angie se removió en el asiento, inquieta. Ella iba a recibir mucho de Flynn Challoner. Era un hombre de principios, a su manera. Tenía su propio código, vivía según sus principios, y era de fiar. Habría pasión, respeto y compromiso. Entonces ¿por qué motivo se sentía tan insegura? Muchas mujeres obtenían menos de un matrimonio.

De repente, empezó a oír una suave voz de otro tiempo. Podría haber sido María Isabel, pero por supuesto, no lo era. Era simplemente su cada vez más intensa afinidad con la mujer que se había casado con Curtis Challoner. Angie supo que muchas de las cosas que había pensado últimamente no eran precisamente originales. María Isabel se habría echado a sí misma las mismas peroratas mentales y, seguramente, se habría hecho las mismas preguntas. Y habría tenido que aguantar la misma frustración.

—¡Angie! ¡Angie! ¿Dónde demonios te has metido? —la voz de Flynn resonó por todo el vestíbulo. Un momento después, la puerta del despacho se abrió—. Aquí estás. Te he estado buscando por todas partes —dijo, y después inclinó la cabeza para saludar a Julián, que le devolvió una sonrisa tranquila. Después, Flynn se acercó a Angie. Tenía una lista en la mano, escrita con su inconfundible caligrafía—. ¿Preferirías sándwiches de tomate con albahaca o de salmón ahumado?

—Vaya, ése sí que es un tremendo dilema, Flynn.

Él la miró con el ceño fruncido.

—Esto no es broma, Angie. Estoy hablando en serio. La señora Akers dice que, como los dos son salados, sería mejor elegir uno de los dos tipos. Nosotros no pudimos decidirnos, así que pensé preguntarte a ti.

—Caviar —dijo Angie, lacónicamente.

—¿Qué?

—¿Qué te parece el caviar, si quieres algo salado? Piensa en lo impresionados que se quedarán los invitados.

La expresión de Flynn se relajó.

—Tienes toda la razón. Podremos una enorme fuente de caviar en un bloque de hielo y lo rodearemos de marisco —entonces se dio la vuelta y volvió a caminar hacia la puerta del despacho, pero se detuvo al mirar de nuevo a Julián—. Hablando de invitados, ¿has escrito ya esa lista?

—La tengo preparada.

—Bien. Angie puede añadir sus invitados y mandar las invitaciones esta tarde. Quiero que estén en el correo a las cinco. Ya es bastante poco tiempo para avisar a la gente, de todas formas.

—No te preocupes, Flynn —le recomendó Julián—. Todo el mundo al que yo he puesto en la lista vendrá.

Flynn asintió, satisfecho.

—Bien —dijo, y desapareció por la puerta.

Angie miró a su tío.

—¿Vamos a poner nosotros todos los invitados?

Julián sonrió irónicamente.

—Bueno, no parece que Flynn tenga muchos amigos por esta zona. Y yo tengo la impresión de que los pocos amigos que tiene están repartidos por todo el globo. Para cuando les llegaran las invitaciones, la boda se habría celebrado.

—Me pregunto si eso le molesta —dijo Angie.

—Lo dudo. Él sólo quiere que haya gente. No creo que sea especialmente quisquilloso sobre qué tipo de gente.

—Entonces ¿para qué vamos a invitar a nadie? ¿Por qué no hacemos algo familiar?

—Angie, no lo entiendes. Los invitados son algo muy importante en una boda como ésta. Son los testigos. Y cuanto más testigos haya, mejor, en lo que a Flynn respecta.

—Supongo que será parte del proceso de fundación —dijo Angie mientras se levantaba del sofá—. Bueno, ya he recibido mis órdenes del día. La verdad es que no me ha salido muy bien lo de esconderme. Creo que será mejor que empiece a mandar las invitaciones. ¿Estás seguro de que tus amigos vendrán?

—¿Estás de broma? Se van a morir de curiosidad. Les he dicho que mi sobrina se va a casar con el verdadero Jake Savage.

—¡Tío Julián!

—Y eso no es todo. Creo que Flynn se ha olvidado de una de las costumbres más importantes que hay antes de una boda. Pero yo me he tomado la molestia de remediarlo.

—¿Qué costumbre?

—La fiesta de despedida de soltero. He invitado a un selecto grupo de amigos.

—No estoy segura de querer oír el resto. ¿Has planeado una fiesta sorpresa?

—Sí. Pero tendrá que ser unos días antes de la boda, en vez de la noche anterior, porque tu madre llegará la víspera. Se va a quedar aquí, y sería un poco embarazoso intentar sorprender a Flynn con tu madre en casa. Supongo que, de todas formas, lo mejor será hacerla fuera de la hacienda.

Angie sonrió.

—Probablemente, no es muy buena idea que la madre de la novia vea al novio sumido en un sopor etílico la noche antes de que se case con su hija.

—Yo no me imagino a Flynn sumido en un sopor etílico.

—Yo tampoco. Sería interesante. Pero, una cosa,

tío Julián, quiero que me prometas que no habrá chicas desnudas saliendo de tartas.

—Ya empiezas a hablar como una esposa.

Una semana más tarde, Flynn bajó a la playa solo, pensando en el gasto que representaba encargar la marca de champán que quería. Cuando había añadido el caviar a la lista de aperitivos, la mella en el presupuesto había sido considerable.

Sin embargo, se dijo que el presupuesto era un caso perdido. Ya ahorraría después de la boda. Tenía que continuar y encargar cosas realmente buenas, así que pediría champán francés en vez de uno de casa.

Una vez que hubo tomado aquella decisión, se acercó a la orilla y se preguntó por qué todavía se sentía algo inseguro. No podía estar preocupado por la boda, todo marchaba a la perfección. Ya estaban recibiendo respuestas a las invitaciones, y la señora Akers tenía todo el menú bajo control. El pastor había confirmado la fecha y la hora de la ceremonia.

Tomó una piedra y la tiró paralela a la superficie del agua para que rebotara varias veces antes de hundirse. No. No era la boda lo que le preocupaba. Flynn tomó otra piedra y pensó en lo perfectamente que estaba encajando todo.

Tenía todo lo que quería, todo lo que necesitaba para fundar su futuro. Angie, la daga, que sospechaba que Julián le ofrecería como regalo de boda, y un comienzo en las inversiones en terrenos. El futuro se extendía ante él, esperándolo.

Entonces ¿por qué le advertía su intuición que faltaba algo?

La segunda piedra perdió el ritmo al segundo salto y se hundió en el agua. Flynn se encogió de hombros y se puso en camino hacia casa de Julián.

Tres días antes de la boda, Julián celebró su fiesta sorpresa. Angie, a la que había avisado con antelación, se quedó lo necesario para ver la cara de asombro de Flynn cuando entró por la puerta principal de casa de Julián y se encontró a los asistentes allí reunidos, esperándolo para salir.

Angie le lanzó un beso por encima de todas las cabezas, tomó las llaves del coche y se marchó a su casita. Flynn podía usar el coche de Julián después, cuando volvieran del restaurante por la noche. A menos, por supuesto, que estuviera demasiado borracho para conducir.

Sería divertido ver a Flynn Challoner achispado, iba pensando Angie mientras conducía hacia su casa. Nunca lo había visto sin que tuviera pleno control sobre él mismo. A menos que contara las dos ocasiones en las que lo había tenido en sus brazos. Y su control era tal que, aunque ella sabía que la deseaba, había sido capaz de limitarlo todo a aquellas dos ocasiones. Quizá ella se sentiría más segura avanzando hacia aquella boda si conocía aquella faceta en la que Flynn no fuera capaz de ejercer tanto control en ella.

Estuvo pensando en aquellas dos ocasiones todo el tiempo antes de acostarse. Dentro de tres días estaría casada. Había algo irreal en aquella imagen. Flynn era sólido como el granito, y el amor que Angie sentía por él era igualmente tangible.

Sin embargo, el deseo de algo más persistía.

Era tan avariciosa como lo había sido María Isabel. En el fondo de su mente, Angie casi podía verla sonriendo con una amable solidaridad. Pero Angie también era temeraria. Aprovecharía sus oportunidades con el amor.

A las once, se acostó. Antes de hacerlo echó un vistazo por la ventana hacia la hacienda, y vio que las luces de la hacienda estaban apagadas. Era obvio que la fiesta continuaba. Angie se puso su camisón de franela de cuello alto y manga larga y se metió en la cama.

Antes de meterse bajo la colcha le echó una mirada pensativa a la daga, que estaba en su cómoda. Flynn la había dejado allí la noche en la que ella había fingido que la tiraba al mar. Cuando se lo había contado a su tío, Julián le había dicho que la guardara allí hasta la boda.

—¿Por qué? —le había preguntado, atónita. Ella iba a ponerla de nuevo en el armario del despacho de su tío.

—Creo que tú sabes por qué —respondió Julián

calmadamente—. La daga va con la novia de Challoner.

Si Flynn se había dado cuenta de que la daga no había vuelto a la hacienda, no había hecho ningún comentario al respecto.

Ella se acercó a la cómoda y tomó la daga para mirar las piedras de la empuñadura. Aunque se había agarrado a ella con tenacidad durante el vuelo desde México, la había tenido en la mano en la escena del acantilado y llevaba varios días en su habitación, en realidad no se había parado a estudiarla con detenimiento. Era bastante amenazante. ¿Tendría María Isabel verdaderamente la intención de usarla contra su marido? No tenía sentido, y mucho menos sabiendo Angie lo que su antepasada había estado pensando justo la noche antes de su boda. Pero quizá era su imaginación la que estuviera trabajando de más. Era bastante arriesgado suponer lo que había pensado una mujer doscientos años atrás.

Volvió a dejar la daga cuidadosamente en su cómoda, apagó la luz y se tumbó en la cama. Se temía que no podría conciliar el sueño hasta que Flynn volviera. Oiría el coche cuando entrara en el camino hacia la casa principal.

Sin embargo, una hora después no fue el ruido del motor de un coche lo que la despertó. Fue un sonido mucho más breve, mucho más significativo. Era el ruido de la puerta de su salón que se abría.

Sintió una inyección de adrenalina. Flynn acababa de volver y, en vez de encaminarse hacia su cama solitaria de la hacienda, había ido a verla. Completamente despierta, Angie apartó las mantas y saltó de la cama. ¿Estaría muy borracho? Sonrió para sus adentros y fue silenciosamente hacia la puerta de su habitación.

Se quedó allí, escuchando en la oscuridad, intentando determinar hasta dónde había llegado su visitante nocturno, cuando dos pensamientos se abrieron paso en la mente de Angie.

La primera era que no había oído el coche de Flynn ni ningún otro coche. ¿Habría ido andando desde la hacienda? Era posible que lo hubiera hecho si no se encontraba lo suficientemente despejado como para conducir.

El segundo pensamiento surgió un segundo más tarde. Si Flynn estaba demasiado borracho como para conducir, no era él quien estaba moviéndose con tanto sigilo por su salón. Luchó por escuchar algo más y percibió el ruido del roce de unos pies deslizándose por la alfombra. Con un golpe de miedo helado, recordó dónde había oído aquel ruido antes.

Había sido el sonido que había hecho la persona que había entrado en la habitación de su hotel en México. Lentamente, Angie se retiró de la puerta, casi entumecida por el terror. El ruido del roce se repitió. Fuera quien fuera, estaba andando por el salón. Pronto se asomaría a la habitación. Después de todo, aquélla era una casa pequeña.

Angie se dio la vuelta y tomó un abrigo del ar-

mario, intentando desesperadamente no hacer ruido. Sabía lo que quería el intruso y no permitiría
que se lo llevara. Tomó un par de sandalias, y sin
ponérselas, agarró también la Daga de los Torres.
Sabía que haría ruido al abrir la ventana y salir,
pero no tenía otra opción.

Notó que el intruso se estaba acercando, porque
desde su puerta entreabierta vio un pequeño destello de luz. El hombre debía de llevar una linterna.

El pánico hizo que Angie se moviera con rigidez. La ventana se abrió con un sonido suave y ella
saltó al suelo, sin saber si el intruso lo habría oído.

Un instante después estaba corriendo ciega-
mente hacia el camino del acantilado. A oscuras, el
intruso no la encontraría. Se escondería en la playa.

La luz brilló de nuevo tras ella justo cuando llegaba a lo alto del acantilado. El miedo hizo que tomara el camino para bajar a la cala. Ya tenía los pies
arañados y probablemente estaba sangrando, pero
no tenía tiempo de ponerse las sandalias.

A medio camino hacia la playa oyó un grito en
español. Se detuvo bajo el saliente de una roca y
miró hacia arriba, aterrorizada por lo que podría
ver.

−La daga, señora. Sólo quiero la daga. Si me la
da, me marcharé y la dejaré tranquila −dijo alguien
en inglés.

Ella conocía aquella voz, pero el miedo le impedía pensar con claridad y ponerle cara. La luz se
movió sobre el acantilado, justo encima de donde

ella se estaba escondiendo. Aquel hombre estaba buscando el camino que ella había tomado. Si Angie salía de su escondite tras la roca y continuaba camino abajo, la vería. No podía hacer otra cosa que quedarse donde estaba.

Atrapada, Angie se agachó para ponerse las sandalias. Era difícil sostener la daga y el abrigo, así que se lo puso y se metió el arma en el bolsillo. Cuando llegara la hora de correr, necesitaría las manos libres.

La luz se detuvo en mitad del acantilado y Angie contuvo el aliento. Tenía el horrible presentimiento de que la persona que la estaba persiguiendo había encontrado el camino para bajar.

Le parecía que estaba respirando demasiado fuerte, pero no podía remediarlo. La adrenalina hacía que se estremeciera. Hacer cualquier cosa era mejor que estar quieta. Palpando a su alrededor, encontró un madero que había caído en las rocas durante alguna tormenta y lo agarró.

Entonces la luz comenzó a moverse con más rapidez y Angie comprendió que el hombre había encontrado el camino. Bajar por él no le iba a resultar fácil, pero si tenía cuidado y se tomaba su tiempo, conseguiría bajar a la playa. Y al hacerlo, pasaría justo por delante de ella. Angie apretó con fuerza el madero, agarrándolo con ambas manos.

Mientras esperaba, siguiendo la trayectoria de la luz con la mirada, Angie rezaba para que hubiera arena y piedrecitas que hicieran resbalar al intruso.

Oyó algunos improperios en español y unos cuantos traspiés, pero a pesar de todo, su perseguidor se estaba acercando a ella.

Iba a tener que hacer algo. Pegó la espalda a las rocas, levantó el madero y esperó. Sólo le quedaban unos segundos.

Entonces llegó la hora. Una silueta oscura se acercó a menos de medio metro y Angie descargó el madero sobre su cabeza y lo golpeó con todas sus fuerzas.

Hubo un grito ahogado y después el sonido de un cuerpo que caía al suelo y rodaba por el camino empinado. La linterna siguió su propia trayectoria y aterrizó silenciosamente en la arena, abajo. Un momento después se oyó un golpe fuerte y después sólo hubo silencio.

Angie no podía saber cuánto daño había causado. Era posible que hubiera dejado al hombre inconsciente, pero asimismo cabía la posibilidad de que sólo le hubiera hecho perder el equilibrio y estuviese aturdido. Era posible, también, que se hubiera matado en la caída.

La idea hizo que el estómago le diera un vuelco. Sin embargo, el sentido común le dijo que no se quedara allí para averiguarlo.

Respirando entre dientes, Angie corrió de nuevo hacia la casa. Entró por la puerta y corrió a buscar las llaves en la mesa donde siempre las dejaba. No estaban allí. Probablemente, el intruso las había tomado cuando había registrado el salón. No tenía tiempo para buscarlas, pero recordó las de repuesto que siempre llevaba en la guantera y salió hacia el coche.

Demasiado tarde, recordó que no había llegado a reponer aquella llave en su lugar después de usarla. La había dejado en el mismo llavero que la otra, y las dos habían desaparecido.

—¡Idiota! —se dijo. Pensó que, seguramente, aquello nunca le habría ocurrido a Jake Savage, y mucho menos a Flynn Challoner. No se atrevía a seguir cerca de la casa porque, si el intruso se recuperaba, volvería allí de inmediato.

Se levantó el borde del camisón y corrió hacia la hacienda. Era una casa enorme con montones de armarios y habitaciones en las que esconderse.

Y aquella misma semana habían instalado el teléfono, recordó mientras llegaba, casi sin aliento, a la puerta. Estaría cerrada, pero Angie no tuvo ningún reparo en tomar una piedra y romper la pequeña ventana del aseo de invitados.

Trepó torpemente y la daga le arañó el estómago un par de veces y, al meterse por la ventana, se hizo pequeños cortes en brazos y piernas. A continuación se quedó inmóvil, al darse cuenta de que no se atrevía a encender las luces.

El teléfono. ¿Dónde lo había puesto Julián? Había dos, recordó. Uno estaría en la habitación principal. Recorrió la casa a oscuras y llegó, tanteando la pared, a la habitación que usaba Flynn.

En aquel preciso instante oyó el ruido del motor del coche de su tío Julián. Flynn acababa de llegar.

El alivio que sintió fue tan intenso que casi se mareó. Si había alguien en el mundo que sabría qué hacer en una situación como aquélla, era Flynn. Angie se dio la vuelta y deshizo el camino que había recorrido por el pasillo. Abrió la puerta principal de par en par y vio cómo se apagaban las luces del coche. Un segundo después, se abrió la puerta del conductor.

—¡Flynn! Oh, Dios mío, Flynn, gracias a Dios que estás aquí. Nunca había estado tan contenta de ver a alguien en toda mi vida —dijo, y bajó corriendo los escalones hacia él, que estaba de pie junto al coche—. Ese hombre, el de México, el que estaba en mi habitación aquella noche... Está aquí, Flynn. Ha venido por la daga, pero no ha conseguido hacerse con ella. La tengo yo, Flynn, le golpeé la cabeza con un madero que...

—Angie, cariño —dijo Flynn, y echó a andar hacia ella—. Estás aquí.

—Bueno, por supuesto que estoy aquí. Él me quitó las llaves del coche y no se me ocurrió otro sitio donde ir... —se interrumpió y se quedó boquiabierta al darse cuenta de que Flynn no le estaba prestando ninguna atención, sino que avanzaba hacia ella con una determinación que sólo hablaba de una cosa.

—Flynn —dijo ella, estupefacta—. Estás borracho...

—No tanto como para no poder llevarte a la

cama –le aseguró él, con la voz distorsionada por el alcohol, mientras intentaba abrazarla.

–No, espera un momento. No me has escuchado: tenemos que marcharnos de aquí. Ese hombre... –dijo ella, retorciéndose, al tiempo que percibía el olor a alcohol en su aliento. Y pensar que ella había creído que sería divertido ver a Flynn borracho...

–Angie, cariño –gruñó él–, deja de moverte tanto. No tienes por qué esperar más. Yo voy a ocuparme de todo –dijo, y volvió a abrazarla torpemente y a acariciarle el cuello con la nariz.

–¡Por favor, Flynn, escúchame! Déjalo, estoy intentando decirte que tengo la daga y que tenemos que marcharnos.

–¿Por qué siempre parloteas tanto? Cuando nos casemos, vas a tener que dejar de parlotear. No lo toleraré.

La advertencia fue seguida de un beso en el hombro y, después, tan suavemente que Angie no se lo creía, le preguntó al oído:

–¿Dónde está la daga?

Asombrada, ella intentó zafarse.

–La daga –le susurró él con aspereza.

–En el bolsillo interior de mi abrigo.

Entonces él le abrió el abrigo y metió la mano dentro, en lo que habría podido parecer una caricia torpe. Angie se quedó helada cuando sintió que sacaba la daga de su escondite.

Lo que ocurrió a continuación fue demasiado

rápido como para que ella lo siguiera. Flynn dio un paso atrás, se dio media vuelta y lanzó la daga.

El grito de dolor que les llegó asustó tanto a Angie que ésta dejó escapar un grito.

–¡Flynn! ¿Qué ha ocurrido? ¿Cómo sabías que estaba ahí?

Conmocionada, Angie se apresuró a seguir a Flynn, que se dirigía hacia su víctima. El hombre estaba acurrucado en el suelo, gimiendo de dolor. Tenía la Daga de los Torres clavada en el hombro derecho. Había una pistola a su lado. Era evidente que se le había caído cuando la daga se le había clavado.

–Lo vi en el mismo momento en que te vi a ti bajando los escalones de la hacienda con ese camisón tan sexy –dijo Flynn, y se agachó para examinar al hombre.

Angie se miró el camisón de franela y el abrigo que llevaba encima.

–¡Esto no es un camisón sexy! –protestó y, acto seguido se preguntó cómo era posible que se sintiera ofendida en un momento como aquél.

–A ti sí te queda bien –le dijo él, distraídamente–. Ven aquí y ayúdame.

Angie se acercó con cautela y miró la cara del hombre a la luz de la luna.

–Dios Santo. Es el mayordomo de Alexander Cardinal.

En aquel momento, el teléfono de la hacienda empezó a sonar.

—Será mejor que respondas. Debe de ser tu tío —le dijo Flynn mientras examinaba el hombro del intruso—. Quizá llame para saber si he llegado bien a casa.

Angie corrió dentro, tomó el teléfono y escuchó, asombrada, lo que su tío le estaba diciendo.

—Como diría el inmortal Jake Savage, tío, llegas un poco tarde. Pero no te preocupes. Lo hemos controlado todo.

Después, colgó y salió de la casa.

—Julián dice que ha recibido una extraña llamada de Alexander Cardinal. Dice que está en el aeropuerto de Los Ángeles. Telefoneó al tío Julián para decirle que era posible que Haslett viniera por la daga.

—El aviso llega un poco tarde, pero parece que todo está bajo control —dijo Flynn.

—Como diría el inmortal Jake Savage.

X

Alexander Cardinal estaba tan elegante y sofisticado como siempre allí sentado, tomando el excelente café de la señora Akers a la mañana siguiente. Había tenido éxito en meterse al ama de llaves en el bolsillo preguntándole si querría mudarse a su isla. No estaba seguro de poder sobrevivir sin su café.

Había llegado desde Los Ángeles en un Lincoln Continental alquilado que le iba bien a su guayabera blanca y no desentonaba en absoluto en la costa californiana, aunque quizá pareciera un poco de película.

Aquello era lo maravilloso de California, pensó Angie, divertida, mientras removía su propio café. Gente muy diferente encajaba a la perfección allí.

Cardinal y su tío habían simpatizado al instante. Habían tomado un primer contacto mediante la correspondencia que habían mantenido acerca de la daga, pero en persona rápidamente encontraron muchos temas de los que seguir conversando. Mientras los dos hombres hablaban de las cualidades del acero que se había usado para confeccionar armas como la Daga de los Torres, Angie miró a Flynn.

No era difícil verlo. No se había alejado de ella desde la noche anterior. Para cuando el mayordomo gorila fue entregado a la policía, eran casi las dos de la madrugada. Angie estaba exhausta y alterada. La combinación de cansancio y nerviosismo hicieron difícil que pudiera conciliar el sueño. Flynn le había preguntado muchas veces si estaba bien. Le había curado las pequeñas heridas de los pies y después había intentado llenarla de jerez.

—Para los nervios —le había dicho.

—Mis nervios están perfectamente —le había respondido ella, intentando rechazar la segunda copa.

—Entonces dámelo a mí. ¡Yo estoy histérico!

No había habido duda de dónde iba a pasar la noche Angie. Flynn ni siquiera se molestó en preguntárselo. La llevó a su habitación, la metió en la cama y después se tumbó a su lado. Tampoco hubo dudas sobre lo que había que hacer: dormir. Aunque ella todavía estaba muy tensa, se había dado cuenta de que estar entre los brazos de Flynn era todo lo que necesitaba para relajarse. Se había quedado dormida rápidamente y no se había despertado hasta tarde.

Flynn ya estaba en la ducha cuando ella se levantó. Los dos se habían arreglado y habían ido a casa del tío Julián a desayunar y a esperar la llegada de Alexander Cardinal.

Angie estaba pensando si tomarse una segunda taza de café cuando la conversación de su tío y Cardinal terminó. Cardinal le lanzó una sonrisa encantadora.

—Julián me ha dicho que Flynn y usted se casarán pasado mañana, señorita Morgan. Por favor, permítame que la felicite. Y que me disculpe por los problemas que Haslett le causó anoche. No es un regalo de bodas apropiado. ¿Está segura de que está bien?

—Sí, está bien —respondió Flynn por ella, con algo de aspereza—. Pero tengo unas cuantas preguntas que hacerle.

Cardinal lo miró con expresión ligeramente burlona.

—Me lo esperaba. Usted es un hombre de los que no deja ningún cabo suelto, ¿verdad, Flynn?

—Me dejé uno suelto en México y mire lo que ha ocurrido.

—¿Se refiere a ese desagradable incidente con el dueño del bote que intentó raptarlos? —Cardinal asintió—. Sí, quizá hubiera sido mejor que me hubiera mencionado ese incidente antes de marcharse. Pero supongo que en aquel momento pensó que yo había contratado a su secuestrador.

—Se nos ocurrió algo así —convino Flynn—. No

tenía sentido que ninguna otra persona anduviera detrás de la daga con tanto ahínco. Por otra parte —admitió irónicamente—, tampoco tenía sentido que usted quisiera recuperarla. Después de todo, se le había pagado un buen precio y nadie lo había obligado a hacer el trato.

—Cabos sueltos —dijo Cardinal, pensativamente—. Tiene usted razón, Flynn. Las preguntas deberían responderse antes de que se conviertan en algo peligroso. En realidad, fue su amigo Ramón el primero que me alertó de que yo tenía un problema con Haslett. Me llegaron rumores de que el primo de un recepcionista del hotel había aceptado un trabajito para mí. Como yo nunca había contratado a este primo para hacer ningún trabajito, me llamó la atención. Finalmente, averigüé que había sido Haslett el que lo había contratado, usando mi nombre como tapadera. Mi curiosidad fue en aumento cuando los rumores insinuaron que podrían haber sido ustedes los que dejaron a Ramón atado en una cala. Debió de ocurrir una interesante escena aquella noche en la lancha.

—Memorable —resumió Angie.

Cardinal se rió.

—Me lo imagino. Bien, yo supe que ustedes dos habían regresado sanos y salvos a Estados Unidos, así que cometí el error de no preocuparme por su seguridad futura. Conozco muy bien a Haslett. Verá, ha trabajado para mí durante muchos años. Incluso aunque él fuera el responsable de haber intentando robar la daga, yo estaba seguro de que no podría seguirlos fuera de México. Y, además, yo me habría enterado inmediatamente si él hubiera abandonado el país. Sin embargo, tenía curiosidad por averiguar quién estaba haciendo algún pequeño chanchullo sin mi conocimiento, aunque no estuviera preocupado por la señorita Morgan ni por la daga. No me esperaba otro intento de robo.

—¿Pero continuó sopesando la posibilidad de que Haslett tuviera negocios fuera de su casa? —fue Julián el que preguntó, con un vivo interés en la mirada. Angie había visto antes aquella expresión. Julián estaba haciendo algo más que satisfacer su curiosidad. Estaba reuniendo material para su siguiente novela de Jake Savage. Los escritores sólo pensaban en una cosa.

Cardinal asintió.

—Empecé haciendo preguntas discretas, y vigilé las idas y venidas de Haslett. Hace poco supe que se reunía en el hotel con un representante de... digamos un negocio cuyo cuartel general está en Colombia.

—¿Tráfico de cocaína? —preguntó Angie al instante.

Cardinal arqueó las cejas.

—Ha sido muy sagaz, señorita Morgan.

—Hace demasiada investigación para Julián —dijo Flynn, irónicamente—. ¿Era cocaína?

—A decir verdad, no lo sé. No se lo pregunté cuando le dije que quería conocer a aquel representante. Al fin y al cabo, los negocios que tenga un hombre son cosa suya.

—¿Y lo conoció? —preguntó Angie, sorprendida.

—Por supuesto. Quería saber, con exactitud, qué estaba ocurriendo. Me explicó que Haslett le debía una cantidad de dinero por un negocio que había salido mal. Yo le dije a aquel hombre que yo pagaría la deuda de mi empleado. A cambio, esperaba que no se hicieran más tratos con Haslett.

—¿Y el hombre accedió? —preguntó Julián.

—A él sólo le interesaba su dinero. Se lo di y volví a casa para tener una larga charla con Haslett. Por desgracia, descubrí que él había aprovechado mi ausencia y había tomado una avión a Los Ángeles. Y, en aquel momento, empecé a preguntarme si tendría intenciones de robar la Daga de los Torres. Seguramente, supuso que el arma estaría en la casa de Julián, pero cuando llegó y vio que había gente, decidió que buscaría a la señorita Morgan y la usaría de alguna manera. O quizá esperaba tener suerte y encontrar la daga en su casa. ¿Quién sabe?

Angie se sirvió más café.

—El pobre no sabía que usted le había librado del colombiano. Debía de estar aterrorizado si se había metido en líos con un hombre peligroso. Los colombianos tienen una reputación particularmente mala.

—Sí —convino Cardinal—, es verdad. Me culpo a mí mismo por no haber actuado con más rapidez en este asunto. Pero, sinceramente, no me esperaba que Haslett estuviera tan desesperado por la daga como para seguirla hasta Estados Unidos. Después de todo, es un arma muy bella y tiene un gran valor sentimental para un Torres o un Challoner, pero su precio en el mercado no hubiera alcanzado el valor suficiente como para pagar la deuda de Haslett al grupo colombiano.

—Entonces ¿por qué estaba obcecado en conseguirla? —Flynn se levantó y se acercó a una ventana. Se quedó mirando al mar durante un momento con expresión pensativa—. Puede ser que pensara que la daga tenía más valor del que en realidad tiene.

—Me temo que es eso, precisamente, lo que pensó. Yo no hablo de mis negocios con mis empleados. Él no se dio cuenta de que la daga tenía más valor sentimental e histórico que comercial. Haslett vio la empuñadura de la daga, con joyas incrustadas, y se enteró de que yo había hecho un trato para venderla. Pensó que el arma tenía mucho valor. No podría diferenciar un rubí de un granate a menos que alguien se lo dijera. Él sólo sabía que necesitaba dinero, y rápidamente. En descargo de Haslett diré que nunca me habría robado la daga a mí.

—Pero, una vez que usted le había vendido la daga a otra persona, la daga era juego limpio en lo que a él se refería, ¿verdad? —le preguntó Flynn a Cardinal, mirándolo.

—Exactamente. Parece que al pobre Haslett no se le ocurrió ninguna otra forma de conseguir la cantidad que necesitaba. Se convenció a sí mismo de que tenía que sacarla de la venta de la daga. Al principio pensó que sería fácil. Cuando fracasó en su intento de robarla en México, le entró pánico y los siguió a ustedes.

A Julián empezaron a brillarle los ojos de inspiración.

—Quizá nosotros seamos los que no distinguimos entre unos rubíes y unos granates. Quizá durante estos años, las piedras semipreciosas fueran sustituidas por diamantes y rubíes y esmeraldas.

Cardinal se rió.

—Es lógico que a un escritor de novelas de aventuras se le ocurra esa posibilidad. Sin embargo, tengo que decirle que hice valorar la daga al principio, cuando iba a comprarla. No se la habría vendido por el precio por el que se la vendí si las piedras hubieran tenido más valor. Me enorgullezco de ser un caballero, pero me temo que también soy un hombre de negocios.

—Ah, bueno, sólo era una idea —dijo Julián, un poco decepcionado.

Angie habló de nuevo.

—¿Y qué le ocurrirá ahora a Haslett?

Cardinal la miró.

—Está en manos de la justicia. Tendrá que aprovechar las oportunidades que se le brinden.

—Pero usted le conseguirá un buen abogado —le preguntó ella, hábilmente.

—Sí. Le conseguiré un abogado. El mejor. No quiero ofenderla, señorita Morgan, pero realmente siento que no tengo otra opción.

—No, por supuesto que no —dijo Angie, comprensivamente—. Es un empleado que lleva mucho tiempo con usted, y hasta el momento ha sido de total confianza. Parece que en esta ocasión ha perdido la cabeza, pero si ha sido siempre leal, usted hace bien en cuidar de él. Yo estoy de acuerdo con los jefes que tienen un sentido de obligación hacia sus empleados —dijo, sin prestar atención a la exclamación de desacuerdo de Flynn. Sabía lo que pensaba y sentía Cardinal. Era de la vieja escuela paternalista en cuanto a sus trabajadores. Ya no quedaba mucha gente así.

—Parece que usted entiende la situación desde mi punto de vista —le dijo Cardinal a Angie—. Quizá sea parte del legado de su familia tener ese sentido tradicional de obligación hacia sus empleados.

—Más bien de mi carrera profesional. El único empleado que ha tenido mi familia era el chico que cortaba el césped una vez a la semana. A menos que cuente usted a la señora Akers.

—Pero los Torres y los Challoner han sido familias muy poderosas. Tengo entendido que tenían muchas posesiones en esta parte de California. Seguramente, tendrían muchos empleados.

—Eso fue hace mucho tiempo —dijo Angie con una sonrisa—. Las familias ya no son lo que eran. Ya no tienen tanto dinero ni tantas tierras, y no tienen empleados.

Flynn se volvió y se acercó desde la ventana con una expresión de desafío.

—Pero Angie y yo vamos a unir a las dos familias de nuevo y reconstruiremos su mundo, ¿verdad, Angie?

Ella lo miró.

—Sí, supongo que sí —respondió, y después se volvió hacia Cardinal—. ¿Se quedará para la boda?

Cardinal se puso muy contento con la invitación.

—Me encantaría. Me gustan las reuniones de familia, y hace mucho tiempo que no asisto a una boda. Quizá sea porque la gente ya no se casa por amor.

Angie cambió de tema.

Dos noches más tarde, Angie se puso la bata de encaje que le había regalado su madre. Dio una vuelta frente al espejo del vestidor y observó con placer cómo la seda flotaba alrededor de sus tobillos. Al mismo tiempo oía que fuera, en el dormitorio principal de la hacienda, Flynn se estaba moviendo, preparándose para acostarse.

La boda había sido perfecta, por supuesto. Flynn se había encargado hasta del último detalle, así que nada habría podido fallar. Habían disfrutado del mejor champán, el caviar era magnífico, había flores por todas partes y la comida que había preparado la señora Akers había sido abundante y refinada. Todos los invitados habían demostrado su entusiasmo.

Muy poca gente conocía al novio personalmente, pero Julián había preparado a todo el mundo para que conociera al alter ego de Jake Savage.

—Es muy bueno para las ventas de libros —le dijo en un susurro Julián a Angie—. Mira a los invitados. Lo adoran.

—Quieres decir que adoran a los héroes de aventuras —le había respondido Angie, inteligentemente.

—Sí. Ahora están conociendo a uno de carne y hueso. La historia de cómo llegó a casa después de su fiesta de despedida de soltero y utilizó la Daga de los Torres para vencer a un delincuente que te estaba persiguiendo ya se ha extendido. Un poco adornada, he de decir.

—Y eso ¿cómo ha sido?

Julián sonrió.

—Dicen que consiguió hacerlo incluso después de beber una considerable cantidad de alcohol en la fiesta.

—Yo también me he preguntado eso. ¿Cuánto bebió Flynn esa noche?

—Parece que no más de lo que podía asimilar —respondió Julián, y no añadió nada más sobre el asunto.

La boda se había celebrado en los jardines de la hacienda y, después de la solemne ceremonia, las cosas se habían vuelto mucho más bulliciosas. Angie había empezado a preguntarse si la gente se iría en algún momento. Flynn no había animado a nadie para que se apresurara a hacerlo. Era evidente que él también estaba disfrutando de su boda.

La madre de Angie se había quedado completamente encantada con el novio, que le había dejado claro que tenía un gran sentido de la familia.

—La mayoría de los hombres no lo tienen en estos tiempos —había comentado la señora Morgan a su hija—. Sólo viven para ellos mismos y para el presente. Parece que tu Flynn es consciente de lo que verdaderamente tiene valor en la vida. Será un buen marido, cariño.

Angie no había dicho nada. Simplemente, había tomado otra copa de champán y había empezado a pensar cómo se habría sentido María Isabel durante su boda. Aquélla también había sido un acontecimiento bullicioso y grandioso, con mucha comida y vino caro. Los invitados no se habían marchado hasta tres días después. Finalmente, sin embargo, durante la fiesta que había seguido a la ceremonia, el novio había robado a la novia, la había subido a su caballo y se la había llevado a casa. María Isabel estaba nerviosa, excitada y muy enamorada. Llevaba, en secreto, la Daga de los Torres escondida en la manga del vestido.

Nadie le había contado a Angie los detalles de la boda de María Isabel. No eran parte de las historias que contaba la familia, pero, mientras se vestía para su propia noche de bodas, Angie supo muchos de aquellos detalles. Y supo exactamente cómo se había sentido María Isabel mientras caminaba desde el vestidor a la habitación de Challoner. Se pasó el cepillo por el pelo una vez más ante el espejo y, ruborizada, Angie se preparó para hacer el mismo recorrido. Le temblaban los dedos ligeramente cuando abrió la puerta.

Flynn todavía estaba vestido, caminando por la habitación como un enorme gato inquieto. Se detuvo cuando la vio aparecer y recorrió su cuerpo con una mirada hambrienta y al mismo tiempo, velada por otra emoción diferente. ¿Deseo?, ¿incertidumbre?, ¿duda? Angie no consiguió ponerle nombre y aquello la alarmó tanto que no pudo moverse de la puerta.

—¿Flynn? ¿Qué ocurre?

—No estaba seguro hasta esta tarde —le dijo él, crudamente.

Angie notó de repente una terrible ansiedad.

—¿Seguro de qué?

—Durante varios días he estado dándole vueltas a la idea de que faltaba algo de esta ecuación. Creía que lo había resuelto todo, todo lo que necesitaba para fundar mi familia. Las cosas deberían haber sido perfectas.

—¿Y no lo son? —preguntó ella, con la boca seca.

—No —respondió él, con aspereza—. No lo son.

Entonces dio unos cuantos pasos más y se detuvo de nuevo.

—La daga —dijo ella, desesperadamente.

—Al demonio con la daga. Eso no es lo importante.

Angie parpadeó al oír aquello.

—Entonces ¿qué es lo importante, Flynn?

—Tú.

—Pero ya me tienes. ¿Estás diciéndome que... que no me deseas?

Él la miró como si se hubiera vuelto loca.

—Te deseo tanto que me muero.

—Pero, Flynn...

Él se acercó a ella de repente y se detuvo a unos centímetros de su cuerpo. La miró a los ojos, enormes y abiertos, y sacudió la cabeza lentamente.

—Dama de los ojos de pluma de pavo real, ¿por qué te has casado conmigo?

—Ya te lo he dicho... —comenzó ella, cuidadosamente, pero él no dejó que terminara.

—Me has repetido las razones que yo te di: compatibilidad, sentido de la historia, respeto mutuo...

—Sí.

Él tomó aire.

—No es suficiente.

—¿No es suficiente? —preguntó Angie. La esperanza surgió en ella, mezclada con el temor.

—Es de eso de lo que me he dado cuenta durante la semana pasada. Ha estado creciendo dentro de mí, mordiéndome por dentro, comiéndome vivo. Esta tarde, cuando tú pronunciaste los votos, cristalizó. Angie, yo quería que te casaras conmigo por amor. No por ninguna de las otras razones. Quiero que me ames tanto como yo a ti.

—¿Tú me quieres, Flynn? —le preguntó ella.

—Si no te quisiera, no estaría pasando esta angustia. No debería haber tenido tantas dudas esta semana. Para ser sincero, Angie, algunas veces creía que me estaba volviendo loco. No entendía qué me ocurría, ni qué les ocurría a mis planes.

—¿Hasta hoy?

Él asintió.

—Supongo que tardado en darme cuenta de las cosas. Tenía la cabeza llena de planes para reconstruir la familia, empezando con este matrimonio. Estaba tan ocupado haciendo que todo encajara... Y durante todo el tiempo, faltaba algo. Me decía a mí mismo que tenía todo lo que necesitaba de ti, incluida la pasión. Pero no es suficiente. Angie, te quiero. Y no descansaré hasta que tú me quieras también.

Ella esbozó una sonrisa temblorosa.

—Ya te dije una vez que yo sólo me casaría por amor.

Él inclinó la cabeza una vez más, aceptando lo que creyó un reproche.

—Yo no tenía derecho a hacerte cambiar...

—Yo no he cambiado de opinión, Flynn.

Él la miró fijamente.

—¿Qué quieres decir?

Ella se subió la manga de la bata y le enseñó la Daga de los Torres.

—Te quiero, Flynn. Te he querido casi desde el principio. Las mujeres como María Isabel y yo sólo nos casamos por una razón: por amor.

—Angie... —él se quedó mirando la daga que ella le ofrecía.

—Toma la daga, Flynn. Te la doy de la misma manera que María Isabel se la dio a Curtis Challoner.

—No lo entiendo —susurró él, tomando la daga lentamente por la empuñadura.

—Todo el mundo ha pensado siempre que María Isabel se llevó la daga a su noche de bodas con la intención de usarla contra su marido, pero no fue así. La llevó para entregársela en un acto simbólico. En aquella época, los combatientes vencidos se rendían ofreciéndoles su espada a los vencedores de las batallas. María Isabel no tenía espada, pero quería que Curtis supiera que tenía intención de acabar con la guerra. Era su mujer, y se había casado con él porque lo quería. Darle la daga era su forma de decírselo. Yo te la ofrezco por la misma razón: porque soy tu mujer y la daga es el símbolo de todo lo que hay entre nosotros. Es tuya, y yo soy tuya. Te quiero.

—Angie... Oh, Dios, Angie.

Entonces Flynn la abrazó con fuerza contra su pecho mientras le susurraba palabras de amor. Ella se colgó de él, abandonada a aquel momento de compromiso, dejando que la certeza del amor que Flynn sentía por ella se le clavara en el corazón.

—Así es como tienen que ser las cosas —dijo Flynn.

Ella levantó la cabeza hacia él y le sonrió.

—Lo sé.

Él la abrazó casi con ferocidad todavía un momentos más y, después, la liberó bruscamente. Estaba sonriendo con picardía.

—Flynn Challoner, ¿qué estás haciendo?

—¡Seguir una vieja tradición familiar! — se quitó un zapato y, con él en la mano, acercó un taburete a la chimenea y se subió sin soltar la daga.

–Pásame la funda. Un carpintero se dejó un par de clavos aquí.

–No sé si quiero llevar la tradición tan lejos –dijo Angie, cautelosamente, mientras obedecía y le tendía la vieja funda de cuero de la daga.

Pero Flynn ya estaba clavando los clavos en la pared a golpe de tacón. Después colgó la funda, insertó la daga y se inclinó hacia atrás para observar el resultado con orgullo.

–La tradición tiene mucho que decir aquí.

Saltó del taburete y tomó a Angie en brazos. Giró en un remolino, acercándose a la cama, y la depositó cuidadosamente en el centro del colchón.

Angie se incorporó, riéndose.

–¿Y ahora qué, Challoner?

–Ahora, este campesino le va a hacer un favor, señora –respondió él mientras se quitaba la camisa y el cinturón–. Te voy a convertir en una amante esposa –el resto de su ropa cayó al suelo.

–Ah, pero Challoner, ya soy una amante esposa –respondió ella, apoyándose en las almohadas, con los brazos abiertos hacia él.

–Demuéstramelo –el humor que había en su mirada había sido reemplazado por el deseo–. Por favor, demuéstramelo, Angie.

Angie nunca lo había visto tan vulnerable. Con ternura, lo atrajo hacia ella.

–Te quiero, Flynn. Y me hará muy feliz seguir demostrándotelo durante el resto de nuestras vidas.

Y su promesa se perdió en las profundidades de

un beso. El amor ardió con pasión entre un Challoner y una Torres.

En casa de Julián, Alexander Cardinal se sirvió otra copa de jerez español y les propuso un brindis a su anfitrión y a la madre de la novia.

—No recuerdo la última vez que había disfrutado tanto. Creo que volveré para el bautizo.

—¿Para el bautizo? —preguntó la señora Morgan, sorprendida.

—No creerá que Flynn va a perder el tiempo a la hora de fundar su nueva dinastía, ¿verdad?

Cuando Curtis Torres Challoner nació, nueve meses después, Alexander Cardinal estuvo allí para celebrarlo. Lo invitaron a quedarse en el hogar que Flynn Challoner había construido para su nueva familia y, cuando le enseñaron la casa, tuvo ocasión de echar una ojeada al dormitorio principal.

La Daga de los Torres colgaba con orgullo sobre la chimenea.